# 우리들의 하느님

권정생 산문집

녹색평론사

# 개정증보판에 부쳐

권정생 선생이 돌아가신 지 어느덧 1년이 지났다.

작년 5월 갑작스런 부음을 들었을 때, 나는 큰 슬픔과 함께, 이상하게도 어떤 설명할 수 없는 안도감을 순간적으로 느꼈다. 몇해 동안 직접 뵙지는 못했지만, 나는 선생님이 평생의 병고(病苦)말고도, 갈수록 암울해지는 세상을 보며 심히 괴로운 심정으로 지내실 거라고 짐작하고 있었다. 아이들을 지극히 사랑하는 분이건만 이미 선생님의 마을에는 아이들이 사라진 지 오래일 뿐만 아니라, 조용하던 동네가 고속도로니 골프장이니 하는 것들로 산산이 망가지면서, 무엇보다도 선생님이 소음 때문에 괴로워하고 계신다는 얘기도 나는 전해 듣고 있었다. 선생님이 얼마나 더 사실지 모르지만, 이 걷잡을 수 없이 망가지는 땅과 인심이 살아계신 동안 조금이라도 회복될 가능성은 거의 없는 게 분명했다. 언젠가 당신 자신이 말씀하셨듯이, 선생님은 이미 20대에 의사로부터 여명(餘命)이 6개월밖에 남지 않았다는 진단을 받고도 70세가 되도록 어쨌든 목숨을 이어오셨던 것이다. 이제는 모든 것을 다 잊어버리고, 육신의 껍데기도 벗어버리고, 영원의 휴식 속으로 들어가실 때가 되신 것이다 — 나는 아마 그러한 어리석은 생각을 하고 있었던 것이다.

그러나, 지금 1주기를 맞으면서 나는 선생님이 더이상 우리들 곁에 계시지 않는 것이 새삼 말할 수 없이 허전하다. 물론 선생님이 많은 글을 남겨놓았다는 게 우리들에게 위안이 안되는 것은 아니다. 그렇지만 이제 우리는 더는 저 조탑리의 작고 어두운 골방으로부터 나오는 유례없이 부드럽고 간곡한, 그러면서도 더할 나위 없이 무서운 목소리를 듣는 행복을 누릴 수 없게 되었다. 이제 우리에게 선생님은 어쩔 수 없이 우리들의 기억 속에서만 살아있을 수밖에 없다는 사실이 나는 유감스러운 것이다.

이 허전한 마음을 달래기 위해서 《녹색평론》 편집실에서 우리들이 생각해낸 것이 이 책, 즉 선생님의 산문집 《우리들의 하느님》의 개정증보판이다.

《우리들의 하느님》은 1996년에 처음 나왔지만, 실제로 책을 만들어내는 과정은 쉽지 않았다. 첫째, 저자가 이 책의 출간을 원치 않았다. 그는 무엇보다도 자기의 '하잘것없는' 글들이 책으로 엮어져 출판될 가치가 있는 것인지에 대해서, 그리고 책이 팔릴 가능성에 대해서 대단히 회의적이었다. 그래서 공연히 출판사를 곤경에 빠트릴 것이라고 염려하였다. 이것은 여느 저자들처럼 괜히 한번 해보는 소리가 아니었다. 실제, 선생님은 《녹색평론》 초창기부터 《녹색평론》을 지원하는 데 남달리 열성적이었다. 《녹색평론》이 지불하는 원고료를 받기는커녕, 오히려 자신의 원고 속에 잡지제작에 보태라고 우편환을 동봉해 보내시곤 했다. 이런 일이 빈번하였다. 다른 잡지에 글을 쓰고 받은 고료를 그대로 《녹색평론》으로 보내주시곤 했던 것이다. 그런 분이기에, 행여 자신의 책 발간이 《녹색평론》에 부담을 주어서는 안된다는 생각 때문에 더욱 자신의 산문집 출판을 내켜하시지 않았던 것이다.

산문집 출판에 따르는 어려움은 거기서 끝나는 게 아니었다. 원래 이 산문집은 권정생 선생이 여러 해 동안 다양한 지면에 썼던 산문들을 모아서 묶기로 한 것이었는데, 이 글들을 수집하는 일이 실제로 지난하였다. 이 일은 시인 김용락 씨가 맡아서 해주기로 하고 시작하였지만, 막상 일을 시작하면서 발견한 것은 선생님이 자신이 써서 발표한 글들을 거의 아무것도 보관하고 있지 않을 뿐만 아니라, 어디에 발표되었는지도 모르고 있는 경우가 허다하다는 사실이었다. 나는 김용락 씨로부터 이 얘기를 듣고 내심 무척 놀랐다. 왜냐하면 나는 자신이 써서 발표한 글에 대해서 애착을 갖지 않는 문인이 있으리라고 상상해본 적이 없기 때문이었다. 내가 아는 한, 문인들은 대개 자기애(自己愛)가 강한 사람들이다. 설령 그렇지 않다 하더라도, 자기가 쓴 글을 보관하지는 못하더라도, 발표지면까지 대부분 잊어버리고 있는 문인이 있다는 사실은 경악할 일이었다.

그래서 예상보다 훨씬더 많은 시간이 걸려서 김용락 씨가 고생 끝에 찾아낸 글들이 책 한권 분량이 되기를 기다려 만든 것이 《우리들의 하느님》 초판본이었다. 그러니까 아직 우리가 찾아내지 못한 권정생 선생의 산문은 여기저기 숨어있을 게 틀림없다. 그러니까 《우리들의 하느님》은 선생님이 쓰신 산문의 일부, 즉 산문선집이라고 해야 옳다. 이번에 개정증보판을 내면서 우리는 선생님의 글 가운데서 책으로 묶여지지 않은 산문을 더 찾아보려고 했으나 여의치 않았다. 다만 《우리들의 하느님》이 나온 후에 《녹색평론》에 발표되었던 선생님의 글 몇편과 작년 《녹색평론》의 권정생 추모특집에 실렸던 두편의 글을 추가하여 증보판을 찍기로 하였다.

원래, 결국 《녹색평론》 편집실의 간곡한 청을 받아들여 권정생 선생이 이 책의 출간에 동의하였을 때, 선생님이 제안한 책의 제목은 '태기네 암소 눈물'이었다. 그럼에도 불구하고, 나는 선생님의 뜻을 어기고 《우리들의 하느님》을 제목으로 결정했다. 선생님께 알리지도 않고 그렇게 했다. 아마도 다른 저자 같았으면 심히 불쾌감을 느꼈을 것인데, 선생님은 거기에 대해서 나에게도, 그 어느 누구에게도, 불만을 표시하지 않으셨다. 선생님은 대인(大人)이었다.

권정생은 뛰어난 아동문학가임에 틀림없지만, 단순히 아동문학가라고 해서는 그 본질을 드러낼 수 없는 문인이자, 사상가이다. 지난 십여년쯤 전부터 미디어를 통해서 꽤 널리 알려지면서, 조탑리의 그의 오두막은 일종의 관광명소 비슷한 것으로 된 감이 없지 않았다. 그리하여 그는 끊임없이 찾아오는 내방객들로 인해 큰 괴로움을 겪었던 것이다. 권정생은 자신이 세상에서 명사(名士)가 되고, 사람들이 어떤 식으로든 그를 흠모하는 것을 조금도 달가워하지 않았다.

생각해보면, 선생을 한번 뵙고자 찾아오는 사람들이 진실로 권정생과 그의 문학, 그의 사상을 이해하고 있었을 가능성은 크지 않다. 무엇보다도 대부분의 사람들은 지독한 가난과 병고(病苦) 속에서도 지극히 맑고 올곧은 정신을 드러내는, 이를테면 성자(聖者)의 모습을 보고 감동을 받고 싶어했는지 모른다. 그러나 권정생은, 내가 아는 한, 상투적인 성자의 이미지와는 매우 거리가 먼 사람이었다. 그는 권력있는 자들과 그들의 세계에 대하여 거의 본능적인 위화감(違和感)을 느끼고 있었고, 그런 감정을 별로 숨기지 않았다. 그 대신 이 세상의 약자들 ─ 사람과 사람 아닌 것을 포함한 ─ 에 대한 그의 본능적인 연민 혹은 사랑은 측량할 수 없이 깊었다. 아마도 그것은 그 자신의 철저한 밑바닥 체험과 평생에 걸친 병고(病苦)와 관계가 없지 않을 것이다. 혹은 그의 기독교 신앙과도 관계가 있었는지도 모른다. 하지만 어떠한 경우에도 권정생은 이른바 교인다운 티를 조금도 내지 않았다. 그는 여하한 권력욕망도, 권력의 그림자와도 인연이 없는 철저히 소박한, 꾸밈없는 촌사람이었다. 그는 '산상수훈(山上垂訓)'의 가르침을 문자 그대로 믿은 기독교인이었다. 그가 자본주의 근대문명과 근원적으로 화합할 수 없는 '비근대인'으로서의 일관된 삶을 살아간 것은 바로 이 때문이었다.

오늘날 이 나라의 독서계에서 권정생은 계속해서 읽히고, 존경을 받고 있다. 그러나 권정생의 생애와 사상에 대한 우리들의 이해가 과연 얼마나 상투적인 수준을 벗어나 있는 것인지는 분명치 않다. 아마도 권정생의 문학과 사상에 대한 성숙한 이해와 연구는 지금부터 시작되어야 할 과제일 것이다.

권정생은 '국익'이니 경제발전이니, '진보'니 하는 것에 관심이 없었고, 자신의 문인으로서의 생애 전체를 통해서 '지사연(志士然)'하는 포즈를 취한 적이 한번도 없다. 그의 시선은 언제나 약자들의 운명으로 향해 있었다. 그리고 무엇보다 약자들을 보는 그의 눈은 외부로부터가 아니라 안으로부터였다. 그러기에 그는 현실에서 끝없이 억압받고, 상처받는 약자들의 처지 때문에 분노하고 슬퍼하고 괴로워하면서도, 동시에 풀뿌리 민중이 그러한 핍박 속에서도 서로 보살피고 상부상조하는 인간적인 유대 가운데서 삶의 근원적인 행복과 기쁨을 누리는 것을 주목할 수 있었다.

한평생 병고에 시달린 권정생 자신의 삶도 그러한 행복과 기쁨이 있었기에 견딜 만한 것이었을 것이다. 선생이 돌아가신 직후 조탑리를 방문한 경험을 근거로 쓴 이계삼의 추모문에 그려져 있듯이, 권정생 선생의 생애에는 때때로 마을의 할머니, 할아버지들과 어울려 순진무구한 이야기와 웃음을 나누며 지냈던 시간도 적지 않았던 것이다. 그리고 그러한 소박하고, 가난한 사람들과 어울려 지내는 삶을 가장 소중하게 생각한 데서 권정생의 사상의 깊이와 위대성이 있다고 할 수 있다.

2008년 4월
녹색평론 발행인 김종철

# 책머리에

백인들이 황금을 찾으러 아프리카로 갔을 때, 그곳 원주민 아이들이 커다란 다이아몬드를 돌덩이처럼 가지고 놀고 있었습니다. 백인들은 가지고 간 유리구슬을 주고 다이아몬드와 바꿨다는 것을 어디선가 읽은 기억이 납니다. 아이들이야 다이아몬드이든 유리구슬이든 재미있게 가지고 놀면 되니까 오히려 예쁜 유리구슬이 더 좋았을지도 모르지요. 아프리카 어린이들이 영원히 어린이인 채 유리구슬에 대한 속임수를 몰랐다면 아무 일도 없었을 것입니다. 그러나 아이들은 자라고 어른이 되고 세상에 눈을 뜨게 되면 다이아몬드에 대한 가치를 알게 됩니다.

콜럼버스가 아메리카를 발견한 지 5백주년이 되던 해, 그곳 원주민이었던 인디언 후손들이 위대한 콜럼버스를 살인자, 약탈자라 부르며 항의 시위를 했습니다.

일본침략군의 종군위안부로 끌려갔던 할머니들이 오십년이 지난 다음에야 겨우 그들의 만행을 샅샅이 세상에 알리게 되었습니다.

비록 긴 세월이 흐른 뒤에라도 억울하게 속고 빼앗기고 죽임을 당한 것은 밝혀지게 마련입니다.

이렇게 우리가 지나가버린 일들이지만 다시 들춰내어 알리는 것은 그것을 교훈삼아 다시는 속이거나 빼앗고 죽이는 일이 없도록 하기 위한 것입니다. 열다섯살의 소녀 안네 프랑크의 일기장은 지금도 수많은 사람들의 양심을 일깨우는 역사의 기록으로 남아있습니다.

오늘날 이 지구 위엔 평화를 위해 헌신하는 사람들이 많습니다만, 그러나 아직도 끔찍한 살인과 약탈은 끊이지 않습니다. 오히려 고도의 지능으로 속임수를 써가며 죽이며 빼앗습니다. 그 방법이 너무나 교묘하기 때문에 누가 가해자고 누가 피해자인지 분간이 잘 되지 않습니다. 어떻게 잘못 판단하면 어느새 나 자신이 끔찍한 흉악범의 편이 될 수도 있는 것입니다. 내가 지금 입고 있는 옷과 오늘 아침에 먹은 음식과 그리고 무엇을 지니고 있는가 모두가 정당한 것인지 생각해보셨나요?

무엇을 가지고 있다는 것 자체를 부당하다고 생각하신 부처님이나 예수님은 아무것도 가지지 않는 것으로 우리를 가르쳐주었습니다.

하지만 우리는 당장 들어앉을 집이 있어야 하고 적어도 한달치 살아갈 돈이 있어야 합니다. 그러면 한 사람이 하루를 살아갈 돈은 얼마면 될까요? 결국 따지고 보면 우리가 알맞게 살아갈 하루치 생활비 외에 넘치게 쓰는 것은 모두 부당한 것입니다. 내 몫의 이상을 쓰는 것은 벌써 남의 것을 빼앗는 행위니까요.

자연살리기나 환경운동은 먼저 내가 지나친 과소비를 하고 있지 않은가를 생각해볼 일입니다.

이 책은 그런 것을 조금이나마 돌이켜볼 수 있기를 바라면서 쓴 글들입니다. 몇해 동안 신문과 잡지 여기저기에 조금씩 쓴 것을 녹색평론사에서 찾아내어 모아주었습니다.

사실 저는 책을 낸다는 것이 반갑지 않습니다. 우선 바른 눈으로 세상을 보고 씌어졌는지 걱정부터 앞서기 때문입니다.

하지만 옳든 그르든 일단 뱉어놓은 말은 다시 주워담을 수 없습니다. 그래서 김종철 선생님이 여러번 출판을 제의해 와서 무리하나마 받아들인 것입니다. 교정지를 받아 다시 읽어보니 거의가 이곳 마을사람들 이야기여서, 그동안 잊고 살았던 언짢은 일을 새삼스레 떠올려 그분들의 마음에 상처를 끼칠까 걱정도 됩니다.

비록 서툰 글이지만 기왕에 읽으셨으면 '태기네 암소 눈물'이 우리 모두의 눈물이 되었으면 싶은 마음입니다.

끝으로 나한테 구박까지 받아가면서 그동안 원고를 찾아 모으느라 애쓴 김용락 군과 녹색평론사에 감사드립니다

1996년 12월
권정생

# 목 차

우리들의 하느님

# 유랑걸식 끝에 교회 문간방으로

1937년 9월에 나는 일본 도쿄 혼마치(本町)의 헌옷장수집 뒷방에서 태어났다고 한다. 그런데 함께 동무했던 아이들과 학교에 들어가지 못해 얼마나 실망을 했는지 모른다. 그래서 늘 외톨이로 골목길에서 지내야 했다. 삯바느질을 하시던 어머니는 저녁때면 5전짜리 동전을 주면서 심부름을 시켰다. 이때 나는 따뜻한 사람들을 많이 만났다.

키도 작고 손도 조그만 히데코 누나는 항상 말이 없고 외로워 보였다. 함께 극장에 가면 고구마튀김을 수건에다 겹겹이 싸서 식지 않도록 품속에 넣어뒀다가 영화가 중간쯤 진행될 때 꺼내어 내 손을 더듬어 쥐어주던 그 따뜻한 촉감은 평생을 잊을 수 없다.

아무렇게나 흘러들어와 모여 사는 빈민가 사람들의 가족구성도 정상적이지 않았다. 골목길 끄트머리 노리코네 아버지는 조선사람, 어머니는 일본여자, 노리코는 고아원에서 데려온 딸이었다. 건너편 집의 미치코는 주워다 키운 아이고 동생 기미코는 조선아버지와 일본어머니 사이에 태어난 혼혈아였고, 우리 앞집 일본인 부부도 양딸을 데리고 살고 있었다. 한 집 건너 경순이는 관동지진 때 부모를 잃고 거기서 식모살이처럼 얹혀살고 있었다.

경순이는 가끔 얻어맞아 퉁퉁 부어오른 얼굴로 우리집으로 쫓겨왔다. 어머니는 어루만져 달래주고 밥을 먹이고 재워줬다. 경순이에 대한 추억은 이따금 아직도 가슴을 아프게 한다. 스무살이 넘었을 것이라 했지만 경순이는 제 나이가 몇살인지 몰랐다. 오테다마(팥주머니)를 만들자면 보통 팥알을 넣는데 경순이는 그럴 수 없어 우리집 추녀 밑에 빗방울이 떨어지면서 만들어진 자잘한 돌멩이를 골라 만들곤 했다.

소설 《몽실언니》는 혼마치에 살았던 히데코 누나이기도 하고 경순이 누나이기도 하고 그외의 가엾은 아이들의 모습이다.

1946년 해방 이듬해 우리는 조선으로 돌아왔다. 그때, 조선인연맹에 가입했던 형님 두분은 다음에 돌아오기로 했으나 끝내 돌아오지 않았다. 울타리의 동백꽃이 피던 3월에 후지오카의 버스정류장에서 나는 차에 오르지 않으려 애를 썼지만 끝내 떼밀려 태워졌고 차는 떠나고 말았다. 만 8년 6개월 동안 어렵지만 정들어 자라온 땅을 떠난다는 것은 가슴이 쓰리고 서러운 일이었다.

1946년 4월은 보릿고개가 심했다. 거듭된 흉년으로 웬만한 집 모두가 쑥과 송피로 죽을 끓여먹고 있었다. 그것도 하루 세끼 먹는 집은 드물었다. 만주와 일본에 갔던 동포들의 생활은 말이 아니었다. 당장 거처할 집이 없는 우리 식구는 뿔뿔이 흩어졌다. 어머니와 동생과 나는 외가가 있는 청송으로 갔고 아버지와 누나는 안동으로 갔다. 함께 모인 것은 47년 12월이었다.

나는 국민학교를 네 군데 다녔다. 도쿄의 혼마치에서 8개월, 군마켕에서 8개월, 조선에 와서 청송에서 5개월, 그리고 나머지는 안동에서 졸업을 했다. 그것도 잇따라 다닌 것이 아니라 몇달씩 몇년씩 쉬었다가 다니는 바람에 1953년 3월에야 겨우 졸업을 했다.

아버지의 소작농사만으로는 월사금을 못 내어 어머니가 행상을 하셨다. 한달에 여섯번씩 가시는데 장날 갔다가 다음 장날 돌아왔다. 그러니 자연히 밥짓는 일은 내가 맡아야 했다. 아침밥을 지어먹고 설거지하고 학교 가자면 바쁘게 달려가야 했다. 그때 열살 때부터 밥을 짓는 것을 배웠으니 훗날 혼자서 살아가는 데 많은 도움이 되었다.

국민학교를 졸업하고 나서 처음 시작한 것이 나무장수였고 다음이 고구마장수, 담배장수, 그리고 점원 노릇.

결핵을 앓은 것은 열아홉살 때부터였다. 처음엔 숨이 차고 몹시 피곤했지만 그런대로 두해를 더 버티다가 결국 1957년 고향으로 돌아와버렸다.

마을에는 객지에 갔다가 결핵으로 돌아온 아이들이 나말고도 십여명이나 되었다. 식모살이갔던 성애와 철도기관사 조수로 일하던 태호, 산판에서 일하던 청수, 기덕이, 옥이, 성란이. 우리는 이따금 나오는 항생제를 배급받기 위해 읍내 보건소를 찾아갔다. 그러나 허탕치고 돌아오는 날이 많았다. 약이 필요한 만큼 공급되지 않아서였다.

하나 둘씩 차례로 죽어갔다. 열일곱살의 기덕이는 빨간 피를 토하다 죽고, 열다섯살의 옥이는 주일학교 동무들이 예배를 드리는 가운데 숨을 거두었다. 다 죽고 마지막 나 혼자만 남았다. 나는 늑막염과 폐결핵에서 신장결핵 방광결핵으로 온몸이 망가져갔다. 병을 앓는 나도 고통스럽지만 식구들의 고통은 더 심했을 게다. 어머니는 내가 아니었으면 좀더 오래 사셨을 텐데 자식 병구완하시느라 일찍 돌아가셨다.

어머니는 첫아들을 장티푸스를 앓으면서 사산(死産)하시고 셋째는 열일곱살 때 잃고, 둘째와 넷째는 해방 이듬해 헤어진 뒤 결국 다시 만나보지 못하셨다. 그런 어머니는 1964년 가을에 세상을 뜨셨다. 몸져 누우시기 전날까지 병든 자식 걱정하며, 헤어진 자식 기다리며 사셨다.

어머니가 돌아가시고 나자 나는 세상이 싫어졌다. 그래서 이 무렵 나는 동생을 결혼시켜야 하니 어디 좀 나갔다 오라는 아버지의 제안을 선뜻 받아들여 무작정 집을 나왔다.

1965년 4월에 나갔다가 8월에 돌아왔다. 그때 대구에서는 이윤복 군의 일기 〈저 하늘에도 슬픔이〉가 영화화되어 거리마다 극장 포스터가 나붙어 있었다. 나는 대구에서 김천으로, 상주로, 점촌, 문경, 예천으로 3개월을 떠돌아다녔다. 인생의 가장 밑바닥 생활인 걸식을 한 것이다.

그러나 그것 때문에 병 한 가지만 더 얻었다. 그때부터 앓기 시작한 부고환결핵으로 온몸이 불덩어리처럼 열이 올랐다. 산길에 쓰러져 누워있다 보면 누군가가 지나다 보고 간첩으로 오해를 하기도 했다. 그 사이 아버지도 돌아가셨다.

이곳 교회 문간방에 들어가 살게 된 것은 1967년이었다. 전에 살던 집은 소작하던 농막이어서 비워주어야 했기 때문이다. 아버지 어머니는 한평생 당신들의 집이 없었다. 가엾은 분들이다.

서향으로 지어진 예배당 부속건물의 토담집은 겨울엔 춥고 여름엔 더웠다. 외풍이 심해 겨울엔 귀에 동상이 걸렸다가 봄이 되면 낫곤 했다. 그래도 그 조그만 방은 글을 쓸 수 있고 아이들과 자주 만날 수 있는 장소였다. 여름에 소나기가 쏟아지면 창호지문에 빗발이 쳐서 구멍이 뚫리고 개구리들이 그 구멍으로 뛰어들어와 꽥꽥 울었다.

겨울이면 아랫목에 생쥐들이 와서 이불 속에 들어와 잤다. 자다 보면 발가락을 깨물기도 하고 옷 속으로 비집고 겨드랑이까지 파고 들어오기도 했다. 처음 몇번은 놀라기도 하고 귀찮기도 했지만, 지내다 보니 그것들과 정이 들어버려 아예 발치에다 먹을 것을 놓아두고 기다렸다.

개구리든 생쥐든 메뚜기든 굼벵이든 같은 햇빛 아래 같은 공기와 물을 마시며 고통도 슬픔도 겪으면서 살다 죽는 게 아닌가. 나는 그래서 황금덩이보다 강아지똥이 더 귀한 것을 알았고 외롭지 않게 되었다.

지금 우리집엔 강아지 한 마리가 있는데 심성이 착해서 좋다. 이름을 '뺑덕이'라 지었더니 아이들이 왜 하필이면 뺑덕이라 하느냐고 하지만 나는 심청전에 나오는 뺑덕어미가 훨씬 인간적인 가엾은 여인이어서 좋기 때문이다.

예배당 문간방에서 16년 살다가 지금은 이곳 산밑에 그 문간방과 비슷한 흙담집에서 산다. 사는 거야 어디서 살든 그것이 문제되는 것이 아니라 어떻게 사는가가 더 중요한 것이 아닐까.

식민지와 분단과 전쟁과 굶주림, 그 속에서도 과연 인간이 인간답게 살수 있을까. 앞서간다는 선진국은 한층 더하다. 그들은 침략과 약탈과 파괴와 살인을 한 대가로 얻은 풍요를 누리는, 천사처럼 보이는 악마일 따름이다.

우리 인간이 인간다워지기 위해서는 선진과 후진이 없어야 한다. 물론 우리나라의 경우 인위적으로 만들어진 분단도 하루속히 무너뜨려야 한다. 경제적 후진만으로 부끄러워할 이유가 없다.

기름진 고깃국을 먹은 뱃속과 보리밥 먹은 뱃속의 차이로 인간의 위아래가 구분지어지는 것 자체가 부끄러운 것이다. 약탈과 살인으로 살찐 육체보다 성실하게 거둔 곡식으로 깨끗하게 살아가는 정신이야말로 참다운 인간의 길이 아닐까.

누가 이렇게 물었다.

"장가는 못 가봤는가요?"

"예, 못 가봤습니다."

"그럼, 연애도 못 해봤나요?"

"연애는 수없이 했지요. 할아버지 할머니하고도 아이들하고도 강아지하고도 생쥐하고도 개구리하고도 개똥하고도 …"

# 우리들의 하느님

한 20여년 전, 친구한테 얘기했던 게 생각난다. 내용은 내가 만약 교회를 세운다면, 뾰족탑에 십자가도 없애고 우리 정서에 맞는 오두막 같은 집을 짓겠다. 물론 집안 넓이는 사람이 쉰명에서 백명쯤 앉을 수 있는 크기는 되어야겠지. 정면에 보이는 강단 같은 거추장스런 것도 없이 그냥 맨마룻바닥이면 되고, 여럿이 둘러앉아 세상살이 얘기를 나누는 예배면 된다. ○○교회라는 간판도 안 붙이고 꼭 무슨 이름이 필요하다면 '까치네 집'이라든가 '심청이네 집'이라든가 '망이네 집' 같은 걸로 하면 되겠지. 함께 모여 세상살이 얘기도 하고, 성경책 얘기도 하고, 가끔씩은 가까운 절간의 스님을 모셔다가 부처님 말씀도 듣고, 점쟁이 할머니도 모셔와서 궁금한 것도 물어보고, 마을 서당 훈장님 같은 분께 공자님 맹자님 말씀도 듣고, 단옷날이나 풋굿 같은 날엔 돼지도 잡고 막걸리도 담그고 해서 함께 춤추고 놀기도 하고, 그래서 어려운 일, 궂은 일도 서로 도와가며 사는 그런 교회를 갖고 싶다고 했다.

그래서 하느님께 기도도 하고 괜히 혼자서 가슴을 설레어도 봤지만 그냥 생각만으로 그치고 말았다.

나는 세례를 받은 지도 30년이나 되고, 집사라는 직책을 받은 것도 비숫한 햇수가 되는데도 한번도 만족한 예배를 드려본 적이 없다. 참으로 이름 그대로 돌예수꾼이었다. 다만 내가 예배당 문간방에 살면서 새벽종을 울리던 때가 진짜 하느님을 만나는 귀한 시간이었는지 모른다. 특히 추운 겨울날 캄캄한 새벽에 종줄을 잡아당기며 유난히 빛나는 별빛을 바라보는 상쾌한 기분은 지금도 그리워진다. 1960년대만 해도 농촌교회의 새벽기도는 소박하고 아름다웠다. 전깃불도 없고 석유 램프불을 켜놓고 차가운 마룻바닥에 꿇어앉아 조용히 기도했던 기억은 성스럽기까지 했다.

교인들은 모두 가난하고 슬픈 사연들을 지니고 있어 가식 없는 대화를 나눌 수 있었고, 그 중에 6·25 때 남편을 잃고 외딸 하나 데리고 살던 김 아무개 집사님의 찬송가 소리는 가슴이 미어지도록 애절했다. 새벽기도 시간이면 제일 늦게까지 남아서 부르던 〈고요한 바다로〉 찬송가는 그분의 전속곡이었다. 마지막 4절의

　　이 세상 고락간 주 뜻을 본받고
　　내 몸이 의지 없을 때 큰 믿음 줍소서.

하면서 흐느끼던 모습은 보는 사람들을 숙연하게 했다. 가난한 사람의 행복은 이렇게 욕심 없는 기도를 할 수 있기 때문이다. 새벽기도가 끝나 모두 돌아가고 아침 햇살이 창문으로 들어와 비출 때, 교회 안을 살펴보면 군데군데 마룻바닥에 눈물자국이 얼룩져 있고 그 눈물은 모두가 얼어 있었다.

60년대는 참 가난했다. 그러나 그때의 교회는 따뜻한 정이 있었다. 당시의 교회 회계장부를 들춰보면 누가 몇백원 빌려갔다가 언제 갚았다는 기록이 종종 보인다. 어려운 교인들에게 교회재정에서 꾸어주고 되돌려 받기도 했던 것이다. 가난한 전도사님의 사례금은 말할 나위 없이 부족했고 심지어는 좁쌀 한말, 쌀 몇되가 전부일 때도 있었다.

전도사님은 손수 산에 가서 나무를 해다 때고, 무너진 교회담장을 쌓기도 하고 우물을 손수 팠다. 으레 그렇게 하는 것이 상례였고, 그래서 교인들과 훨씬 인간적으로 사귈 수 있었다. 청년들은 밤마다 교회 문간방에 모여 가마니도 치고 책읽기도 했다. 밤늦도록 일하다가 고구마를 삶아 먹기도 하고 날무우를 깎아 먹기도 했다.

예배시간에 헌금봉투에 이름을 적어 바치는 그런 외식적인 것도 없었고, 오히려 남에게 알려질까 봐 부끄러워했다. 물질이 풍족하지 못해 거의가 몸으로 봉사했고 마음으로 정을 나눴다. 이래서 그때의 기독교는 우리 한국민의 정서를 크게 다치지 않고 소리없이 생활의 일부가 되었다.

지금도 가끔 이야기하지만, 샛들이라는 마을은 50여호가 살고 있는 산골 외딴 곳이다. 교회가 들어온 지 백년이 가까웠는데, 60년대까지만 해도 그 마을 전체가 지상천국이었다. 언덕배기와 산비탈로 옹기종기 모인 초가집과 함석지붕의 교회당이 있었다. 도둑 없고, 술 담배 먹는 사람이 없고, 고함을 치거나 욕설을 하는 사람도 없었다. 가장 신기했던 것은 그 마을엔 보릿고개가 없었다. 집집마다 자급자족할 수 있는 농토를 가졌기 때문이다.

흔히 말하기를 옛날 보릿고개 때 굶는 사람이 많았다고 했는데, 그 까닭은 농토가 없는 가난한 소작인들이 대부분이었기 때문이다. 그때도 지주들은 흉년을 모르고 보릿고개도 없었다. 오늘날 가난한 아프리카나 아시아의 나라들이 처음부터 그랬던 건 아니다. 백인 선진국들의 침략과 약탈로 인해 빚어진 가난이 계속 이어져온 까닭이다.

어쨌든 교회는 70년대에 들면서 갑자기 권위주의, 물질만능주의, 거기다 신비주의까지 밀려와서 인간상실의 역할을 단단히 했다. 조용히 가슴으로 하던 기도는 큰 소리로 미친 듯이 떠들어야 했고, 장로와 집사도 직분이 아니라 명예가 되고 계급이 되고 권력이 되었다.

같은 목사님인데도 큰 교회 목사님과 작은 교회 목사님에 대한 차별이 생기고, 도시교회 목사님과 농촌교회 목사님에 대한 인격적인 차이까지 생겼다. 인간차별은 평신도들까지도 서먹서먹하게 만들었다. 겉으로는 웃으면서 인사를 해도 마음을 드러내놓고 얘기할 상대가 없어졌다. 하느님께 의지하는 믿음이 아니라 하느님을 이용하여 출세와 권력과 돈을 얻으려 하고, 이것이 바로 그 사람의 믿음의 전부가 되었다. 예수 믿어 삼년 안에 부자 못 되면 그건 '문제교인'이 된다.

부흥사들의 억양은 우리말의 발음까지 비뚤어지게 해놓았다. 특히 "믿습니다"는 "믿씁니다"로 "예수님 이름 받들어"는 "예슐룸 받들어"로, "사랑"은 "샤랑"으로 …. 글로는 이루 다 기술할 수 없을 만큼 잘못된 억양들이, 익숙해지기 전에는 무슨 말인지 알아들을 수가 없을 정도다.

성령을 받거나 은사를 받으면 말투가 그렇게 되는 것인지, 참으로 불손하기 그지없다. 시장에서 가짜약을 파는 약장수도 그렇게까지는 안한다. 사도 바울은 사랑은 오만하지 않고 자랑하지도 않는다고 했잖은가? 예수님은, 기도는 골방에 숨어서 하고, 더욱이 금식할 때는 머리를 빗고 절대로 남에게 티를 내지 말라고 했다. 오른손이 하는 것 왼손이 모르게 하고 시장거리에서 떠들지 말라고 했다.

지금 교회는 어떤가? 선교를 한답시고 온 세계에 떠들고 다니며 하느님을 욕되게 하고 있지 않은가? 온갖 공해에 시달리는 현대인들에게 교회도 하나의 공해물로 인식된다면 빛과 소금은커녕 쓰레기만 배출해내는 꼴이 되지 않겠는가? 그런데도 한번 반성할 틈도 없이 그냥 발가벗은 임금님처럼 앞으로 앞으로 가고만 있다.

기독교 2천년 역사 가운데서 예수님은 많이도 시달려 왔다. 한때는 십자군 군대의 앞장에 서서 전쟁과 학살에 이용당하기도 하고, 천국 가는 입장료를 어마어마하게 받아내는 그야말로 뚜쟁이 노릇도 했고, 대한민국 기독교 백년사에서는 반공 이데올로기의 선봉장이 되어 무찌르자 오랑캐를 외쳤고, 더러는 땅투기꾼에게 더러는 출세주의자에게, 얼마나 이용당하며 시달려 왔던가.

열매를 보고 그 나무의 실상을 안다고 했던가. 물질만능과 출세지향적 기독교는 우리 사회에 어떤 빛으로 도움이 되었던가. 밤이면 빨갛게 높이 빛나는 십자가가 정말 교회의 빛인가. 성폭행에 음주에 교통사고에 입시 지옥에 온갖 나쁜 것만 세계 일등이 이 나라의 현실이다. 기껏 국민 일인 당 소득 6천 달러를 자랑하기 위해 세계선교를 하러 가는 것인가. 산과 강물은 쓰레기로 덮이고 도시의 하늘은 매연으로 가득 찼다.

정말이지, 하느님을 더이상 속이지 말고 정신을 차려야 한다. 온갖 해로운 화학약품을 섞어 만든 식품을, 포장만 그럴듯하게 싸서 이름있는 상표를 붙여 팔아먹는 장사꾼처럼, 예수라는 상표만 붙은 가짜 기독교를 더이상 퍼뜨리지 말아야 한다.

우리나라 안의 경우도 마찬가지다. 주로 미국 선교사들에 의해 전해진 기독교가 참다운 예수님을 전해 주었나 하는 문제부터 돌이켜봐야 한다. 앞서 말한 이곳 산골동네 기독교마을에 대해서 좋은 점만 이야기했는데, 사실 모든 게 좋은 것은 아니었다. 기독교가 들어가는 곳이면 어느 집이나 어느 마을이나 우리들의 전통문화가 파괴되어 버리는 것이었다. 마을 밖 서낭당의 돌무더기도 없어지고, 정월 대보름날 동신제에도 기독교인은 함께 어울리지 않는다. 집집마다 가지고 있던 성주단지나 용단지도 깨뜨리고 부숴버린다. 조상들의 제사도 지내지 않는다. 논밭에서 음식을 먹을 때 고수레도 안한다. 안하는 것이 아니라 못하게 한 것이다. 이런 건 모두가 미신이고 우상이라 매도하고 철저히 파괴했던 것이다. 이래서 우리 기독교인들은 본래 가지고 있던 우리의 아름다운 풍습이나 명절도 멀리 하고, 생일 날짜도 분명치 않은 크리스마스만 최고의 명절로 삼고 있다. 산타클로스에, 루돌프 사슴에, 성탄나무에, 아기천사에, 성탄카드에 넋을 잃게 된 것이다.

나는 우리의 전통문화가 전부 다 우리 고유의 문화고 우리 조상들이 창조했다는 주장은 하지 않는다. 거기에도 불교나 유교나 또다른 외국문화가 섞여있고, 그 속에는 좋은 점도 있지만 나쁜 관습도 들어있다는 걸 부정하지 않는다. 그러나 수천년, 수만년 이어져오고, 그 속에서 우리의 얼을 가꾸어온 전통문화를 깡그리 우상이나 미신이라고 배척하는 것은 절대 반대한다. 진정한 기독교라면 겨레의 문화를 보호하고 살려주는 역할도 해야 한다. 하느님의 창조물인 인간의 모습도 검기도 하고, 희기도 하고, 누렇기도 하지 않은가? 백인이나 흑인이나 황인종이나 모두가 좋은 점과 나쁜 점을 지니고 있다. 비록 겉으로 보이는 색깔이나 모양이 달라도 모두가 같은 사람이라는 것은 분명한 사실이다. 외양과 형식이 다르고 이름이 다르다고 해서 그 내용까지 다르다고 할 수 없는 것이다.

하란으로 가던 야곱이 들판에서 돌단을 쌓고 기도를 했던 것처럼, 우리네 조상들은 마을 밖 서낭당에 돌을 쌓으며 신에게 빌었다. 그 신의 이름을 야훼나 서낭당이라 다르게 부른 것은 당연한 것이다. 아기를 점지해주는 천사의 이름이 성서에는 가브리엘이지만 우리는 삼신할머니. 고기를 먹던 유대인들은 악귀를 쫓는 데 양의 피를 뿌렸고, 농사를 지어 곡식을 주로 먹고 살았던 우리 조상들은 붉은 팥죽물로 악귀를 막았다.

해를 기준으로 만든 달력은 양력이고, 달을 기준으로 만든 달력은 음력이다. 어느 것을 사용해도 세월은 같이 흐른다. 양력이 편리할 때도 있고, 음력이 유리할 때도 있다. 달력이야 있으나 없으나 지구는 돌아가고 철은 바뀐다. 그런데도 요새 사람들은 흡사 달력이 있기 때문에 날짜가 가는 것으로 착각할 때가 있다.

이와 같이 기독교가 있기 때문에 하느님이 있고, 교회에 가서 울부짖는다고 하느님이 역사하시는 것으로 착각하고 있다. 기독교가 있든 없든, 교회가 있든 없든, 하느님은 헤일 수 없는 아득한 세월 동안 우주를 다스려왔다. 선교사가 하느님을 전파하면 하느님이 거기 따라다니며 머물고 같이 사는 게 아니라, 기독교가 전파되기 전부터 하느님은 어디서나 온 세계 만물을 보살펴오셨다. 하느님은 지식으로 아는 것이 아니라 자연스레 느낌으로 알 수 있는 것이 인간들의 마음이다. 종교는 하느님의 섭리에 따르려는 의지이지, 종교가 요구하는 대로 하느님의 섭리를 바꾸는 게 아니다. 하느님의 섭리는 바로 자연의 섭리가 된다. 하느님은 누구에 의해서 만들어진 분이 아니라 스스로 계시는 분이라 했다. 그러니 하느님은 곧 자연인 것이다.

예수는 십자가에 못박히기 전날, 저녁 먹는 자리에서 빵을 떼어주며 "이건 내 살이라" 했고, 포도주를 따라주면서 "이건 내 피다"라고 했다. 사실은 빵과 포도주가 예수의 살과 피가 되는 것이 아니라, 하루 뒤에 있어질 자신의 살과 피의 갈 길을 가르쳐준 것이다. 세상의 모든 목숨은 희생이 없이는 살아갈 수 없다. 어머니와 아버지는 자식을 위해 온몸을 희생하고, 그 자식은 또 그 자식을 위해 희생하기 때문에 인간의 역사가 이어져왔다. 어머니 아버지의 희생만이 아니라 우리가 먹고 있는 모든 먹을거리는 자연에서 얻는다. 공기로 숨을 쉬고 물을 마시고 온갖 동식물을 잡아먹고 산다. 결국 우리 몸속에는 온갖 것이 다 들어와서 살이 되고 피가 되어 움직인다. 내가 사는 것이 아니라 자연이 함께 내 몸속에서 살고 있다. 그러니 나는 자연의 일부이며 또한 하느님의 한 부분이기도 하다. 예수님이 이 사람들 속에 내가 있고 내 속에 하느님이 계신다고 하신 것은, 백번 옳은 말씀이다.

우리 한국인들은 '나'라는 개별적인 개념보다 '우리'라는 공동체의식이 아주 강한 국민이다. 그래서 '나의 집'이 아니라 '우리 집'이라 했고, '우리 마을', '우리 나라'라는 복수개념이 일상화되어 있다.
산에 사는 노루나 토끼가 마을에 내려오면 절대 잡지 않는다. 그들이 마을에 내려온 이상, 우리 마을의 일원이기 때문이다. 집안에 살고 있는 능구렁이도 우리집을 지켜주는 집지킴이가 된다. 비록 돌아가신 부모님이지만 명절날이면 그분들과 함께 기쁨을 나누기 위해 차례를 지낸다. 우리와 함께 먹고 한자리에 계신다는 따뜻한 마음씨는 죽음이란 시공을 초월한 정(情) 때문이다. 이것을 미신이나 우상으로 매도하는 것은 오히려 신성을 모독하는 짓이다. 산을 옮길 만한 믿음이 있어도 사랑이 없으면 아무것도 아니라고 사도 바울은 말했다. 회개를 부르짖고, 정의를 부르짖고, 온 세계를 다니며 복음을 전해도, 수십만명이 모이는 교회를 만들어도, 인간에게 따뜻한 정(사랑)이 없으면 정말 아무것도 아니다. 성서를 수만번 읽고 외어도, 수만명의 병자를 고쳐도, 일류 신학교의 박사학위를 받아도, 이런 소박하고 지극히 작은 사랑이 없으면 아무것도 아니다.

지금은 돌아가신 판순이네 어머니가 살아계실 때, 이웃집 아주머니가 아기를 낳고 쌀이 없어 굶고 있다니까 자기 집 용단지의 쌀을 퍼가지고 가서 산모에게 밥을 지어준 것을 기억하고 있다. 용단지의 쌀은 단순히 용신(龍神)을 섬기는 단지가 아니라 죽어가는 사람을 살리는 비상식량 역할도 했던 것이다. 성주단지의 곡식도 마찬가지다. 흉년이 들면 그 곡식을 함께 나누어 먹었다.

한국인들에게는 아름다운 관습이 참으로 많다. 가족 중에 누군가 먼길을 떠나면 그날부터 끼니마다 밥을 한 그릇씩 떠놓는다. 그 떠놓은 밥을 우연히 집에 찾아오는 나그네가 있으면 기꺼이 대접한다. 아무리 가난한 집에도 일단 집에 찾아온 손님은 박대하지 않고 먹이고 재워준다. 좀 여유가 있는 집에서는 아예 사랑채를 비워놓고 나그네를 받아들였다. 심지어 들판에서 점심을 먹다가도 지나가는 나그네가 있으면 큰 소리로 불러 함께 점심을 먹는다. 이렇듯 나누는 일은 철저했다. 조상에게 제사지낸 음식마저도 절대 혼자 먹지 않고 이웃끼리 나누어 먹는다. '고수레'로 들판에 던진 음식은 벌레도 먹고 새도 먹는다. 가을 감나무 꼭대기의 까치밥과 까마귀밥은 눈물겹도록 아름다운 자연과의 사랑이다.

한국의 모든 교회는 이런 것을 새롭게 배워야 한다. 서구인들이 마음대로 변질시켜 놓은 예수의 참된 복음을 깨닫는다면, 창조 이래 이 땅에서 역사하신 하느님의 숨결을 금방 찾아낼 것이다. 나는 지금 20여년 전에 내가 구상하고 꿈꿨던 교회는 벌써 전에 잊었다. 교회는 새삼스레 만드는 것이 아니라 온 세계와 온 우주가 바로 하느님의 교회이기 때문이다. 그 속에서 나는 떳떳하게 모든 자연과 더불어 사람이나 동물이나 서로 섬기며 살고 싶을 뿐이다. 하느님은 그것을 원하셨기에 이 땅에 예수님을 보내주셨다. 서로 섬기는 삶이야말로 예수님이 가르쳐준 사랑이며 그것을 위해 피흘려 희생하신 것이다. 이 땅위의 진짜 우상과 마귀는 제국주의와 전쟁과 핵무기와 분단과 독재와 폭력이다.

# 십자가 대신 똥짐을

장터 버스정류장에서 노인들이 말싸움을 하고 있었다. 무엇 때문에 저토록 핏대를 세워가며 다투는지 궁금해서 가까이 가서 들어보았다. 내용은 고속도로 이야기였다. 지금 이곳 안동지방에선 중앙고속도로 공사가 한창이다. 그런데 그 고속도로 공사에 드는 비용 때문에 말다툼이 생긴 것이다. 고속도로 공사비용이 1미터당 천만원이 든다는 노인과 1억원이 든다는 노인이 서로 자기 주장이 맞다고 다투는데 좀처럼 끝이 안 난다.

"땅값 보상하고 인부들 품값하고 시멘또값하고 불도자값하고 땅 돋웃코 산 깎아내는 것 다 보태마 엄청나는데 1억이 든다 카드라."

"암만 든다 캐도 1억꺼정이사 안 든다. 1메다루에 거진 천만원 든다 카드라."

"뭐락 카노, 내가 우리 아 친구한테 들었다. 거기서 일하는데 그마이 든다 카드라."

"그 사램이 뭐 안닥꼬, 승용차 타고 댕기매 감독하는 사람이 천만원 든다 카드라."

세상이 모두 돈으로 따지는 세상이니 노인들의 말싸움도 결국 돈싸움이다. 그것도 노인들한테는 아예 도움도 되지 않는 말싸움이었다.

노인들만 남은 시골에서 이런 말싸움이라도 해서 화풀이도 하고 심심풀이도 될지 모르지만 좀더 진지한 이야기를 할 수는 없는 것일까? 고속도로 공사로 산이 깎여나가고 논밭이 파묻히고 마을의 집들이 헐려나가고 이웃들이 고향을 떠나가는 아픔 같은 것은 왜 말하지 않을까? 너무 기막혀서 아예 얘기조차 하기 싫은 걸까?

그저께 주일은 추수감사절이었다. 교회에서 예배를 끝내고 점심을 함께 먹었다. 추수감사예배도 옛날 아기자기했던 감동은 찾을 수 없다. 해마다 추수감사절이면 그 해의 농작물의 십분지 일을 정성껏 바쳤다. 저마다 하얀 종이쪽지에 품목을 하나하나 적은 것을 장부에 기재하는 것도 재미있었다. 한결같이 맞춤법이 틀리고 서툰 글씨로 적힌 것을 몇가지 적어보면 이렇다.

추수감사
이름 김○○
벼 8말
조 5되
참깨 3되
콩 7되
호박 2개
무 50개
배추 10포기

이 외에도 간혹 감, 사과도 있고 달걀도 있고 돼지새끼도 있었다. 콩을 '꽁'이라고 쓴 어느 여집사님도 있었고 한되를 '한대'로 쓰기도 했다.

모든 곡식은 종목별로 모아 교회 옆 창고와 뒤주에다 넣으면서 하느님께서 정성을 살피는 게 아니라 교인들의 눈이 한집 한집 곡식을 심사하는 것이다. 어느 집 것은 벼에 쭉정이가 섞였고 어느 집 벼는 깔끔하게 손질이 잘 되어 정성이 담겼고 어느 집은 콩을 저것밖에 안낸다는 눈치를 주기도 하고, 해가 지도록 곡식 갈무리하느라 떠들썩했다.

이렇게 모인 곡식은 교회 전도사님의 식량으로 하고 얼마쯤 남는 것은 팔아서 교회 살림에 보탰다.

이런 추수감사절이 현금으로 바뀐 것이 벌써 십수년이 넘었다. 올해 우리 교회 추수헌금이 총 70만원이 조금 넘는다. 평균 교인수 40명이니 한 사람당 2만원 꼴이다. 쌀로 계산하면 6가마 반이 된다. 올해는 벼농사도 고추농사도 모두가 흉작이다. 하지만 마음의 추수가 더 중요한데 이렇게 현금으로 계산해서 내는 추수감사절은 어딘지 삭막하다. 교회도 마음으로 살아가는 게 아니라 돈으로 경영을 하게 된 것이다.

예배 후에 차린 점심도 마찬가지다. 여집사님 두분이 손수 만든 배추 부침개 외에는 모든 게 시장에서 사온 것들이다. 닭튀김과 과자와 밀감 …. 전에는 교회 잔치가 있으면 집집마다 올망졸망 음식을 만들어 와서 함께 펼쳐놓고 나눠먹었는데 편리한 대로 살아가는 것에 이렇게 길들여진 것이다.

가을날씨조차 음산하고 추워서 더욱 서글프다. 집사님 장로님들이 양파농사 얘기로 새로운 예배가 시작된 듯하다. 심어놓은 양파논에 비가 계속 내려 질척대니까 비닐덮개를 못해 걱정이고 내년 양파값이 어떻게 될지 벌써부터 걱정이다.

집집마다 거의 3마지기(6백평)씩 심은 것으로 나타났는데 3마지기 품삯이 25명씩 50만원, 씨앗과 비료, 농약, 비닐값을 계산하니 80~90만원이 들어 합치니 140만원이 된다고 한다. 양파 20킬로들이 한 푸대에 4천원씩 받으면 3마지기에 7백 푸대를 캐니 280만원이어서 수익이 140만원 정도가 되는 셈이다.

양파농사는 8월에 파종해서 10월에 옮겨심어 이듬해 6월에 캐니까 10개월이 걸린다. 열달이나 걸린 것이 140만원이니, 돈으로 따지면 너무 적다. 고급공무원 월급이 얼마쯤인지? 그것이나마 값이 폭락하면 그냥 내다 버려야 하는 농사꾼의 딱한 현실이다.

모든 걸 돈으로 환산해서 살아가야 하다 보니 농촌 사람들도 이렇게 돈 이야기만 하게 되어버린 것이다. 옛날 부자들은 천석꾼 만석꾼이라 불렸지만 지금은 모두 돈으로 따져서 억대부자라고 한다. 심지어 교회의 성공 여부도 헌금의 양에 따라 큰 교회가 되고 성공한 교회가 된다. 서울의 몇몇 큰 교회는 한 주일 헌금만도 억대가 넘는다고 하는데 그 헌금의 출처가 어디서 어떻게 나왔는지 생각해봤는지 알고 싶다.

우리는 가장 쉽게 모든 물질은 하느님이 주신 축복이라고 말한다. 옳은 말이다. 살아있는 모든 목숨에게 필요한 물질이 없으면 이 세상에서 그 무엇도 살아갈 수 없기 때문이다. 참으로 하느님께 감사할 일이다.

하지만 사람들이 현재 누리고 있는 풍요나 교회 헌금의 수량을 가지고 모들쳐서 하느님의 축복이라고 말해서는 절대 안된다. 모든 물질은 이 세상 모든 생명들이 각자의 몫이 골고루 나뉘어졌을 때 진정한 축복이 되는 것이다. 거기서 사람들도 정당한 자기 몫으로 살면서 다른 목숨들한테 피해를 주지 않고 평화를 이룰 때만이 우리는 하느님께 진정한 감사를 할 수 있는 조건을 갖추게 된다.

그런데 지금 세상은 그렇지 않다. 농촌은 농촌대로 도회지는 도회지대로 모든 수단 방법을 가리지 않고 부정직한 방법으로 물질을 소유하고 있기 때문이다. 내가 말하지 않아도 알고 있듯이 우리는 우리만의 풍요를 누리기 위해 수많은 목숨들을 죽이고 있지 않는가. 공장에서 나오는 독한 공해물질은 하천을 더럽히고 공기를 더럽힌다. 농촌의 농약은 들판을 오염시키고 거기 살고 있는 동물들의 목숨을 앗아간다. 우리는 그냥 훔치는 것이 아니라 무장강도처럼 이 지상의 물질을 약탈하고 있는 것이다. 이렇게 약탈해온 재물의 일부를 교회에 바친다고 과연 감사가 될 수 있단 말인가?

사람들의 편리를 위해 만들어지는 고속도로 때문에 일어나는 끔찍한 일들은 아무도 모른 채 지나치고 있다. 시골 아스팔트 길을 보면 종종 뱀이나 다른 산짐승들이 자동차에 치여 죽은 것을 본다. 비오는 들판 아스팔트 길엔 개구리들이 수없이 차바퀴에 치여 죽어 있다. 아침에 나가보면 그것들의 죽음 때문에 비린내가 진동한다.

우리집 헛간에는 지금 지난 봄에 둥우리를 짓고 알을 품던 노랑 딱새가 알을 깨지 못한 채 사라지고 빈 둥우리만 남아있다. 알이 모두 세 개였는데 두 개는 없어지고 한 개만 남았다. 나는 딱새가 다시 돌아와 알을 품어주기만 기다렸는데 끝내 돌아오지 않는 것이다. 딱새는 어디선가 농약에 중독된 벌레를 잡아먹고 죽어버린 모양이다. 새끼를 깨지 못한 둥우리를 보니 실오라기같이 가는 풀줄기를 물어다 촘촘하게 틀어 만든 둥우리가 사람의 솜씨로는 도저히 만들 수 없을 만큼 아름답다.

풍요로운 삶이란 이런 새 한 마리까지 함께 이웃하며 살아가는 것이지 인간들끼리만 먹고 마시고 즐기는 건 더럽고 부끄러운 삶이다.

고속도로는 동물들에겐 커다란 수난이다. 산골짜기를 가로질러 건설되는 고속도로의 양쪽에 헤어진 동물 식구들은 그때부터 영원히 이산가족이 되어버린다. 동물한테도 감정이 있는 것을 겪어본 사람은 알 것이다. 팔려간 송아지를 찾아 목이 메도록 울부짖는 어미소가 있고, 친구를 잃어버린 닭이 목을 길게 늘여 울며 찾아다니고, 기적소리를 듣고 슬피우는 개도 있다. 그들도 이 세상에 태어나 똑같이 새끼를 낳고 키우고 함께 무리지어 살고 있다. 해가 지면 그들도 숲속이나 나뭇가지 둥지에서 잠을 자고 해가 뜨면 일어나 먹이를 찾아 일하는 건 사람과 조금도 다르지 않다. 오히려 짐승들의 삶은 사람보다 정직하고 순수하다. 그들은 특별한 종교를 갖지 않았지만 종교 이상으로 하늘의 뜻을 따라 살고 있다.

이곳 골짜기 사내골, 어릿골, 사구지미, 계산골, 거기 가운데 꼬불꼬불 흐르는 골짝물을 사이에 두고 오소리가 건너다니고 산토끼가 이산 저산 뛰어다니고, 멧돼지와 노루와 너구리가 다녔는데 고속도로로 자동차가 씽씽 달리면 어떻게 될까? 한 시간에 백 마리씩 잡던 가재들은 벌써 사라진 지 오래고 버들치도 둥미리도 꾸구리도 없어진 골짝물이지만 이젠 그것마저 영영 사라져버린다.

경제성장이란 도대체 뭘까? 발전이란 것과 건설이란 것은 어떤 것인가? 산이 깎여나가고 골짜기가 사라지고, 마을이 없어지고, 거기 살고 있는 사람도 짐승도 없어지는 게 건설이고 발전이란 말인가?

오늘 아침 신문을 보니 쇠퇴해가는 농촌교회의 현실을 걱정하는 기사가 있었다. 더러는 헌금으로 농촌교회를 돕기도 하고 집회를 하고 기도를 한다지만 그런 것으로는 손바닥으로 하늘가리기다. 진정 이 땅의 농촌과 농촌교회를 걱정한다면 좀더 적극적이고 실질적인 삶이 있어야 한다. 나는 신학(神學)이 어떤 것인지 잘 모르지만 올바른 신학을 한다면 농학(農學), 인간학, 자연학을 함께 공부해야 한다고 본다. 말씀이 육신이 되어 이 세상에 오신 예수는 추상적이며 관념에 머문 신학을 가르치지 않았다. 입으로 설교하는 목회가 아니라 몸으로 살아가는 목회자가 있어야 한다. 밭을 갈고 씨뿌리고 김매고 똥짐을 지는 농사꾼이 바로 이 땅의 목회자다. 창세기의 하느님나라는 말씀으로 되었지만 지금은 몸으로 살아가야 한다. 그래야만 하느님나라가 다시 창조되고 천국이 이 땅에 이루어진다. 몸으로 살지 않고 수천만번 주기도문만 외운다고 하느님나라가 이루어지는 건 절대 아니지 않는가.

고속도로 공사비용이 1미터에 천만원이 드는지 1억원이 드는지 그런 문제로 말다툼하는 것처럼 어리석을 뿐이다. 올해도 많은 신학교에 장래 목회지망생들이 입학하려고 할 텐데, 과연 그분들이 하느님나라의 백성을 위하고 인간구원을 바란다면 자연을 가꾸고 농촌을 지키는 농사꾼이 되는 게 좋을 것이다. 양을 길러 젖을 짜먹고 양고기를 먹고 살았던 유대 나라에선 목자가 가장 귀한 직업이었다. 그래서 예수님도 스스로 목자가 되셨다. 한국에선 농사꾼이야말로 영육을 함께 살리는 하느님의 일꾼일 것이다. 정말 똥짐 지는 목회자는 없는 것일까? 예수님이 지금 한국에 오신다면 십자가 대신 똥짐을 지실지도 모른다.

# 휴거를 기다렸던 사람들

1992년 10월 28일 24시. 한국의 기독교인 중 50분의 1이 되는 2만명이 이날을 간절히 애타게 기다렸다. 온 가족이 기다린 집도 있고 그러지 못한 사람은 아내를 버리고 혹은 아내가 남편을 버리고, 자식이 부모를 마다하고 기다렸다. 다니던 직장도 버리고 학교도 그만두고 가지고 있던 돈은 교회에 몽땅 털어 바치고, 쓰던 가재도구는 이웃에게 나누어줬다. 털끝만큼의 의심도 없이 오직 한마음으로 믿음을 같이 한 형제들이 모여 기도하며 기다렸다. 세상에 이런 믿음이 과연 또 있었을까? 말 그대로 완전 무결한 믿음이었다.

그런데 안타깝게도 10월 28일 24시에 휴거는 일어나지 않았다. 그토록 믿고 기다린 예수님은 왜 안 나타나신 걸까? 겨자씨만한 믿음만 있어도 산을 옮기는 기적이 일어난다는데, 산보다 더 큰 믿음을 가졌던 그분들 앞에 예수님은 왜 이렇게 매정하리만큼 냉담하셨을까?

"그건 너희들이 일방적으로 추리하고 따지고 계산해서 정한 시한부 종말론이지 나하고는 아무런 상관없는 일이다." 이렇게 예수님은 그들의 조급함과 어리석음을 나무라시는 걸까? 성서를 인간의 두뇌로 멋대로 해석하는 지극히 소아병적 행동이라 보시고 철저히 외면하신 걸까?

나는 이번 시한부 종말인 10월 28일을 넘기면서 도대체 누구 쪽이 어느 쪽이 옳은지 그른지 답답하고 괴로웠다. 비록 휴거는 불발이 되었지만 나는 왜 그 휴거를 믿지도 기다리지도 못했는지 마음 한녘으로 부끄럽기도 했다. 한편으로는 정말 그 시각에 휴거가 일어나서 2만명 사람들만 들림받고 나는 때를 놓치고 영원히 지옥형벌을 받는 건 아닌가 하는 겁도 났다. 이렇게 되고 보니 참으로 휴거가 안 일어난 것이 나와 그리고 그날을 믿지 않았던 사람들에겐 여간 다행한 일이 아니다. 무너져내리려던 하늘이 도로 걷혀 올라간 기분이다. 과연 예수님은 믿음이 없는 나 같은 죄인을 사랑하신 것인가? 아흔아홉 마리 양보다 길잃은 한 마리를 찾아나선 예수님이다. 높은 보좌 위에서 낮고 천한 인생들, 소경과 절름발이와 앉은뱅이와 간질병 환자와 문둥이와 창녀와 세리와 귀신들린 사람을 사랑하신 예수님이다. 이들은 모두 강도 만난 불쌍한 인생이다.

휴거는 이런 사람들의 것이다. "주여, 주여!" 부르짖는다고 들림받는 게 아니다. 잘못은 시한부 종말을 믿도록 강요하고 휴거를 믿도록 선동한 몇 사람들에게 있다. 오히려 이 세상이 빨리 끝나기를 소원하는 사람들에게 시한부 종말은 얼마나 가슴부풀게 하는 경사인가? 차라리 이 세상, 서럽고 두렵고 힘든 세상 끝장내고 사랑의 예수님 품에 안겨 하늘로 올라가는 건 상상만 해도 황홀하기 그지없다. 차라리 내려오지 않으시면 억지로라도 끌어내려 그분의 품에 안기고 싶은 우리 주님 예수다.

물에 빠진 사람은 지푸라기라도 붙잡는다. 요즘 같은 세상에는 무언가 잡히기만 하면 그냥 기대고 싶은 사람이 한없이 많다. 교통지옥에, 입시지옥에, 산업경쟁에, 선거전에, 온통 지옥과 전쟁뿐인 세상이다. 나이 마흔이 넘도록 장가 못 간 노총각들, 해도 해도 끝이 없이 일하며 외롭게 살아가는 농촌 노인들, 태어나면서 신체와 정신이 온전치 않다고 부모에게 버림받은 아이들, 텔레비전도, 신문도, 책도, 거리도, 산도, 강도, 온통 폭력으로 가득 차 있다. 한시도 마음놓고 살 수 있는 곳은 아무데도 없다. 밤이면 교회당마다 붉은 십자가가 빛을 뿜고 있지만 그 십자가 밑에도 안

식할 수 있는 자리는 없다. 오직 예수님이 벗어놓은 옷을 서로 가지려고 제비뽑는 망나니만 있을 뿐이다.

교회에 딱 1년 다니고 그만둔 선영이네 할머니는 요즘 예순다섯의 나이로 연탄불살개 공장에 다니신다. 아침 6시 반에 가서 저녁 8시에 돌아오신다. 하루 품삯이 1만2천원이다. 고달프다는 말보다 부끄러워 검정투성이 옷을 남몰래 밤에 개울에 가서 빤다고 하신다.

그러나 이렇게라도 일할 수 있는 할머니는 다행한 편이다. 몸을 제대로 가누지 못하는 노인들이 혼자서 외롭게 살아가는 모습은 정말 비참하다. 강건너 마을에 벙어리 외딸 하나 데리고 한달에 한번씩 면사무소에 양곡을 받으러 오시던 할아버지는 일흔두살의 나이로 세상을 뜨셨다고 한다. 나이 스무살이 넘도록 어린애처럼 밥도 못 짓고 빨래도 못하던 벙어리 딸은 어떻게 된 것일까?

이곳 안동시 변두리에서 무의탁 노인들을 보살피고 있는 여전도사님은 요새 길가에 버려지는 어린이와 노인들이 점점더 불어난다고 걱정하고 있었다. 세상 모두가 돌아버렸거나 사기꾼이 된 것이다. 대통령도 그렇고 국회의원도 장관도 목사도 대학교수도 의사도 박사도 다 사기꾼이 되었기 때문이다. 이 글을 쓰고 있는 나 같은 사람도 똑같이 온통 거짓말만 해왔는지 모른다.

올해 가장 돈을 많이 번 어느 연예인은 하루에 백만원꼴로 벌어들였다. 참말인지 믿기지도 않는데 신문에 그렇게 나 있으니 거짓말은 아닌 것 같다. 어떻게 되었기에 그런 사람은 하루 백만원을 쉽게 벌고 예순다섯살의 할머니는 열두 시간을 검정숯가루를 뒤집어쓰며 일해도 1만2천원인가? 나는 단돈 1만2천원이 적다는 것이 아니라 백만원이 너무 많다는 주장이다. 직업은 달라도 품삯은 같아야 한다. 성서의 예수님은 그렇게 가르쳐 주셨다. 설령 그 연예인이 불살개 숯을 만드는 할머니보다 백배 가치있는 일을 하더라도 결코 그 가치를 돈으로 구분지어서는 안된다고 본다. 직업에는 귀천이 없다고 하면서 오히려 이렇게 직업의 귀천이 하늘땅만큼 벌어지고 있다.

이 세상에서 가장 귀한 것이 쌀이다. 그런데 그 쌀값이 한말에 2만원이다. 백만원을 버는 연예인은 하루에 쌀 50말을 번다. 옛날 맨손으로 농사짓던 시절에는 한 사람이 땅 3백평을 겨우 경작할 수 있었다고 한다. 쌀 50말을 거둬들이자면 적어도 논 5, 6백평은 되어야 한다. 그렇다면 맨손으로 농사짓는 사람 둘이서 1년 거두는 열매를 연예인 혼자 하루에 다 거둬들이는 셈이 된다.

세상이 이렇게 되었으니 어떻게 미치고 환장하지 않겠는가? 불평불만이 넘쳐서 이젠 증오심이 극도까지 와버렸다. 그래서 부정을 저지르고 강도짓을 하고 살인을 하고 성폭행을 하는 것이다. 이것도 저것도 못하는 사람들은 그냥 외롭고 서러워 누군가 힘있는 자가 나타나 대신 징벌해 주고 불쌍한 자신을 구해 주기를 기다린다. 그런 사람들이 모여든 곳이 교회였다. 그러나 그 교회마저 버림받고 서러운 사람들에겐 위안이 되지 못했다. 결국 세상이 끝장나는 길밖에 없다. 시한부 종말은 이 사람들에게 절체절명에서 살아날 수 있는 기회였다. 마냥 죽어버리고 싶은 데다 오히려 완전한 구원의 길이 나타났기 때문이다.

나는 이번 시한부 종말에 참석했던 2만명의 숫자 외에도 더 많이 휴거를 바라는 사람들이 있다고 본다. 다만 믿음이 그만큼 부족했을 뿐이다. 사회가 이렇게 부조리와 불평등이 계속 이어지는 한, 이런 불상사는 사라지지 않을 것이다. 함께 일하고 함께 살아가는 세상이 와야 한다.

경제정의란 말과 사회주의란 말이 어떤 차이가 있는지 모르지만 함께 일해 함께 사는 세상이 사회주의라면 올바른 사회주의는 꼭 이루어져야 한다. 몇 사람의 혁명가가 하는 사회주의가 아니라 기독교적 차원에서 경제정의는 필연적으로 이루어져야 한다. 성서의 가르침이 그렇고 예수님의 사랑이 바로 이웃과의 관계에 있었기 때문이다. 아침 아홉시에 온 일꾼이나 오후 다섯시에 와서 일한 일꾼이나 똑같이 하루 살아갈 품삯을 주라고 가르친 것이 예수님이다. 이 말씀은 사람에겐 먹고 살아가는 데는 어떤 경우라도 제 몫이 있다는 가르침이다. 공중에 나는 새도, 들꽃 한 송이도, 제 몫의 양식은 하느님이 창조하실 때 벌써 주신 것이다. 교회에 가서 큰 소리로 울부짖으며 기도한다고 새삼스레 하느님이 더 주거나 덜 주는 게 아니다. 이미 주신 것을 가지고 함께 나눠먹는 것이 성서의 가르침이다. 그것이 인간이 만들어낸 경제정의나 사회주의라는 말로 표현되었을 뿐이다.

몇년 전에 서울 어느 달동네 교회 목사님은 목사직을 그만두고 미장이 일로 직업을 바꿨다고 했다. 정말은 목사직을 그만둔 것이 아니라 더 나은 목사가 되기 위해 미장이 노동을 택한 것이다.

내가 한국의 목사님들께 감히 말씀드리고 싶은 것은 목사님도 사회의 직업을 하나씩 가지라는 것이다. 미장이만 되는 것이 아니라 할 수만 있다면 국회의원도 되고 대통령도 되고 판사, 검사, 대학교수, 회사원, 공장노동자, 거리의 청소부, 운전기사, 비행기조종사, 승무원, 국민학교 선생님, 고기잡는 어부, 사과밭을 가꾸는 농사꾼, 어쨌든 할 수 있는 일이면 자신의 능력대로 일하는 목사님이 되라는 것이다. 함께 일하지 않고는 일주일 계속 책상머리에 앉아 설교준비를 해도 고통받는 사람들에게 힘이 되고 위로가 되는 설교는 못할 것이기 때문이다. 과부 사정은 동무과부만이 안다. 일하지 않고는 일하는 사람들의 마음을 모른다. 일주일 동안 일을 하고 나면 주일날 그야말로 넘치도록 충만한 설교를 할 수 있을 것이다. 일하면서 시간 있는 대로 한적한 곳에 가서 기도하면 구태여 40일간 금식기도를 안해도 영혼의 양식도 구비할 수 있다.

가난한 자에게 필요한 것은 그 가난한 자 곁에서 함께 가난해지는 것뿐이다. 예수님이 만약 화려한 옷을 입고 고급주택에 살며 고급승용차에 경호원을 데리고 나타나 가난한 사람들에게 몇백만원씩 나눠주었더라면 어찌 되었을까? 예수님이 우리에게 필요한 것은 그가 능수능란한 부흥사도 아니고 자선가도 아니고 혁명가도 아니고 예언자도 아니라 가장 소박한 한 인간으로 우리 곁에서 33년 동안 고락을 함께 해준 삶 때문인 것이다.

이 세상에 위대한 성자는 예수님 한분으로 족하다.

우리는 누구나 시한부 인생을 살고 있다. 생각해보면 허무하기 짝이 없는 짧은 목숨인데 만물의 영장이라 일컫는 인간들만 유독히 이 지구상에 암처럼 온갖 나쁜 짓을 다 저지르고 있지 않은가. 지구 멸망은 인간들의 욕심이 빚어낸 결과이지 결코 천재지변은 아니다.

기독교인이라면 어떤 직분을 가졌든 함께 일하며 살아가는 삶이 있을 때, 이 험한 세상 조금은 따뜻해지고 시한부 종말을 기다리는 어처구니없는 일도 없어질 것이다. 가장 겸손한 삶은 이웃과 함께 일하며 살아가는 것뿐이다.

# 침묵하는 하느님 앞에서

　골고타 십자가의 예수는 위 아래 어느 쪽도 말상대가 없는 외톨박이였다. 인간들과 신의 합작으로 만들어진 드라마의 끔찍한 장면에서 예수는 철저히 버림받는 역할을 완벽하게 해내어야만 했다.

　"엘로이 엘로이 라마사박타니!"

　인간으로서, 하느님의 아들로서, 30세를 넘긴 청년 사나이로서 이런 절규가 나올 만큼 고통스런 예수 앞에 하느님은 끝내 침묵으로 보고만 있었다.

　옷은 벗겨져 알몸뚱이가 되고, 손과 발에 못이 박히고, 형틀에 매달린 바로 밑에서는 벗긴 옷을 서로 가지려고 제비뽑는 망나니들이 있었고, 창을 든 병사들이 있었고, 어머니가 있었고, 사랑하던 제자가 있었고, 여인들이 있었고, 수많은 구경꾼들이 둘러 있었기에 오히려 더 외로워야 했던 예수….

　이 글을 쓰고 있는 바로 지금, 우리집 건너편 개울가엔 벙어리 아주머니 한분이 쭈그리고 앉아있다. 남편에게 얻어맞고 쫓겨나 갈 곳이 없어 마을 주변을 돌아다니고 있는 중이다. 벌써 며칠째 이집 저집 처마 밑에 잠을 자면서 지내지만 아무도 거들떠보지도 않는다. 집이 있고 남편이 있으니 보살펴줄 이유가 없다는 것이다.

인생은 연극이고 그래서 하느님은 그 연극의 연출자로 생사존망(生死存亡)을 주관한다면 인간 개인의 의지는 어떻게 되는 건가? 배역에 따라서 그 시대 그 장소에 배치되어 살아가는 인간들에 대해 우리는 어떤 눈으로 선악을 판단해야 할까?

벙어리 아주머니는 벙어리 역할을 하고 그의 남편은 아내를 내쫓는 남편 역할을 하고, 주변 사람들은 구경꾼으로 지켜보면서 작자의 또다른 배역대로 살고 있을 뿐이지 않는가?

밤늦게 밖을 내다보면 불꺼진 마을 풍경은 참으로 쓸쓸하다. 적막하다 못해 왈칵 두려워지는 그 어둠 속에, 멀리 한두점의 불빛이 깜빡거리는 것이 보인다. 불꺼진 집들의 적막함보다 작은 불빛이 한층 외로워 보인다. 저 집은 왜 밤늦도록 불을 켜놓았는가? 조상님 제사라도 지내는 걸까? 아니면 누군가 아픈 사람이 있어서 병구완을 하느라 밤늦도록 불을 켜놓은 것일까? 낮에 못다한 일거리를 마저 하느라 밤을 지새우는 걸까? 남이 다 자는 밤에도 불을 켜놓고 있어야 하는 집은 또다른 외로운 집일 수도 있다.

며칠 전, 중학교 3학년인 건넛집 은영이가 '심 신'인지 '신 심'인지 하는 남자 가수의 사진을 껴안고 달려오면서 사뭇 얼굴이 상기되어 있었다. 한 장에 2백원씩 한다는 사륙판 책 크기의 사진에는 늘씬하게 생긴 멋쟁이 남자가 이렇게 저렇게 모양을 바꾸어 찍은 것이 모두 다섯장이나 되었다. 은영이는 그 사진을 보물처럼 껴안고 자랑하면서 그지없이 행복해 하더니 일주일이 지나서는 그만 시들해지고 또다시 외로워져버렸다.

중학교 2학년인 태석이는 코 밑에 솜털 같은 털이 나고 그리고 장다리까지 걸어보이면서 자랑인지 걱정인지 신기해 하고 있다. 이 애들도 이젠 어린이가 아니고 어른이 되어가고 있다. 앞으로 얼마나 외롭고 고달프게 제 몫의 인생을 살기 위해 애써야 하나 생각하니 어쩐지 가엾어진다.

이따금 시내에 갔다가 버스를 기다리느라 정류소 대합실 구석의자에 앉아있으면 갖가지 사람들이 몰려가고 몰려온다. 할머니, 할아버지, 중년 부부와 갓 결혼한 신혼부부, 삭발을 한 스님도 있고, 수녀님도 있고, 가끔 씩은 노랑머리의 서양사람도 있다. 모든 사람들의 차림새나 거동을 구경 하고 있으면 어떤 호기심 때문인지 재미가 있다.

이렇게 인간세상을 구경만 할 수 있다면 고통이 없을지도 모른다. 그러 나 인생이란 남의 것을 구경하면서 동시에 내 인생도 남에게 보여줘야 한 다. 따로따로 떨어져서 구경하고 구경시키기도 하지만 대부분이 함께 부 딪치며 밀치며 뒤얽혀서 연기를 해야 한다. 배우로서 연기를 한다는 의식 도 없이 우리는 어쨌든 슬프거나 즐겁거나 쉴새없이 연극을 하고 있는 것 이다.

아들만 여덟명을 낳아 키우는 집이 있는가 하면 딸만 열두명을 낳아 키 운 집도 있다. 그것도 저것도 아니고 한명의 자식도 낳아보지 못한 부부 도 있다. 열두살에 재취 장가를 갔었다는 노인도 있고 불구자여서 평생 독신으로 살아온 노인도 있다. 일생을 부유하게, 혹은 거지처럼 살기도 하고, 혹은 지체 높게 혹은 밑바닥에서 그들의 본분을 지키면서 산다.

며칠째 떠돌며 한데서 잠을 자는 벙어리 아주머니는 오늘쯤 남편과 화 해를 해서 집으로 들어갈까? 아니면 하느님은 그 벙어리 아주머니를 더 슬프게 외롭게 버려두실까?

이 세상에서 누구는 선한 배역을 맡고 누구는 악역을 하면서 남의 미움 을 받는 배우가 되어야 한다면, 우리가 진정 동정하거나 우러러봐야 할 인간은 누구여야 할까? 예수에게 유죄판결을 내린 서기 33년도의 사제들 과 민중들, 예수를 은 삼십전에 팔았던 가리옷의 유다는 어떻게 심판해야 할까?

가을이 한창 무르익고 있다. 우리집 둘레엔 여름내 자라온 온갖 꽃들이 다투어 피고 있다. 지난번 태풍으로 미루나무는 한 중간이 부러지고 복숭 아나무는 단풍도 들기 전에 잎이 모두 떨어졌다. 나무 하나 풀 한 포기도 그들의 역할을 다하기 위해 나름대로 꽃을 피우고 열매를 맺고 있다.

가끔 가다가 아이들이 묻는다.

"집사님, 밤에 혼자서 무섭지 않나요?"

그러면 나는 시치미를 뚝 떼고 대답한다.

"무섭지 않다. 혼자가 아니고 내가 가운데 누우면 오른쪽엔 하느님이 눕고 왼쪽엔 예수님이 누워서 꼭 붙어서 잔단다."

아이들은 눈이 땡그랗게 되어 다시 묻는다.

"진짜예요?"

"그럼, 진짜지."

"그럼 자고 나서 하느님하고 예수님은 어디로 가요?"

"하느님은 콩 팔러 가시고, 예수님은 산으로 들로 다녀오신단다."

이쯤되면 아이들은 갈피를 못 잡고 더이상 질문도 못 한다. 외롭다고 쩨쩨하게 밖으로 푯대내고 사는 사람이 어디 있겠는가? 혼자서 꾹꾹 숨겨놓고 태연스레 살 뿐이다. 하느님이 계속 침묵하시듯 우리도 입 다물고 견디는 것뿐이다.

# 인간의 삶과 부활의 힘

"사람이 죽으면 믿는 자의 육체는 썩어 없어져도 영혼은 살아 천국에 간다. 그리고 이 다음 예수님이 재림할 땐 무덤에서 썩어 없어졌던 몸뚱이도 되살아난다."

시골 교회 교인들은 부활에 대한 신학을 이 정도로 이해하고 있다.

그러나 실제 이런 막연한 사후의 일에 대해서는 모두가 회의적이다. 그들의 신앙은 지극히 감상적이며 환상적이다.

현실의 고통이 이 다음 죽어 천국에서 보상받게 된다는 황홀한 꿈을 가져보면서도, 그것은 역시 잡히지 않는 무지개와 같은 것으로 믿기지 않는 것이다. 그 믿기지 않는 자신의 약한 믿음에 대해 두려움을 느끼고 확신에 대한 의지를 불러일으키려 애쓰지만 역시 제자리로 돌아오고 만다.

그래서 평신도들은 괴롭다. 괴로운 정도가 아니라 그것은 당연히 믿는 신자로서의 고통으로 '나의 십자가'로 고정시키고 거기 얽매여버리는 것이다.

천국에 대한 의심, 부활에 대한 의심, 예수님의 동정녀 탄생에 대한 의심, 이런 의심이 끝없이 일어나는 것은 어쩌면 우리 모두가 죽을 때까지 떨쳐버릴 수 없는 당연한 사실이다.

오히려 그런 것을 믿으려고 애쓰는 것 자체가 부질없는 짓이다. 태어날 땐 누구나 어머니 뱃속에서 태어났고 살다 보면 언젠가는 죽음이 온다는 것으로 편한 마음을 갖자는 것이다.

우리가 믿는 것은 죽은 다음의 천국보다, 그리고 동정녀 탄생이나 부활이기 이전에, 예수의 삶과 죽음에 대한 정신이다. 그가 인간으로서 어떻게 살았고, 어떻게 죽었는가가 훨씬더 중요하다.

만약 예수가 이 세상에서 참되게 살지 못하고 참되게 죽지 못했다면, 그의 동정녀 탄생이나 죽은 뒤 사흘 만에 부활한 것도 지금 하느님 오른편에 계시다가 산 자와 죽은 자를 심판하러 오는 것도, 모두가 값어치 없는 일이다.

예수는 우리와 같은 인간으로 이 세상에서 살았다. 언제 어디서 살았든 간에 다만 살았다는 것, 그가 짧은 일생을 사람답게 살았다는 그것만으로도 우리는 예수가 필요한 것이다.

썩은 달걀은 어미 닭이 아무리 품고 있어도 깨어나지 못한다. 참 달걀은 거기 생명이 있다. 이와 같이 참 삶이야말로 생명있는 삶이다. 생명 있는 삶은 죽은 다음 커다랗게 깨어나 영원히 죽지 않는다.

예수가 죽은 지 사흘 만에 살아났을 때 그의 모습을 보고도 유령으로 보았을 때와 생명으로 보았을 때의 제자들의 태도는 정반대로 다르다. 유령으로 보았을 땐 겁이 났고 의심이 났지만, 생명으로 보았을 땐 감동과 힘이 솟았다.

예수의 부활은 유령이 아닌 생명이다. 생명은 껍질 없이도 된다. 다시 말해 모습이 없어도 살 수 있다는 말이다.

오히려 겉모습을 갖추었을 때의 예수는 하나뿐이었지만, 모습이 사라졌을 때는 수십 수백 수천의 예수로 살아났다. 다시 살아난 예수는 생전에 그가 생동하고 이야기하고 생각했던 것이, 어렵던 수수께끼가 풀리듯이 제자들의 머리와 가슴과 온몸으로 풀리어 빛이 되었다. 그들은 자신감이 생기고 계산을 하지 않아도 답을 알게 되었다. 겁이 없어지고 용감해졌다.

그들 자신이 바로 예수가 된 것이다. 얼마나 신나는 일인가. 기독교의 부활은 바로 이런 부활이어야 한다.

작년에 이곳 교회에 부흥회 인도를 했던 서울의 ○목사는 복된 삶에 대한 설교를 닷새 동안 했다. 그분의 다섯 가지 축복이란, (1) 평안의 축복, (2) 자녀의 축복, (3) 물질의 축복, (4) 건강의 축복, (5) 장수의 축복이었다. 기독교인의 삶이란 바로 이런 축복된 삶이어야 한다고 했다. 옳은 말이다.

누가 평안을 싫어하며 자녀가 잘되는 것을 원치 않겠는가. 물질도 풍족하고 건강하고 오래 사는 것을 바라지 않겠는가. 그래서 이런 축복을 받기 위해 기독교인의 신앙행위는 (1) 성수 주일, (2) 섬김의 생활, (3) 십일조 생활, (4) 봉사 생활, (5) 효도의 생활이어야 한다면서 그 근거를 신·구약성서 구절에서 찾아내어 설명해 주었다.

이것도 옳은 말이다. 기독교 신자가 주일 지키지 않는 이가 누가 있고, 섬기지 않고, 십일조 안 내고, 봉사하지 않고, 효도하지 않으려는 이가 어디 있겠는가.

그러나 이런 인과응보의 신앙은 옛날 이야기에 나오는 도깨비 방망이식의 교훈과 무엇이 다르단 말인가? 수백번, 수천번 부흥회를 해도 한국교회의 삶이, 우리 기독교인의 삶이 언제나 제자리 걸음을 면치 못하는 까닭이 바로 이런 축복신앙에 있기 때문인 것이다.

서울에서 두 딸을 데리고 어렵게 살고 있는 어느 여집사님이 오랜만에 고향에 와서 그동안 살아온 이야기를 들려주었다. 보험회사 외무사원으로 일하는데 실적이 나빠 항상 상급 직원에게 꾸지람을 듣는다고 했다.

"김 여사는 너무 양심적으로만 일을 하니까 건수를 올리지 못하는 겁니다."

그 여집사는 그렇게 말하는 상급자의 꾸중이 옳은 줄을 알지만 자신은 절대 남을 속이거나 억지로 강요하면서 가입자를 늘릴 수는 없다고 했다.

그녀는 정말 살기가 힘들다고 말했다.

"착하고 정직하게 살아서는 절대 축복을 못 받아요."

결국 그 여집사님은 남들이 누리는 축복의 삶을 포기하지 않을 수 없었다. 살아있는 한 양심만은 지켜야 한다는 것이다. 평범한 과부 여집사님으로서 이만큼의 신앙지조를 가진 것만 해도 대견하다.

과연 삶이란 무엇인가?

한없이 먹고 마시고, 입고 즐기며 사는 것이 사는 것인가? 이런 삶이라면 들판에 뛰어다니는 짐승이나 새보다 조금도 나은 게 없다. 오히려 새들의 자유로움에 비하면 인간이 즐기는 쾌락은 너무도 초라하다. 들판에 뛰어다니는 짐승들은 쌓아놓기 위한 재물엔 탐을 내지 않는다. 약육강식의 테두리에서 벗어나지 못하는 조건은 우리 인간과 다르지 않지만 그들 짐승들은 훨씬 솔직하다.

그들은 숨길 줄 모른다. 쌓아두지도 않고, 모함도 음모도 전쟁무기도 만들지 않는다. 자연을 오염시키는 쓰레기도 없다. 살기 위해 필요한 만큼 희생을 시키지 쓸데없이 살생을 않는다.

인간들이 만들어놓은 하느님이 아닌 진정 순수한 하느님의 법칙대로 살고 있다. 무엇 때문에 인간이 위대한 것인가? 더 많이 파괴하고 더 많이 죽이고 빼앗을 수 있는 꾀를 가졌기 때문인가?

공자(孔子)가 어느 때 제자들과 태산을 넘어가는데, 한 여인이 호랑이에게 시부모와 남편과 아들을 잃어버리고 울고 있었다. 공자는 그 여인에게 그렇게 무서운 이곳을 왜 떠나지 않느냐고 묻자 그 여인은 다음과 같이 대답했다고 한다.

"여기서는 가혹한 정치가 없기 때문입니다."

정말 그렇다. 호랑이보다 무서운 게 인간이다. 짐승들에겐 그런 무서운 정치가 없다. 그래서 짐승들은 어리석고 인간은 위대한 것인가. 착취와 음모와 전쟁을 만들어내는 정치, 이것이 인간의 위대한 업적인가.

예수는 제자들에게 항시 다음과 같이 말하였다.

"가지지 말라."

"높고 낮음을 다투지 말라."

"나는 섬김을 받으러 온 것이 아니라 섬기러 왔다."

다시 말해 예수의 사상은 무소유, 무계급, 무정부의 세 가지가 갖춰진 나라였다. 그 나라는 국경도 인종차별도 없는 나라다. 모두가 한 형제이며 평등하다. 아무도 다스리지 않고 오직 하느님의 법칙대로 사는 나라이다.

그 나라가 이루어지는 때는 아무도 모른다고 했다. 다만 너희는 땅끝까지 복음을 전하라고 했다. 말로만 전하는 것이 아니라 그런 삶을 살라고 했다. 무소유, 무계급, 무정부, 그래서 이 세상 왕의 말은 듣지 않아도 하느님의 뜻대로 살라고 했다.

나는 부활이요, 생명이다. 그러니까 부활과 생명은 따로 떨어진 것이 아니다. 생명있는 삶을 살아야 생명있는 부활이 가능한 것이다. 그것은 나중의 일이 아니다. 지금 내가 생명으로 살고 생명으로 부활해야 하느님의 나라는 이 땅 위에 이루어지는 것이다.

생명이란 으리으리한 교회 건축물 속에 있는 것이 아니다. 물질이 많고, 자식이 성공하고, 근심 걱정 없이 평안하고, 건강하고 오래 사는 데 있는 것도 아니다.

올림픽에서 금메달을 땄다고 하느님께 감사하고, 대학입시에 수석 합격했다고 감사하고, 복권에 당첨되었다고 감사하고, 취직되었다고, 병 고쳤다고, 외국산 전기밥통을 선물로 받았다고 감사하고, 승진되었다고 감사하고, 시집 잘 갔다고 감사하고, 이런 감사는 모두가 이기적인 감사다.

내가 금메달을 따면 못 따는 사람이 있고, 내가 수석을 하면 꼴찌한 사람이 있고, 내가 당첨되면 떨어진 사람이 있고, 내가 잘되기 위해서는 누군가가 못되는 것을 생각하면 어찌 기뻐할 수 있겠는가. 그런 감사를 하느님은 절대 기뻐하지도 바라지도 않으신다.

왜 나만이 앞서야 되는지 좀 생각해보기 바란다.

나는 나중에 커서 훌륭한 의사가 되어 불쌍한 사람들의 병을 고쳐주겠다는 어린이들의 말을 들을 때마다 기특한 생각도 들지만, 한편으로는 그것도 이기적인 욕심이란 생각이다. 그런 어린이는 자신들만 훌륭한 의사가 되고 다른 사람은 모두 불쌍한 환자가 되라는 말과 무엇이 다른가.

예수는 종의 몸으로 이 세상에 오셨다. 거지와 친구가 되자면 거지가 되어야 하고, 과부 사정은 동무과부가 가장 잘 안다. 훌륭한 사람이란 바로 상대와 제일 가깝게 사귈 수 있는 사람이어야 한다. 그 상대는 바로 억울하게 고통당하고 있는 나의 이웃들이다.

그 고통받는 이웃들 위에 군림하기 위해 앞서는 것이 행복이고 축복이라면 기독교는 빨리 망해 없어져야 한다.

아니다. 벌써 기독교는 망해버렸고 죽어버렸다. 지금 우리가 믿고 있는 하느님은 허수아비 하느님이다. 지금 우리가 거대하게 지어놓고 모이고 있는 교회는 망한 교회, 죽은 교회이다.

오직 물질과 현실의 성공만이 있는 썩은 교회다. 목자는 양들의 지배자이지 섬기는 종은 아니다. 어쩌면 그토록 독재군주와 한 통속이 되어 예수를 팔고 양들을 팔아먹는 장사꾼이 되었는지 두렵지도 않은가.

나라 없는 백성, 길 잃은 양들, 오늘의 우리 현실이 2천년 전 예수 시대와 조금도 다르지 않다. 부모와 자식이 헤어져서 평생을 눈물로 기다리다가 죽어가는 이 나라의 백성들이다. 그 백성들이 피땀 흘려 일한 노동의 대가는 헤어진 부모와 자식들의 가슴에 겨누는 총알 값이 된다. 국방이란 허울좋은 이름으로 젊은이를 군대로 몰아넣어 형과 아우끼리 피를 흘리게 하는 이 땅의 슬픈 현실에 교회는 무엇을 했던가?

무엇을 하기 전에 함께 북치며 장구치며 가엾은 백성들을 비참하게 만드는 데 방조자의 역할을 하지 않았던가. 하느님 앞에 무릎꿇기보다 코쟁이 선교사들의 비위맞추기에 온갖 아첨을 부렸던 이 땅의 목사들이다.

그 덕택으로 구제품 양복에서, 강냉이가루와 우유가루에서, 천막교회에서 이젠 당당한 맘모스 교회당에 수천 수만의 교인과 자가용과 푹신한 침대와 기름기 많은 푸짐한 먹을 것이 생겼다. 이래서 교회는 성공을 했다.

교회는 성공을 했는데 왜 나라는 만신창이인 채 버림받고 있는가? 왜 살인 강도는 늘어나고 집 없는 사람이 늘어나고 감옥이 늘어나고 있는가? 왜 인권은 유린당하고 모두가 이웃끼리 믿지 못하는가?

결국 코쟁이 선교사님들은 허수아비에다 뺑끼칠을 한 가짜 하느님을 업고 와서 우리를 속인 것이다. '반공'을 부추기어 동족끼리 이간시켜 놓고, 계속 졸라 반목과 미움을 가지게 했다.

사람 죽이는 걸 예사로 아는 세상에 교회는 빛도 소금도 되지 못했다. 오히려 6·25 때 외국 구제품으로 운영했던 고아원이나 부랑아 시설의 무서운 비리가 아직까지 끊어지지 않고 존속하고 있다는 것은 소름끼치는 일이다.

어느 목사님이 설교하던 중에 자신의 마지막 소원은 복음을 전하다가 순교하는 것이라 했다. 무척 감동적인 말이다. 그런데 이 목사님은 덧붙여서 한다는 말이, 지금은 신앙의 자유가 누구에게나 보장되어 있는 시대이기 때문에 순교를 하고 싶어도 할 수 없다고 했다.

이 목사님은 눈이 먼 것이 아니라 아예 잠들어 꿈속에서 살고 있는 것이다. 그런 얼빠진 눈으로 시대를 보고 사회를 보고 설교를 한다니, 하늘이 울고 땅이 통곡할 지경이다.

이런 얼빠진 목사가 설교하는 교회에 무슨 빛과 소금과 사랑이 있단 말인가. 이런 목사야말로 새벽길에서 청소를 하다가 달리는 자동차에 치어 목숨을 잃는 청소부를 봐도 모른 척하는, 여리고로 가는 레위인이나 제사장과 같은 인간이다. 복지원에 수용된 부랑아들이 억울하게 죽어가도, 아직 때묻지 않은 학생이 잡혀가 고문을 당하고 죽고, 도시 변두리의 강제 철거민들이 추위에 떨어도, 그런 건 복음과는 상관없다고 한다.

오직 교회를 증축하고 교인을 늘리고 하느님 이름으로 거룩한 예배만 드리면 되는 것이다. 장님이 장님을 인도하면 둘 다 개천에 빠진다. 이래도 교회는 살아있는가.

산다는 것은 힘든 일이다. 더욱이 주검으로 무덤에 묻힌 시체가 다시 산다는 것은 엄청난 대사건이다.

그러나 살 수 있다. 그것은 생전에 그의 삶이 어떠했는가에 달려 있다. 진정 생명있는 삶을 살지 못하고 숨만 쉬었지 죽은 삶을 살았다면 무덤 속의 부활은 있을 수 없다.

가라지와 알곡은 함께 살고 있다. 그러나 가라지는 죽은 삶이며 알곡만이 생명있는 삶이다. 열매 없는 무화과 나무도 잎이 무성하게 살고 있다.

알곡은 땅에 묻혀도 다시 싹이 트지만 가라지는 씨가 없다. 열매 없는 무화과는 죽음뿐이지, 다시 살지 못한다.

교회는 살아야 한다. 진정 생명있는 교회가 되어 저도 살고 남도 살려야 한다. 인간이 살고 사회가 살고 나라가 살고, 분단된 무덤 속의 그 고통이 밖으로 튀어나와 치유되어야 한다.

제단에 예물을 드릴 땐, 원한이 있는 형제가 있거든 먼저 가서 화해하고 나서 제물을 드리라고 했다. 함께 드리는 사랑의 제물이 곧 예배이다.

한국은 예배 드릴 장소도, 때도 모든 조건이 갖추어지질 못했다. 겨레가 서로 원수가 되어 총칼을 겨누고 있는데 교회도 예배도 모두 가당치 않은 짓이다.

이 지상에 살고 있는 사람은 누구나 하느님의 자녀들이요, 우리 형제다. 무신론자도 공산주의자도 흰둥이도 검둥이도 모두가 하느님의 자식들이다.

집을 마다하고 떠나간 탕자도 아버지는 기다렸다가 송아지를 잡아 잔치를 한다. 남아있는 형이라고 해서 착한 것은 아니다. 오히려 형이야말로 이기적인 현실주의자요, 배타주의자요, 독선자다. 집 나간 동생을 가련하게 여기지도 못하는 메마른 감정의 소유자다.

우리는 단 한번이라도 좋다.

통일의 제단 위에 사랑의 제사를 하느님께 드리자. 그러기 위해 지금은 더욱 고난을 감수해야 한다.

통일에 장애가 되는 것은 철저히 찾아내어 내동댕이쳐야 한다. 나의 영혼을 좀먹는 현실의 안일한 모든 여건을 과감히 버리자. 그래서 예수를 따르자.

예수가 바라는 삶은 현실의 성공이 아니라 오히려 실패한 인간으로서의 삶을 원한다.

프랑스의 화가 루오의 연작 그림 〈미제레레〉에는 어느 부잣집 마나님이 천당에서도 특석을 예약한다는 서글픈 그림이 있다. 오늘날 자기만족에 도취된 교인들은 천당의 면류관과 황금으로 된 영원의 집을 꿈꾸고 있다. 내가 바친 헌금과 새벽 제단에 쌓은 통성기도와 열심히 다닌 부흥회로 최상급의 보상이 약속된 줄 착각하고 있다.

철저히 자신만을 위한 기도와 헌금과 부흥회로 하느님을 이용하려 하는 것이다. 그들은 벌써 받을 보상을 다 누린 사람들이다. 하느님과는 상관없는 기도, 이웃의 고통은 아랑곳없이 오직 나의 출세와 성공만을 위한 기도가 어찌 진정한 기도인가? 그런 기도를 예수께서 언제 가르쳐주었던가.

주님의 기도문엔 처음부터 끝까지 나 하나만을 위한 기도말은 없다. 한결같이 우리 모두를 위한 기도다.

나만을 위한 기도는, 곧 나만을 위한 삶이 있을 뿐이다. 주기도문은 앉아서 입으로 외는 기도가 아니다. 행동하는 기도, 살아있는 기도다.

하느님의 나라가 임하고, 하느님의 뜻이 이루어지게 하는 참다운 삶의 기도다. 하느님의 나라엔 특혜라는 건 없다.

햇빛이 정부고관이나 부잣집에만 비추는 것이 아니듯이, 비가 골라가면서 내리지 않듯이, 하느님의 나라는 모두가 고른 세상이다. 그 나라를 이루어지게 하려고 예수는 이 땅에 와서 고통을 겪는 삶을 살고 또 그렇게 죽은 것이다.

천국은 우리가 쳐다보는 저 먼 공중에 있는 것이 아니다. 그 천국은 이 땅 위에 이루어져야 하는 것이다. 하느님이 만든 이 땅이 얼마나 아름다운데, 왜 우리는 이 땅을 업수이 여기는가.

설혹 천국이 아름다운 보석으로 꾸며져 저 우주 바깥 어느 곳에 있다손

치더라도, 그것은 세상 끝나는 날 하느님의 계획에 맡겨두고, 우리는 우리 할 일을 해야 한다. 죽어서 천국에 가는 감상적인 꿈에서 깨어나 진정한 꿈을 이 땅에 이뤄야 한다.

이 땅에서 매이면 하늘에서도 매이고 이 땅에서 풀면 하늘에서도 풀린다. 이 땅에서 우리가 해야 할 임무를 다하지 않고 어찌 하늘의 영광을 기대하겠는가.

로마 군인 백부장의 부하의 병도 고쳐주셨던 예수이다. 로마 군대는 유대민족의 원수다. 창칼로 다스리며 빼앗고 끌고가서 죽였다. 그런 원수의 군인에게 예수는 무엇 때문에 병을 고쳐주었는가.

예수는 너그럽다. 적어도 인간의 목숨에 대한 소중함은 국적도 종교도 이념도 초월한 사랑에 있다. 이것이 기독교다.

사도 바울은 "나는 혈육을 같이 하는 내 동족을 위해서라면 나 자신이 저주를 받아 그리스도에게서 떨어져나갈지라도 조금도 한이 없겠습니다" 할 만큼 동족을 사랑했다. 사랑은 가까운 나의 가족에서부터 시작된다.

요즘 한국의 교회에서는 아시아와 아프리카 등지로 선교사를 파송하고 있다. 그것이 나쁜 것은 아니다. 다만 나의 나라, 나의 민족이 이 지경인데 먼 나라까지 선교사업을 한다는 건 아무래도 허영에 불과하다. 이 지구상에서 한국이란 나라만큼, 한국의 민족만큼 고통당하고 있는 민족이 또 어디 있다는 건가. 제 코가 석자나 빠졌는데 남의 코를 거둬주려는 건 주제넘은 짓이다.

제 집안 식구부터 먹이고 입히고, 제 나라의 불행부터 발벗고 나서서 거둬치워야만 한다.

나는 가끔 혼자서 되지도 않는 생각을 하면서 피식 웃는다. 이 땅의 목사님들의 10분의 1만 진정 순교를 각오한다면 통일은 이루어질 것이라는 생각이다. 어리석은 망상인지는 모르겠다.

# 종교의 어머니

"네 부모를 공경하라"가 새롭게 자각을 일으키는 중대한 계명으로 해석되는 계기가 되었다. 구약에 나오는 모압 여인 룻은 시어머니 나오미를 따라와 자신의 민족과 자신의 하느님을 버리고 시어머니의 나라와 시어머니의 하느님을 자신의 나라, 자신의 하느님으로 받아들이게 된다. 여기서 룻의 유대인으로의 귀화(歸化)와 개종은 늙은 시어머니에 대한 가장 인간적인 사랑에 연유한 것이다. 개종이나 귀화가 목적이 아니라 불쌍한 시어머니에 대한 사랑, 모든 걸 잃어버린 가난한 한 늙은이에 대한 자식으로서의 사랑인 것이다. 심봉사는 공양미 삼백석을 바치기로 약속을 했고, 그의 딸 심청은 그것을 이행했다. 자식의 목숨과 바꾼 공양미 삼백석을 몽운사에 바쳤지만 심봉사는 그것으로는 눈을 뜨지 못했다. 심봉사가 눈을 뜨게 된 동기는 심청의 아버지에 대한 지극한 사랑이다. 자기 어머니를 사랑한다는 것은 종교상에는 아무 뜻도 없다. 인간다운 삶은 종교 안에 있는 것이 아니다. 기독교가 있기 전에, 모든 인간에게 하느님이 있었고 신심(信心)이 있었다. 기독교의 어머니는 유대교였고 유대교의 어머니는 인간이었다. 하느님은 그 인간의 마음속에 있었지 외부에서 숭배받는 우상이 아니었다.

우리의 어머니들은 고목나무나 큰 바위에게 가서 절을 하고 자신의 비밀을 털어놓고 약속을 했다. 고목나무나 바위가 요구한 것이 아니라 어머니들이 일방적으로 요구하고 약속한 것이다. 바위라는 하나의 대상을 정하는 것은, 흔들리기 쉬운 인간의 결심을 거기 비끌어 매어놓기 위한 가장 좋은 방법이다. 고목나무나 바위는 절대 소문을 퍼뜨리지 않는다. 동네 바깥이나 산속은 어머니들이 비밀을 쏟아놓을 수 있는 조용한 장소이다. 그야말로 정성만 있으면 된다. 바위는 헌금도, 시주도 요구하지 않는다. 까다로운 설교도 설법도 않는다. 어머니들이 필요할 때 찾아가면 되는 것이지, 상대의 필요에 의해 끌려다니지 않는다. 그래서 억지가 없고 거짓이 없다. 어머니들이 가지고 있는 두 손만 모으고 머리만 조아리면 고목나무나 바위는 만족해 준다.

바위나 고목나무에게 약속한 언약은 절대 파계가 안된다. 그것은 어머니들의 능력에 맞게 정해지는 약속이기 때문이다.

교회나 절간에서 요구하는 종교행사나 거기 따르는 물질은 대중들에게 과중한 부담이 되고 현실을 떠난 관념적인 설교는 맹종과 위선을 낳게 된다.

우리들 어머니, 그것은 참다운 평화와 순수의 종교였다.

이곳 송리동 당집(神堂)에는 정월 보름날 제사가 있다. 그런데 한 50년 전까지만 해도 이 당집 천장에 '옷걸기'와 '옷따기'가 있었다. 정월 열나흘 밤까지 좀 형편이 나은 집에서 새옷을 짓거나, 아직 한번도 입지 않은 새옷을 아무도 몰래 가져가서 걸어놓는 것이다. 정말 아무도 모르게 숨어서 걸어야 했다. 남의 것을 훔치러 갈 때보다 더 조심스러워야 한다. 옷을 갖다 건 것을 자기 집 식구조차 몰라야 한다. 그렇게 걸어놓은 옷은 또 가난한 이웃이 아무도 모르게 가져와서 입는다. 이것을 "당집에 옷 따다 입는다"고 한다. 여기서 아주 감동적인 것은 옷걸기를 한 사람이나 옷 따다 입은 사람 모두가 그 해 복되게 살 수 있다는 것이다. 그 복은 가정이 화목하고 이웃이 화목한 지극히 소박한 복이었다. 옷은 한 사람이 한 가지씩 따다 입어야지 그 이상 가져다 입으면 벌을 받는다. 따다가 입고 있는 옷은 절대 비밀이 지켜지기 때문에 누가 걸었고 누가 따다 입은 것인지 당사자밖에 아무도 모른다. 그야말로 오른손이 한 것을 왼손이 모르게 하는 선행이다.

서낭당의 돌무더기는 마을사람들의 안녕과 평화를 지켜준다. 전쟁을 일으키는 것은 서낭당이 아니라 권력에 눈이 어두워진 정치집단들이다. 집을 떠날 때 남녀노소 누구 없이 서낭당에 돌을 던진다. 오늘 하루의 평화를 비는 마음에서 정성들여 던진 돌은 그가 밖에서 활동하는 동안과 남아 있는 집 식구들과 마음의 평화를 지켜준다.

예수 그리스도를 '평화의 왕'이라고 부른 이유는 구약의 야훼가 전쟁의 왕이었기 때문일 것이다. 야훼가 다스렸던 유대왕국은 전쟁과 살상이 끊이지 않았다. 이사야서 11장 앞부분만 빼고는 거의 모든 구약성서는 전쟁으로 되어 있다. 나는 시편을 싫어했는데 그 이유를 요즘 와서 알게 되었다. 시편에 나오는 다윗 왕의 노래는 거의 매편마다 원수를 갚아달라는 구절이 나온다. 그것도 자기 자신을 지키기 위한 것이다. 자신의 권력과 영화를 지키기 위해 도전해오는 원수를 아주 무참히 없애달라는 기도를 하고 있다. 야훼는 그들의 기도대로 쳐서 죽이고 빼앗고 부수고 씨를 말리는 잔인한 폭군이었다.

예수는 자신을 "길이요, 진리요, 생명이라" 했다. 우리가 믿는 기독교는 예수라는 한 인간의 껍데기가 아니라 그가 고통스럽게 이룩해놓은 길, 진리, 생명을 이어 몸으로 실천하는 삶이다. 이 세상의 종교는 그 어느 것도 하나의 교주가 이룩해놓은 조직집단으로 존재한다면 그건 벌써 종교가 아니다. 불교의 어머니는 힌두교이며 힌두교의 어머니는 또다른 어머니가 있듯이, 결국은 우리가 믿고 따르는 신앙의 어머니도 모두 하나의 어머니로 귀착된다.

한국의 어느 교회에서도 두 손 모아 꿇어앉아 기도하는 여인의 모습을 보면 거기엔 공자님의 말씀도 스며있고, 부처님의 말씀도 들어있고, 서낭당이나 당집에 빌던 우리의 조상들의 신도 함께 있으며, 바위 앞에서, 고목나무 앞에서 치성을 드리던 원래의 하느님도 섞여있는 것을 아무도 부정하지 못할 것이다.

하느님의 임재는 이 세상 어느 특정지역에서부터 시작된 것만은 아니다. 팔레스타인에서도, 인도에서도, 그리스에서도, 이집트에서도, 저 먼 북극의 에스키모인들의 얼음 속에서도, 아메리카 인디언들의 골짜기와 숲에서도, 아마존의 강줄기에서도, 일본의 어느 조그만 섬마을에서도, 한국의 산속 바윗덩어리와 집안에서도 먼먼 옛날부터 하느님은 있었다.

그런 하느님을 인간들이 자기들의 욕심대로 이렇게 저렇게 만든 것뿐이다. 만들어지지 않았다면 신(神)을 빙자해서 왜 종교집단끼리 적대시하며 싸우는가 말이다.

석가나 예수는 하느님을 만들지 않았다. 그들은 본래의 하느님의 모습을 찾으려 애쓴 분들이다. 그래서 결국 그들은 인간 모두에게서 하느님의 모습을 발견했고 각자의 가려진 눈을 뜨게 하여 자기 모습을 보게 했다.

이 세상에서 진정 공생(共生)의 길을 찾고 평화로운 삶을 위해 일하는 사람은 모두가 참된 하느님을 찾은 사람들이다. 그것은 그 누구나 그 무엇을 위함이 아니라 바로 자기 자신을 위한 삶이다. 우리의 모습이 본래부터 하느님이었는데 새삼스레 하느님이 되려고 하는 노력은 가장 우둔한 짓이다. 가장 사람다운 삶과 모습이 바로 하느님의 모습이다.

인간을 사랑함이 곧 하느님을 사랑함이며 인간을 사랑하는 길은 이웃 인간이 가장 인간답게 살도록 하는 길이다. 덧붙여 말하고 싶은 것은 사람이 사람답게 사는 길은 자연을 자연답게 보호하는 길이라는 것도 잊어서는 안된다는 것이다. 개는 개의 모습대로, 닭은 닭의 모습대로, 모든 동물과 식물이 그들대로의 섭생에 따라 보호되어야 한다. 스피노자의 《에티카》는 정말 아름답다.

# 평화를 만드는 사람들

옛날 농촌에서는 집을 지을 때 마을사람들이 함께 모여 일을 했다. 특히 지붕 마룻대에다 서까래를 걸치고 나면 알매를 치는데 이 일이 가장 힘이 든다. 수수깡이나 나무졸가리로 밑알매를 치고 그 위에 흙알매를 친다. 이럴 때면 동네 장정들이 다 모여 흙을 반죽하여 호박덩어리만큼 뭉쳐 지붕 위에 올리는 일을 한다.

한쪽에는 밑알매를 치고 한쪽에서는 반죽한 흙으로 흙알매를 치는 일은 많은 사람들의 모듬손이 필요한 것이다. 혹시나 비가 내리면 알매친 것이 다 망가져버리니까 일을 느슨하게 시나브로 할 수도 없다. 흙알매를 치면 금방 마르기 전에 먼저 겨릅대로 엮은 이엉을 덮고 다음에 미둑새나 짚으로 엮은 이엉을 덮는다. 이 일은 빠르면 한나절, 늦어도 하루에 다 해치워야 한다. 함께 하는 일, 그것도 따뜻하게 살아갈 집을 짓는 일을 함께 한다는 것이야말로 평화를 만드는 일이다.

우리가 살아가는 세상은 아무도 혼자서는 하나에서 열까지 다 할 수는 없다. 일을 함께 할 때는 외롭지 않다. 오히려 즐겁고 절로 흥겨워진다. 사람이 외로운 것은 함께 일하지 못하고 혼자 외따로 처질 때이다.

흔히 잘사는 사람이 거액의 돈으로 자선을 베풀어 빈민을 구제하면 세상이 밝아지고 함께 평화를 이룰 것 같지만 그것은 크게 잘못된 생각이다. 이 세상에서 정당한 부자는 없기 때문이다. 백명 중의 아흔아홉은 부당한 방법으로 돈을 모은 것이다. 그 중에는 한두 사람의 정직한 부자도 있을 것이지만 그런 부자는 빈민을 구제할 만큼 거액의 돈은 못 가졌다. 결국 이웃돕기는 같은 가난한 사람들끼리 아껴 쓰며 나누는 길뿐이다.

평화를 만드는 길은 어느 한두 사람의 힘으로는 할 수 없다. 하느님의 아들 예수도 이 세상에 평화를 이루지 못하고 실패했다. 다만 예수는 평화를 만들 수 있는 방법만 가르쳐주고 죽었을 뿐이다. 이 방법을 따라 살려고 노력하는 이들이 바로 성인(聖人)들이라고 나는 일컫고 싶다.

흔히 말하기를 따뜻한 봄날 푸른 하늘 아래 펼쳐진 넓은 풀밭에 한가롭게 풀을 뜯는 양떼를 바라보면 그것이 평화로운 전원의 풍경으로 안다. 목동의 피리 소리, 공중에서 노래하는 새소리, 따뜻한 햇볕과 보드라운 바람결, 이 정도면 평화로운 세상이라 일컬어도 틀린 것은 아니리라.

그러나 좀더 가까이 다가가서 자세히 살펴보면 우리들의 꿈 같은 평화는 산산이 깨어져버린다. 양떼들은 거기 널려있는 풀밭을 무자비하게 깎아 먹어치우고 있다. 풀밭 사이에 간간이 피어있는 예쁜 꽃도 갓 돋아나려는 어리디 어린 새순도 사정없이 잘라버린다.

결국 우리는 평화라는 환상을 어떻게든 현실에서 이루어보려 하지만 안된다. 하느님이 우주를 창조한 이후 결코 한번도 평화는 없었다.

인도의 가비라성 싯다르타 태자도 아름다운 궁전 안에서 모든 영화를 누렸지만 죽음이란 절망 앞에서는 어쩌지 못했다. 일곱살 때 들판에 나갔다가 벌레 한 마리가 새에게 잡혀먹히는 것을 보고 나서 인생에 대한 덧없음을 느끼게 된다. 싯다르타 태자는 스물아홉살 때 궁전을 나와 고행의 길에 나서서 참된 평안을 얻고자 수도를 하지만 지쳐 쓰러진다. 오랜 금식 끝에 기운을 잃게 되었을 때 시골 처녀 수자타에게 우유죽을 얻어먹고 기운을 차린다. 결국 어떤 방법으로도 평화를 얻지는 못했다.

일제 36년과 6·25를 겪은 우리 겨레는 가장 큰 소원이 전쟁 없이 하루 속히 이루어지는 평화통일이다. 전쟁이 없는 세상에서 남북이 하나가 되어 산다는 것만으로도 우리는 행복해질 것이다. 어쩔 수 없이 우리는 일하며 고달프게 살아야 할 운명을 타고난 것이니 되도록 닥치는 불행을 줄여가는 데 노력할 수밖에 없다. 여기에 성인의 삶의 방식이 있다.

들판에 자라는 보리는 봄보리와 가을보리가 있는데 가을보리를 봄에 심으면 절대 열매를 맺지 못한다. 가을에 심어 혹독한 눈보라를 견디며 자라야 이듬해 튼튼한 보리로 자라나서 알찬 열매를 맺는 것이 가을보리의 타고난 운명이다. 가을보리에겐 고통을 제외한 온실 같은 평화는 오히려 절망이며 죽음인 것이다.

골목길 막다른 곳에 살고 있던 할아버지와 할머니는 평생을 말다툼 한 번 하지 않고 살았다. 할머니가 먼저 세상을 뜨자 할아버지는 눈에 띄게 쇠약해졌다. 밤마다 혼자 잠자리에서 눈물을 흘리며 먼저 죽은 할머니를 부르며 외로워했다. 결국 할아버지는 할머니가 죽은 지 1년 뒤에 세상을 떠났다. 죽은 할머니한테 간 것이다.

두 분 할아버지와 할머니는 열아홉 동갑시절 혼인을 하여 50년을 살았다. 아들딸 낳고, 그 자식들이 징용에도 가고 군대도 가고, 그래서 할아버지 할머니보다 먼저 저승으로 간 자식도 있었다. 긴긴 세월 평화라는 건 없었다. 다만 두 사람 부부가 오랜 세월 그래도 견디며 살아온 건 따뜻한 부부애였다. 함께 눈물 흘리며 함께 힘든 짐을 나눠져준 한 쌍의 수레바퀴였다.

할머니가 먼저 세상을 뜨자 할아버지는 바퀴 하나로 수레를 굴릴 힘이 없었다. 서 있는 수레는 함께 험난한 길을 굴러가는 수레보다 빨리 망가진다. 평화보다 더 소중한 건 이웃사랑이다.

현재 지구상에는 곳곳에 강대국 군대와 무기가 주둔하고 있다. 이른바 평화유지군이란 명목으로 우리나라의 휴전선에도 당당하게 그 외국군대가 진을 치고 있다. 평화를 지키기 위해 핵무기와 군대가 필요한 세상, 이 것이 과연 진정한 평화로운 삶이라 할 수 있는가? 총칼로 위협하면서 노예처럼 끌려다니며 말없이 조용히 산다고 평화로운 삶이라 할 수 있는가? 외국 군대가 지켜주는 국방이 진정한 우리 국방이 되는 걸까?

어느 봄날, 나무꾼이 산에 갔더니 간밤에 산불이 나서 새카맣게 타버린 골짜기에 까투리 한 마리가 불에 탄 채 앉아서 죽어 있었다. 나무꾼이 까투리의 애처로운 죽음을 보고 곁에 가서 지게작대기로 건드려봤더니 놀랍게도 죽은 까투리 품속에서 새끼들이 뿔뿔이 나와 흩어졌다. 불에 타죽으면서까지 까투리는 새끼들을 불길 속에서 제 몸 속에 품고 있었던 것이다.

솔로몬 왕에게 두 여인이 아기 하나를 갖다놓고 서로 자기 아기라고 우겼다. 왕은 누구 아기인지 가려낼 수 없어 한 가지 지혜를 짜내어 아기를 둘로 쪼개어 나눠주라고 했다. 그러자 가짜 어머니는 그렇게 하라고 했지만 친어머니는 자식을 잃어도 좋으니 제발 죽이지는 말아달라고 한다. 결국 아기는 친어머니 품으로 돌아갔고 가짜 어머니는 벌을 받았다. 어떤 사랑도 상대를 위하여는 목숨까지 내어놓는 것이 화평으로 이어준다. 그러나 정복자는 총칼로 상대방을 죽이고 다른 이득을 얻는다. 평화는 고요히 소리없는 것이 아니라, 고통을 나누고 힘을 나누며 함께 살아가는 고로운 세상이다.

우리나라는 5천년 역사 동안 수많은 외세의 침략으로 평화롭지 못했다. 아기 베개에다 좁쌀을 넣는 것은 난리가 나서 급할 때 가지고 가는 임시 식량이라고 했다.

요사이는 모든 것이 싸워 이겨야 하는 세상이다. 입시경쟁, 취업경쟁, 수출경쟁에다 범죄와의 전쟁까지 벌여놓고 있다. 일해서 얻는다는 말보다 투쟁으로 얻자는 말이 더 많이 퍼져 있다. 우리 마을 앞 여기저기에 '골프장 건설 결사반대'라는 현수막이 걸린 지도 반년이 넘었다. 재벌과 농민들의 싸움은 또다른 전쟁이 된 것이다.

그저께 시내에 갔다가 버스 안에서 우연히 혜영이를 만났다. 어머니를 따라 고향을 떠난 지 7년이 되었고 지금 중학교 1학년이라고 했다. 그러니까 혜영이가 일곱살 때 헤어졌는데도 잊지 않고 금방 나를 알아봐주었다. 하얀 얼굴에 두 볼이 붉고 눈이 초롱초롱한 혜영이 얼굴은 그대로여서 나도 금방 알아보았지만 이름을 떠올리지 못했다.

혜영이는 자기 이름을 기억하느냐고 내게 물었다. 나는 모른다고 했더니 머릿글자 하나만 가르쳐 주겠다면서 "혜"라고 했다. 그래서 나는 가까스로 혜영이 이름을 기억해낸 것이다.

혜영이는 혼자서 지껄이기 시작했다. 내일이 할머니 생신이어서 큰댁에 가는 길이고, 오늘 학교에서 글짓기 시간이 있었는데 제목을 '우리집'이라 해놓고 아버지 생각이 났다고 한다. 그러면서 혜영이는 고개를 숙였다. 혜영이는 세살 때 죽은 아버지를 기억하고 있는지도 모른다.

한참 뒤에 혜영이는 다시 명랑해지면서 시골 할머니께 자주 가서 어깨도 주물러드리고 싶은데 공부 때문에 안된다고 했다. 한 시간만 놀아도 금방 뒤처져버린다고 한다. 여태까지 아무리 열심히 해도 1등은 한번도 못 해 보고 계속 2, 3등밖에 못했단다. 방학 때 오면 되지 않느냐고 했더니 방학 때는 더 시간이 없다고 한다. 하루종일 독서실에 가 있어야 하기 때문이라 했다.

결국 혜영이는 이렇게 사이좋게 놀아야 할 한 반 친구들과 싸우고 있는 것이다. 아마 모르긴 하지만 앞으로 평생을 두고 혜영이는 같은 또래와 싸워야 할 것이다. 산다는 것이 바로 전쟁이라고 거듭거듭 말해야 하는 것이 서글프기까지 하다.


그러니까 평화란 역설일지 모르지만 죽음이며 파괴일지도 모른다. 왜냐면 싸움이란 삶이 끝났을 때라야 우리는 제대로 안식을 누릴 수 있기 때문이다.

유대교에서는 안식일에 불도 켜지 않고 걷지도 않고 마음대로 지껄이지도 않는다. 안식일은 말 그대로 편히 쉬는 날이다. 그렇다면 시간도 흐르지 말고 돌아가던 지구도 멈춰 있어야 하는데 삼라만상은 여전히 쉬지 않고 움직인다. 해가 움직이고 지구가 움직이고 달과 별이 모두 움직인다. 사람이 걷지도 않고 움직이지 않는다면 숨조차 쉬지 말아야 할 것이 아닌가?

참으로 어렵고 힘드는 것이 세상이다. 숨을 쉬지 않으면 죽어야 되고 해와 달과 별이 돌지 않으면 모든 것이 정지되어 버린다. 움직이지 않으면 그것은 평화가 아니라 죽은 것이다. 안식일의 참뜻은 과연 무엇인가?

이 지구상엔 온갖 종교와 철학과 미신들이 널려있어도 그 아무것도 평화를 가져다주지 못했다. 평화는커녕 오히려 종파간에 적대시하는 싸움이 있을 뿐이다. 수만권의 경전을 쌓아놓아도 우리는 먹어야만 생명을 유지해나가는 골칫덩어리 인간이다. 밤새도록 기도를 하고 나와도 시장에 나가 악을 써대야만 살 수 있고, 아무리 고급 화장비누로 몸을 씻어도 뱃속에는 똥을 담고 있어야 한다.

스님도 신부님도 목사님도 뱃속에 뭣이든 집어넣은 다음에야 거룩한 설교를 하고 강론을 하고 설법을 할 수 있다. 아무것도 모르는 갓 태어난 아기도 엄마젖을 빨다가 신통치 않으면 젖꼭지를 깨물기도 하고 악을 쓰고 운다.

성서에는 평화를 위하여 일하는 사람은 복이 있고 하느님의 자녀가 될 것이라 했다(마태 5, 9). 여기 나오는 평화의 개념은 어떤 것인지, 억눌린 사람의 해방, 주리고 목마른 사람에 대한 자기 몫 찾아주기, 정의가 살아나고 평등이 실현되는 사회적 질서를 뜻한다면 분명히 정치권력과의 대결이 불가피한 것이다. 이럴 때, 우리는 참여와 투쟁으로 맞설 때 일어나는 또하나의 싸움을 정당화할 수 있는 것일까? 그렇다면 눈은 눈으로 이는 이로써 앙갚음하지 말라는 그리스도의 비폭력이 현실적으로 가능한 것인가?

화염병과 최루탄, 돌멩이와 곤봉으로 맞서는 대신 어떤 방법이 또 있는 것일까? 권력은 철저하게 총칼과 군대로 무장을 하고 있는데, 맨손의 백성은 무엇으로 우리의 권리와 빵을 찾는단 말인가? 노예처럼 숨죽이며 겨우 목숨만 이어가는 삶이 진정 평화인가?

예수의 마지막 만찬은 이 세상 폭력에 대항하는 비장한 운명을 아름답게 승화시키고 있다. 제자들에게 자신의 피와 살을 나눠 먹이는 의식을 포도주와 빵으로 대체해 놓았다. 포도주는 곧 피이며 빵은 살이라는 진리를 일깨워주는 가장 단순한 체험적 가르침인데도 제자들은 아무것도 이해 못했다. 빵과 목숨은 하나인데 다른 두 개의 개념으로 생각할 때, 이 세상의 평화는 요원할 것이다. 반대로 한 덩어리의 빵을 곧 나의 살이며 나의 목숨이며 내 이웃의 목숨으로 깨달을 때 온 세계는 적이 없어질 것이다. 적을 죽이는 것은 곧 나를 죽이는 것이며 빵을 버리는 것은 내 목숨을 포기하는 행위가 된다.

그리스도의 피가 나의 피가 되고 내 피가 내 이웃의 피가 되고 그래서 인류는 한 목숨 한 핏줄로 이어진 것을 알 때만이 평화는 가능해질 것이다. 어느 한 사람, 그 어떤 위대한 몇 사람의 힘으로도 평화를 만들지는 못한다. 다만 인류가 함께 하느님의 형상대로 본래의 인간으로 돌아가 따뜻하게 정을 나누며 살아가는 길밖에 없다. 이처럼 따뜻한 정을 나누며 사는 이들이 이 시대의 성인들이 아니겠는가?

# 가정 파괴범

지난 5월에 우리는 '가정 파괴범'이란 새로운 죄명을 가진 사회 범법자 몇 사람을 형장의 이슬로 보내는 서글픈 일을 보았다. '가정의 달'인 5월에 하필이면 가정 파괴범의 사형 집행이 있어야 하는 답답한 현실이 오래도록 가슴을 아프게 했다.

가정 파괴범의 범행은 보통 절도범이나 강도범과 달리 주로 유부녀를 강제 폭행한다고 한다. 몸을 더럽힌 여인이 수치심과 자책감을 견디지 못해 가출해 버리거나 이혼, 자살 등 제2, 제3의 불행을 일으켜 가정이 무너져버린다는 것이다. 심지어 범인들이 집단으로 가정을 침입해 들어가 남편을 묶어놓고 그 앞에서 아내를 차례로 폭행하는 극단적이며 잔인한 행동은, 듣기만 해도 두려움과 분노를 일으키게 한다. 어째서 이런 일이 일어날 수 있는 것일까? 가정 파괴범은 특수한 체질과 이상정신을 가진 또다른 인종은 아닐 텐데, 무엇 때문에 그토록 잔인해진 건가? 사회에 대한 불만이나 불평등이 가져온 일종의 복수행위인지, 아니면 인간이 본래부터 가지고 있던 극단의 잔인성이 밖으로 드러난 것인지 알 수가 없다. 어쨌든 우리는 그 동기는 덮어두고 결과만 가지고도 이 일을 그냥 보아 넘길 수 없다. 한 사람의 범법은 그 시대와 사회의 소산물임에 틀림없기 때문이다.

우리는 지난날 역사상 유례가 없는 큰 전쟁을 겪었다. 6·25의 후유증은 앞으로 언제까지 치유가 가능한지 아무도 모른다.

지난 1983년에 있었던 '이산가족 찾기'에서 6·25 때 헤어진 가족들의 눈물을 텔레비전 화면을 통해 생생하게 보고 들었다. '잃어버린 30년'이란 유행가가 크게 히트를 하고, 어른들도 아이들도 텔레비전 앞에서 얼마나 많은 눈물을 흘렸던가? 가족을 잃어버린 당사자들은 하루의 일거리도 그만두고 종일 텔레비전 앞에 앉아서 혹시나 내 가족의 소식이 나올까 초조하게 기다렸다.

추운 눈보라 속에서 전쟁에 쫓겨오다가 부모를 잃어버린 남매와 형제가 다시 이 고아원 저 고아원으로 분산 수용되었고, 갓난아기를 포대기에 싸서 길바닥에 버려놓고 갔던 어느 어머니의 죄책감과 찢어지는 듯한 고통도 보았다.

다섯살짜리 어린 딸을 잃어버리고 애타게 찾다가 결국 삭발 스님이 된 어느 모녀의 상봉도 기쁨보다 또다른 슬픔을 낳게 했다.

다행히 온 가족이 불행을 딛고 그런대로 성공한 사람들의 만남은 많은 사람들의 환호하는 박수를 받았다. 그러나 비록 만나기는 했지만, 형은 병들고 가난한 판자촌 밑바닥 인생인데, 동생은 어엿한 신사로 나타났을 때, 핏줄보다 현재의 위치가 그들의 만남을 어색하게 하는 아픔도 있었다.

틀림없이 친자매로 여겨지는 한 부잣집 귀부인이 가정부로 일하는 동생을 굳이 동생이 아니라고 매정하게 뿌리쳐버리는 비정한 만남을 보았을 때, 우리는 전쟁이 단순한 헤어짐보다 인간성 파괴에 있음을 보면서 분노하기도 했다.

전쟁은 6·25만이 있었던 것은 아니다. 대동아전쟁이란 2차대전으로 헤어진 이산가족도 무수히 많다. 히로시마와 나가사키의 원자탄 투하로 죽거나 병든 가족들의 고통도 우리 이웃에 얼마든지 있다. 또 원자병은 직접 받은 원자탄 피해자만의 고통으로 끝나는 것이 아니라 2세, 3세까지,

그 아래 자손들까지 유전되고 있다. 정신박약아로, 피부병으로, 암으로, 신경통으로, 한꺼번에 온몸을 만신창이로 만들어놓는다. 그러기에 아무런 죄도 없으면서, 원자병을 가진 부모는 자식들에게 큰 죄인으로 살아야 한다. 부모가 원자탄 피폭자면 자식들은 정신적 고통을 먼저 감수해야 한다. 설령 자기 몸에 다른 이상이 없이 건강하다고 해도 마음속은 항상 불안스러운 것이다.

스페인의 화가 피카소가 그린 전쟁 그림 〈게르니카〉에선 사람만이 죽는 것이 아니었다. 소나 말 같은 짐승들도 무참히 죽어갔다. 그림의 한가운데 커다란 말 한 마리가 목을 길게 치켜들고 고통스럽게 울부짖는 모습은, 인간의 죄악상을 짐승이 대신 고발하는 듯이 보인다. 참으로 비참하다.

1937년 4월 26일, 이날 하룻동안 게르니카의 폭격으로 1,654명이 죽고 889명이 부상을 당했다. 장터에 끌려나왔던 소와 말과 돼지와 닭, 오리들도 그 폭격으로 죽었다.

히로시마와 나가사키의 원폭피해자들은 그 자리에서 죽은 사람만도 40만명이나 된다고 한다. 아직도 이 숫자는 정확하게 밝혀지지 않고 있다. 한국인과 기타 외국인의 사망자 수를 넣지 않았기 때문이다.

6·25 전쟁으로 갈라진 이산가족과 죽은 이들의 수도 통일이 되어야만 정확하게 알 수 있을 것이다. 160만의 희생자가 났다고 하지만 그것보다 더 많을지도 모른다. 가정과 인간과 강토가 한꺼번에 파괴된 6·25의 전범은 과연 누구인지 아무도 그 책임을 지지 않는다.

나치 독일의 전범들은 아직도 감옥에서 그 죄과를 받고 있다.

우리의 슬픔은 끊이지 않고 계속 이어졌다. 월남전쟁으로 끌려가 죽은 젊은이들과 부상병도 있다.

80년 5월 광주항쟁을 막기 위해 투입된 공수부대에 의해 죽거나 부상당한 사람, 폭력은 이 땅의 도시마다 마을마다 끊이지 않는다. 소수의 미친 인간을 위해 수많은 가정이 파괴되고 흩어졌다. 우리의 이웃들은 이렇게 온전한 가정이 없이 갈기갈기 찢겨진 채 반세기가 가깝도록 개처럼 끌려다니며 살아왔다.

지난 5월에 처형된 우리의 가정 파괴범 중에는 죽기 전에 신앙을 얻어 죄를 뉘우치고 주님의 품에 안겨 평화롭게 죽어갔다는 사형수도 있었다. 그는 죽은 뒤 자기 몸의 일부를 살아있는 사람을 위해 써달라고 눈과 콩팥을 병원에 기증했다는 감동적인 기사를 읽었다.

사람이 사람을 죽인 것에 대한 어떤 변명도 이유도 있을 수는 없다. 살인이라는 그것만으로도 그는 당연히 처벌을 받아야 한다.

그러나 그와 우리는 함께, 사건의 앞뒤를 헤아려 살해 동기와 목적을 알아보고 최소한 인간으로서의 자존을 지켜야 한다. 이 세상의 어떤 범죄도 냉정하게 따지면 단독 범행은 없기 때문이다.

나는 인간에 대해서 많이 모른다. 인간의 선과 악은 선천적인 것인지 후천적인 것인지 단정짓기는 어렵다. 다만 인간은 환경과 교육에 의해서 선하게도 착하게도 될 수 있다는 것은 안다.

나는 어린 시절 삯바느질을 하시는 어머니 곁에 함께 있으면서 사내아이로서 바느질을 배웠다. 그 다음, 농촌에서 농사짓는 아버지를 따라다니다 보니, 아버지로부터 꼴망태와 봉태기, 멍석 만드는 것을 배웠다. 어머니나 아버지께서 일부러 가르쳐주신 것이 아니라 그냥 곁에서 구경하면서 배운 것이다.

사람은 태어나면서부터 주위에 널려있는 사물의 움직임을 보고 흉내를 낸다. 흉내야말로 가장 기초적인 교육의 바탕이다. 전쟁영화를 구경한 아이들은 누가 시키지도 않는데 금방 전쟁 흉내를 낸다. 흉내는 흉내로서 끝나는 것이 아니라 그것이 몸에 배고 굳어지면 성격으로 변한다.

내가 지금 기르고 있는 개 '빼덕이'와 지난번 기르던 '버지기'는 어미 개한테서 곧장 젖을 뗀 후 데려온 강아지였다. 이곳 빌뱅이 언덕은 사람도 드물고 조용한 곳이다. 강아지를 때리거나 해치려는 건 아무것도 없다. 건넛집 현석이 남매들도 아이들이 착해서 찾아오면 강아지를 쓰다듬고 얼러줄 뿐이다. 그래서 이 강아지들은 거의 짖지 않는다. 지금도 뺑덕이는 팔딱팔딱 뛰는 개구리를 보면 짖고, 태용이네 고양이가 가끔 오면 짖는다. 그것도 적으로서 경계 태세로 짖는 게 아니라 함께 놀자는 말소리다. 한번은 밖이 너무 조용한데도 뺑덕이가 전에 없이 큰 소리로 짖기에 이상해서 내다봤더니, 뒷산 바위꼭대기에 올빼미가 동그마니 앉아 있었다. 뺑덕이는 가까이 와서 놀자고 쳐다보고 자꾸 짖었지만 올빼미는 못들은 척 그냥 앉아 있었다.

그런데, 지금 두달째 키우는 '톳제비'는 짖는다. 장에서 장사꾼에게 사온 강아지 톳제비는 처음부터 사람을 보고 몹시 겁을 내었다. 두달이 지난 지금도 주인인 나한테까지도 눈치를 보며 피하려고만 한다. 톳제비는 장사꾼에게 이리저리 끌려다니며 오랫동안 시달려 온 불쌍한 강아지였던 것이다. 나는 톳제비가 언제까지 사람을 경계하고 겁을 내는지 지켜볼 생각이다.

우리는 서글프게도 해방 이후 몇 사람의 독재군주 밑에서 살아왔다. 그들은 똑같이 인민을 학살하고 스스로를 멸망시켰다.

결국은 그들을 키워낸 시대와 환경이 그런 잔인한 폭군을 만들어낸 것이다.

인간은 환경을 만들고 환경은 인간을 만든다.

분단과 전쟁, 그리고 이 땅의 자연과 인민이 강대국의 수탈에서 벗어나지 못하는 한 우리의 환경은 더욱 살벌해질 것이다.

지난 5월에 처형된 가정 파괴범들은 이런 극단의 역사적 현실이 만들어낸 인간 상실의 가장 큰 피해자들인지도 모른다.

# 물 한 그릇의 양심

어릴 때 읽은 그림책에 이런 이야기가 있었다. 가난한 할머니와 할아버지가 살았는데, 어느 날 할아버지가 하루종일 품삯 일을 구하러 다니다 그냥 헛탕을 쳤다. 해질 무렵 할아버지가 빈 지게를 지고 집으로 돌아오는데 시장 모퉁이에 임자도 없는 온갖 과일이 산더미만큼 쌓여 있는 게 아닌가. 할아버지는 그 자리에서 맛있는 사과야 배야 수박을 실컷 먹고 지게에다 가득 지고 집으로 돌아왔다. 그러나 집으로 가지고 온 건 모두 돌멩이뿐이었다. 할머니가 웬 돌멩이를 지고 왔느냐고 핀잔을 주니까 할아버지는 이상하게 생각하며 아까 그 시장 모퉁이에다 갖다 버렸더니 도로 과일이 되었다. 할아버지가 다시 지고 집으로 돌아오니 돌멩이가 되어 있고 도로 갖다 버리니 과일이 되고, 몇번 왔다갔다 되풀이하다가 결국 할머니를 그 시장 모퉁이까지 데리고 가서 맛있는 과일을 먹게 했다.

출애굽기에서는 하느님이 이스라엘 백성에게 만나를 내려주었는데 알맞게 거두어 먹지 않고 많이 가져다 모아두니 밤새 모두 썩어버렸다. 일용할 양식은 그날그날 필요한 것만으로 족해야 한다. 나 혼자만 많이 차지하겠다고 과욕을 부리면 결국 자기도 쓰지 못하고 남에게 피해를 준다. 많이 먹고 배가 터져 죽는 사람이 있는가 하면 배가 고파 굶어죽는 사람도 있는 게 오늘 지구 위의 사람들 모습이다. 수십채의 아파트를 혼자 가지고 있는가 하면 이 겨울에 집이 없어 비닐천막에서 살고 있는 사람도 있다.

예수는 두벌 옷이 있으면 한벌은 이웃에 나눠주라고 했지만 요새는 옷 같은 것은 너무 많아서 오히려 남는 옷을 버린다고 한다. 내가 지금 입고 있는 누런 똥색의 나일롱 셔츠는 15년 전에 ㅅ 선생님한테서 선물로 받은 것이다. 정확히 1975년 1월, 그때 국민학교 교사로 있던 ㅅ 선생님이 자기가 입을 티셔츠를 하나 사면서 내 생각이 나서 함께 사온 것이라고 했다. 나는 15년 동안 해마다 겨울이면 이 셔츠를 입으면서 ㅅ 선생님 생각을 했다. 소맷자락이 닳아서 틀어진 것은 무명실로 몇번 꿰매었지만 아직 버린다는 것은 꿈에도 생각 못했다. 그런데 며칠 전에 가까운 데서 무의탁 노인들을 모아놓고 돌보며 지내는 여자 전도사님이 와서 보고는 이 낡은 셔츠를 왜 입고 있느냐고 나무란다. 요새 세상에 이런 옷을 누가 입고 있느냐는 것이다. 자기 집에 있는 무의탁 노인들도 나일롱 옷 같은 건 줘도 입지 않는다고 한다.

이곳 시내에서 살고 있는 ㅈ 씨는 중국 연변에 다녀왔는데, 그곳에서는 아직 양말을 기워 신고 있더라고 반은 측은하게 반은 업수이 여기는 투로 들려주었다. 나는 그 소리를 듣고 그곳 사람들의 착한 심성이 반갑고 고마웠다. 적어도 양말을 기워 신는 사람은 이웃에게 못된 짓은 하지 않을 것이기 때문이다. 밤늦도록 남편과 아이들의 옷을 깁고 양말을 깁는 어머니가 살고 있는 가정은 모두가 성실하고 따뜻한 마음씨를 잃지 않을 것이기 때문이다.

낭비는 자기 스스로의 인간성을 파괴하고 남까지 범죄 동기를 유발시킨다. 옛날 기생들은 좀더 모양을 내고 싶어도 시골 여인들이 흉내낼까봐 자제했다고 한다. 슈퍼맨이 날아다니는 걸 보고 흉내내다 3층 꼭대기에서 떨어져 죽은 아이도 있다. 사람은 아래를 내려다보기보다 위를 쳐다보기 좋아한다. 윗사람이 깨끗한 것을 보이면 아랫사람도 깨끗한 것을 본

받는다. 범죄와 전쟁을 하겠다고 대통령이 엄포를 놓으니 정말 세상은 전쟁이 일어났다. 위에서 총을 들었으니 아래에선들 맨손으로 대결할 수 없지 않는가? 여섯살의 어린아이를 생매장시킨 건 전쟁을 선포한 대통령의 책임이 더 크다. 전쟁이 일어나면 언제나 어린이가 먼저 희생되는 건 당연하다. 대통령은 궁지에 몰릴 때마다 무책임한 선언만 남발해왔다. 말의 낭비는 엄청난 불상사를 가지고 오기에 혀에 칼이 들어있다고도 하지 않았던가? 예수님은 입으로 들어가는 것은 더럽지 않지만 입에서 나오는 것은 언제나 위험하다고 했다. 대통령의 말 한마디는 그만큼 조심스러워야 한다.

말의 낭비나 돈의 낭비는 모두가 거짓을 감추려는 인간의 권위와 허영에서 비롯된 것이다. 똑같은 음식도 단돈 천원에 사먹는 것보다 만원에 사서 먹으면 위대한 장부가 된 것처럼 착각에 빠지는 것이 인간이다. 아무리 위대해 봤자 인간은 역시 졸장부밖에 되지 못한다.

한 세상 살다가 죽는 목숨인데도 짐승들은 이런 허세도 낭비도 하지 않는다. 북에서 날아온 철새나 남에서 날아온 철새도 빈 몸으로 와서 먹을 만큼 먹고는 빈 몸으로 고향에 돌아간다. 자연파괴나 환경오염도 짐승들에겐 일어나지 않는다. 자연을 망가뜨리고 더럽히는 건 인간의 욕심과 낭비 때문이다. 범죄를 만들고 쓰레기를 만드는 건 인간들뿐이다. 빈 손으로 왔다가 빈 손으로 가는 인생은 철새나 마찬가지인데 왜 세상을 쓰레기장으로 만들어놓고 가는가?

열 사람에게 열 그릇의 물이 필요한데 힘이 센 한 사람이 다섯 그릇을 차지해 버리고, 또 한 사람이 세 그릇을 차지하고 다시 한 사람만이 자기 몫의 한 그릇을 차지했다. 나머지 일곱 사람은 한 그릇을 가지고 나눠 마셔야 하는 게 요즘 사회의 실정이다. 일곱 사람의 대부분은 갈증을 견디며 얌전히 참고 견디다 목이 타서 죽는 사람이 생기고, 그 중의 한두 사람은 참지 못해 결국은 칼을 휘두르게 된다. 그 칼이 바로 이런 모순된 사회구조를 만든 장본인에게 꽂혔을 땐 그래도 괜찮지만 대부분이 엉뚱하게 같은 피해자들끼리 휘둘러져 억울한 희생이 이중 삼중으로 생긴다. 이럴 때 일어나는 불상사를 어떻게 보아야 할 것인가? 칼을 들고 휘두르는 사람은 더 큰 칼에 의해 죽음 직전까지 이르렀던 선량한 사람이었는데도 그는 살인자가 되어버린다.

우리 속담에 굶어죽으나 먹고 맞아죽으나 죽는 건 마찬가지란 말이 있다. 한 그릇의 물만으로도 족한데 다섯 그릇이나 세 그릇을 차지했을 때 일어나는 사회혼란은 그 무엇으로도 막을 수 없을 것이다. 대통령 권한으로 전쟁을 선포하기 전에 벌써 전쟁이 진행되고 있었기 때문이다.

지금이라도 우리는 낭비와 사치를 버리고 올바른 분배와 평등의 원칙을 실현해야 한다. 하느님이 스스로 이 땅에 내려와 밑바닥 인생을 살았던 것처럼 먼저 정치지도자나 종교지도자들부터 몸으로 실천하는 삶이 있어야 할 것이다. 누가 보든지 안 보든지 내가 쓰고 있는 작은 물건이라도 혹시나 남의 몫을 내가 쓰고 있는 게 아닌지 생각해봐야 할 것이다. 내가 두 그릇의 물을 차지했을 땐 누군가가 나 때문에 목이 말라 고통을 겪고 있을 것이기 때문이다.

# 사람다운 사람으로

사람은 어떻게 살아야 착하게 살 수 있을까? 이것 때문에 많은 사람이 고민을 하며 여러가지 방법을 찾아내어 보았지만 아직도 정확한 해답이 나오지 않았습니다. 그래서 세상은 여전히 죄악이 가득 찬 것입니다. 얼마나 힘들었기에 살아있는 것 자체가 죄라는 결론을 내리기도 했겠습니까?

온 세상이 환경오염으로 자연이 파괴되고 생물들이 죽어가고 있습니다. 만약 지금이라도 이 지구상에서 인간이 사라진다면 환경은 더이상 손상받지 않고 죽어가던 자연은 다시 회복될 것입니다.

죄를 저지르는 것은 인간들이며 그 인간들이 바로 악마입니다. 인간이 자연 속에서 자연의 일부분으로 살았을 땐 인간에게도 악이 없었습니다. 지금도 소수의 인간이지만 그렇게 자연 속에서 자연의 질서를 깨뜨리지 않고 살아가는 사람이 있을 것입니다.

초가집을 헐고 슬레이트 지붕으로 갈고 그 다음엔 벽돌양옥집으로 바뀌가는 것을 우리는 쉽게 '발전'이라고 생각합니다. 그러나 우리가 발전이라 했던 모든 문명이야말로 파괴의 원인이며 인류의 멸망을 가져다준 것입니다.

인간이 문명의 혜택으로 편리와 행복을 누리고 있을 때 수많은 동식물이 고통스럽게 죽어가야만 했습니다. 선진산업국이 부를 누리기 위해서는 약소 국가와 약소 민족은 헐벗고 굶주려야 했습니다.

영국과 미국이 주동이 되어 일으킨 걸프전쟁으로 지금 쿠르드 민족들의 수난이 시작되었고, 그곳 바다에 살고 있던 물고기와 새들이 고통을 겪고 있습니다.

이 지상에서 정의로운 전쟁이란 절대 없습니다. 하나의 힘이 작은 약자를 집어삼키는 악마가 바로 전쟁인 것입니다. 자연계의 먹이사슬에서 절대강자는 없습니다. 내가 하나 잡아먹으면 대신 하나를 희생하는 것이 자연입니다.

인간들이 이 자연을 이탈하여 마구잡이로 집어삼키며 지상의 왕자로 군림하면서 우리는 결국 우주의 악마가 된 것입니다. 이 정도에서 우리가 다시 제자리로 찾아들지 않으면 지구의 종말은 피할 수 없을 것입니다.

도시에 살고 있는 분들은 잘 느끼지 못하겠지만 시골에서는 자연이 얼마나 망가져가고 있는지 잘 압니다. 무척 오래 전부터 여름에 소낙비가 없어지고 무지개가 없어졌습니다. 해질녘에 보이던 붉은 노을도 없어지고 기후변화가 순조롭지가 않습니다.

내가 살고 있는 이곳 안동지방은 댐을 두 군데를 막는 바람에 안개가 끼고 여름에는 덥고 겨울에는 무척 추워졌습니다.

초가지붕을 뜯고 나니 참새가 없어지고, 지붕 속에 살던 능구렁이와 족제비가 없어지고, 그러다 보니 쥐가 많아져서 쥐약을 살포해서 고양이가 죽고 다른 가축들이 죽었습니다. 자연은 어느 한 군데가 망가지면 연쇄반응을 일으킵니다. 화학비료를 사용하다 보니 땅이 죽고 땅이 죽으니 그 속에 살던 곤충이 죽어 상대적으로 해충이 늘어났습니다. 그래서 농약을 살포하니 그것이 개울로 흘러들어 많은 물고기가 죽어버렸습니다. 물고기가 죽으니 새들이 죽고 새들이 죽으니 산의 나무들이 또 병이 들고….

이렇게 세상이 뒤죽박죽이 되다 보니 이젠 착하게 살아서는 안되고 힘으로 살아야 한다는 것이 절대가치가 되어버렸습니다. 그래서 교육은 힘을 가르치고 힘만이 최상의 평가기준이 되었습니다. 착하게 살기 위해 공부하는 것이 아니라 힘을 얻기 위해 공부하는 학생들은 선악의 분별을 모르는 힘의 노예가 되었습니다. 일등을 해야만 돈과 권력을 잡고 행복해진다는 논리는 이 사회 구석구석마다 스며들었습니다. 종교도 그렇게 타락을 했고 정치도 모든 게 장사꾼이 되었습니다. 심지어 농민도 상인으로 바뀌어버렸습니다. 씨앗 하나 심어 열매를 얻는 바람보다 먼저 돈계산부터 하는 것이 요즘 농민들의 비참한 처지입니다.

더불어 산다는 것은 어리석은 짓이고 나만이 잘살자는 이기심은 극을 치닫고 있습니다. 앞서도 말했지만 하나를 얻으면 하나는 돌려줘야 하는 것이 바로 더불어 살아가는 평등의 원칙이며 그게 평화로 이어지는 자연의 질서입니다. 구태여 돈을 잔뜩 벌어 남을 구제한다는 마음보다 내가 좀더 가난하게 덜 차지하기만 해도 그게 바로 이웃을 위하는 일인 것입니다. 민주주의는 이런 물질의 평등에서부터 시작해야 합니다. 가난한 사람과 부자가 함께 있는 사회구조로서는 절대 민주주의가 불가능합니다. 왜냐면 부자는 그 부를 지키기 위해 권력과 결탁을 할 테고 가난한 사람은 굶어죽을 수 없으니 자연히 권력에 맞서 싸워야 하니까요. 가난한 사람들의 목숨도 목숨입니다. 살기 위하여서는 누군들 자기 몫을 찾으려 하지 않겠습니까?

자연과 더불어 필요한 만큼 하루하루 성스럽도록 착하게 살았던 인디언들은 무자비한 백인들의 총칼에 거의 멸종되다시피 했습니다. 인디언들은 국경도 없고 땅을 사고 파는 그런 유치한 욕심도 없는, 짐승처럼 착한, 이 땅 위에서의 마지막 아담과 이브였습니다.

지난번 어느 대학에서는 승용차를 탄 대학생과 교수님이 서로 싸움이 붙어 치고 박고 하다가 경찰에다 고소까지 했던 모양입니다. 군사부(君師父)일체라는 말도 좋은 말이 아니라고 봅니다. 나는 교육은 가르치기보다 보여주는 것이라고 봅니다. 머리로만 가르치고 머리로만 배우는 교육은 돈받고 돈주고 맞바꾸는 물건이지 교육은 아닙니다. 임금과 스승과 아버지가 하는 일은 똑같이 아랫사람을 다스리고, 아랫사람은 무조건 복종해야 된다는 부자연스런 권위라는 배경이 깔려있기 때문입니다.

내가 살고 있는 마을에 단 두분 잊혀지지 않는 어른이 계셨습니다. 두분 모두 세상을 떠나셨는데, 살아계실 때 그분들이 아랫사람을 대하던 모습이 참으로 존경스러웠습니다. 먼저 길가에서 만나 인사를 드리면 꼭 걸음을 멈추고 서서 마주 고개를 숙여 깍듯이 인사를 받는 것입니다. 그분들은 나보다 나이가 서른살 이상씩 더 높았습니다. 이 세상의 그 어떤 것도 주기만 하고 받기만 하는 교육은 교육이 아닙니다. 스승다운 스승 밑에는 반드시 제자다운 제자가 있습니다. 보는 대로 따라하는 것이 어린이입니다.

지금 그 어느 곳에 아이들이 보고 배우는 도덕적 환경이 조성되어 있는지 묻고 싶습니다. 가는 곳마다 닿는 곳마다 살벌한 폭력만이 널려있습니다. 어린이날을 제정한 지 60년이 지났지만 진정한 어린이날은 없었습니다. 몇몇 선택받은 아이들을 내세워 야단스런 잔치로 피곤하게 만드는 것이 지금까지의 어린이날이었습니다.

날아라 새들아 푸른 하늘을
달려라 냇물아 푸른 벌판을

푸른 하늘 푸른 냇물 푸른 들판은 이젠 아무데도 없습니다. 나라는 반으로 동강나 있고 우리들의 목숨이 언제 끝날지 모르는 무서운 핵무기가 널려있고 전쟁의 위협은 우리들의 가슴을 짓누르고 있습니다. 집이 없는 아이들이 방 안에 갇혀 질식해 죽고 시험공부 때문에 자살해 죽어야 하는 가엾은 목숨이 어린이들입니다. 촌지를 받고 그 돈만큼 제자를 사랑하는 선생님, 뇌물을 받아 수준미달의 학생을 합격시키는 교수님, 독재정치의 꼭두각시가 되어버린 교장선생님들, 이 땅의 스승과 어른들이 과연 존경받을 일을 했는지 말하지 않아도 잘 알 것입니다.

어른들의 권력다툼에 어린이들의 정신과 육체가 망가졌는데도 아무도 간섭도 비판도 하지 않았습니다. 정치 이데올로기는 교육 이데올로기, 종교 이데올로기까지로 둔갑해갔고, 반공교육은 동족까지 원수가 되도록 길들였습니다. 진실을 숨기고 거짓을 가르치고 읽히고 따르게 한 것이 이 땅의 교육이며 아동문학이었습니다. 일찍 일어나고, 공부 잘 하고, 부모님 말씀 잘 듣고, 반공정신이 투철하고, 새마을운동에 앞장서고, 이웃돕기 성금을 내고, 이런 규격화된 모범어린이가 등장하는 동화만이 아동문학이었습니다.

일제 36년의 어두웠던 시대, 6·25의 비극과 4·19, 5·16, 그리고 광주사태, 끊임없이 이어져오는 민주화운동과 반민주독재가 맞닥뜨려져 혼란이 가시지 않는 지금입니다.

우리는 평화를 사랑합니다. 그리고 통일된 조국을 갖고 싶습니다. 자유로운 생각, 아름답고 깨끗한 자연 속에서 이웃과 더불어 살고 싶습니다. 일등 하는 아이보다 건강하고 착한 마음씨를 가지고 목숨을 소중히 여길 줄 아는 사람다운 사람으로 살고 싶습니다. 어린이날은 있어도 좋고 없어도 좋습니다.

목숨이 있는 것은 만들어진 인형과는 다릅니다. 인형은 조종사에 의해 움직이지만 목숨 있는 인간이나 동물은 스스로 행동합니다. 그래서 살아 있는 것은 아름다운 것입니다.

# 팥빙수 한 그릇과 쌀 한되

　며칠 전에 교회 장로님들을 따라 시내로 갔다. 여름성경학교 강습회에 참석한 교사들에게 점심 한끼 대접해야 한단다. 강습회에 참석한 교사래야 결혼준비를 하고 있는 여자 선생님 한분과 전도사님의 사모님, 둘뿐이다.

　3킬로미터를 경운기를 타고 가서 40리를 버스 타고 갔더니 벌써 점심 시간은 지나갔고 오후 2시 폐회식을 하고 있었다. 점심은 먹었으니 시원한 음료수라도 대접한다고 선생님들이 가자고 해서 따라간 곳이 어느 큼직한 제과점이었다. 장로님 두분과 선생님 둘, 나까지 다섯 사람이 먹은 것은 팥빙수 다섯 그릇과 빵 몇 개, 합쳐서 값이 1만1천9백50원이었다. 조그만 유리그릇에 담겨온 팥빙수 한 그릇이 1천5백원이다. 멀건 팥죽에 얼음을 갈아넣고 설탕 조금 향료를 조금씩 넣은 '팥빙수'라 부르는 그걸 숟가락으로 휘저었더니 금세 녹아서 거품이 뜨는 얼음죽이다. 장로님 한 분은 입에 맞지 않는지 우리한테 모두 덜어줘버린다. 사실 그냥 보기만 해도 속이 메스꺼웠다. 차라리 동네 구멍가게서 산 백원짜리 얼음과자만도 못하다. 그게 쌀 한되 값이나 되는 1천5백원이라니 돈이 아까웠다. 속담에 "아재비 술 한잔이 촌놈 겉보리가 서말"이라더니 그 말이 꼭 들어맞

왔다. 그런데도 제과점 안은 만원이고 종업원들은 바쁘게 이리 뛰고 저리 뛴다.

한 10년쯤 전에도 장로님을 따라 시내에 가본 적이 있다. 그때 장로님은 과로로 며칠 앓고 나서 짜장면이 먹고 싶어 시내로 간 것이다. 장로님은 고봉으로 짜장면을 시켜 단숨에 먹고는 그것으로 모자라 또다른 중국집에 가서 고봉으로 한 그릇 먹고 그래도 차지 않아 다른 집에 가서 또한 그릇을 먹고는 그토록 먹고 싶던 짜장면 한은 덜었다고 했다.

샛들 아주머니의 경우도 비슷했다. 병명도 모르게 그냥 시름시름 앓아누워 보름이 지나자 뼈만 앙상하게 남았다. 시집살이가 어려워 생전 나들이도 못 가고 고된 일에 지쳐 있는 아주머니를 데리고 아저씨가 병원으로 갔다. 한사코 가지 않으려는 아주머니를 아저씨가 달래고 얼러 데려간 것이다. 그냥 미음 몇 모금씩만 마시고 누워있던 아주머니가 먹고 싶은 게 있다니까 아저씨는 반가워서 얼른 시장으로 갔다. 시장에서 아주머니는 어린애처럼 수박 한통 사서 아저씨와 나눠 먹고 짜장면 한 그릇 사먹고 사탕 한 봉지 사들고 집으로 돌아왔다. 갈 때는 아저씨 등에 기대어 업히다시피 해서 갔는데 돌아올 때는 말짱하게 걸어왔다. 물론 병원에는 문앞에도 가지 않았다.

올해도 서울 어느 대학교에서 농활학생이 왔다. 학생들은 대단히 열성적이다. 미국의 농산물 수입개방 압력, 우루과이라운드, 현 정부의 농업정책의 문제점을 써서 대자보를 붙이고 농악을 울리며 농민들을 불러모으려 애를 쓰고 있다. 농민들을 깨우치고 죽어가는 농촌을 살리려 온갖 정성을 쏟는데도 도무지 호응이 없다. 호응은커녕 오히려 귀찮아하고 화를 낸다. 겨우 할머니들과 어린애들 몇이 구경삼아 모일 뿐이다. 학생들은 잔뜩 주눅이 들어 김매기나 거들어주며 안타까워한다.

참으로 딱한 일이다. 소설 《상록수》에 나오는 박동혁이나 채영신은 일본제국주의와 지주들의 방해로 농촌계몽운동이 어려웠는데 오늘날 대학생들의 농활은 왜 이토록 힘드는 걸까? 이런 문제를 찾아내는 것도 어렵고 복잡하다.

원래 농민들은 농사일 외에는 다른 데 마음쓸 여가가 없다. 농민들이 순박하고 인심이 좋은 것은 바로 이렇게 머리를 쓰는 일보다 몸으로 일하는 시간이 많기 때문이다. 맑고 푸른 자연 속에서 곡식을 가꾸며 살아가는 것은 비록 땀 흘리는 힘든 일이지만 충분히 보상되기 때문이다. 농촌은 그래야 된다. 농민이 농사일 외에 다른 무슨 일을 할 수 있겠는가? 낮에는 들에서 일하고 밤에는 식구들과 오손도손 얘기 나누다 편히 잠들 수 있는 평화로운 농촌이야말로 인간의 마지막 바람이며 행복이다. 그 어떤 교육도 종교도 이 이상의 삶을 보장해줄 수는 없을 것이다.

세계를 돌아보면 농민들의 이런 평화는 항상 착취계급에 의해 무참히 깨뜨려졌다. 그래서 농민들은 낫과 곡괭이를 들고 저항을 하고 피를 흘려 싸웠다. 싸워서 성공한 일도 있지만 대부분이 실패를 하여 옥에 갇히고 처형을 당했다.

우리나라 역사에도 농민봉기는 수없이 많았다. 농민들의 피땀으로 살아가는 귀족양반들은 그들의 땀을 식혀주고 따뜻한 보금자리를 마련해주기는커녕 오히려 농민들의 살과 피까지 갉아먹었던 것이다.

밥이 하늘이라 했던가? 그렇다면 그 하늘을 만들어내는 농부들에게 우리는 무엇으로 어떻게 보답해야 할까?

지금 농촌에는 실질적인 농민은 없다. 모두가 도시로 빠져나가고 어쩔 수 없이 남아있는 버려진 인생들뿐이다. 늙고 병들고 배우지 못한 어정쩡한 사람들만 남아서 안간힘을 쓰고 있는 곳이 농촌이다. 텔레비전에 나오는 도시의 거리에는 젊은이들이 온갖 모습으로 모양을 내고 빽빽이 지나다니는데 농촌의 들판에는 젊은이가 없다.

일제 36년과 해방과 6·25를 거치면서 하루도 편안한 날이 없었던 지난날의 역사는 가난한 농민들의 가슴에 깊숙이 한을 남겼다. 무고하게 학살당하고 고문당한 사람들은 관(官)을 두려워하고 싫어한다. 언제 또 무슨 일이 일어나서 가족이 피해를 입을지 두려운 것이다. 그만큼 정신적으로 지쳐 있고 차가워져 있다.

막다른 길에서 인간은 두 가지 행동을 한다. 하나는 최후를 떳떳하게 마감하기 위해 맞서 싸우다 죽는 길이고, 하나는 나머지 목숨이나마 부지해 보려고 비겁하게 굴종하는 길이다. 총칼 앞에서 용감하게 죽는 사람은 더할 나위 없이 장한 인간이지만 그렇다고 고개 숙여 비굴하게 살아남는 사람도 나무랄 수는 없다. 이 지구 위에서 용감한 사람만 있었다면 세상엔 사람의 씨가 벌써 사라졌을 것이다. 비굴하게 살아남은 사람도 역시 피해자이다.

문제는 칼자루를 잡고 있는 쪽이다. 농민이든 어민이든 노동자이든 칼을 뺏기 위해 싸움을 할 수는 없다. 그 누구의 손에 잡히든 칼은 무고한 목숨을 죽일 수 있기 때문이다.

사람이 사람답게 살자면 하루속히 무기를 없애야 한다. 강대국들의 무기는 물론 그 강대국에 의해 종노릇하는 제3세계의 괴뢰정권도, 그리고 그 괴뢰정권에 붙어 사는 지식인과 종교지도자와 공직자도 바로 서야 한다. 그게 먼저 되어야 한다. 농민과 농촌이 이 지경이 된 것은 이런 모든 이들의 책임이라 말하지 않을 수 없다.

온통 외국산 수입자재로 지어졌다는 호화판 빌라가 수십억원씩 불티나게 팔린다는 그런 부조리부터 없애야 한다. 땀 흘리지 않고, 손에 때 묻히지 않고, 흙가루, 시멘트가루, 기름찌꺼기, 비린내 묻히지 않고, 미싱바늘에 찔려보지 않고, 톱니바퀴에 손 다치지 않고, 등에 시멘트부대 메어보지 않고, 지게 져보지 않고, 그러면서도 돈을 물쓰듯 하는 그런 잘못된 것부터 고쳐야 한다.

내 자식만 일등하기 바라고, 내 자식만 일류대학 보내려는 그런 욕심부터 없애야 한다. 나만 축복받기 위하여 수천만원씩 절간에다 시주하고 교회에다 헌금하고 자랑하는 그런 양심부터 쓸어내야 한다. 콩나물 한줌 사는 데는 십원 동전 하나라도 깎으려 하면서, 우리 농민들의 쌀은 외면하면서, 외국산 수입품 고급옷이야 핸드백이야 보석이야 과일이야 냉장고야, 온통 그런 것들은 펑펑 선심 쓰듯 폼 잡고 사들이는 그런 심보부터 고쳐야 한다.

헐벗고 굶주리고 뒤축 닳은 고무신 끌고다니던 때가 어제만 같은데, 언제부터 우리가 만석꾼 자식처럼 거들먹거리게 되었던가? 진정 부끄러운 것은 그런 졸부들의 행태와 속 빈 인간들의 짓거리다.

이런 우스개이야기가 있었다지 않은가.

어느 촌놈이 서울 구경가서 거리를 걸으며 높은 빌딩을 쳐다보는데 깡패 하나가 나타나서,

"야! 그 집 공짜로 쳐다보는 게 아니라 한 층 보는 데 5천원이다. 너 저 높은 집 몇층까지 봤느냐? 본 대로 계산해서 내!"

그러자 이 촌놈이 얼른 꾀를 내어,

"여덟층밖에 안 봤다."

그러니까,

"그럼 오팔이 사십, 4만원 내라!"

하기에 촌놈은 얼른 4만원 꺼내주고는 저만치 도망쳐 가서 혼잣소리로

"이 등신아, 나 20층까지 봤는데 속았지롱! 서울놈도 별수없네."

그랬다지 않나.

오늘날 우리 모두가 이 서울 깡패와 촌놈처럼 서로 속이고 속으면서 멍청하게 나만은 똑똑한 체 거드름 피우며 살고 있지는 않은지 ….

# 태기네 암소 눈물

태기네 할머니가 잠깐만 와보라고 하신다. 아랫마을까지 바쁘게 가보니 읍내 가축인공수정소 직원이 와 있었다. 태기네 할머니 혼자 집을 보는데 갑자기 암소를 인공수정시킨다고 직원이 온 것이다.

"어제 오신다고 저물도록 기대렸는데 왜 하필 아무도 없는 오늘사 왔니껴?"

태기네 할머니는 투덜거리시며 암소를 모퉁이 감나무에 내다 매신다.

할머니는 암소 앞에서 코뚜레를 붙잡고 목덜미를 슬슬 긁으시고 나는 뒤에서 꼬리를 치켜드는 일을 거들었다. 출장나온 수정소 직원은 먼저 비닐장갑을 끼고 항문에다 집어넣고 똥을 말끔히 훑어낸다. 그런 다음 황소의 그것처럼 비슷하게 만든 플라스틱 기구로 정액을 집어넣는 일을 했다.

끝날 때쯤엔 태기네 할머니도 나도 수정소 직원도 얼굴에 땀이 번지고 있었다.

참으로 힘든 작업이었다. 그만큼 마음의 부담이 가는 서글픈 일이었던 것이다.

만약에 소가 인간들보다 지능이 높아서 거꾸로 사람을 부리고 새끼를 퍼뜨리기 위해 이런 인공수정이란 가당치도 않은 일을 했다면 어찌 될까?

참으로 인간들은 철저하게도 착취를 하고 있었다. 소한테서 노동을 뺏고 고기를 뺏고 이제는 그들이 마땅히 누려야 할 생식의 절차까지 빼앗아버린 것이다.

태기네 할머니와 나와 수정소 직원은 얼굴에 땀을 흘렸지만 그 짓을 당한 태기네 암소의 눈에는 눈물이 흐르고 있었다.

우리집에 먹이고 있는 개(뺑덕이)는 벌써 여섯살인데도 아직 새끼 한번 낳아보지 못했다. 뺑덕이 또래의 똥개 수컷이 없어서다. 마을엔 모두 도사견이라 부르는 송아지만한 외국종 큰 개뿐이다.

한번은 수근이네 어머니가 뺑덕이 뒤쪽을 보더니 달뱅이(월경)를 친다면서 수캐한데 데리고 가라고 한다. 그래서 이집 저집 찾아서 가장 작아 보이는 섭이네 수캐한데 갔더니 그것도 뺑덕이 키높이엔 갑절이나 더 컸다. 그렇게 큰 것이 달려들자 뺑덕이는 기겁을 하며 도망쳐버린다.

할 수 없이 개를 전문으로 교미시키는 곳에 알아봤더니 5만원을 내라고 한다. 결국 그것도 포기하고 뺑덕이한테는 미안하지만 그냥 여태까지 새끼도 못 낳고 지내왔다.

쌀시장 개방을 반대하는 시위가 계속 이어지고 있고 몇몇 농사꾼들은 새삼스레 우리밀 살리기운동을 하고 나섰다. 가톨릭 종교단체에선 생명운동이 일어나고 있다. 이제야 겨우 조금씩 정신을 차리기 시작한 것이다. 그동안 우리는 우리 목숨을 얼마나 죽이고 학대해왔는가? 요즘 아이들은 우리의 순수 토종개도 토종닭도 토종돼지도 어떻게 생겼는지 모른다. 시골아이들도 밀밭이 어떤 건지 다 잊어버렸다.

여름날 마을 정자나무 그늘에서 뉘집 암소와 뉘집 황소가 아슬아슬하게 흘레붙는 신기한 구경도 못한다. 앞마당에서 암탉과 수탉이 자연스레 교미를 하고 매일 보다시피하는 엉덩이를 맞대고 있는 개의 짝짓기도 모른다.

뭐라던가? 유치원 어린이에게도 성교육을 시킨다고 법석을 떨어야 하는 문명사회가 과연 잘사는 인간의 자존심이 되는 걸까?

자연은 사람들이 인위적으로 배우지 않아도 되는 모든 것을 가르쳐준다. 자연의 모습은 그 어떤 것도 추하게 보이지 않고 아름답다. 얼굴을 붉히면서 그림을 그려가면서 성교육을 시키는 인간은 과연 고차원적인 우등생이 되는 걸까? 고층빌딩을 짓고 아파트니 빌라니 콘도니 하는 화려한 집안에서 과연 우리는 깨끗하게 살고 있다는 건가? 진공소제기로 청소를 하고 수세식 화장실은 우리가 배설해놓은 똥오줌을 눈깜짝할 사이에 흔적도 없이 씻어준다. 온갖 세척제와 화장품으로 씻고 바르고 하니까 우리 인간은 이 지구 위에서 가장 깨끗한 동물이라 자랑해도 될까? 이 지구상에서 가장 고약한 냄새가 나는 곳은 과연 어딜까? 그런 냄새는 누가 만들어낸 것일까?

　산과 바다에는 수많은 동물과 식물들이 어우러져 살고 있다. 그들은 수세식변소도 없고, 일류 패션디자이너도 없고, 화장품도 없는데도 어째서 그토록 깨끗하고 아름다울까? 물 한 방울, 공기 한 줌도 그들은 더럽히지 않는다. 수천만원씩 들여 음악대학을 나오지 않고도 아름다운 노래를 부르고 춤을 춘다. 그저 그날 살아갈 만큼 먹으면 되고 조그만 둥지만 있으면 편히 잠을 잔다. 절대로 쩨쩨하게 수십채의 집을 가지거나 수천만원짜리 보석이 있는 것도 아니다. 부처님께 찾아가 빌지 않아도, 예배당에 가서 헌금을 바치고 설교를 듣지 않아도 절대 죄짓지 않고 풍요롭게 산다.

　그렇다고 자연계의 모든 동식물은 눈물도 고통도 없다는 것은 아니다. 살아있는 목숨에겐 죽음이 있고, 헤어짐이 있고, 뜻밖에 닥치는 재난도 있다. 그러나 그들은 스스로 이런 재난을 가져오는 무서운 파괴는 하지 않는다. 너무 먹어서 성인병을 앓지도 않고, 차를 타지 않으니 교통사고도 없다. 오히려 인간들이 저지르는 전쟁과 공해오염으로 수난을 당하고 골짜기 산길에서 자동차에 치여 죽기도 한다.

　우리가 잘산다는 것은 결국 가난한 동족의 몫을 빼앗고 모든 자연계의 동식물의 몫을 빼앗는 행위밖에 또 무엇이 있는가? 진정한 행복은, 물질의 풍요보다 정신적 풍요에 있다는 것을 불교 경전을 읽지 않아도, 기독교 성서를 읽지 않아도, 우리는 자연 속에서 얼마든지 배울 수 있다. 갖가지 인공향료를 넣고 만든 음료수보다 깨끗한 냉수가 더 건강에 좋고, 사우나탕에서 일부러 땀을 흘리기보다 넓은 들판에서 밭을 갈며 흘리는 땀이 훨씬 건강하다.

미국에서 쌀시장 개방을 강요하고 있어도 우리가 스스로 바른 삶을 깨달으면 얼마든지 막을 수 있다. 농민은 이 나라의 농토를 지키는 마지막 파수꾼이다.

콩과 밀과 목화까지 외국농산물로 살아가는 우리가 마지막 남은 쌀시장까지 개방되면 가만히 앉아서 미국사람이 되어버린다. 우리밀 살리기가 시작되었으니 콩도 살리고 될 수 있으면 목화도 살리고, 우리가 옛날에 가지고 있던 모든 걸 되살리도록 노력해야 한다. 우리 토종똥개도 살리고 토종닭도 살리고 토종돼지도 살리고, 그래서 우리는 본래의 조선사람으로 살아야 한다. 조금 힘들지만 처녀들은 농촌 총각에게 시집가서 다음 세대의 농군 자식을 낳아 키우고, 일부러 쌍꺼풀 수술하지 말고 코도 높일 까닭도 없고 그냥 생긴 대로 자존심을 가지고 살자는 것이다. 다른 사람은 어떤지 모르지만, 나는 우리 조선여자들만큼 예쁜 여자는 없다고 본다. 희지도 검지도 않고 알맞은 피부빛깔에 소박하게 생긴 눈과 코와 입과, 거기다 새까맣게 윤기나는 머리칼이 너무 아름답다. 남자같이 우람한 키에 남자같이 큰 코에다 주근깨 투성이에 푸수수한 노랑머리의 서양여자는 저리 비켜라다.

솜씨좋고 예의바르고 부지런한 우리 농촌의 어머니들은 늙으면서도 더욱 아름답다. 거기다 우리 농촌의 자연은 그 어느 나라보다 물이 좋고 골짜기가 아름답다. 사계절이 뚜렷해서 번갈아가면서 빛깔이 바뀌고, 기후가 그러니까 농산물도 채소도 과일도 맛이 좋다. 무엇 하나 부족한 것이 없는데 어쩌다가 우리는 여지껏 남의 것에 홀려 자신을 업수이 여겨왔는지 모르겠다.

이솝 이야기에 보면 까마귀가 공작새의 깃털을 주워 몸을 치장하려다

창피를 당한다는 이야기가 있다. 까마귀는 까마귀대로의 아름다움을 깨닫지 못하고 공작새의 깃털만 부러워한 것이 큰 잘못이다. 사물을 바로 볼 줄 모르는 사람은 그렇게 남의 겉모습만 보고 괜히 부러워하는 못난이가 된다. 열등감은 이런 잘못된 허영심에서부터 시작되어 점점 자신을 왜소하게 만들어버린다.

다행히도 우리 농촌엔 떳떳하게 긍지 높이 살아가는 젊은 농촌후계자들이 있어 앞으로 죽어가던 고향이 되살아나리라 믿는다. 남의 장단에 춤추는 건 참으로 억울한 삶이다. 한번뿐인 인생을 최대한으로 알뜰하게 살다가 죽어야지 않겠는가? 땅이 있고 젊음이 있으면 자신을 가지고 부지런히 일만 하면 된다. 우직한 삶이야말로 가장 슬기로운 삶인지 모른다. 하루살이같이 약은 꾀만 부리던 두 형들은 모두 망해서 알거지가 되지만 바보 이반은 일하는 임금님이 되어 온 나라 백성들을 부지런한 국민으로 만들었다.

누가 무슨 말을 해도 이 지구상의 직업인 가운데 농사꾼이야말로 마지막까지 남을 것이다. 종교지도자를 성직자라고 부르지만 농사야말로 성직 중의 성직이다. 인간이 살아갈 생명의 힘을 생산해내는 것이니 그 이상의 거룩한 직업이 또 어디 있단 말인가.

6·25 같은 전쟁으로 모든 것이 다 파괴되어도 땅과 농사꾼이 있었기에 다시 일어설 수 있었다. 세상이 어쩌다가 뒤집어져 농민이 이렇게 천대를 받게 되었으니 어찌 흉칙한 범죄가 들끓지 않겠는가. 도둑질을 해서도 부자만 되면 존경을 받고 수많은 사람을 죽이면 위대한 영웅이 될 수 있으니 더이상 무슨 말이 필요한가.

1950년대 우리가 어렵게 살던 때, 유행했던 말이 미국에서는 한 집에 자동차가 한 대고 일본에서는 자전거가 한 대고 우리는 지게가 하나씩이라 했다. 30년이 지난 지금 우리는 미국처럼 자동차가 한 집에 한 대꼴로 생기고 있다. 정말 꿈에도 이룰 수 없었던 일인데 이렇게 현실로 나타난 것이다.

그러나 자동차와 자전거와 지게가 상징하는 진정한 삶의 가치가 그 어느 쪽이 더 나은지는 분명해졌다. 풍요에 따르는 상대적 빈곤과 편리와 함께 또다른 불편이 갑절로 늘어났다. 서울은 몇 시간 만에 오고가는 대신 가족들과 차분히 대화조차 못할 만큼 시간에 쫓기고 있다. 도시가 비대해지면서 농촌은 초라하도록 황폐화되고, 이런 기현상은 온갖 범죄를 만들었다. 시시때때로 일어나는 끔찍한 범죄는 어느 누구나 할것없이 정서불안을 가져왔다. 며칠 전 국민 1인당 소득 6천 달러 시대에, 우리는 한꺼번에 아홉명이나 되는 죄수를 교수형으로 이 세상 밖으로 보냈다. 참으로 서글픈 일이다. 이 아홉 사람도 태어날 땐 저마다 가족의 축복과 이웃의 축복을 받으며 먼 훗날의 행복을 꿈꾸며 자랐을 것이다. 아직도 이승에 남아서 자식의 죽음을 바라보는 부모님도 있을 테니 그 애간장은 누가 알아줄까?

　　지금 농촌은 도시에 비해 상대적으로 물질적 빈곤이 극심하다. 집집마다 빚더미에 시달리고 일꾼도 없다. 몇몇 남아있는 젊은이는 이런 열악한 환경에 허덕이며 자살이란 극단적인 일도 이따금 저지른다. 지난번 있었던 대구의 어느 나이트클럽의 방화사건도 일종의 자살행위다.

　　농촌의 문제는 곧 도시의 문제이며 이 나라와 전 인류의 문제이다. 농촌을 살리는 길은 농민만을 위한 자선이 절대 아니다. 건강한 농촌이 있을 때 건강한 사회가 있을 수 있기 때문이다.

# 제 오줌이 대중합니다

조부님 제삿날, 갓 시집온 새댁이 밤중에 일어나 제삿밥을 지으러 부엌
으로 나갔다. 인기척 소리에 사랑방 시아버지가 내다보고 며느리에게 물
었다.

"애야, 아직 이르지 않느냐?"

그러자 며느리는 서슴지 않고 대답했다.

"아버님, 제 오줌이 대중합니다."

시아버지는 어안이 벙벙했지만 며느리는 자신만만했다. 왜냐면 시집오
기 전에 친정집에서 몇번 경험이 있었기 때문이다. 저녁에 잠자리에 들어
서 첫번째 오줌이 마려울 때 일어나면 그때가 바로 제삿밥 지을 때가 딱
들어맞았던 것이다.

우스개 같은 옛날 이야기지만 시계가 없었던 시절엔 얼마든지 있을 수
있는 일이다. 흔히 제삿날 밤에는 여인들이 잠을 설치며 연신 밖에 나가
하늘을 쳐다보며 별자리를 찾거나 달이 있는 밤이면 달을 쳐다보며 시간
을 재었다.

제사가 있는 날만이 아니라 기계문명이 발달하지 못했던 지난날 우리
조상들은 온몸의 감각을 동원해서 하루하루를 살았다. 그래서 달력이 없

어도 날짜는 정확히 알고 시계가 없어도 시간을 알았다. 꼭두새벽부터 어둑새벽, 찬새벽, 밝을녘 등등으로 아침시간을 나누었다. 저녁나절부터는 해거름, 해넘이, 어스름저녁, 이렇게 숫자표시보다 훨씬 따뜻하고 시적(詩的)인 시간개념으로 사물을 표현했다.

땅의 넓이를 말할 때도 몇백평, 몇천평이 아니라 하루갈이 이틀갈이라 했다. 쟁기를 하룻동안 갈 수 있는 논이나 밭을 하루갈이, 이틀 동안 갈아야 할 논밭은 이틀갈이라 했으니 얼마나 여유가 있었던가.

웬만한 길이나 무게는 손대중, 눈대중으로 어림잡았다. 너무도 비과학적이지만 그것이 통하는 세상이라면 노자 도덕경 같은 것도 필요없었을 것이다.

사람 마음이 넉넉하자면 도량형의 눈금부터 넉넉해져야 한다. 요즘같이 1만분의 1밀리까지 계산해내는 세상에 인심인들 얼마나 각박하겠는가? 손대중 눈대중으로는 절대 핵폭탄을 만들 수는 없을 것이다.

요사이 신문이나 텔레비전에서 커다란 뉴스거리로 일제 때 정신대로 끌려갔던 우리나라 여인들의 슬픈 상처가 속속들이 드러나고 있다. 한 인간의 일생을 송두리째 망가뜨린 엄청난 만행을 무엇으로 보상받고 보상할 수 있겠는가? 1인당 2천만엔이란 돈을 요구한 어느 할머니도 있었지만 과연 그 돈으로 그 할머니의 일생이 되살아날 수 있을까? 일본측에서는 보상 같은 건 꿈도 꾸지 않고 있지만 만약 할머니의 요구대로 그 돈을 준다면 어떻게 될까? 그 돈을 받아들고 또 한번 그들의 발밑에 벗은 몸을 밟히는 굴욕감을 느끼지는 않을까?

구약성서에 보면 원수가 했던 대로 이는 이로 갚고 눈은 눈으로 갚으라는 계율이 있다. 내가 당한 만큼 그대로 갚을 수 있는 가장 합리적인 방법일 수도 있다. 그러나 누구나 한번 입은 상처는 어떤 앙갚음이나 보상으로도 아물게 할 수는 없다.

우리나라처럼 고난의 역사를 살아온 백성치고 아픈 상처를 지니지 않은 사람이 거의 없을 것이다. 우리 속담에 맞은 사람은 다리를 뻗고 자고 때린 사람은 다리를 오그리고 잔다는 말이 있다. 그러나 요즘 같은 세상에 가해자가 다리를 오그리고 잘 만큼의 양심이 남아있는지 궁금하다. 다리를 오그리고 자기는커녕 오히려 승리자로서 기세등등하게 네 활개를 치고 잠들 것이다. 정신대 할머니들의 아픔을 씻을 수 있는 길은 일본 군국주의자들의 진정한 양심회복에 있다. 그러기 전에는 아무리 거액의 돈을 보상받은들 아픈 상처는 그대로 남을 것이다.

산업사회에서뿐 아니라 목숨이 살아가는 데 필요한 건 물질이다. 물과 공기와 그외의 에너지는 어느 동식물에게도 충분히 공급되어야 한다. 아무리 위대한 성자님도 먹지 않고 살았다는 이야기는 못 들었다. 부처님도 그랬고 예수님도 그랬다. 그러나 그분들은 인간들의 무분별한 물질남용에 대해 고민을 했다. 물질남용은 곧 파괴, 살생, 약탈, 전쟁 등 온갖 범죄를 낳았다. 예수님은 "가난한 자가 복이 있다"고 했고, 부처님도 비우는 데서 인간구원을 찾았다. 만물이 함께 살 때만이 인간도 같이 살 수 있다는 진리는 그렇게 어려운 것이 아니다.

나무 한 그루를 베면 그 옆에 다른 나무 한 그루를 심을 줄 알고 내가 마시고 떠나는 샘물은 다른 사람도 와서 마신다는 것을 알고 깨끗이 사용하는 기초적인 도덕성만 있어도 평화는 어려운 것이 아니다.

입시철이 되니까 또다시 학생들의 자살 소식이 들린다. 살기 위해 공부하고 살리기 위해 교육을 시킨다면 왜 이런 자살 학생이 생기는 걸까? 자살하는 학생에게도 문제가 있지만 이 황금만능시대의 교육제도에도 더 큰 문제가 있기 때문이다. 어느 고아원 소년은 부모도 없고 돈도 없고 게다가 자신의 몸에 불치의 병까지 들어 신체적 장애를 가진 삼중고를 지니고 있었다. 그러나 그 소년은 꿋꿋하게 일어서서 훌륭한 청년으로 자라서 사회에 이바지하는 인생을 살았다. 단순히 입시경쟁에 낙오되었다고 자살을 한다면 세상에 얼마나 많은 학생이 죽어가겠는가?

황금만능주의의 세상은 이렇게 인간을 나약하게 만들고 있다. 흔히 끔찍한 살인강도나 강력범을 보면 뜻밖에도 마음이 여리고 착한 인간이 많은 것을 알 수 있다. 왜냐면 그런 범죄인들은 이 사회에 강하게 도전하여 자리잡을 만큼 힘이 없는 사람이었던 것이다. 《아메리카의 비극》이란 소설의 주인공도 그랬고 《죄와 벌》의 주인공도 마찬가지다. 영화 〈미미와 철수의 청춘스케치〉의 주인공도 겉으로 허풍스러울 정도로 강한 척했지만 그는 시한부 인생을 살았던 것이다. 불치의 병을 가진 가난한 대학생이었다.

물론 소설이나 영화는 사실이 아니고 만든 것이지만 어디까지나 인간들의 삶에 근거한 진실인 것이다.

인간의 타락은 창세기 에덴동산에서 벌써 시작되었으니 오늘 같은 세상에야 말할 나위도 없다.

도회지의 큰 교회에서는 수많은 교인들을 일일이 기억할 수 없어 아예 컴퓨터로 관리를 한다고 한다. 관리라는 말은 보호한다는 뜻인지 감시를 한다는 뜻인지 잘 모르지만 수만명, 수천명의 교인들은 컴퓨터란 기계 안에 입력되어 꼼짝 못하게 되었다. 하느님의 보호 아래 있는 것이 아니라 컴퓨터의 보호 아래 있게 되었으니 이래도 되는지 알 수 없다. 진리는 인간에게 자유를 준다고 했는데 컴퓨터 안의 교인들은 과연 얼마만큼 자유와 행복을 누리게 되는 것일까?

온 우주를 말씀으로 만들었다는 하느님은 왜 컴퓨터 같은 기계를 만들지 않으셨을까? 진작에 그랬더라면 이 세상 모든 인간이 컴퓨터의 감시 안에서 절대 이탈하지 않아도 되었을 게 아닌가? 아담과 하와도, 로마의 네로 황제도, 독일의 히틀러도, 일본이나 미국 같은 제국주의자도 재깍재깍 처리했을 테니 말이다.

인간이 힘든 노동에서 해방되기 위해서는 기계문명은 필연적이었을 테지만 그것이 지나쳐서 오히려 기계의 노예가 되었으니 서글프지 않을 수 없다. 이제는 기계가 없이는 아무것도 못한다.

채플린이 만든 영화 〈모던 타임즈〉에서는 입만 벌리고 있으면 옥수수를 자동으로 돌려 먹여주는 기계가 있는데, 편리하기보다 기계 앞에서 완전히 바보가 되어 있었다.

요즘 아이들은 거의가 병원에서 태어나 아파트라는 밀폐된 방 안에서 자란다. 서너살 때부터 유아원, 유치원을 거쳐 초등학교, 중학교, 고등학교, 대학교까지 거의 20년 동안 교육을 받은 뒤 사회로 나가게 된다. 전공에 따라 약간씩 다른 기술을 배우지만 그 과정만은 한결같은 훈련을 거친다. 결국 20여년간 아이들은 그 시대, 그 체제에 필요한 새로운 인간으로 만들어진다. 제국주의 국가에서는 세계를 제패하도록 군대식 교육을 시킬 테고 경제대국을 꿈꾸는 국가라면 일류 장사꾼으로 가르칠 테니, 누구나가 각자의 목적에 따라 기계인간으로 교육되고 있다. 컴퓨터로 교인을 관리하는 종교집단이 생기는 이 살벌한 시대에 제도적 교육이야 오죽하겠는가?

제주도의 어린이들은 구덕 안에 담겨져 흔들거리며 할머니가 들려주는 자장가를 들으며 잠들었다. 자장가 소리와 함께 멀리서 들려오는 파도 소리, 갈매기 소리, 바람 소리, 온갖 자연의 소리가 들렸을 게다.

사람이 진정 사람답게 길러지려면 때묻지 않은 자연환경 속에서 이웃과 함께 어우러져 자라야 한다. 그러나 요즘 아이들은 오염된 도시환경에서 오직 기술인간만으로 교육되어 감정이 메마를 대로 메말랐다. 교통사고 세계 1위라는 대한민국은 이런 삭막한 교육가치관이 낳은 결과이다. 무서운 범죄가 일어나는 장소는 거의가 도시의 뒷골목이다. 사실은 뒷골목을 통해서 노출된 것이지 보이지 않는 범죄는 도시의 한가운데서부터 시작된 것이다. 수많은 수사기관이 있고 방범시설이 완벽해도 근본적인 것이 잘못되었는데 어떻게 막을 수 있겠는가?

고향과 어머니와 자연은 뗄 수 없는 깊은 관계를 가졌다. 인간의 시작도 여기서부터였고 마지막도 이곳이다. 어머니의 품은 왜 좋은 것인지 굳이 설명이 필요없다. 자연의 품과 고향의 품도 마찬가지이다.

음악학원에만 일찍부터 보내면 곧장 훌륭한 음악가가 되는 건 절대 아니다. 고향과 어머니와 자연이 없는 음악은 절대 성공하지 못한다. 자연과 어머니의 품은 무한한 사랑을 심고 길러준다. 사랑이 없는 예술은 감동을 일으키지 못한다. 베토벤의 음악도 차이코프스키의 음악도 밀레나 고흐의 그림도 모두가 자연의 사랑이 낳은 예술이다. 예술은 자로 재고 저울로 달아서 만들어지는 제품이 아니다. 기계로 찍어내는 물건은 똑같은 것을 수없이 만들 수 있지만 장인이 직접 손으로 만든 건 하나밖에 못 만든다.

사람답게 사는 것은 둘도 똑같지 않고 오직 혼자만의 다른 모습으로 훌륭하게 살아가는 데 있는 것이다. 수많은 나무가 우거진 숲속에서도 결코 똑같은 나무는 한 쌍도 없다.

며느리가 오줌 마려운 것을 경험으로 시간을 알아내듯이 자연상태에서만이 인간은 독창성을 찾아낼 수 있다. 농경시대에는 웬만한 사람이면 필요한 물건을 손수 만들었다. 여인들은 길쌈을 하고 옷을 짓고 남자들은 집을 짓고 소쿠리도 만들고 짚방석도 만들었다. 아이들은 아이들대로 제 손으로 필요한 장난감을 손수 만들었다. 팽이를 깎아 만들고 차돌멩이를 갈아서 구슬도 만들고 제기도 만들고 썰매도 만들었다.

손수 만든 물건은 아무렇게나 버리지 않는다. 제 손으로 만든 물건이니까 그만큼 소중한 것이다.

온 세상이 쓰레기로 더럽혀지는 이유는 돈만 주면 쉽게 얻어지는 물건이니 그만큼 귀하지도 사랑스럽지도 않기 때문이다. 그래서 쉽게 버리고 새것을 또 사게 된다. 새것만 좋아하는 사람치고 속이 찬 사람을 못 봤다.

황금의 노예가 되고 기계의 노예가 되고 항상 열등의식에 주눅이 들어 있는 사람이 바로 그런 사람이다.

"제 오줌이 대중합니다."

이렇게 솔직하고 당당한 옛날 며느리같이, 시계가 없이도 제 할 일 제 스스로 할 줄 안다면 남이 함부로 깔보지 않을 것이다. 그리고 세상은 깨끗해지고 건강해질 것이다.

# 슬픈 양파농사

어제, 봉화 전우익 선생님이 안동에 오신다고 시내까지 나오지 않겠느냐고 전화하셨다. 약간 볼일도 있고 해서 오후 2시 버스로 나갔다.

책방에 들렀다가 함께 사베리아 수녀님이 지키고 있는 한살림 식품 가게에 갔다. 지난번에도 몇번 들기름도 사고 현미가루도 샀는데 나는 아직 한살림 회원이 아니어서 그냥 자꾸 사가려니 염치가 없어 1만5천원 회비를 내고 가입을 했다. 입회원서에 주소, 이름, 주민등록번호까지 쓰고 손도장도 찍었다. 한살림기금이라는 저금통장 같은 것을 받고, 현미가루 한 봉지, 들기름 한 병, 쌀 한 봉지도 샀다.

전 선생님은 서울 볼일 보러 가신다고 남고 나는 5시 버스로 돌아왔다.

집에 와서 사가지고 온 쌀봉지, 가루봉지, 기름병을 꺼내놓고 갑자기 내가 무슨 큰 죄라도 지은 것 같은 기분이 들어 괴로워지기 시작하는 것이었다.

저녁을 먹고 잠자리에 들어도 잠도 안 오고 괜히 가슴이 시원치 않았다. 그러고 보니 이번 여름, 마을 구멍가게에서 음료수 한 병도 사지 않았다. 겨우 백열등 전구 — 그것도 15촉짜리 — 두 개 산 것 외에는 가게엔 거의 안 갔다. 전에는 가끔 라면도 사고 필요할 때는 3킬로들이 밀가루도 한 봉지씩 샀는데 유해식품 안 먹기로 하고부터 거의 발길을 끊어온 것이다. 가까운 장터에서 방석전을 벌여놓고 쌀장사를 하는 만물동 아주머니한테도 1년이 넘도록 가지 않았다. 국수가게에도 안 갔고 호준이네 정미소에도 안 갔다.

한살림에서 무공해식품이라는 걸 잔뜩 사다놓고 왜 이렇게 갑자기 괴로워지는지 화가 또 난다.

진짜 한살림은 이웃끼리 마을사람끼리 서로 사고 팔고 주고 받으며 살아야 되는데 가까운 이웃은 다 버리고 먼 데서 깨끗한 음식만 먹겠다고 한 것이 정말 잘 한 것일까? 먹는 것만 깨끗하게 먹는다고 사람이 사람다워지는 것일까? 정말 건강을 지킬 수 있는 것일까?

밤을 지새다시피 이리 뒤척 저리 뒤척 생각해도 대답이 안 나온다. 한 달 전에 제초제 마시고 자살한 승현이네 아버지 생각도 나고 생각은 꼬리를 잇고 줄줄이 끝이 없다.

승현이네 아버지 경우엔 조금만 참았으면 죽지 않아도 되었을 텐데 고등학교 다니는 아들들과 부인은 어떻게 하라고 혼자만 죽은 것이다. 까닭은 양파를 헐값에 팔아버린 때문이다. 올 양파값은 수확이 시작되면서 자꾸 뛰어오르더니 지금은 20킬로그램 한 포대에 8천원까지 한다. 승현이네가 팔 때는 3천5백원이었다.

지난해는 2천8백원에서 3천원 하다가 늦게는 1천5백원까지 내리더니 나중에는 포대당 5백원까지 내려 내다버리기까지 했다.

승현이네 아버지는 작년 양파값만 생각하고 포대당 3천5백원씩 받고 얼른 팔고 나니 4천원, 5천원씩 올라버린 것이다. 승현이네 아버지가 죽었을 땐 포대당 4천5백원이었다. 5백 포대면 50만원이나 손해를 본 것이다. 그것도 겨우 열흘 사이밖에 되지 않았다.

요새는 농사가 아니라 장사다. 상품 자체가 아무리 훌륭해도 값이 안 나가면 1년 농사도 헛고생만 하게 되는 게 농민들에겐 큰 부담이 된다. 마을사람들은 승현이네 아버지의 자살이 부인이 바가지 긁는 데 있다지만 원인은 산업시대의 농업의 부조리에 있는 것이다.

승현이네 아버지가 오십 평생 농사꾼으로 살다가 저렇게 죽을 줄은 아무도 몰랐다.

뭐니뭐니 해도 농업은 사람 살아가는 목숨이다. 목숨은 목숨 자체로 소중한 것인데 목숨에다 값을 매겨놓으니 결국 이런 일이 계속 일어나는 것이다.

밥은 하늘이라 했던가? 그 하늘이 헐값에도 비싸게도 팔려다니고 독이 들기도 하고 깨끗하기도 하여, 하늘을 골라 먹는다면 하늘도 인간도 모두가 비참해지지 않겠는가?

마을사람들은 승현이네 아버지의 죽음은 벌써 까마득히 잊어버리고 지금은 고추값이 어찌 되나 잔뜩 긴장하고 있다. 무공해는 먼저 사람 마음에서 시작되어야 하는데 정말 요즘 세상에 무해한 것이 있을까 싶다. 그것을 고른다는 것조차 어리석은 게 아닐까?

나라는 인간이 하도 까다로워 그런지 아니면 세상이 까다로워져서 그런지 참말 살아가기 힘이 든다. 차라리 죽을 때 죽더라도 이웃집에서, 가까운 장터에서 쌀도 사고 밀가루도 사고 국수도 사는 게 옳지 않을까?

마음 편한 게 위장 편한 것보다 더 소중하지 않을까 싶기 때문이다. 정말 어느 편에 서야 할지 용기가 안 난다. 농사는 사람 살리는 일이고, 그러니 그 일을 하는 사람이 가장 대접받는 세상이 되어야 한다. 그래야만 우리 모두 한살림이 될 수 있다.

# 유기농 실천회에 다녀와서

지난 7월 21~22일, 1박 2일간 뜻하지 않은 나들이를 했다. 유기농실천 전국협의회 모임에 곁다리로 간 것이다. 의성 김영원 장로님과 부산 권오 혁 집사님과 셋이서 봉화 옥방이란 곳에 살고 있는 강문필 집사님 댁까지 갔다.

봉화 전우익 선생님 댁에서 전화로 김 장로님이 무조건 "데릴러 갑니 더. 기대리소" 하시는 걸 절대 못 간다니까 절대 가야 한다며 '가자' '안 된다' 거듭하다가 내가 진 것이다. 다섯번 이상만 권하면 이것도 운명이 라 체념해 버리는 내 약한 의지다. 전우익 선생님은 벌써 능숙해져서 듣 기 좋게 "뒤에 간다" 해놓고는 오시지 않았다. 나는 선생님 말씀에 벌써 안 오신다는 눈치를 챘는데 다른 분들은 왜 안 오시는가 걱정도 하고 불 평도 한다.

봉화읍에서 점심 먹고 옥방 도착이 4시가 넘었다. 우리집에서 오전 12 시가 못 되어 떠났으니 4시간 이상이 걸린 것이다. 봉화서 점심으로 버섯 두루치기라는 걸 먹었는데 생전 처음이었다. 옥방 강 집사님 집은 새로 지었다기에 산골이니까 으레 흙집으로 지었겠거니 상상했는데 뜻밖에도 미국 서부극에 나오는 조립식 모양의 큰 집이었다. 나무판에 老子의 말씀

'道法自然'이라 큼직하게 써 붙였고 문 옆에는 '방주농원'이란 걸개간판이 붙어있었다. 농원치고는 산기슭으로 비탈밭이 몇 마지기 정도밖에 안 되어 오히려 걱정이 되었다. 집이 커서 좋았지만 가마솥 걸고 장작불 지피는 구들방 하나 만들었으면 하는 한 가지 아쉬움이 들었다. 그 큰 집 모두 석유로 덥히려면 기름값이 많이 들 테고 그러자면 농사감을 더 장만해야 할 테니 말이다. 유기농 실천회에서 이런 문제도 진지하게 생각해봐야 한다고 봤다.

옛날 이불 한 장으로 한 방에서 아랫목에 발을 모으고 자던 것이 생각난다. 초저녁에는 서로 이불 밀어주며 형은 동생에게 동생은 형에게 덮어주다가도 잠이 들면 어느새 서로 잡아당기며 밤을 지냈을 땐 형제끼리 식구끼리 이불 하나로 정을 나눴다. 식구는 그래야만 더 살뜰하고 질긴 정이 든다. 요새처럼 넓은 방 하나씩 따로따로 가지고 부모자식 간에도 프라이버시인지 하면서 서로가 서먹서먹하게 살아가는 건 식구의 짙은 정은커녕 개인 이기주의만 키워줄 뿐이다.

농촌에도 기름보일러가 점점 늘어나는데 과연 석유자원이 충분한지 걱정이다. 김천 계시는 김 장로님은 지상 30평 지하 30평 모두 60평으로 새 집을 지으셨다는데, 지하실이야 난방이 필요없지만 지상 30평은 어차피 석유로 덥혀야 할 텐데 경제사정도 사정이지만 저 먼 중동에서 얼마큼 석유를 실어와야 하나 싶은 것이다.

반대로 의성 김 장로님은 20평 집을 모두 장작으로 구들을 덥힌다고 한다. 하지만 대한민국 사람 모두가 장작으로 방을 덥힌다면 산에 나무가 거덜날 것이다. 이래도 저래도 걱정이 아닐 수 없다. 가장 좋은 방법은 불편하지만 좀 비좁게 살아야 한다고 나 혼자 결론을 내렸다.

유기농 실천을 아무리 잘해 봤자 실컷 먹고 쓰고 편하게 살면 결국 자원을 낭비하고 자원낭비는 더 큰 환경오염과 자원고갈을 낳게 되기 때문이다.

이날 모인 회원은 객식구인 나까지 합쳐 15명쯤 되었다. 대전 계시는 오의숙 아주머니가 참석한 건 뜻밖이었다. 부산서 대학생 두 사람이 온 것은 반가운 일이었고, 정상묵 선생은 두번째 만났지만 볼수록 총기가 넘쳐 보여 이 모임의 큰 희망이었다. 주인댁 강 집사님 내외분과 황천호 집사님은 우리 조선 농사꾼의 모습을 그대로 간직하고 있어 참으로 감동스러웠다. 제발 험한 세상 때 묻히지 마시고 지금처럼 소박한 그 모습대로 살아주었으면 싶었다.

저녁 밥상이 너무 푸짐해서 또 걱정이었다. 가난한 집사님으론 지출이 컸을 것이기 때문이다. 소년 시절 부산에서 4년 동안 살았으면서 그 흔한 멍게 한 조각 먹어보지 못했는데 이날 처음 멍게를 먹어봤다. 모두 다 기억이 안 나지만 상 위에는 바다 생선과 육지 닭까지 진수성찬이었다.

밤 12시까지 회의를 했는데 주로 길게 의견이 오간 것은 농촌에서 단순하게 만들 수 있는 농산물 일차 가공식품 허가였다. 귀담아들어보니 대단히 중요한 안건이었다. 제때에 소비를 못하는 농수산물을 생산자가 직접 가공을 한다면 보관하기 쉽고 소득도 높아질 수 있기 때문이다. 가공식품 허가는 농어민들에게 절대 필요하다고 본다. 부산서 온 한살림소비자협회서는 아직 공급과 수요 사이에서 많은 어려움이 있어 보였다.

회의를 마치고 잠자리에 들었는데 집에 뺑덕이 혼자 두고 와 미안해서 잠이 안 왔다. 아침에 일어나 변소에 갔더니 통시 다리가 너무 넓어서 어른들은 괜찮지만 아이들한테는 좀 위태로울 것 같았다. 두꺼운 판자로 조금만 더 좁혔으면 좋겠다는 생각이다.

아침 일찍 혼자서 골짜기를 걸어봤다. 일제 때 아연을 캤다는 광산은 폐광이 되어 있고 유령의 집처럼 뼈대만 남은 광부기숙사와 사무실이 그냥 방치되어 있다.

이렇게 깊은 산골 — 태백산 — 에도 길이 뚫려 하루 다섯 차례씩 버스가 다닌다고 했고, 내가 걸어다니는 동안에도 피서관광객들의 승용차가 잇따라 다녔다. 개울물은 맑았고 그 개울 건너편은 울진군이라 했다.

회원들은 벌써 새벽 일찍 반이 넘게 떠나갔고 나머지도 아침을 먹고 뿔뿔이 헤어졌다. 상주 오 장로님은 부인과 함께 자가용 지프차로 영주 희방사로 구경가셨고 오의숙 아주머니가 영주까지 동승을 했다. 정상묵 선생과 권오혁 집사는 불영계곡 쪽으로 해서 울진으로 돌아간다고 해서 할 수 없이 우리도 함께 갔다. 이현주 목사하고 절대 승용차 안 타기로 해놓고 모른 척 두 대의 승용차에 김 장로님 곽 장로님 강 집사 내외 모두 여덟명이 나눠 타고 불영계곡으로 갔다.

아스팔트로 잘 포장된 산굽이 길을 따라 가면서 참으로 감탄사가 절로 나왔다. 춘양목이라 부르는 붉은색 나무등치의 소나무는 흙도 없는 바위산 절벽에 빽빽히 자라고 있었다. 나는 처음으로 우리나라가 금수강산이란 걸 확인할 수 있었다. 텔레비전에서 보는 미국이나 유럽의 아름다운 자연경치를 부러워했는데 불영계곡은 그 어느 나라의 것보다 아름다웠기 때문이다.

맨 먼저 그곳 자연휴양림에 들렀는데 입장료를 받고 있었다. 이유를 몰랐는데 들어가보니 회의장소, 식당, 오락시설 몇가지를 만들어놓았다. 자연휴양은 자연 그대로 즐겨야 할 텐데 괜히 불필요한 시설을 만들어 골짜기를 더럽혀놓은 것이 불쾌했다. 이것도 하나의 자연파괴이기 때문이다.

먼저 어느 학교 여학생들이 여름수학여행을 온 모양이다. 대형버스와 함께 백명 가까운 학생들이 줄서 있었다. 그 옆을 지나가는데 여학생 일고여덟이 꿇어앉아 벌을 받고 있었다. 내가 웃으면서 학생들에게, "야, 이런 데 와서까지 벌을 서야 하나. 기분 망치지 말고 데모라도 해라" 그랬더니 몇몇 학생이 겸연쩍게 웃는다. 한바퀴 돌아 나오는데 이 여학생들이 양손을 뒤통수에 얹고 엉기적 엉기적 기고 있었다. 선생님 한분이 플라스틱 방망이로 여학생들의 머리를 통통 때리며 감시를 하는 걸 보자 울컥 열이 치받혔다. 그냥 지나칠 수 없어 선생님한테 가서 "이런 데까지 와서 꼭 이런 식으로 가르쳐야 합니까? 이건 교육이 아닙니다" 했더니 선생님은 "누구신데 간섭을 합니까? 이것도 교육입니다" 한다. 화가 나는 것을 학생들 보는 앞에서 체면도 있고 해서 돌아왔지만 괜히 흥분이 가라앉지 않는다. 대구 어느 여자상업고등학교에서 왔다는데 삼청교육대식 교육이 여학교까지 스며들어 있다는 것이 서글퍼졌다. 결국 우리는 일제 잔재부터 군사정부 잔재까지 아무것도 청산된 것이 없는 것이다. 그 여학생들은 1993년 7월의 수학여행이 평생 동안 상처로 남을 것이다.

다음은 불영사에 갔다. 산꼭대기의 부처님 모습의 선바위가 제자 하나를 앞에 놓고 가르치는 모습이 골짜기 연못까지 길게 그림자가 비친다고 해서 불영사(佛影寺)라고 이름지었다고 한다. 통일신라 때 창건되어 몇번 불에 타버려 이조때 다시 지었다는 불영사의 대웅전은 참으로 아담하고 깨끗했다. 나는 절집의 대웅전을 처음 본 것이어서 일부러 안까지 들어가서 살펴봤다. 대웅전의 부처님은 보통 그런 것이었는데 대웅전 보꾹이 대단했다. 못 하나 안 들이고 나무만으로 얽어 짠 오밀조밀한 보꾹에 연꽃무늬의 그림이 조화롭게 그려져 있었다. 시스티나 성당이나 베드로 성당의 천장화보다 더 아름답다. 누가 보꾹을 만들고 누가 그림을 그렸는지 이름도 모르는 목수와 화가가 그린 솜씨라고 생각하니 더 값어치가 있어 보였다. 유홍준 씨의 《나의 문화유산답사기》를 읽은 때문인지 절간의 돌 하나도 찬찬히 살피게 되었다.

절간 들머리에서 아주머니 한분이 옥수수를 팔기에 내가 사려고 가까이 가자 강 집사댁이 재빨리 돈을 내고 산다. 옥수수 하나씩 먹으면서 절을 한바퀴 돌고 나와 아름다운 불영계곡을 걸었다. 나는 몸이 피곤한데도 가슴이 들떠 이 황홀하고 살아있는 그림을 구석구석 놓칠세라 정신을 바짝 차렸다. 구경하면서 괜히 혼자서 생뚱스런 생각을 했다. 내가 만약 대통령이라면, 아니면 내무부장관이나 환경부장관쯤만 되어도 더이상 공장 짓지 말고 아름다운 자연환경을 가꾸는 데만 힘쓰겠다. 경상도 땅 구석에 있는 이 산골짜기도 이렇게 아름다운데 금강산, 백두산, 설악산, 묘향산, 한라산, 이런 산들은 얼마나 곱고 빛나겠는가. 나물 먹고 물 마시고 살아도 그냥 힘이 펄펄 생길 텐데 왜 강산을 쓰레기로 망쳐버렸는지 안타까울

뿐이다. 금강산도 식후경이라지만 너무 과식을 해서 눈이 멀어 아름다운 걸 볼 줄 모르게 된 것인지도 모르겠다.

기독교인들은 교회 성장을 자랑하면서, 기독교 선교의 중심지가 된다고 우리나라를 자랑하면서도 하느님이 지으신 이 아름다운 강산을 지키는 데는 아무 역할도 못했다. 오히려 앞장서서 축복이란 상투적인 구호를 외치며 환경파괴를 저질렀다. 제발 교회에서 더이상 축복을 외치지 않았으면 좋겠다.

울진에 가까이 오자 바다가 보였다. 바다를 보자 괜히 가슴이 찡해지며 눈시울이 더워진다. 참 별난 감정을 가진 인간이구나 싶다. 울진을 그냥 지나치면서 오 집사님과 김진문·장혜수 선생 부부가 생각났다. 보건소에 있는 우 선생도 언뜻 생각났지만 어쩔 수 없었다. 후포까지 와서 횟집에 갔다. 생선회 먹는 것도 처음이다. 완전히 창세기를 살고 있는 기분이다. 회가 세 가진데 어느 게 어느 건지 그냥 먹다 보니 정 선생이 이게 더 맛이 낫다고 가르쳐준다. 어쩐지 그게 그 맛이지 분간이 안된다. 이 다음에 이런 것 먹으면 좀 알게 되겠지.

횟집에서 우리 옆자리에 두 쌍의 중년 부부가 먼저 와 있었는데 음식을 다 먹고 나서 계산이 틀리는지 큰 소리로 싸운다. 알고 보니 매운탕 3천원을 2천원으로 흥정해놓고 왜 더 받느냐는 것이다. 다 받아봤자 2천원 차이다. 차림새를 보니 제법 살고 있는 사람들 같은데 이런 덴 쩨쩨하리만큼 인색하다. 안동포 삼베로 여름적삼을 만들어 입은 뚱뚱한 아주머니는 좀처럼 수그러들지 않는다. 결국 횟집 아주머니는 주저앉아 울고 말았다. 바닷가까지 놀러올 수 있는 여유를 가졌으면 1, 2천원 손해보면 어떤가? 저런 사람들이 만약 해외로 나간다면 멋도 모르게 펑펑 써댈 텐데, 제나라 이웃에겐 저토록 깍쟁이다. 괜히 또 한번 횟집 아주머니가 안쓰러워졌다.

후포에서 강 집사 내외는 오던 길로 버스 타고 돌아가고, 권오혁 집사님은 포항 쪽으로 바로 가고 우리는 정 선생 차로 안동까지 와서 헤어졌다. 나는 줄곧 긴장해서 꼿꼿이 앉아 있었는데 김 장로님은 입까지 벌리고 이리저리 쓰러지며 주무셨다. 안동에서 다시 헤어져 직행버스로 나는 일직에서 내리고 김 장로님은 의성으로 가셨다.

집에 오니 뺑덕이가 쇠고랑 줄에 묶인 채 길길이 뛰어오른다. 나는 그냥 드러눕고 싶은데 뺑덕이 때문에 저녁밥을 지어야 했다. 뺑덕이만 저녁 줘놓고는 옷도 그냥 입은 채 쭈그리고 잤다. 신선놀음에 끌려갔다 온 기분이다. 그러나 다행히 몸이 아파도 높은 열이 안 나는 게 희한했다. 아이구! 힘들어라.

# 녹색을 찾는 길

러시아의 작가 일리인이 쓴 《인간의 역사》에서 사람은 노동을 통해 오늘날과 같은 형태의 인간으로 발달할 수 있었다고 했다. 두 다리로 서서 걷고 손을 사용하고 머리로 생각할 줄 아는 고등동물인 인간의 위대함을 인간의 역사는 당당하게 기술하고 있다.

수많은 시련을 겪으며 실패와 성공을 되풀이하며 악에 저항하며 진실을 위해 싸워온 옛 조상들의 정신을 생각하면 가슴이 벅차도록 숙연해진다. 정말 인간은 무어라고 해도 위대할 수밖에 없구나 싶은 감동 때문에 우리 앞에 닥치는 절망이 결코 절망으로 끝나지 않는다는 믿음을 갖게 한다.

《녹색평론》1993년 3-4월호와 5-6월호에 실린 정경식 씨의 농민의 수기를 읽으며 아직도 끝나지 않은 인간의 역사가 계속되고 있다는 산 증거로 떠올랐다. 정 씨는 현대 산업사회의 한가운데서 온몸으로 살아가는 농민의 삶을 처절하리만큼 진실되게 말하고 있다. 농약공해로 죽어가는 땅과 냇물과 거기서 함께 병들어버린 인간의 고통을 몸소 겪으며, 어쩔 수 없이 죄인 아닌 죄인으로 살아가는 현대문명인의 모순과 갈등을 구체적으로 얘기했다. 농업은 생명인데, 그 농업을 하면서 도리어 생명을 죽이고 있다는 스스로의 죄의식에 이만큼 괴로워하는 농민이 과연 몇이나 있을까?

자원 남비(濫費)를 억제하다 보니 몸을 혹사해야 되고 그러다 보니 또 전화기, 세탁기, 전기밥솥, 석유보일러, 이런 문명의 도구들이 남비와 환경오염을 가져오는 악순환이 이어져 결국은 모두가 죄악으로 남는다.

그러나 정경식 씨는 현실을 가장 구체적으로 살아가는 역사적 인간이다. 그가 살아가는 모습이 모두 정당해서가 아니라 그만큼 솔직한 자기성찰이 있기 때문이다. 기도원이나 절간에 파묻혀 경건하게 드리는 기도가 아니라, 삶의 현장에서 온몸으로 살아가는 노동만이 진정한 구도자의 길이기 때문이다.

흔히 농촌은 뿌리로, 도시는 꽃이나 열매로 비유되는 것이 일반화되어 있다. 농촌은 단지 먹을 것을 생산 공급하는 뿌리고, 도시는 그것을 받아먹고 꽃을 피우고 열매를 맺는다는 논리는 도대체 누가 만들어낸 것인지, 농촌에 사는 농민들도 뿌리라는 역할에만 만족하고 긍지까지 가지고 있다. 과연 그런 것일까? 도시라는 집단이 꽃이고 열매라면 어떤 꽃과 열매를 맺고 있는가?

빅토르 위고는 지금부터 160년 전 파리 시내의 하수도를 직접 조사했다. 《레미제라블》에서 위고는 파리시의 하수도를 일컬어 "거대한 짐승의 내장"이라 했다. 파리는 모든 게 거대한 것으로 가득 찼다. 거대한 궁전에 거대한 교회와 거대한 수도원과 거대한 형무소가 있었다. 여기서 쏟아내는 모든 찌꺼기는 하수도를 거쳐 바다로 흘러간다.

빵 한 조각을 훔치다가 19년이란 끔찍한 세월을 감옥에서 보낸 기막힌 인생이 있는가 하면, 가난한 여자직공을 꾀어 임신을 시키고 달아나는 대학생, 그리하여 태어난 사생아와 가엾은 어머니의 고난의 인생이 시작되고, 그런 가엾은 인생으로부터 피와 살을 빨아먹는 또다른 악당이 있고, 그 악당보다 더 지독한 경관이 있고, 넘쳐나도록 화려한 풍요가 있고, 사치가 있고, 쾌락이 있는가 하면, 뼈가 부서질 만큼 힘든 노동이 있고 추위와 굶주림이 있는 것이 파리라는 거대한 도시였다.

오늘날 한국의 서울 인구가 1천만이 넘는다는데 그 1천만 인구가 매일 배설하는 오물이 모두 한강을 거쳐 바다로 흘러간다고 한다. 좌변기라는 똥받이에 앉아서 용변을 보고 물을 쏟아 씻어버리면 그만이다.

나는 지금도 서울 사람들의 그 많은 배설물이 도대체 어디로 어떻게 흘러서 바다에까지 가는지 상상이 되지 않는다. 흘러가는 경로도 그렇지만 그 분량은 대체 어느 만큼 되는지도 궁금하다.

소설 《레미제라블》에서 위고는 파리 시민은 해마다 2,500프랑을 물에 던져넣고 있다고 했다. 지금부터 160년 전의 일이니 요사이 돈으로는 얼마나 될지 모르지만 프랑스 전체가 하수도를 통해 흘려보내는 오물값이 프랑스 국가의 총예산의 4분의 1이 되었다고 한다. 물론 여기서는 그 막대한 양의 오물을 농촌으로 되돌려 퇴비로 재활용했을 때의 값을 말하는 것이지 똥값이 그만큼 어마어마한 것이란 말은 아니다.

하수도는 경제적인 손실 외에 공중위생에 큰 영향을 끼쳤다. 파리의 모든 질병의 원인은 이 거대한 하수도가 가져다준 것이라고 했다. 하수도에서 풍기는 공기가 시골의 퇴비장에서 풍기는 공기보다 한층 더러웠으리라는 건 짐작으로도 알 수 있을 것이다. 지금도 도시인들은 하수도에서 스며나오는 가스에 질식하기도 하고 대피하는 소동이 일어나는 것이 뉴스를 통해 보도되고 있다.

서울 변두리 산의 소나무가 유달리 솔방울을 많이 맺고 있는 까닭은 공해로 인해 죽어가면서 자손을 많이 퍼뜨리기 위한 소나무 스스로의 자구책에 의한 것이라는 말을 듣고 어리둥절했다. 소나무가 과연 자신의 죽음을 스스로 알고 씨앗을 서둘러 만들어내는 기능과 그렇게 하려는 의식이 있는지 의심이 갔기 때문이다. 만약에 그렇다면 나무라는 식물에게도 사고력과 판단력이 있고 살아가는 모든 기능이 인간보다 우수할 수도 있다는 결론이 나온다.

그런데 얼마 전에 이곳 안동 시내 변두리 가로수로 심겨진 소나무가 하나같이 말라 죽어가는데 유달리 다닥다닥 열린 솔방울을 보고 깜짝 놀랐다. 놀라움과 동시에 가슴이 메어지는 슬픔을 느꼈다. 과연 그랬구나! 여지껏 무심코 지나쳤고 그리고 아무것도 아닌 것처럼 보아온 나무들도 이렇게 아프게 살아가는구나 싶어 가슴이 메어졌던 것이다. 그들은 인간이나 다른 짐승들처럼 스스로 옮겨다닐 수가 없다. 누군가 무엇엔가에 의해 한번 심겨지면 죽을 때까지 그 자리를 떠날 수 없다. 가로수로 심겨진 소나무는 그렇게 달아나지도 못한 채 자동차가 내뿜는 독한 가스에 시달리며 죽어가는 것이다. 옛날 전설에 의하면 나무나 풀 같은 식물도 말을 할 줄 알았는데 말로 인해 인간들이 서로 죽이고 죽는 것을 본 다음 모든 나무와 풀이 입을 다물어버렸다는 것이다. 하지만 나무들은 이렇게 지금도 자신들의 고통을 말하고 있지 않는가? 단지 인간들이 아예 들으려 하지 않기 때문에 그들의 고통을 아무렇지 않게 뻔뻔스러우리만큼 모른 채 지나쳐온 것뿐이다.

모든 목숨은 물과 공기가 없으면 잠시도 살 수 없다. 기독교 교인들은 밥상 앞에 앉아 감사기도를 드리는데 이 소중한 공기에 대해선 너무도 무감각하다. 하기야 1분 동안도 수없이 들이마시는 공기에 대해 일일이 감사기도를 할 수는 없을 것이다. 하지만 진수성찬 앞에서는 목이 메는 소리로 감사하면서 공기의 소중함을 모르는 것은 무엇 때문일까? 음식은 하루쯤 걸러도 아무렇지 않게 살아간다. 열흘씩 굶는 사람도 있고 40일 동안 금식기도를 해도 죽지 않는 사람도 있다. 그러나 공기는 그렇지 않다. 제주도 해녀들은 5분 동안 물 속에서 해산물을 딴다고 하는데, 보통 사람은 숨을 안 쉬고 몇 분을 견디기 힘들 것이다. 자동차 한 대가 1시간 달리는 데 소모되는 산소가 한 사람이 한 달간 숨쉬는 양이 된다고 한다. 이 말은 바꾸어 말하면 사람 30명이 하룻동안 숨쉴 수 있는 산소를 자동차 한 대가 1시간 동안 모두 잡아먹어 버린다는 것이다. 거기다 더 보태어 독성이 가득 찬 배기가스를 내뿜는다.

그런데 가관인 것은 기독교인은 이 흉측한 자동차를 사면 목사님을 모서다가 경건하게 감사예배를 드리는 일이다. 하느님은 그 감사예배를 어떻게 받아들이시는지 아무도 모른다. 이런 서글픈 일은 단순히 무지한 때문이라고만 말할 수는 없을 것이다.

살생을 가장 죄악시하는 스님도 승용차를 타고, "내 이웃을 내 몸같이 사랑하라"고 설교하는 목사님도 마찬가지다. 환경보호운동가도 환경처 공직자도 자동차를 타고 좌변기에 앉아서 똥을 누고 그걸 강으로 흘려보낸다. 도시에서 쏟아내는 오물과 쓰레기와 독한 공기는 이루 다 말할 수 없다. 거기다 도시는 빅토르 위고가 말했듯이 거대한 짐승처럼 음흉스럽다. 겉으로는 화려한 탈을 쓴 범죄소굴이다. 도박이 있고 사기가 있고 매춘이 있고, 폭력이 있고, 착취가 있고, 그러면서 그들은 날마다 몸치장을 하고 거리에 나와 가장행렬을 벌인다.

몸과 흙은 둘이 아니라 하나라고 하면서 사람들은 흙을 마다하고 시멘트와 아스팔트의 도시를 좋아한다. 그렇게 거기서 살면서 한다는 소리가 자기들은 농촌을 위해 농촌에서 생산되는 모든 먹을 것을 사주고 있다고 한다. 사과 사주기운동, 고추 사주기운동, 오징어 사주기운동, 양파 사주기운동, 흡사 자기네들은 필요하지도 않은 것을 농촌과 농민을 위해 선심을 쓰듯 사먹어주는 것처럼 생색을 부린다. 거꾸로 농민들은 피땀 흘려 지은 농산물을 곱게 포장까지 해서 제발 많이 사서 많이 먹어달라고 굽신댄다. 주인과 손님이 바뀌어도 이건 지나쳐서 삼류 코미디 같은 현실이다.

농촌은 뿌리니까 그렇게 굽신대며 도시인들을 위해 최고영양분을 공급해 주는 게 당연하단 말인가?

사람은 밥(먹을 것)만으로 살아가는 게 아니다. 그렇다고 생각만 하고 사는 갈대는 더욱 아니다.

지금 한국의 농촌도 도시도 다 병들었다. 육체도 정신도 모두 망가졌다. 교통사고, 성폭행, 암사망률, 부정부패, 온갖 나쁜 것이 세계 제일이다. 금수강산은 쓰레기 강산으로 변했고, 남산 위의 소나무는 철갑은커녕 눈물겹도록 아프게 죽어가고 있다. 도시는 도시대로 편리와 쾌락을 위해 오염물질을 쏟아내고, 농촌은 농촌대로 도시인들을 위해 독한 농약을 뿌려 더 많은 먹을 것을 생산하느라 땅이 죽어가고 물이 오염되어 물고기와 새와 벌레도 죽어 사라져간다. 사람들이야 병들고 죽는 건 자업자득이지만 죄없는 자연 속의 동식물이 죽는 건 어찌할 것인가?

만약에 자연이 모두 파괴되어 버리면 그땐 인간만으로는 살 수 없게 된다. 그러나 인간들이 다 없어지면 오히려 자연은 펄펄 살아갈 수 있다.

생존경쟁이란 절대 있을 수 없다. 누구는 살고 누구는 죽어도 되는 건 스포츠경기에나 있지 살아가는 목숨들은 함께 살아야만 된다. 특히 인간들이 오래오래 살자면 현재 도시와 같은 삶은 극복되지 않으면 안된다. 지금의 도시가 이대로 유지된다면 환경보호는 절대 불가능하다.

《녹색평론》에 애미쉬가 소개되었는데 참으로 본받을 만한 공동체였다. 자동차를 타지 않고 화석연료를 최대한 줄여서 쓴다. 노새로 밭을 갈고 화학비료와 농약은 사용하지 않는다. 기계도 사용 않고 모든 게 수공업이다. 참으로 느긋한 삶이 유지되고 있었다.

현대인들은 은행에다 돈을 열심히 저축하면서 자원저축엔 신경을 안쓴다. 어떻게 하면 더 많이 퍼다 쓸까 다투기까지 한다. 많이 쓰는 것이 영광이며 복으로 안다.

지금까지 지구상에 수십억년이나 축적해온 모든 자원은 이런 인간들에 의해 겨우 몇백년 동안 다 낭비해 버렸다. 그 낭비가 가져온 재화가 바로 환경파괴이다.

우리는 공장에서 만들어내는 물건을 만들어낸다고 하지 않고 생산해낸다고 한다. 생산(生産)이란 낳는다는 뜻인데 어떻게 낳는다고 할 수 있는가? 곳간에 들어있는 곡식을 꺼내 밥을 짓고 떡을 만들어 먹는 것을 밥을 낳아 먹는다거나 떡을 낳아 먹는다고 해서는 안되듯이, 흙 속에 묻혀 있는 광물질을 꺼내어 기계를 만들고 도구를 만드는 것을 생산이라 할 수 없지 않은가?

농민들은 땅에서 가꾼 곡식도 땅에서 난 것이라고 하지 자기네들이 낳은 것이라고 말하지 않았다. 사람은 있는 물자로 만들 수는 있지만 절대 낳지는 못한다. 아기를 낳는 것도 하늘이 점지해줘서 낳는다라는 말을 쓰지 사람의 힘으로 낳는다고는 하지 않았다.

결국 사람은 이렇게 하늘 위에 군림하여 스스로 낳는다[生産]라고 하는 생각부터 버려야 한다.

복이라는 말이 어떤 뜻을 지녔는지 옥편을 찾아봤더니 복(福)이라는 글자는 보일 시(示)에다 한 일(一), 입 구(口), 밭 전(田)이 모여서 된 말이다. 어떻게 보면 참으로 시시한 글자 같은데 사람들은 왜 복(福)이란 말에 한평생 매달려 사는지 이상하다.

우리들이 생각하는 복이라면 돈 전(錢)자에 큰 대(大)자나 많을 다(多)로 짰으면 훨씬 실감이 날 텐데 그렇지가 않은 건 왜일까?

나는 이 복(福)이란 글자를 내 멋대로 해석할 마음이 없다. 읽는 독자들이 미루어 생각해보는 게 나을 것이기 때문이다. 다만 앞 글자인 보일 시(示)에 대해서만 한마디 하고 싶다.

우리 조상들은 '본다'라는 말을 시각적인 말로만 사용하지 않고 모든 일에 두루 사용했다. '장보러 간다', '밭에 나가본다', '제사보러 간다', '잔치보러 간다', '예배보러 간다', '집본다' 이렇게 일을 가지고 '볼일'이라 했고 '볼일 한다'가 아니고 '볼일 본다'고 했다. 일을 하는 것이 아니라 본다는 것이다. '보살핀다'라는 말은 얼마나 따뜻하고 포근한 말인가?

지금 세계 50억이 넘는 인구는 어떤 형태로든 종교를 가졌고 신(神)을 믿고 있다. 하지만 진정 하늘의 뜻대로 살아가는 종교가 있는지 의심스럽다. 종교(宗敎)란 말 그대로 으뜸가는 가르침이다. 과학은 만물의 기능을 찾아내는 학문이지만 종교는 만물의 뜻을 찾아 살아가는 정신이다. 으뜸이란 뿌리라는 뜻도 되고 뿌리는 바로 하늘이다. 눈으로 보는 하늘은 위에 있지만 뜻으로 보는 하늘은 아래에 있다. 이 땅의 모든 생물은 이 하늘(땅)에 기대어 산다. 그런데 지금까지의 종교는 공중에 떠있는 하늘만 찾아 가르치려 했다. 신학은 인간을 버리고 추상적인 뜬구름을 잡는 데 얼마나 많은 시간을 허비했던가. 수십만권의 신학서적이 이 땅에 평화를 위해 얼마만큼 보탬이 되었는지 의심스럽다.

공산주의국가에서 이런 환상적인 신학을 과감히 부정한 것은 용기있는 일대 혁명이었다. 그러나 공산주의는 지나치게 유물사관에 빠져 만물의 뜻까지 버린 것이 큰 실수였다. 공산주의가 실패한 것은 만물의 기능만 알고 뜻을 거역한 탓이다. 이 땅의 주인은 인간들만이 아닌데 인간중심의 인간제국을 건설하려는 오만이 결국 인간상실의 결과를 가져온 것이다.

하늘은 결코 제왕(帝王)도 아니고 하늘나라는 제국(帝國)도 아니다. 하늘은 한울이며 그래서 사람 모두가 부처님도 되고 하느님도 되는 것이다. 석가모니도 모든 만물들에게 불심이 있고 예수도 하늘은 딴 데 있는 게 아니라 바로 너희 마음속에 있다고 말했다.

이 글의 머리에서 말한 일리인의 위대한 인간의 역사는 하늘의 뜻을 살아온 인간의 역사였기에 위대할 수가 있었다. 그러나 현대 인간은 하늘을 거역한 결과 졸장부로 왜소해져버렸다. 하늘은 결코 이런 왜소하고 초라한 인간을 원치 않는다. 인간은 하느님의 형상을 지녔다. 그러니 이대로 포기하거나 주저앉아서는 안된다. 인간이 다시 위대해지기 위해서는 노동하는 인간으로 돌아가야 한다.

몇 사람의 자본가 밑에서 노예 같은 노동을 하는 노동자가 아니라 푸른 대지 위에서 당당하게 주인으로 일하는 노동자가 되어야만 한다. 간디의 평화운동은 결국 땅으로 돌아가 손수 물레를 돌리고 밭을 갈고 맨발로 걷는 삶으로 완성되었다. 바보 이반은 임금이 되어도 흙을 파고 농사를 지었다. 그러고 보니 우리 인간은 모두 바보로 돌아가야 한다. 이 땅의 천재들은 머리로 살아가지만 바보는 몸으로 산다. 부처님도 그랬고, 예수님도 그랬고, 진정 이 땅 위의 위대한 인간은 바보로 돌아갔다. 머리로 산 것이 아니라 몸으로 살았다. 아씨시의 프란치스코도, 모로카이섬의 다미안도, 마더 테레사도 그랬다. 오늘날 한국에 이런 바보로 돌아가 살려는 사람이 많아지고 있다. 할 수만 있다면 성직자라고 자칭하는 종교지도자들이 흙으로 돌아가 산다면 이 땅 위에 하늘의 뜻이 쉽게 이루어질 것이다. 정치가들이 아무리 모여 어떤 평화회의를 한다고 해도 흙으로 돌아가는 삶이 없이는 진정한 평화는 없을 것이다.

다음엔 일본 북해도 지방 아이누의 동요 한편을 함께 읽어보자. 〈짜짜는 이렇게 들려줬다〉라는 이 동요의 원문은 어린이들의 혀짤배기 말투로 되어 있지만 그대로 옮기기엔 무리일 것 같아서 예삿말로 적었다.

아이누 옛날
눈속을 맨발로 다닐 때 용감했단다.
나이도 셀 줄 모르고
끓이거나 굽지도 않고 그냥 날것을 먹던 때
아무한테도 지지 않고 진짜 용감했단다.

샤모가 와서
아이누 샤모 흉내내게 되었고
샤모 나으리들처럼 으스대었지.
그때부터 배가 아파지고 다리가 아파지고
우린 보통 배가 아프면 맨발로 산 다녔단다.
눈이 내려도 맨발로 달렸단다.

그래서 우리 모두 사이가 좋았지.
샤모처럼 쩨쩨하지도 않았고
거짓말도 않았고 허풍도 안 치고
나쁜 짓은 모두 샤모가 가르쳐줬단다.

아이누 나라는 진짜 사람의 나라야.
우리 모두 죽은 뒤에도

우리가 생각하고 있는 세상이 되지 못하면
샤모도 다른 나라도 망하고 말 거야.

끓이거나 구워서는 안된다.
그냥 날것이 좋단다.

우리는 거짓말하지 않았으니 모두 망한다 해도
하느님은 다 알고 계실 거야.
거짓말하면 하느님 혼내실 거야.
죽는 것보다 더 큰 벌을 내리실 거야.

알았지.
너희들 내가 말하는 것 비웃으면
진짜 혼날 줄 알아라, 거짓말 아니야.
우린 거짓말하지 않는다.

아이누는 일본 북해도에 살던 선주민(先住民)이다. '아이누 모시리'라 불려지는 본래의 뜻은 '조용한 사람들의 땅'이다.

이렇게 아이누는 나라 이름도 없고 아메리카 인디언처럼 움막을 짓고 맨발로 자연과 더불어 살았다. 1912년 체코의 안 하바사라는 한 여행가가 사진으로 남겨놓은 아이누의 모습을 보면 키가 작고 남자들은 얼굴에 수염투성이다. 더러는 맨발이고 더러는 샤모가 신는 나막신을 신었다. 샤모는 본래 싸움닭이지만 아이누들은 일본인을 샤모라 부른다. 미국인을 양키라 부르고 중국인을 짱꼴라라 불렀듯이 샤모라고 부르는 말 속에는 일본인에 대한 미움이 노골적으로 나타나 있다.

이제는 일본에 동화되어 옛 자취를 찾아볼 수 없게 된 아이누의 동요를 읽으면서 침략 행위는 국토확장과 함께 자연환경까지 파괴했다는 것을 알 수 있다. 일본의 아이누 침략은 16세기 초에 시작되어 1869년 정식으로 북해도개척사(北海道開拓使)가 설치되면서 본격적으로 하나의 일본으로 식민지화했다고 한다.

미둑새로 엮어 지은 작은 움막과 맨발로 걸어다니던 좁은 오솔길이 점점 사라지고, 그들이 섬기던 모든 카무이(수호신)도 하나 둘 자취를 감추었다. 또하나의 에덴동산이 사라진 것이다.

아이누들은 살아있는 나무나 풀, 들짐승도, 날아다니는 새나 물고기, 벌레까지도 카무이가 들어있다고 여겼다. 심지어 이나 벼룩에게도 신성이 있다고 믿었다. 그들의 으뜸가는 하느님은 오키쿠루미라 부르는 소년 하느님으로 하늘에서 내려와 이 조용한 사람의 땅에서 모든 어려움을 대신 막아주며 함께 기쁨과 슬픔을 나누며 살았다.

경제대국인 일본도 그렇고 미국이나 유럽의 모든 선진국은 결코 자기네 스스로 만든 것이 아니라 약소 민족들의 피눈물과 아름다운 자연의 파괴와 약탈로써 이뤄놓은 것이다. 그들은 모두가 위대한 인간이길 거부한 이들이다.

이 글을 쓰고 있는 오늘, 서울에서는 정신대 할머니들을 위한 모금운동이 벌어지고 있었다. 할머니들에게 이런 방법으로나마 따뜻한 보살핌이 있어야 하지만, 그들의 아픈 상처는 그 무엇으로도 치유될 수 없을 것이다.

내가 가장 좋아하는 성경구절은 이사야서 11장이다.

그때에는 이리가 어린 양과 함께 살며
표범이 새끼 염소와 함께 누우며
송아지와 새끼 사자와 살진 짐승이 함께 풀을 뜯고
어린아이가 그것들을 이끌고 다닌다.
암소와 곰이 서로 벗이 되며
그것들의 새끼가 함께 누우며
사자가 소처럼 풀을 먹는다.

젖먹는 아이가
독사의 구멍 곁에서 장난하고
젖뗀 아이가 살무사의 굴에 손을 넣는다.
나의 거룩한 산 모든 곳에서
서로 해치거나 파괴하는 일이 없다.

　얼마 전 민들레교회 주보를 보니, 어느 신부님과 스님이 함께 농사를 짓겠다는 글이 실려 있었다. 참으로 반갑고 고마운 일이었다. 압제자를 향해 피를 흘리는 저항과 투쟁도 해야 하지만, 진정한 혁명은 자신의 삶이 바로 서야 한다.
　애미쉬 마을의 소박한 삶이나 아이누들이 가르치는 자연과 더불어 살아가는 삶이 없이는 우리 인간은 절대 위대해질 수 없다. 두 다리로 걷고 두 손으로 노동을 하며 흙에서 살아가는 길만이 진정 녹색으로 가는 길이기 때문이다.

# 편지

사람의 운명은 모르는 일입니다. 부자는 부자대로 일생을 끝내고 불행한 사람은 불행한 대로 평생을 삽니다. 그 불행한 속에서도 사람들에게 미움받으며 업신여겨지며 살아가는 거지.

7시 반쯤 목욕탕에 갔더니 모녀 세 사람의 여자거지가 와 있었습니다. 세 사람 모두 살갗이 검고 어깨까지 늘어뜨린 머리칼은 엉클어지고 까실까실했습니다.

내가 갔을 땐 탕에서 나와 옷을 입고 있었습니다. 세 사람 모두 남자가 입는 윗도리로 너덜너덜해진 걸 깁지도 않고 빨지도 않아 냄새나는 옷을 입고 있었습니다. 어머니 되는 분은 단지 빨간 속치마와 기름때가 묻은 국방색 외투를 입고 있을 뿐이었습니다. 목욕탕에 들어온 사람들은 이들을 보자 대뜸 눈살을 찌푸렸습니다. 오는 사람 오는 사람 차가운 눈빛으로 흘겨보았습니다. "어머나! 이건, 이건 훌륭한 손님이네!" 하며 큰 소리로 웃는 사람도 있었습니다.

하지만 세 사람은 뭐라 떠들어도 입을 다문 채 옷을 입고 있었습니다. 그때, 한 아주머니가 탕에서 나와, "야아, 이것 봐, 구질구질하게시리, 밖에 나가 입어!" 하고 밀어내듯이 닦달했습니다. 그러자 중 3학년쯤 되어 보이는 언니가 "아니에요. 이는 없어요" 하고 말했습니다. 이가 옮을까 봐 나가라고 하는 줄 알았던 모양입니다.

"누가 이가 있다고 했나. 떠들면 가만 안 둘 테다. 이 멍청아!" 하고 아까번 아주머니가 화를 내며 눈을 흘겨보며 밉살스럽게 말했습니다.

그러자 언니는 말문이 막혀 입을 다물었다가 곧장 어머니를 향해 "엄마, 빨리 입어!" 하고 퉁명스럽게 말했습니다. 어머니는 "그래" 하고 어쩔 수 없는 듯이 대답하고는 얼른 서둘렀습니다. 옷을 모두 입자 세 사람은 말없이 나갔습니다. 어머니 되시는 분은 약간 비틀거리는 듯 보였습니다.

나는 내가 가난한 때문인지 이런 사람을 보면 가슴이 찢어지는 듯 아파옵니다.

모양새나 옷차림이 더러울 뿐인데, 아무 상관없는 사람들에게 업수이 여겨지고 미움받는 것입니다. 같은 인생이면서 남에게 미움받고 멸시당하면 얼마나 가슴아픈 일이겠어요.

거지가 될 지경까지 왔다면 지금까지 얼마나 많은 고통과 슬픔이 있었겠어요.

죽어버렸으면 싶었던 때는 없었을까요? 분명 몇번이고 몇번이고 있었겠지요. 그런데도 살아온 것입니다.

나는 세 사람이 나간 뒤를 슬픈 마음으로 조용히 바라보았습니다. 오늘밤은 어디서 잘까요? 먹을 것은 있을까요? 내일도 또 어디선가 누구한텐가 미움받으며 괴롭힘을 당하며 살아갈 것을 생각하니 가엾기 그지 없습니다. (1955년 4월 23일)


대문을 두드리는 소리에 누나인가 하고 뛰어나가 보았더니 낯선 남매거지가 깡통을 들고 밥을 얻으러 왔어요.

"밥 좀 주이소."

하는 소리가 내 가슴을 뭉클하게 했습니다.

옛날에 내가 이랬지요. 태순이를 데리고, 순나를 데리고 이렇게 남의 대문간을 찾아다녔지요.

"어서 들어온나."

나는 얼른 거지 남매를 집 안으로 불러들였어요.

어찌 보면 좀 낯익은 얼굴 같기도 하고 어찌 보면 낯선 얼굴이었습니다. 나는 그들을 부엌으로 데리고 왔습니다. 순나가 뜨끈뜨끈한 밥을 두 그릇 떠서 그들에게 주었지요.

두 남매는 눈이 둥그런 채 나를 한번 보고 밥그릇을 한번 보고 했습니다. 이게 웬일인가 싶었던 모양이지요.

"퍼뜩 먹어라. 배 안 고프나."

하니 두 남매는 숟가락을 들었습니다. 정말 맛있게 밥을 먹었어요. 나와 순나는 우두커니 서서 밥 먹는 남매를 내려다보았습니다.

불쌍한, 이것들이 옛날의 우리였습니다. 정말 불쌍하게 보였습니다. 아버지만 술을 잡숫지 않고 부지런히 삯 일을 하신다면 이놈들 둘쯤은 같이 살 수도 있지 않을까요.

두 남매를 보내며 나는 다음에 또 오라고 당부했습니다.

대문간에 한참 동안 서서 돌아보고 또 돌아보며 가는 두 남매를 지켜보았습니다. (1965년 10월)


이 두 개의 일기 중 앞의 것은 일본에서 사는 동포 소녀 스에꼬의 것이고, 뒤의 것은 윤복이의 일기다. 두 어린이는 한 10년 사이를 두고 태어나 똑같이 열살 때부터 일기를 썼다.

두 아이의 일기책을 읽고 있으면 정말 천사의 마음이 이런 것이구나 싶어진다.

열살짜리 어린이들이니 무엇을 알겠는가? 이 아이들은 겨우 국민학교 3학년, 4학년이 되어 일기를 썼다. 불교에 입문해서 수십년간 참선을 하고 해탈한 큰스님도 아니다. 성경책을 수백번 읽고, 신학 공부를 하고, 수백권의 성경 주석을 공부한 신학박사도 아니다. 물론 공자, 맹자도, 노자의 도덕경도 모른다. 이 아이들의 학교성적은 중간쯤 되니 머리 좋은 천재도 아니다. 집이 없고, 먹을 것도 없어 이리저리 쫓겨다니며 하루하루

눈물겹도록 힘들게 살았다. 그런데도 이 아이들은 이토록 착하게 살았다. 말로만 착한 것이 아니라 행동으로 착했다. 그들의 일기는 하나도 숨기거나 꾸미거나 하지 않고 너무 솔직하게 써서 그 솔직함에 먼저 감동할 수밖에 없다.

하느님의 말씀이나 부처님의 말씀은 왜 그렇게 어렵고 복잡하고 까다로운지, 이 아이들의 일기는 너무도 단순하다. 이 아이들의 일기야말로 율법의 완성이다. 예수님이 말한 어린아이로 돌아가라는 것을 이런 아이들이 증명해 보이고 있다.

# 세상은 죽기 아니면 살기인가

원자벌판에 살아남아 있는 사람들을 향해 "원자폭탄에 죽지 않으려면 어떻게 해야 옳은가?" 하고 묻는다면 누구나가 한결같이 이렇게 대답하겠지요.

"달아나는 것입니다." 어쨌든 달아나는 것입니다. 모든 것을 다 내던지고 달아나는 것입니다. 즉시 뛰어 달아나는 것입니다.

일이라든가 책임이라든가 의무라든가 의리라든가 인정이라든가 재산이라든가 … 그런 일체를 내던지고 내 목숨 하나 살릴 것만을 생각하고 폭심(爆心)에서 멀리 멀리 달아나는 것밖에 살아남을 방법은 없습니다.

그러므로 원자폭탄의 손에서 피해 살아남아 있는 우리들은 일이라든가 책임이라든가 의무라든가 의리라든가 재산이라든가 그런 일체를 내던지고 내 목숨 하나를 살릴 것만 생각하고 뛰어 달아난 패들인 것입니다.

다친 벗이 "살려주시오" 하고 부르는 소리를 들어도 들은 체하지 않고 발을 붙잡는 그 벗의 손을 뿌리치고 달아난 우리들입니다. 직장의 소중한 물건을 내던져버리고 달아난 우리들입니다. 남의 밭에 오이를 따먹고 목을 축이며 달린 우리들입니다.

그 불 속에서 구원을 청하는 사람을 살리기 위해 머물러 일한 분도 많이 있었습니다. 직장의 중요서류를 꺼내려고 애쓴 사람들도 많이 있었습니다. 그러나 그 사람들은 별안간 타오르는 불에 휩싸여 모두 죽고 말았습니다.

"네 이웃을 네 몸같이 사랑하라" "너의 의무를 완수하라"라는 가르침을 충실히 지키려던 사람은 다 죽음을 당했습니다.

위에 쓴 글은 나가이 다카시가 쓴 《원자벌판의 소리》의 한 대목이다. 내과의사였던 나가이 다카시는 나가사키에 떨어졌던 원자탄을 맞고 병상에서 몇권의 책을 썼다. 그는 가톨릭 신자였고 평소에도 성경말씀대로 이웃을 위해 살려고 애써왔다. 하지만 원자탄이 떨어지자 평소에 마음먹었던 것과는 완전히 달라진 것이다. 그의 글에는 이런 솔직한 그의 체험이 꾸밈없이 씌어져 읽는 사람들의 마음을 감동시킨다.

누구라도 이런 상황이면 어떻게 할까? 과연 성경말씀대로 행할 수 있는 사람이 몇이나 될까? 이웃을 살리기는커녕 애걸하며 붙잡는 것을 뿌리치고 넘어진 사람을 짓밟고 타넘고 무작정 달아나야 살아남는 것이다. 살아 있는 것 자체가 죄악인 것이다. 이웃을 사랑하라는 말조차 가소롭기 그지없다.

전쟁을 겪어본 사람은 누구나 알지만 내가 살기 위해서는 적을 죽이고 따돌리고 뿌리쳐야만 한다. 굶주리면 남의 것을 훔치고 빼앗아서라도 먹어야 된다. 정말 의리라든가 사랑이라든가 희생이란 건 쓸데가 없다.

이렇게 말하면 원자탄이 떨어지는 극한상황에서는 어쩔 수 없지만 평소에는 이웃을 사랑하고 의리를 지키며 살고 있지 않느냐고 되묻는 분이 있을지 모른다. 하기야 거룩한 정신으로 남을 위해 평생을 몸바쳐 살았던 분들도 있고 지금도 그런 훌륭한 사람이 더러 있다. 지난 1월 6일 평생을 소록도 나환자들을 위해 살다 돌아가신 신정식 박사 같은 분도 있다. 자신도 거지였으면서도 거지를 위해 살았던 꽃동네의 최귀동 할아버지, 세계적으로는 마더 테레사 수녀님이 있고 태국에는 잠롱 시장님이 살아있다. 월남엔 호치민 아저씨가 있었고 기독교 교회사에는 유명한 성 다미안 신부님과 성 프란치스코도 있었다. 인도엔 간디가 있었고 한국엔 요즘 성철 스님이 돌아가신 다음 많은 사람들에게 정신적 가르침을 남겼다.

하지만 이런 위대한 사람들도 원자탄이 떨어진 장소에 있었다면 과연 어떻게 했을까? 기도원에서 금식기도 하는 사람, 주일마다 설교하는 목사님들, 과연 기도하는 대로 설교하는 대로 행동할 수 있을까?

어떤 극한상황에서도 나는 희생하고 이웃의 목숨을 살리는 사람은 결코 스스로는 그리 못할 것이며, 그럴 수 있는 사람은 하느님이 특별히 선택한 사람이다.

천국은 침노하는 자의 것이란 직설적인 말이 성경책에 있다. 하지만 여기서 말하는 '침노'란 말은 총칼을 든 군대가 처들어가서 빼앗는 것이 아니라 고통의 현장에 뛰어들어가 스스로 목숨을 희생하는 정신이다. 구약의 선지자들은 이런 행동으로 하느님의 부르심대로 평생을 역경 속에 살았다.

산업시대는 모든 것이 경쟁으로 승패가 결정된다고 한다. 그래서 교회도 덩달아 경쟁을 부추긴다. 각 교파의 신학교의 입시경쟁도 일반 대학교와 조금도 다르지 않다. 그 어느 곳에도 양보는 없다. 태어나서 죽을 때까지 경쟁만 하다가 지쳐 쓰러지면 그것이 곧 죽음인 것이다. 입시경쟁에서 산업경쟁, 요즘은 스포츠경쟁이라 해서 엄청난 액수의 돈과 명예가 한꺼번에 주어진다. 지난 바르셀로나 올림픽 때 금메달을 받은 선수의 어머니들은 각자 부처님과 하느님께 불철주야 정성껏 기도를 했다. 어머니들은 결국 자기 자식 금메달을 얻기 위해 다른 어머니들의 자식들은 모두 꼴찌가 되도록 기도를 동시에 한 것이다. 결국 선수는 금메달을 땄으며 부처님과 하느님은 본의 아니게 이분들이 금메달을 따도록 도와준 것이 되어버렸다. 반대로 이 선수들이 금메달을 딸 수 있게 했기 때문에 나머지 수많은 선수들에겐 실패를 안겨주게 되어버렸다. 부처님과 하느님은 한 사람의 금메달 때문에 많은 사람들에게 큰 슬픔을 준 것이다.

어느 목사님의 교회일지를 읽은 적이 있다. 두 사람의 집사님이 싸움을 했다. 원인은 십일조 헌금을 작정만 해놓고 회계집사님은 받지 않았다고 하고 한 집사님은 분명히 내었다고 하고, 결국 두 집사님은 하느님의 일 때문에 서로 토라져 원수가 되어버렸다. 두 사람은 서로가 상대방에게 저주를 퍼붓는 기도를 했다. 누가 거짓말을 했는가 하느님이 판단하실 것이다. 분명히 그 가정에 재앙이 내릴 것이다. 서로가 앙심을 품고 지내던 중한 집사님의 맏아들이 교통사고로 죽고 잇따라 부인이 충격으로 쓰러져 얼마 뒤 죽어버렸다. 정말 말 그대로 재앙이 내린 것이다. 재앙이 내려진 집사님은 고통을 견디지 못해 교회를 그만두고 두문불출 집안에만 틀어박혀 있고 외출할 땐 숨어다녔다. 하지만 한 가지 분명한 것은 자신은 절대 거짓말을 하지 않았다는 것이다.

우리는 흔히 교회 헌금문제를 이야기할 때 사도행전에 나오는 아나니아와 삽비라의 예를 든다. 성령을 속인 죄는 용서받지 못한다. 이런 말씀을 어떻게 받아들여야 할지, 우리는 알게 모르게 성령을 얼마나 많이 속이고 살아오지 않았던가?

산업시대에 살고 있는 우리는 언제 어떻게 사고를 당할지 아무도 모른다. 불의의 사고로 죽는 사람을 하느님의 저주라고 보는 우리들의 잘못된 신앙관도 버려야 한다. 더불어 교회 헌금도 스스로의 신앙 양심에 맡겨야지 하나하나 이름을 밝히고 액수를 밝히는 건 고쳐야 한다.

기독교정신은 어디까지나 인간을 구원하는 데 목적이 있지 죽이는 것이 목적이 아니지 않은가? 하느님께 드리는 헌금을 왜 인간끼리 냈느냐 안 냈느냐, 적으니 많으니 따지고 싸워야 하는가?

얼마 전에 가까운 시내에 나갔다가 돌아오려는데 버스비가 모자라 할 수 없이 완행기차를 타고 왔다. 그런데 기차 안에서 어떤 아주머니가 자리를 내주면서 앉으라고 권했다. 나는 가까운 두 정거장만 가면 내릴 테니 괜찮다고 사양을 했지만 아주머니는 기어코 앉기를 권해서 황송하게 자리에 앉았다. 나는 앉아서 무심코 아주머니께 혹시 교회 나가시는 분이 아니냐고 여쭈었더니 아주머니는 금방 반색하면서 그렇다는 것이다. 어떻게 알았는지 신기해 하면서 기뻐하며 묻지도 않은 말을 들려주기 시작했다.

아주머니의 말에 따르면 의성지방 시골교회 집사님인데 한 십년 전에 이상한 체험을 했다는 것이다. 들어보니 꼭 옛날이야기만 같은 내용이었다.

어느 날 아주머니는 몹시 바쁘게 집안일을 하고 있는데 어떤 거지가 구걸을 하러 왔다. 정신없이 일에 몰두하고 있던 아주머니는 자기도 모르게 귀찮아서 퉁명스럽게 지금은 바쁘니 다른 데나 가보라고 거지에게 박대를 하며 내쫓은 것이다. 그런데 그 거지가 돌아서 나가는 뒷모습을 힐끗 보니 놀랍게도 틀림없는 예수님이었다. 깜짝 놀란 아주머니는 하던 일을 그만두고 허겁지겁 쌀을 한 대접 떠서 달려나가 보니 거지는 그새 어디론지 사라지고 보이지 않았다. 혹시나 해서 옆집으로 또 옆집으로 샅샅이 살펴보았지만 역시 허사였다. 집으로 돌아온 아주머니는 주저앉아 통곡을 했다.

그때부터 아주머니의 눈에는 어떤 낯선 사람도 예수님으로 보이게 된 것이다. 그렇게 아주머니는 십년을 하루같이 만나는 사람을 모두 예수님으로 알고 대접을 했다.

이야기를 다하고 나서 아주머니는,

"세상 사람이 다 예수님으로 보이니까 참 좋아요. 내가 할 수 있는 건 다 해드리고 싶어예."

그날 나는 살아있는 동화의 주인공 같은 아주머니를 한없이 쳐다보며 부러워했다. 여태껏 들어온 설교 중에도 진짜 설교를 들은 것이다. 버스비가 모자라 기차를 타게 되었고 뜻밖에 예수님 대접도 받고 아름다운 이야기도 들었으니 그날은 꼭 천국에 사는 기분이었다. 그 시골교회 아주머니는 가장 복된 은혜를 받고 살아가는 분인 것이다.

누구나 그 아주머니처럼 이 세상 사람들이 예수님으로 보인다면 평화
는 저절로 이루어질 것이기 때문이다. 백인이 흑인을 예수님으로 받들고
흑인이 또 백인을 그렇게 받들면 흑백 인종차별은 하루아침에 사라질 것
이다. 좋은 일은 양보하고 궂은 일은 내가 맡아 할 것이고 총칼을 든 군인
이 상대방을 예수님으로 보면 절대 죽이지 못할 것이다.

예수님이 세상에 오신 것은 이렇게 서로가 섬기며 살라는 가르침을 실
현하기 위해서였다. 섬김을 받으러 온 것이 아니라 도리어 종의 몸으로
섬기러 왔다고 하셨고, 그 말씀대로 가난하고 병든 사람을 찾아다니며 섬
기다가 결국 죽기까지 하지 않았던가? 기독교란 대체 무엇인가? 예수님은
지금 교회의 모습을 보고 어떻게 생각하실까? 과연 예수님은 기독교라고
하는 종교의 교주로 이 땅에 오신 것일까? 교회의 조직은 인간들의 또하
나의 부조리만 만든 게 아닐까? 기독교 2천년이 얼마만큼 세상을 아름답
게 만드는 데 이바지했던가? 인디언 학살과 흑인의 노예살이와 박해에 대
하여, 핵무기를 포함한 각종 전쟁무기에 대하여, 강대국의 약소국에 대한
침략과 살인에 대하여, 경제침탈과 인종차별에 대하여, 환경오염과 자연
생태계 파괴에 대하여, 굶주림과 억압과 사치와 낭비와 온갖 폭력과 범죄
에 대하여 기독교는 얼마나 떳떳한가?

원자벌판은 1945년 8월 히로시마나 나가사키에만 있었던 건 아니다.
지금 우리 모두가 원자벌판에 살고 있다. 내가 살기 위해 이웃을 해치고
떨어뜨리고 억압하며 살고 있는 것이다. 내가 대학생이 되기 위해선 같은
반 친구도 밀어내야 하고 내가 목사가 되기 위해서도 같은 동역자를 떨어
뜨려야 한다. 교회도 그렇고 학교도 그렇고 정치도 그렇고 스포츠도 모두
가 죽이는 세상이다.

자연과의 경쟁은 더욱 잔인하다. 1년에 5만종이나 되는 목숨을 죽이며
살아가는 인간이 과연 위대하고 축복받은 인간인가? 공중에 나는 새도 들
에 피는 꽃 한 송이도 하느님이 먹이시고 입히신다는데, 과연 교회는 하
느님 보시기에 좋았던 아름다운 세상을 잘 가꾸고 있는 것일까?

도시에 밤마다 붉게 빛나는 교회의 십자가는 어찌 보면 인간들이 저희들 취향대로 만들어낸 하느님 외의 또다른 신(神)이며 우상일지도 모른다. 그렇게 빛나는 십자가와 우뚝우뚝 선 종탑과 화려한 교회장식과, 전자오르간과 피아노와 성가대의 찬송이 과연 들에 피어나는 한 송이 꽃보다 아름답고 한 마리 새소리만치 고울까?

자동차의 배기가스로 시커먼 도시의 하늘, 물고기가 살지 못하게 더러워진 강과 시냇물, 새들이 죽고 나비와 반딧불이 없는 들판에서, 교회는 무엇 때문에 찬양을 부르는가? 하느님이 그런 것을 정말 고맙게 받아주고 계실까?

종익이네 할머니가 겨울냉이를 한 포대기 이고 만원버스를 타느라 죽을 애를 잡수신다. 그 할머니는 이 추운 겨울에도 50리가 넘는 곳까지 버스를 타고 달래 냉이를 캐다 시내에 팔러 가신다.

"할매요, 추운데 좀 쉬어가며 하시이소."

할라치면,

"까짓거 죽기 아니마 살기지 뭐."

그러신다.

슬프게도 세상 모든 게 이렇게 되어버렸다.

# 사랑의 매

내가 도쿄의 혼마치 국민학교에 입학했을 땐 2차대전이 막바지에 이른 1944년이었다. 첫번째 담임은 마흔살이 조금 넘은 여자 선생님이었다. 앞머리가 희끗희끗하고 야위었기 때문인지 핏기가 없고 좀 날카로운 얼굴에다 안경을 썼기 때문에 무서운 인상이었다. 화장도 안 하고 옷은 우왓빠리(작업복) 한 가지만 입고 있어 언제나 똑같은 모습이었다.

1학년은 6학급이었는데 교실이 모자라 2부제 수업을 했다. 그날은 내가 오후반 차례여서 오전 동안 느긋하게 집에서 그림도 그리고 책도 읽으며 시간을 보내다가 학교에 갔는데, 전날 내준 베끼기 숙제를 깜빡 잊은 것이다. 숙제검사를 시작했을 때에야 가슴이 철렁 내려앉았지만 때는 늦었다. 숙제를 안 해온 아이는 모두 다섯이었다. 그 다섯 아이들은 뒤로 불려나갔다. 한 줄로 서자 선생님은 아무 말 없이 차례로 한대씩 뺨을 때리는 것이었다. 태어나서 뺨을 그토록 아프게 맞아본 건 처음이었다.

수업이 끝난 뒤, 우리 다섯 아이들은 남아서 베끼기 숙제를 했다. 나는 제일 먼저 베껴 써서 직원실 선생님께 검사를 받으러 갔다. ㄱ자로 꺾인 긴 복도를 지나 걸어가는데 다리가 후들후들 떨렸다. 직원실 문 앞까지 가서는 한참 동안 망설이다가 가까스로 문을 열고 들어가니 선생님은 맨

구석자리 책상에서, 그때서야 늦은 점심을 먹고 있었다. 내가 가까이 가서 공책을 펼쳐보이자 선생님은 한자 한자 빠뜨리지 않고 찬찬히 살펴보는 것이었다.

나는 몸 둘 바를 몰라 눈을 딴 데로 돌려 무심코 살피다 보니 선생님이 먹고 있던 점심밥 그릇에 눈이 갔다. 조그만 그릇에 잡곡밥이 반쯤 담겨 있고 밥 위엔 깨소금이 약간 뿌려져 있었다. 반찬이라곤 아무것도 없고 보리차 물컵만이 곁에 놓여있었다.

그 사이 선생님은 공책을 다 살펴보고는 내 얼굴을 쳐다봤다. 나는 이렇게 가까이서 선생님과 눈을 맞춰보기도 처음이었다. 선생님은 약간 웃음짓는 듯하더니, 빨간 연필로 크게 동그라미 세 개를 그려주었다. 그러고 나서 "앞으로는 절대 숙제 잊어버리지 말어. 뺨을 맞아서 아팠지? 수고했으니 어서 집으로 가요" 하는 것이었다. 나는 꾸뻑 절을 하고는 직원실을 나오면서 어찌나 기뻤던지 하늘을 훨훨 나는 듯 싶었다.

내가 두번째로 선생님의 꾸지람을 들은 것은 한국에 와서 3학년 때였다. 남자 선생님이었는데 무엇이나 철저하게 가르치는 자상한 분이었다.

그 해 가을 어느 날, 수업을 마치고 돌아오려는데 선생님은 아이들에게 엉뚱한 주의를 주셨다. "얘들아, 이웃 학교에서 학예회를 하는데 절대 구경가면 안된다. 만약 어기는 사람이 있으면 혼날 줄 알아라" 하는 것이었다. 만약 선생님이 이 말씀을 안 했으면 나는 학예회를 하는지 무얼 하는지 아무것도 몰랐을 텐데, 오히려 선생님은 우리에게 구경하러 가라고 알려주신 격이 된 것이다.

교문을 나와서 나는 아무래도 그냥 집에 돌아갈 수 없었다. 그래서 한참 서성거리다가 다른 아이들이 모두 가버린 뒤, 친한 아이 억이한테 "우리 둘이 몰래 구경가자" 그랬더니, 억이도 기다렸다는 듯이 "그래" 하는 것이었다.

둘은 책보를 허리에 질끈 둘러묶고는 돌자갈 신작로 길을 마구 달렸다. 거의 20리나 되는 이웃 학교까지 헐떡거리며 갔더니 학예회는 거의 끝나가고 있었고, 마지막 연극 〈비운의 마의태자〉가 남아있었다. 아버지 경순왕이 고려 왕건에게 항복을 하자, 마의태자는 혼자서 베옷을 입고 금강산으로 들어간다는 내용의 슬픈 연극이었다. 주인공 마의태자가 삼베옷을 입고 금강산으로 가면서 슬픈 노래를 부를 때 억이도 울고 나도 울었다.

돌아올 땐 날이 어두워졌고, 몰래 구경간 죄책감까지 합쳐져서 얼마나 무서웠는지 모른다.

다음날, 학교에 갔더니 아무도 모를 줄 알았던 어제 일을 누군가가 알고 선생님께 일러바친 모양이다. 선생님은 노발대발하시면서 우리를 불러내 머리에다 꿀밤 한대씩 주고는 온 학교 애들이 지나다니는 복도에다 두 팔을 들고 꿇어앉아 있게 했다. 벌 중에서도 가장 짓궂은 벌이 이런 벌이 아닌가 싶다.

선생님께 꾸중을 들은 것도 아닌데 나 혼자 서러워서 운 적도 있었다.

자연시간, 무지개에 관해 공부를 하는데 빨, 주, 노, 초, 파, 남, 보, 이렇게 일곱 빛깔로 가르쳐주시는 걸, 아무래도 내가 보아온 무지개빛과 달라서 질문을 했다.

"선생님, 하늘에 무지개를 보면 색이 더 많습니다. 제일 꼭대기는 분홍색이고, 그 다음엔 빨갛고, 밑에는 자주색이고, 주황색이고, 노랑색, 연두색 …."

이렇게 나는 일곱 색이 아니고 열네 가지 색이라고 우겨댄 것이다. 거기다가 나중엔 잘 살펴보면 스무 가지 색도 넘을 거라고 하자, 선생님은 귀찮으셨던지 장황하게 늘어놓는 내 말을 무시해 버리고 수업을 진행한 것이었다.

이 일로 인해 그날 오후 혼자서 홀쩍거리며 울었고, 며칠 동안 우울증에 걸려버렸다.

5학년 때 선생님은 조금 달랐다. 어느 날 선생님은 월사금 봉투 한 장을 주시면서 앞면에 보호자 이름과 학생 이름을 어떻게 쓰는지 6학년 선생님께 가서 알아오라고 심부름을 시켰다. 봉투 앞면에는 오른쪽으로 좀

더 굵은 줄이 그어져 있고 왼쪽 아래로 조금 가는 줄이 그어져 있었다. 봉투 뒷면은 열두 칸을 나누어 달마다 확인도장을 받게 되어 있었다.

6학년 선생님께 갔더니 줄쳐놓은 곳을 가리키면서 이쪽은 보호자, 이쪽은 학생 이름, 이렇게 가르쳐주셨는데, 나는 귀담아듣지 않았는지 거꾸로 알아버린 것이다. 담임선생님께 돌아와서 굵고 긴 줄엔 보호자 이름, 짧고 가는 줄엔 학생 이름이라고 했다. 선생님은 그대로 알고는 60명이나 되는 반 아이들 봉투에다 그렇게 쓴 것이다. 그런데 알고 보니 이름을 바꿔 쓴 것이다.

다음날, 선생님은 수업을 마치고 나서 다른 아이들 몇명을 불러 면도칼로 잉크로 써놓은 이름을 지우면서도 나한테는 한마디 말씀도 안했다. 그건 더 큰 벌이었다. 차라리 불러내 "왜 똑똑히 알아보지도 않았느냐"고 꾸지람하시고 그걸 지우는 일도 함께 시켜주셨더라면 긴 세월 두고두고 괴롭지는 않았을 것이다.

이런저런 일들로 해서 국민학교를 마치고 바로 사회생활을 했지만 여지껏 살아오면서 선생님들의 교육방법이 그다지 잘못되었다는 생각은 안했다.

어린이들은 아무것도 모른다. 모르는 것을 배우기 위해 학교에 가서 더러는 꾸지람도 듣고 칭찬도 들으면서 한 사람의 인격자로 자라게 된다.

요새는 병아리를 모두 부화기에서 부화시켜 양계장 안에다 가두어 키우기 때문에 닭들이 제 구실을 못한다. 부화기에서 깨어난 암탉은 알만 낳지 그 알을 품어 스스로 병아리를 까지 못한다. 어미닭이 둥우리에서 3주 동안 품에 품고 알을 굴리며 병아리를 깨는 그런 중요한 과정을 학습받지 못했기 때문이다.

어미닭이 직접 까서 키운 병아리는 바깥세상에서 어미가 가르쳐주는 대로 먹이를 찾는 법, 먹을 수 있는 것과 먹지 못하는 것을 골라 먹는 방법까지 배운다. 병아리들은 어미닭의 목소리를 잘 익혀 들으면서 꾸지람할 때와 예뻐해줄 때를 알아듣고 그대로 잘 따른다. 어미닭이 위험하다고 소리치면 몸을 숨기고, 괜찮다고 하면 숨어있던 은신처에서 천천히 나온다. 한달쯤 그렇게 어미닭을 따라다니며 온갖 세상살이를 익힌 병아리들은 어미 품을 떠나서 형제들끼리만 살아간다.

어미닭이 새끼들을 떠나보낼 땐 참으로 매정하다. 사정없이 쪼아버리고 근처에도 얼씬 못하게 한다. 험한 세상에 스스로 살아가도록 하기 위해서는 어쩔 수 없이 어미닭도 새끼들을 꾸중도 하고 예뻐해 주기도 하면서 가르친 뒤 어미 품을 떠나보낸다. 떠나보낼 때는 매정하지만 그것이 어미 닭의 사랑이며 교육인 것이다.

그런데 요사이 어린이들은 지나치게 부모님 품에서 귀염둥이로만 자라서 버릇없고 나약하기 그지없다. 과잉보호는 어린이의 일생을 망친다는 것을 알아야 한다. 마치 부화기에서 깨어나 바깥세상을 구경 못하고 자란 인공병아리처럼 한 사람 몫의 인격을 갖추지 못하기 때문이다. 알은 낳으면서도 스스로 새끼를 깔 줄 모르는 닭이 된다면 그 인생은 영원히 누구에겐가 의존하며 살아야 하는 노예가 되어버리는 것이다.

지난해, 어느 학교 여선생님은 가르치는 학생한테 체벌을 했다가 그 학생의 부모님께 항의를 받고 괴로워하다가 자살한 서글픈 사건이 있었다. 폭력교사가 있어서는 안되지만 사랑의 매를 대는 것은 어쩔 수 없는 일이다.

어느 고아원 원장 수녀님은 보살피고 있는 고아들 속에 있는 흑인 혼혈아한테 "야, 껌둥아 이리 와" 하면서 다그치고 있었다. 까닭을 물으니 "저도 그렇게 하는 것이 가슴 아프지만, 저 애가 사회에 나가서 어떤 수모를 당해도 견딜 수 있게 하자면 여기서 아예 모질게 가르쳐야지요" 하는 것이었다.

내 경험으로는 내가 선생님께 벌을 받고 뺨을 맞았다고 해서 그 선생님을 미워하거나 원망해본 적은 없다. 선생님은 어디까지나 선생님이다. 그 선생님들은 매만 때리고 벌만 세우는 선생님이 아니라 더 많이 따뜻하게 보살펴주시는 선생님이다. 혼마치 국민학교의 여선생님도 비록 일본인이었지만 자신이 맡은 제자들을 책임지고 가르쳐준 것으로 내 머릿속에 남아 있다.

그밖에도 어렵고 힘든 시대에 고생스럽게 가르쳐주신 선생님들을 절대 잊을 수가 없다. 복도에다 벌을 세우셨던 이아무개 선생님은 6·25 당시 흔히 그랬던 것처럼 10년이 넘게 옥살이를 하셨고, 남자이면서 무용까지 열심히 가르쳐주셨던 최아무개 선생님은 월북하셨다는 소식 외엔 아직도 행방을 모른다. 내가 학질에 걸렸을 때 5릿길을 등에 업고 집까지 데려다주신 오아무개 선생님은 피난길에서 징집당해 전쟁터에 가서 싸우다가 용케 살아 돌아오셨다. 지금쯤 교직에서 은퇴하셔서 어디서 살고 계시는지.

그림 잘 그리는 김아무개 선생님, 소풍날 난데없이 눈보라가 불어닥쳐 벌벌 떨면서 집으로 돌아오는 우리를 보시고 애처로워 눈물까지 흘리며 걱정하시던 교장선생, 6·25 폭격으로 학교가 불에 타버려 맨바닥에 가마니를 깔아놓고 새파랗게 벌벌 떨며, 그래도 "배우세, 배우세" 노래를 열심히 가르쳐주시던 여선생님, 그때의 선생님들은 이렇게 온 힘으로 아이들을 보살피고 가르쳤다.

그렇게 힘들게 배우며 자랐기 때문인지 그때의 아이들은 참으로 성실하고 씩씩했다. 그런데 요즘 아이들은 힘든 일을 견디지 못해 1년에 5백 명이 넘게 자살을 한다니 도무지 이해가 안 간다. 선생님께 꾸중을 들었다고 목을 매어 스스로 죽는 아이, 시험 성적이 나쁘다고 옥상에서 떨어져 죽는 아이, 아무리 공부가 짐이 되고 선생님의 꾸지람이 억울하다고 하지만 목숨에 비할 수 있겠는가 싶다. 스스로 옥상에서 떨어질 만한 용기가 있다면 어떤 어려움도 이겨나갈 수 있을 것이기 때문이다.

이젠 온갖 것이 돈으로 계산되는 시대가 되다 보니 사람도 물건처럼 돈으로 인격을 측정하게 되었다. 그 사람이 어떤 보람있는 일을 하는 것보다 돈을 얼마나 벌고 있는가가 더 중요하게 된 세상이다. 이러니까 학교도 값비싼 물건을 만들어내는 공장이 된 것이다. 닭을 닭으로 키우지 않고 닭고기로 키우다 보니 닭의 품성을 잃어버리듯이 사람도 사람으로 키우지 않고 돈벌이 물건으로 키우니까 아이들이 자살을 하고 심지어는 부모를 죽이고 자식을 죽이는 악마가 된 것이다.

지금 세상엔 온전한 사람이 없다. 개는 개로 키워져 개로 살아야 하고, 닭은 닭으로 키워져 닭으로 살아야 하듯이, 사람도 사람으로 키워져 사람으로 살아야 한다. 그러기 위해 우리는 훌륭한 스승이 필요한 것이다.

# 쌀 한톨의 사랑

　겨울밤 사랑방에 모인 어른들께 집주인은 종종 메밀묵을 쑤어 대접했다. 그 까닭은 긴긴 겨울밤 늦도록 이야기를 나누다 보면 배가 고파지기 때문이다. 그래서 대접하는 밤참인데 하필이면 메밀묵을 만들어주는 까닭은 오줌을 받기 위한 것이었다. 기왕이면 손님대접도 하고 보리밭에 줄거름도 찾아내자는 계산이 깔려 있었다.

　메밀묵은 90퍼센트 이상이 물로 되어 있으니 먹으면 금방 오줌이 되어 나온다. 손님들은 저마다 사랑채 모퉁이에 놓인 오줌분지에 기분좋게 오줌을 눠주는 것으로 묵값을 하게 된다.

　메밀묵이 없으면 날무도 좋고 시원한 식혜도 좋다. 오줌거리가 될 음식은 물기가 많아야 되고 밤참으로는 소화도 잘 되어 안성맞춤이다.

　돌아가신 탑골 어르신네는 알뜰한 것이 지나쳐서 염치없는 노인네로 빈축을 샀다. 왜냐면 밤참대접을 받아먹고는 절대로 갚아주지 않는다는 것이다. 오줌이 마려워지면 슬그머니 일어나 집으로 돌아가 꼬박꼬박 자기네 오줌단지에 볼일을 보기 때문이다.

　오줌 한 방울이 소중했던 옛날엔 이런 웃지 못할 일도 있었다.

탑골 어르신네는 손자들에게 가르치기를, 길을 걷다가 오줌이 마려우면 꾹 참고 있다가 집에 와서 누도록 했다. 정히 못 참을 지경이면 길바닥 아무데나 누지 말고 뉘집 밭에다 누라고 가르쳤다.

노인들이 하루 세번씩 마당을 쓸면 그 해 농사는 풍년이라고 했다. 마당 세번 쓸면 그만큼 거름이 많아지는 가르침이 들어있다. 새벽마다 개똥을 줍는 노인은 오래 산다는 속담도 같은 뜻이 담겨있다.

쇠죽에 콩을 넣어 먹이기보다 삼이웃의 구정물을 찾아다 먹이는 쪽이 훨씬 낫다는 말도, 그만큼 우리 선조들이 알뜰하게 살았다는 말이다. 이렇게 설거지를 한 구정물 한 방울도 버리지 않았던 시절도 있었다.

서울 시민이 버리는 음식 찌꺼기를 모으면 대구 시민이 먹고 살 수 있는 분량이 된다니 버려지는 음식이 아깝기도 하지만 배부른 인간들의 작태가 끔찍스럽다.

명구네 아버지가 고추모종에 물을 주러 가면서 누구한텐지 소리소리 지른다.

"가물어 빼장 말라 죽어도 싸지, 싸! 쌀 귀한 줄 모르고 흥청망청 내삐리고 있는데 하늘이 뭣 때문에 비를 내려주겠나!"

이런 말을 안 들어도 요즘 세상 모두가 하늘 무서운 줄 모른다.

어떤 아버지가 밥상 앞에서 아들이 밥알을 흘리는 것을 보고 점잖게 타일렀다.

"애야, 쌀 한톨을 거두기 위해 농부들은 일년 동안 땀 흘려야 한단다."

그러자 아들이 되받아 묻기를, "그럼, 백톨을 거두자면 백년이 걸리겠네요?" 하는 것이었다.

물론 이 이야기는 우스갯소리로 한 것이지만 요즘 젊은이들은 대부분 이런 아버지의 밥상 앞 훈계 같은 것은 코웃음으로 흘려버린다. 아이들은 버릇이 없고 걸핏하면 세대차이를 들고 나선다. X세대라고 하는 아이들은 그래서 아예 어른들의 말을 들으려고도 않는다. 이런 것이 모두 다 아이들 잘못만은 아니다. 어른들이 그렇게 되기를 원했고 그렇게 되도록 방치했기 때문이다.

농촌 인구가 줄어들고 거의 노인들만 남아있는 건 다 알고 있는 일이다. 그러다 보니 농촌엔 아이들이 없다. 어쩌다가 몇몇 남아있는 아이들도 농촌아이라기보다 도시아이로 키우고 있다.

내가 살고 있는 근처 마을에도 몇 아이들이 초등학교에 다니고 있지만 부모들은 그 아이들을 농촌아이로 키우지 않고 도시아이로 키우려 애쓴다. 도시아이들처럼 공부만 시키고 농사짓는 일은 아예 가르치지 않는다. 학교 공부가 끝나면 시내 학원까지 가서 과외수업을 받는다. 더러는 초등학교를 아예 시내로 위장전입시켜 공부시키는 학부형도 있는 모양이다.

올해 여섯살 되는 경식이는 도시에서 맞벌이를 하는 부모님을 떠나 첫돌이 지났을 때부터 시골 할머니가 맡아 길렀다. 경식이는 다섯살 때부터 면소재지에 있는 어린이 공부방에 가서 국어와 산수를 배운다. 농촌아이들도 도시아이들처럼 오락실에 가서 게임놀이를 하고 소림사 무술 비디오를 빌려다 보고 유명 연예인들을 좋아한다.

어느 산골에나 버스가 다니기 때문에 학교도 걸어다니지 않고 버스로 통학을 한다. 도시아이들처럼 복장도 깨끗하고 무더운 여름에도 양말에 꼭 끼는 운동화를 신고 다닌다. 으레 농촌아이들은 자연 속에서 자라고 있어 정서적으로 안정되어 있을 것으로 알지만 절대 그렇지가 않다. 최소한 농촌아이들이라면 산에 들에 피어나는 꽃 이름이나 새 이름은 알아야할 텐데 이 아이들은 골목길에 돋아나는 풀 이름도 모른다. 산에 가서 나무하는 아이는 물론 소를 뜯기면서 꼴을 베는 아이도 없다. 바구니를 끼고 들판에 나가 나물을 캐는 아이도 없고 시냇물에 다슬기를 줍고 통발로 고기를 잡는 아이도 없다.

농촌에서 자라면 이런 구체적인 삶이 있어야 하는데 그러지 못하니까 봄 여름 가을 겨울의 사철에 대한 감각도 별로 없다. 들길을 걷고 시냇물을 건너면서 걸어다니는 학교길은 아이들의 신체적 정신적 성장에 큰 몫이 될 텐데 5릿길, 10릿길을 그냥 버스를 타고 다니니 이래저래 손해일 수밖에 없다.

옛날 아이들은 학교가는 길, 봄이면 버들강아지를 따 먹고 호루기를 만들어 불었다. 찔레순이 돋으면 찔레를 꺾어 먹고 찔레꽃도 따 먹었다. 초여름 보리밭 사잇길을 걸으면 초록빛 바닷속을 걷는 것처럼 시원하고 향기로웠다. 보리깜부기를 따 먹고 밀이삭을 따서 비벼 먹고, 보리밭 여기저기에 종달새가 새끼치는 모습도 볼 수 있었다.

시냇가엔 박하풀이 무성하고 미나리아재비와 여뀌풀과 도깨비바늘풀이 자란다. 징검다리를 건너고 여름이면 맨발로 자갈밭길, 모래밭길을 걷는 그 감촉은 어디 비할 데가 없다. 시냇물은 어디나 한결같이 깨끗했던 그때엔 미역도 감고 목이 마르면 그 물을 그냥 마셨다. 발가벗고 미역을 감으면 온갖 고기떼가 몰려들어 배꼽을 간지르고 주둥이로 불알을 꼬집는다.

조금 넓은 강물엔 꺽지, 퉁가리, 꾸구리, 은빛 피라미, 얼룩 피라미, 모래무지 같은 물고기가 살고 좀더 깊은 데서는 가물치, 잉어, 민물자라, 메기, 뱀장어가 있다. 좀더 거슬러 올라간 얕은 시냇물엔 쟁게미, 미꾸라지, 납꾸래기, 둥미리, 금빛 붕어, 은빛 붕어, 쟁피리, 수수미꾸라지, 쌀미꾸라지가 살고, 더 깊은 산골 개울물엔 가재가 살고 버들치가 살았다.


소를 뜯기고 꼴을 베면서 사내아이들은 소가 먹을 수 있는 풀과 먹지 못하는 풀을 자연히 터득하게 된다. 여자아이들은 나물을 캐러 가서 수많은 나물 이름을 생생하게 익힌다. 냉이나물은 언제 돋아나서 언제 꽃이 피고, 냄새는 어떻고 빛깔은 어떤지, 손으로 만지고 눈으로 보고 코로 냄새를 맡으면서 냉이나물의 모든 것을 배운다. 꽃다지는 노랑꽃이 피고, 냉이는 하얀 꽃이 피고 까실쑥부쟁이는 보랏빛 꽃이 피는 것을 안다.

진달래꽃을 꺾어 꽃을 따 먹으면서 꽃맛과 냄새도 함께 배운다. 잔대를 캐 먹고 삐삐를 뽑아 먹고, 토끼똥을 보고 산토끼를 쫓아다니고 꿩알을 주으러 솔밭을 헤맨다. 억새풀에 손을 베기도 하고 가시덩굴에 긁혀 옷이 찢어지기도 한다. 가을이면 도토리를 줍고 개암열매를 따 먹고 가랑잎을 긁어온다. 바쁜 농사철엔 으레 부모님을 도와 농사일을 거들고 겨울이면 이웃 아이들과 함께 땔나무를 해온다.

이렇게 사는 것이 농촌아이들답게 사는 삶이다. 그렇게 살아야만 아이들은 학교에서 머리로만 배우는 관념적인 자연공부가 아닌 온몸으로 살아 있는 자연을 배운다. 그런데 우리 어른들은 이런 귀하고 건강한 농촌의 삶을 아이들한테서 깡그리 빼앗아버렸다.

학교에서 교과서로만 아무리 바른 생활을 배우고 가르쳐도 아이들이 자꾸 나빠져가는 것은 이렇게 자연과 격리시켜놓았기 때문이다. 어린 시절 농촌에서 자연과 더불어 살았던 아이들이야말로 건강한 바른 생활을 할 수 있다. 우리 사회가 아직까지는 그래도 이만큼의 도덕성을 유지해가는 것도 그때 자연 속에 살았던 세대가 아직도 많기 때문이다. 앞으로 10년 20년이 흘러가서 도시적 삶을 살아온 세대로 바뀌면 그때는 상상도 못할 만큼 무서운 사회가 될지 모른다.

지금 20대 중반쯤 되는 젊은이들에게 풍기는 삭막한 정서 분위기는 그들이 산업사회가 시작된 70년대에 태어나 자란 탓이다. 지난해 끔찍한 살인 범죄를 저지른 '지존파' 청년들이 모두 70년대에 태어난 아이들이다.

새마을운동이 일어나면서 빠르게 우리들의 자연환경이 망가지면서 강물이 오염되고 농약으로 들판의 벌레들이 죽어가고 전국토가 쓰레기로 뒤덮였다.

지금 20대 젊은이들은 옛날 우리들의 깨끗했던 강물을 아무도 모른다. 시냇가의 하얀 모래밭과 끝없이 깔렸던 자갈밭도, 보리밭, 밀밭도 모르고, 여름에 소 뜯기며 뒹굴고 놀았던 풀밭에 오이풀과 수박풀 향기가 그토록 향그럽던 것도 모른다.

우리가 자연을 보호하는 것은 단순히 깨끗한 물을 마시고 맑은 공기를 마시는 것 외에 모든 살아있는 것들과 함께 더불어 살아가려는 마음 때문이다. 자연은 우리에게 먹을 것과 입을 것만 주는 것이 아니라 아름다운 음악과 그림과 시를 선사해 준다.

가끔 가다가 시내서 닭장차를 만날 때가 있다. 촘촘하게 얽어놓은 철사 그물상자 안에 빼곡히 갇힌 닭들이 마지막 죽을 장소로 옮겨지고 있는 것이다.

같은 하늘 아래 태어난 목숨인데 저것들은 어쩌다 저 지경으로 죽어가야 하는지 가슴이 아파진다. 어떻게 보면 닭이란 목숨은 인간들의 먹을거리의 한 품목이지 목숨이란 벌써 전부터 없어진 거나 다름없는지도 모른다. 그들의 일생은 부화기란 기계 안에서 태어나 어미가 누군지 형제가 누군지도 모른 채 양계장 안에 갇혀 고기용과 달걀용으로 나뉘어져 인간들의 요구대로 길러질 뿐이기 때문이다.

운명이란 길들이기에 따라 정해진다는 말도 있지만, 기계문명에 길들여지는 현대 인간들이야말로 양계장 안의 닭들과 똑같은 운명일지도 모른다. 태어나서 죽을 때까지 모든 걸 기계에다 의존하지 않고는 살 수 없는 것이 현대 인간들이다. 교육이란 것도 어릴 적부터 이런 기계 속에 잘 적응할 수 있도록 길들여지는 단순한 훈련일 뿐이지 않는가.

징검다리를 위태위태 몸을 가누며 직접 건너온 아이와 자동차를 타고 훌쩍 다리를 건너온 아이 중에 어느 쪽이 진정한 강을 건너왔다고 느낄까?

손수 농사지은 곡식으로 밥을 지어먹는 사람들은 쌀 한톨에 대한 애정을 가지지만 그냥 돈을 주고 사다먹는 사람들은 먹다 남으면 쉽게 버려도 아깝지 않을 것이다. 과학문명은 모든 것을 합리적으로 생각하고 처리하려 할 뿐이지 사물에 대한 사랑은 점점 메말라갈 뿐이다.

농촌 사람들도 이런 과학문명에 길들여져서 모든 농산품을 흡사 공장에서 생산해내는 물건으로밖에 여기지 않는다. 더욱이 자본주의 시장경제는 쌀 한톨의 가치를 돈으로만 생각하게 만들었다. 그래서 과잉생산이 될 때는 땀 흘려 지은 농산물을 무자비하게 갈아엎기도 하고 불에 태워버리기도 한다.

백성의 마음이 곧 하늘의 마음이라 했지만 이제는 하늘의 마음을 가진 백성은 없어졌다. 깨진 바가지도 꿰매 쓰던 우리 어머니들은 버리는 물건이란 없었다. 그러니 아예 쓰레기란 있을 수 없었다. 그래서 강물도 깨끗했고 산과 들도 아름다웠다.

산과 들이 깨끗하고 아름다울 때, 우리들의 모습도 아름답고 살아있는 모든 것들이 아름다울 것이다.

# 효부상을 안 받겠다던 할머니

　지난 2월 5일 아마 우리집이 생기고 제일 많은 손님이 왔을 것이다. 무슨 문학상을 받는다고 이곳저곳 신문에 나자 축하하려는 손님과 무슨무슨 기자님들이 온 것이다.

　그런데 상을 받으면 기뻐야 할 텐데 벌을 받는 것만큼 괴로웠던 건 무슨 이유일까?

　상패를 가지고 서울서 일부러 내려오신 윤석중 선생님께는 대단히 죄송한 일이지만 나는 하나도 고맙지도 않고 기쁘지도 않았기 때문이다. 그래서 버릇없게도 여든다섯살이나 되는 어른께 나는 항의 비슷한 내 마음을 솔직히 말씀드렸다.

　이야기 내용은 이랬다.

　아랫마을에 살았던 영천댁은 열아홉살 때 혼례를 치르고 첫날밤도 자보지 못한 채 신랑이 죽어버려 처녀과부로 시집살이를 했다. 홀시어머니와 나이 어린 시동생과 시누이를 자식처럼 키우며 평생을 고통과 눈물 속에 살았다. 시동생이 자라 장가 보내 아들을 낳았다. 그 아들 하나를 죽은 남편 앞으로 양자를 들여 이제 맏며느리의 임무를 다하게 되었다.

　내가 한번은 아랫마을 만주댁에 볼일이 있어 갔더니, 그날 마침 영천댁한테 열녀효부상을 준다는 날이었다. 그런데 영천댁은 만주댁 뒷방에 숨어서 울고 있었다. 울면서 하는 말이 "나는 상 받을락고 이적제 고상하며 산 게 아이시더. 뱃제 가만 있는 사람 찔벅거려 마음상케 하니껴. 나는 상 겉은 거 안 받을라니더" 하는 것이었다.

동장님과 반장님이 번갈아가며 군청으로 나오라고 독촉을 했지만 끝까지 영천댁은 시상식에 나가지 않았다.

정말이지 영천댁이 살아온 칠십 평생은 그 어떤 상으로도 위로받지 못할 것이며 오히려 잊고 살았던 지난날의 고통만을 새삼 일깨워준 셈이 된 것이다.

혼례는 친정집에서 치르는데 영천댁의 남편이 그 혼례를 치르고 나서 거기서 죽었으니 신부에게는 그토록 가혹한 운명이 또 어디 있겠는가. 죄인 아닌 죄인으로 형벌처럼 살아온 평생을 열녀상 한 장으로 무얼 어떻게 한단 말인가. 영천댁 할머니에겐 그 상이 도리어 또하나의 형벌이 될 수도 있었을 것이다.

나는 윤석중 선생님께 덧붙여 말씀드렸다.

우리 아동문학이 과연 어린이를 위해 무엇을 했기에 이런 상을 주고 받는가. 차라리 우리 아동문학만이라도 상을 없애자고 했다.

윤 선생을 모시고 따라왔던 수녀님 두분과 정○○ 선생과 노○○ 선생이 내가 한 말에 화를 낸 것도 무리가 아니다. 내 편에서 화가 나 있는데 상대방이 화를 안 낼 수 있겠는가.

어쩔 수 없이 나는 윤 선생님이 주시는 상패를 어정쩡하게 받았지만 이 상을 보관해둔다는 건 영천댁의 열녀상만큼이나 내게는 형벌이다. 이래 저래 생각하다가 결국 닷새 뒤에 상패와 상금을 우편으로 되돌려드리고 나니, 윤 선생님께는 미안했지만 한 짐 졌던 짐을 덜어놓은 기분이다.

왜 세상엔 상벌이 있어야 하는지 이번 기회에 곰곰 생각해볼 수 있었다.

성서에 보면 아담의 아들 카인과 아벨이 하느님께 첫 수확으로 제사를 올렸는데 하느님은 아벨의 제사는 받고 카인의 것은 받지 않았다. 아마도 이 세상에 상벌이 생긴 최초의 사건이 아닌가 싶다.

이 사건으로 말미암아 카인은 질투심으로 동생 아벨을 죽였다. 결국 상이란 건 받는 사람도 못 받는 사람도 이롭지 못한 것이다. 인간은 누구나 스스로 성취한 노력의 대가로 만족해야지 다른 누구한테 평가받는 것은 부당하다고 본다.

똑같이 10시간을 노력해도 30점밖에 못 받는 아이도 있고 100점 이상 받는 아이도 있다. 이렇게 똑같은 시간과 똑같은 노력으로 얻은 결과에 차이가 나는 건 어쩔 수 없는 일이다. 인간세상엔 그 어느 것도 똑같은 건 없지 않은가. 능력에 차이가 나고 여건이 다르고 과정도 틀릴 수 있다.

지난해 있었던 '지존파' 아이들의 끔찍한 사건도 아마 세상의 불평등보다 부당한 평가가 빚어낸 비극이 아닌가 싶다. 갓 스무살을 넘긴 아까운 청년들이 그렇게 비참하게 사라져간 건 어떤 변명을 해도 결국 이 사회의 온당치 못한 평가 때문이다.

일등을 뽑으면 자연히 꼴찌가 생기게 마련이고 천당을 만들고 나니 지옥이 생겼다.

상을 주고 받는 일이니 신문에도 내고 많은 사람에게 알려야겠지만 세상은 그렇게 좋은 일만 있는 것이 아니다.

바로 열흘 전에 우리 이웃에선 잇따라 초상이 났다. 수근이네 아버지가 갑자기 쓰러져 죽고 순호네 할머니가 돌아가시고 규창이네 큰아버지가 쉰살의 젊은 나이로 죽었다. 온통 이웃들이 슬픔에 잠겨 있는데 우리집에 경사났다고 축하손님이 찾아왔으니 어찌 부담스럽지 않았겠는가.

그동안 몇 군데에서 상을 주겠다는 걸 미리 알려줘서 이런저런 핑계로 받지 않고 잘 넘어갔는데, 이번에는 어쩌다가 이렇게 되어버렸다. 세상 살기가 참으로 어렵고 힘들다.

내가 글을 쓰는 목적이 어디 있었는지, 사는 것이 뭣인지도 자꾸 혼란이 생긴다.

인간들 마음상태가 겨우 이 정도이니 어쩔 수 없이 하느님도 천국과 지옥이란 상벌을 정해놓고 다스려 보시는지는 몰라도, 내 생각으로는 하느님께서도 다시 한번 다른 방법을 찾아보시는 게 좋지 않을까 싶다.

　내가 아직 철이 안 들어 그런지 아니면 철이 들어 그런지 상벌이 없는 세상은 그리 어려운 건 아닐 것으로 생각한다.

# 영원히 부끄러울 전쟁

지난 음력 섣달 그믐날 밤, 늦은 시간에 전화가 걸려왔다. 받아보니 아랫마을 ㅊ씨 노인이다.

"권 선생, 나 외로워서 전화했소."

"밤중에 갑자기 외롭다니오?"

"권 선생은 혼자 살아도 고향이 있잖아?"

"하지만 아내가 있고 자식 있는 사람한테 댑니까?"

"그까짓 할마씨도 자식도 다 쓸데없소. 고향에도 못 가는데 자식이 무슨 소용있소?"

"올해 안으로 통일이 될지 누가 압니까? 통일 되면 고향에 금방 갈 텐데요, 뭐."

"이젠 다 끝장났소. 통일 같은 것 포기했소. 난 이 하늘 밑에 오직 혼자요 …"

ㅊ 노인은 흐느껴 운다. 목소리만 들어도 소주 한잔 마신 듯싶고 그래서 고향 생각이 더욱 간절해졌던 모양이다.

ㅊ 노인의 고향은 북쪽 평양이다. 6·25 때 열일곱살의 나이로 인민군에 징집당해 남쪽 군인과 여덟달을 싸우다가 포로가 된 뒤, 다시 국군이

되어 이북 형제와 삼년 동안 싸웠다. 자신의 의사와는 무관하게 이북 공산주의 사회에서 태어나 공산주의 교육을 받으며 자랐고, 인민군이 되었다가 다시 국군이 된 뒤 이남에 남아서 반공을 부르짖으며 여태 살았다. 그동안 지금 아내와 혼인해서 자식도 낳고 손자까지 봤지만 모든 게 시들할 뿐 오직 통일의 그날만 기다려왔다.

ㅊ 노인은 태어나기는 어머니, 아버지한테서 났지만 그의 인생은 분단과 6·25 전쟁이 만든 인생이었다.

"인간은 사회적 동물"이라 했지만 어떤 인간이든 그 시대와 역사를 비켜서 살아가는 인간은 없다. 더욱이 혼란과 전쟁이 잇달아 일어나는 역사 앞에서, 더러는 영웅도 되고 뜻밖의 횡재를 얻는 이도 있지만 대부분이 씻지 못할 상처를 안고 비극의 인생을 살다가 끝마친다. 수많은 고아가 생겨나고 과부가 생겨나고 신체적 정신적 장애자가 생긴다. 스스로 선택할 수 있는 여지도 없이 개개인의 운명을 극과 극으로 바꿔놓고 만다.

나는 1937년생이니 어린 시절에 큰 전쟁을 두번씩이나 겪었다. 1944년 일본 도쿄 변두리 국민학교 1학년에 다니면서 날마다 미군 폭격기 공습에 시달렸다. 수업중에도 공습경보 사이렌이 울리면 방공두건(防空頭巾)이라 부르는 솜이 두툼한 방석모자를 어깨까지 덮이도록 뒤집어쓰고는 고개를 수그리고 추녀 밑으로 몸을 숨기며 집으로 갔다. 밤에 잠자리에 들 때도 옷을 입은 채 머리맡에 방공두건과 조그만 식량보따리를 놓고 자다가 공습경보가 울리면 일어나 동네에서 공동으로 파놓은 방공호에 가서 숨었다. B29라는 미국비행기는 온통 도쿄를 불바다로 만들었다. 방공호에 숨어서 잠깐씩 밖을 내다보면 멀리 불타는 도시의 하늘이 시뻘건 핏빛이었다.

그 해 12월 우리가 살던 낡은 나가야(長屋)도 폭격으로 불타버리고 시골로 피난을 갔다. 어머니는 아껴아껴 먹던 간장단지와 어렵게 장만했던 가구들이 모두 불에 타버려 몇며칠 눈물을 흘리셨다. 이듬해 8월에 있었던 히로시마와 나가사키의 원자탄 폭격은 벌써 1년 전부터 예상하고 있었던 듯싶다. 1944년 겨울부터 원자폭탄에 대한 소문이 떠돌았다. 빛이 번쩍 하면 그 둘레 안에 있던 물건이나 사람은 고스란히 재가 되어버린다는 무서운 소문이 입과 입으로 퍼져나갔다. 앉아있던 사람은 앉은 자세로, 걷던 사람은 걷던 자세로, 모두가 일시에 정지된 채 재가 된다고 했다. 바람이 불거나 누가 건드리면 그냥 바스라져 무너져버린다고 했다.

그런 무서운 소문이 현실로 나타났을 때, 누구나가 세상이 끝난 것으로 알았다. 그러나 8월 15일 패전소식이 일본 국민들에게 원자탄에 대한 공포에서 벗어나게 한 건 사실일 것이다.

큰누나가 쿠사츠 온천에 다녀오던 길, 전차 안에서 천황의 항복소식이 라디오에서 울려나왔다. 전차가 멎고 타고 있던 사람들은 전차에서 내려 꿇어앉아 통곡을 했다는 말을 듣고 왠지 일본인들이 가엾다는 생각을 했다. 그러나 일본의 패전이 우리에겐 분단을 가져오고 5년 뒤에 비극의 동족상잔으로 이어질 줄 누가 알았겠는가?

분단조국은 많은 동포들을 이산가족으로 만들었다. 조선청년동맹에 가입했던 두분 형님은 일본에 남아 영영 돌아오지 않았고 6·25 전쟁이 일어난 뒤엔 그나마 소식조차 끊겨버렸다. '꼬마언니'라 부르며 졸졸 따라다니던 작은 형님과의 이별은 평생을 두고 한스럽게 가슴아픈 상처가 되어버렸다.

귀국동포가 대부분 그랬듯이 우리 가족도 그냥 무일푼으로 고향에 돌아와 힘든 나날을 살았다. 아버지는 남의 농토를 얻어 소작농사를 했지만 그것으로 살아가기 어려워 어머니는 행상을 했다.

"돈을 모아 소 한 마리 사서 먹이면 너희들 중학교에 보낼 수 있을 거야."

어머니는 그러시면서 정말 알뜰히 돈을 모으셨다. 어머니가 행상에 나가서 사나흘씩 돌아오지 않으면 그동안 내가 손수 밥짓고 더러는 빨래도 하면서 학교에 다녔다.

그러나 어머니의 그런 꿈은 결국 6·25가 앗아가버렸다. 큰 황소 한 마리는 살 수 있다던 돈이 통화팽창으로 강아지 한 마리도 살 수 없게 된 것이다. 그러나 그때는 살아남은 것만도 하늘에 감사할 만큼 앞으로의 희망보다 현실이 너무도 절박했다.

3개월 동안의 피난생활에서 30년을 살아도 겪지 못할 일들을 겪었다. 희한하게도 인간은 극한상황에 부딪치면 거의 무감각해지는지 도무지 곁에 총알이 날아오고 바로 건너편에 폭격을 해도 아무렇지 않았다. 가장 힘든 건 잠을 못 자고 먹지 못해 배고픈 것이었다. 밤낮 쉬지 않고 걸을 땐 폭격 따위야 조금도 두렵다는 느낌이 없고 그냥 졸음이 와서 흐느적거렸다.

처음 집에서 피난을 나설 땐 각자 보따리를 싸면서 한 가지라도 더 가지고 가려고 하다 보니 짐보따리가 커질 수밖에 없었다. 나도 내가 갈아입을 옷과 교과서 외에 고무줄 새총, 유리구슬 같은 자질구레한 것까지 싸서 등에 짊어졌다. 하룻동안은 가까스로 지고 견뎠지만 이틀, 사흘이 지나면서 보따리 속 내용물을 하나하나 버려야 했다. 학교 교과서까지 버리고 담요 한 장과 갈아입을 옷 한 벌만 남겼지만 그것마저도 나중엔 힘겨웠다.

석달 동안의 피난을 끝마치고 돌아왔을 때, 마을 모습은 별로 변하지 않았는데 사람들이 모두 변해 있었다. 서로 믿고 얘기를 나눌 이웃이 없어진 것이다. 형제끼리도 사촌끼리도 사돈간에도 입을 다물고 지냈다. 마을 남자들 중엔 모병으로 국군이 되기도 하고 인민군 의용군으로도 갔다. 토벌대로 가기도 하고 공비가 되기도 했다. 그 어느 쪽도 본인의 의사와는 다르게 서로가 적이 되어버린 것이다. 그렇게 살벌한 분위기는 여자들과 아이들한테도 미치게 되었고 가치관의 혼란은 그 당시 우리들의 정신성장에 커다란 장애가 되었다. 흰색도 검다고 가르치면 그냥 검은색으로 따라 배워야 했고 고양이가 개로 둔갑하는 세상이었다.

다니던 학교 선생님들도 국군으로 전장에 나간 분이 있고 행방불명이 되신 분, 좌익 부역자로 학살당한 분도 있었다. 무찌르자 오랑캐! 공비토벌가, 어디서 부르든지 노래는 온통 군가뿐이었다.

영수네 아버지는 공비로 붙잡혀가 소식이 없었는데, 아들 영수는 학교에서 공비토벌가를 목이 터지도록 불렀다. 그 영수는 나중에 양잿물을 마시고 자살을 했다. 경찰서에 끌려가 고문을 받고 풀려나온 김씨 아저씨가 목을 매달아 죽자 식구들은 밤중에 어디론가 떠나버렸다.

바위산 골짜기에서 학살당한 남편을 밤중에 몰래 업어와서 뒷산에 묻어준 용감한 아주머니도 있었다. 자식 둘을 자수시켰다가 오히려 변을 당한 원통한 어머니도 있었다. 월북한 남편을 찾아 산을 헤매다가 미쳐버린 아주머니도 있었다.

그렇게 6·25는 모든 인간을 인간으로 살도록 두지 않았다.

미군병사와 구급물자가 퍼져나가면서 재빨리 우리는 저절 미국문화에 물들어갔다. 시골아이들도 영어나부랭이 몇마디씩은 배워서 지껄였고, 초콜릿 맛이 어떤 것인지 그때 처음 알았다.

요즘 한국인들이 기다리지 못하고 빨리빨리를 해서 외국인들에게 웃음거리가 되고 있다는데, 이 빨리빨리의 조급성도 6·25가 가져다준 부산물일 것이다. 전쟁으로 파괴된 신작로나 다리 같은 복구공사에 남자들이 부역으로 동원되면 미군병사가 뒤에 따라다니며 "빨리빨리!" 하면서 닦달하고 있었다. 아버지들의 이런 부역일은 사흘 건너 차례차례 동원되었다.

강냉이가루와 우유가루 같은 구제품은 이 땅에 기독교 교회가 불어나는데도 한몫을 했다. 내가 살고 있는 이곳 교회당도 1951년에 창립되었다.

주일날 양재기나 빈 도시락을 들고 가면 달콤한 우유가루를 얻는 재미로 아이들은 기를 쓰고 모여들었다.


목사 붕알 땡기면 우유가루 나오고
장로 붕알 땡기면 강낭가루 나오고

기쁘다 구제품 나왔네
만백성 맞으라!

구제품이 나온다고 어디 욕심껏 얻을 수 있었던 건 아니다. 그래서 불평하는 소리도 당연히 나오게 마련이다.

전쟁이 지나간 자리엔 팔도강산에서 퍼져나온 욕설들이 가뜩이나 황폐해진 아이들의 정서에 더욱 나쁜 영향을 끼쳤다. 지방마다 고유의 사투리가 일그러지기 시작한 것도 6·25가 아닌가 싶다. 누구나 가만히 앉아서 이북사투리에서 각 지방 사투리를 들을 수 있었던 것도 전쟁 덕이었다.

이렇게 모든 것이 뒤틀린 가운데서도 참으로 올곧고 따뜻한 사람도 있었다. 사상범으로 체포되어 끌려간 어느 처녀를 같은 또래 기생이 찾아가 어떻게 사정을 했던지 풀려나왔다. 경찰에 쫓기는 이웃을 위해 위험을 무릅쓰고 숨겨주는 따뜻한 사람도 있었다.

말라리아와 결핵 같은 전염병이 만연된 것도 전쟁 탓이었을 게다. 사람과 짐승들의 죽은 시체가 산천을 오염시켰고 전쟁으로 지치고 굶주린 아이들이 쉽게 감염되어 죽어갔다.

내 어린 시절은 이래서 온통 회색 빛깔로 색칠되어 버렸다. 두번씩이나 겪은 전쟁의 상처는 평생을 두고 아물지 않았다.

내가 결핵으로 고생한 지도 벌써 마흔해가 넘었다. 이따금 지난날을 돌이켜보면 그 당시 죽어간 많은 이웃들처럼 나도 그때 죽었더라면 이런 고통스런 인생은 살지 않아도 되지 않았을 것이라는 생각도 든다.

우리들 소년 시절은 신파극 대사처럼 청춘도 낭만도 없이 그렇게 지나갔다. 1953년부터 1956년 봄까지, 나는 부산에서 살았다. 당시 중학교에 진학하지 못했던 아이들 대부분이 객지로 나갔다.

당시의 부산은 온갖 잡동사니가 쌓인 난지도 쓰레기장 같았다. 물통 속에서 살았다는 그리스의 괴상한 철인 디오게네스처럼, 모두 한뼘만한 틈바구니만 있으면 드럼통 속에도 가마니떼기 속에서도 사람이 살았다. 넘치는 것이 사람이었다. 거지, 깡패, 양아치, 석탄장수, 부두노동자, 양공주, 암달러장수, 밀수꾼, 어쨌든 살기 위해서는 인간이 할 수 있는 일은 다 했다. 그걸 크게 나누면 거지와 도둑이란 직업으로 부르는 쪽이 쉽다.

비굴하지 않으면 속이거나 공갈을 쳐야 된다. 한반도의 끝부분인 항구도 시엔 총알이 날아오는 전쟁터가 아닌데도 사람들이 계속 죽어갔다. 국제시장 화재에 이어 중앙동 초량역 기차 화재와 좌천동 화재 등 큰 불도 끊이지 않고 일어났다.

병원마다 환자들이 넘쳐나 교통사고로 죽은 사람을 병원 뜰에서 톱으로 잘라 사망원인을 알아냈다. 그런 끔찍한 구경거리는 얼마든지 있었다. 영주동 양공주 골목길에 가면 대낮에도 별것 다 볼 수 있고 거기서 조금 내려가면 암달러시장이 있다. 처음 보면 눈이 뱅뱅 돌아 어지럽지만 익숙해지면 그냥 그렇다.

석탄가루를 시커멓게 묻히고 석탄자루를 이고 다니며 팔던 아주머니도 나들이를 할 때는 양단저고리에 '비로도' 치마를 입고 나간다. 마릴린 먼로가 나오는 〈나이아가라〉 영화간판이 걸린 극장 앞은 백 미터가 넘게 줄을 서 있다.

아무것도 감춰진 것이 없어 차라리 전쟁은 인간의 가장 정직한 행동을 그대로 보여주는 살아있는 연극일지 모른다.

나는 틈만 나면 책을 읽었다. 신문 연재소설에서 시장바닥에서 파는 삼류 대중잡지까지 닥치는 대로 읽고 읽었다. 내 소년 시절은 눈과 귀로 들어올 수 있는 것은 무엇이나 받아들였다. 완전히 잡식동물이 되었던 것이다.

음식도 그렇다. 요즘도 누가 뭐 먹고 싶은 것이 없느냐고 물으면 언뜻 대답을 못한다. 음식에 대한 미각도 어릴 때부터 길들여져야 하는데 나는 병을 앓으면서도 절대 음식투정을 해보지 못했다. 무엇이나 그게 그런 맛으로 먹을 뿐이다. 입는 옷도 그렇고 잠자리도 아무데나 쭈그리고 누우면 잠이 든다.

〈양철북〉이란 영화의 주인공 소년 오스카는 성장을 거부하면서 어른들의 작태를 계속 주시하는데, 나는 일찍 체념한 탓인지 쓰레기장에서 그 쓰레기처럼 함께 묻혀 사는 쪽이 더 편했다. 오히려 깨끗한 것이 불편하고 싫다. 깨끗한 것이란 이 세상에 존재조차 하지 않는다고 불신해 버린

탓일지도 모른다.

지금도 잠자리에 누워 눈을 감으면 지난날 어두웠던 그림들이 끝도 없이 스치고 간다. 일본 도쿄 시부야의 좁은 골목길에 모여 살던 사람들, 세상에 빈민(貧民)이란 말만큼 성스러운 것도 없을 것이다. 아무것도 가진 것이 없는 사람들은 하늘을 마음대로 쳐다본다. 부끄럽지 않기 때문이다. 그런 빈민들이 살던 골목길엔 국경도 없고 인종차별도 없다.

찐동야(광대)집 딸이었던 하나코 누나와 시장 모퉁이 삼류 영화관에 가는 즐거움, 빈터에서 어둡도록 숨바꼭질하면서 놀던 애들, 오시카사마 신사(神社)에 축제가 있는 날은 야시장도 함께 열린다. 온 동네 애들이 몰려가서 공짜로 모든 것을 구경했다. 꽃밭처럼 환한 칸델라 불빛과 거기 펼쳐놓고 파는 물건들, 1전씩만 가지고 가면 대나무로 만든 딱총 하나씩은 살 수 있다. 누나들은 밤 12시가 넘도록 기다렸다가 군고구마를 떨이로 사온다.

전쟁만 없었고 폭격만 없었으면 가난한 그 동네에 평생을 살아도 좋았을 게다.

사회의 구성원은 인간들이다. 인간들이 모여 사회를 만들고 국가를 만들고 역사도 만든다. 결국 인간은 인간의 힘으로 건강한 사회를 만들고 건강한 역사를 만들어가야 한다. 건강한 사회와 역사 안에서만이 건강한 인간으로 살아갈 수 있기 때문이다. 인간 구원은 하늘의 신(神)이 하는 것이 아니며 인간 구원은 어디까지나 인간 스스로의 힘으로 할 수밖에 없다.

남미의 코스타리카는 세계에서 유일하게 군대가 없다고 한다. 범죄가 없어 감옥은 비어있고, 대통령은 지배자가 아니라 진정한 국민의 일꾼이다. 군대가 없고 범죄가 없는 나라라면 그야말로 지상천국이다.

불한당(不汗黨)이란 글자 그대로 땀 흘리지 않고 남의 것을 등쳐먹는 패거리들이다. 제국주의는 이렇게 땀 흘리지 않고 등쳐먹는 이들이며 남에게 피눈물을 흘리게 하는 자들이다. 그들은 끊임없이 최첨단 무기를 생산하고 더욱 강한 군대를 만들고 최고 전술을 익힌다.

어쩌면 6·25 전쟁은 어떤 제국주의 국가에 의해 개발된 최첨단 전술에 의해 일어난 잔인한 학살극이었는지도 모른다. 남침도 북침도 아닌 원격 조종에 의한 약소국의 비극이다.

아비와 자식이 서로 총구멍을 맞대고 싸우는 전쟁도 전쟁일까? 공비가 되어 숨어다니는 아비가 있고 그 자식은 멋도 모르고 공비토벌가를 목청껏 불러대는, 그런 잔인한 비극이 또 어디 있을까?

나는 몇편의 6·25 전쟁을 다룬 동화를 썼지만 어떤 소명의식이나 대단한 애국심으로 쓴 것이 아니다. 단지 잘못된 것에 대해 "아니오"를 말하고 싶었고 그런 동화를 통해서나마 작은 희망을 가져보고 싶었을 뿐이다.

지금 생각하면 이런 것도 어리석고 부질없는 것이며 또 한번 누구를 속이고 있지나 않은지 회의가 생긴다. 몇권의 책이 출판되면서 인세라는 걸 받을 때마다 그렇고, 전쟁을 팔아먹는 장사꾼처럼 느껴진다. 왜냐면 전쟁이란 괴물은 글을 쓰는 사람들에겐 그야말로 굉장한 얘깃거리를 제공해 주기 때문이다.

6·25의 비극은 아직도 진행되고 있고 앞으로도 언제까지나 그 후유증에 시달릴 것이다.

어쩔 수 없이 나도 평생을 6·25의 압박감에서 헤어나지 못할지 모른다. 내가 6·25를 일으킨 것도 아닌데도 왠지 부담스럽고 부끄러움을 떨쳐버리지 못하기 때문이다.

# 꽃을 꽃으로만 볼 수 있는 세상이

"우리 시에서 95년도 봄에 안동댐 주변에 벚꽃거리를 만들어 관광자원을 조성하고 2000년대를 향한 안동 발전에 기여하여 우리의 고장을 아름답게 가꾸고자 합니다."

위의 글은 이곳 어느 지방신문에다 안동시장님의 이름으로 알리는 광고문의 머릿부분이다.

10년이면 강산이 변한다니까 8·15 해방 50주년이면 강산은 다섯번이나 변한 셈이다. 강산이 변하면 민심도 함께 변하는지, 벚나무 심기운동을 시장님의 이름으로 신문에다 광고까지 하게 되었으니 기뻐해야 할지 슬퍼해야 할지 갈피가 안 잡힌다. 50년 전 일본이 이 땅에서 물러간 뒤, 너도 나도 애국자가 되어 그들이 남긴 흔적들을 몰아냈다. 그 중에서 거의 싹쓸이하다시피 베어낸 것이 바로 벚나무였다. 벚꽃은 일본의 국화이고 단결과 희생정신을 표상으로 삼고 있다. 일본은 수많은 청년들을 전쟁터로 보내면서 이 벚꽃정신을 심어주며 천황을 위해 희생을 강요했다.

이런 정신이 담긴 벚꽃을 한국의 고궁이나 학교같이 사람이 많이 모이는 곳에다 심은 것은 우리 한국을 일본화하기 위한 중요한 정책이었을 것이다. 그러니까 이 땅에 심어놓은 벚나무는 무조건 베어내는 것이 상책이었다. 아마 보지는 못했지만 주먹을 불끈 쥐고 입술을 깨물며 베어냈을 게다.

이런 벚나무를 50년이 지난 오늘, "우리 고장을 아름답게 가꾸기 위해" 심으려고 한다.

사실 벚꽃은 아름답다. 다른 모든 꽃들과 똑같이 벚꽃도 꽃으로만 보면 이렇게 우리 땅 어느 곳에나 심어 아름답게 가꿀 수가 있다. 꽃이 무슨 죄가 있단 말인가? 벚꽃이 일본의 국화라고 해서 일본인들이 만들어낸 것도 아니고 여느 꽃나무처럼 벚꽃도 이 땅에 자라고 꽃피고 시들어 죽어가는 목숨일 뿐이다.

그런 꽃에다가 인간들이 멋대로 불순한 사상이나 의미를 붙여 전쟁에까지 이용한다는 건 처음부터 말이 안된다.

김태정 씨가 쓴 《우리 꽃 백 가지》에서 보니 일본인들이 가장 좋아하는 왕벚꽃은 원산지가 우리나라 제주라고 한다. 그리고 보니 봄에 가장 많이 피는 꽃은 진달래 다음으로 산벚꽃일 것이다. 안동에서 충주까지 가는 국도변 산을 바라보면서 차를 타고 가면 분홍빛 산벚꽃이 진달래보다 훨씬 눈에 띄게 피어있다.

8·15 해방 당시, 벚나무를 베게 되었던 이유는 충분히 이해하지만 벚꽃을 일본의 꽃이라고 해서 계속 미워하고 배척해서는 안될 것이다. 오히려 벚꽃은 우리 삼천리강산에 태어나서 자라온 우리 꽃이니 우리 쪽에서 더 사랑하고 아끼며 가꿔가야 하지 않겠는가?

앞서도 말했지만 꽃은 어디까지나 꽃일 뿐이지 거기 무슨 불순한 사상이 묻어있단 말인가.

10·26 사태 때, 일을 저지른 김○○가 이곳 안동에 있는 모교에다 기념식수로 심었던 나무도 똑같은 수난을 겪었다. 대통령을 죽인 죄인이 심은 나무라고 해서 아무것도 모른 채 자라고 있는 나무를 베어낸 것이다. 그 나무가 무슨 나무이고 몇년이나 자랐는지는 모르지만 인간들이 저지른 불행한 역사에 애꿎은 나무까지 수난을 당해야 한다는 건 과연 옳은 일인

지 묻고 싶다.

재작년에 서울 어느 대학교에 장승을 세워둔 것을 누군가 밤중에 몰래 잘라버렸다. 뒤에 알고 보니 기독교를 믿는 같은 학교 학생의 짓이라고 했다. 성서의 십계명에 보면 "너를 위하여 새긴 우상을 만들지 말고, 또 위로 하늘에 있는 것이나, 아래로 땅에 있는 것이나, 땅 아래 물 속에 있는 것의 아무 형상이든 만들지 말며, 그것들에게 절하지 말며, 그것들을 섬기지 말라"라는 말이 있다.

아마 장승을 잘라버린 기독교인인 그 학생들은 십계명의 이 말 때문에 일을 저지른 모양이다. 참으로 대단한 믿음을 가졌고, 용기있는 학생이라 칭찬받아도 될 만한 행동일지 모른다. 하느님이 싫어하는 우상을 베어버렸으니 얼마나 용감한 일인가?

그런데 이 학생들이 그 뒤에 다른 장승이나 무슨 형상을 베어내거나 부숴버렸다는 소식은 못 들었다. 기껏 나무토막으로 만든 장승 한 쌍을 베어낸 것으로 하느님의 충성스런 자녀는 될 수 없을 텐데 말이다. 이 땅에는 사람이 만들어낸 오만 가지 형상들이 발에 밟힐 만큼 널려 있는데도 왜 그것들은 그냥 내버려두는 걸까? 작게는 사람 모양의 인형에서 동물 인형들이 있고, 나라마다 도시마다 위대한 인물들의 동상이 있고, 옷가게 유리 진열장엔 마네킹도 있다. 유럽의 유명한 박물관에는 셀 수 없이 많은 조각품이 있고 아시아의 불교국가엔 절집마다 부처님상을 모셔놓고 있다.

어느 부흥목사님은 미국에 대한 찬양을 하는데, 짧은 역사 가운데서도 하느님의 축복을 가장 많이 받은 나라라고 했다. 광활한 국토와 아름다운 자연환경과 청도교들이 신천지를 찾아가 개척한 기독교국가라고 했다.

미국이 대단한 나라라는 건 국민학교 아이들도 안다. 가장 부자나라이고, 과학문명이 가장 발달한 나라이고, 월트 디즈니의 만화의 나라, 에디슨과 링컨과 마이클 잭슨이 있고, 람보 영화가 있고 우주항공사가 있고,

나이아가라 폭포가 있고, 하늘을 나는 슈퍼맨이 있고, 없는 것 없이 온갖 것이 다 있는 나라다.

그런 나라인 미국 뉴욕에는 높이 46미터나 되는 자유의 여신상이 우뚝 서 있다. 미국독립기념 백년제에 프랑스인들이 만들어 기증했다는 이 거대한 여신상은 과연 세계인의 자유를 지켜주는 신이 되는 걸까? 성서의 십계명에 이 자유의 여신상은 무엇으로 해명될 것인가? 한국의 장승과 이 거대한 여신상의 차이는 무엇일까? 크기의 차이일까? 아니면 프랑스의 유명한 조각가가 만든 예술적 가치 차이일까?

자유의 여신상은 미국과 그 외의 인류의 자유를 지켜주는 수호신인 반면 장승은 기껏 한국의 조그만 시골마을만 지켜주는 초라한 지킴이란 차이일까?

어쨌든 장승을 토막내어 잘라낸 그 기독교 학생은 왜 어마어마한 자유의 여신상은 그냥 두고 보고만 있는 걸까? 미국까지 가서 부숴버릴 만한 용기는 없는 것일까? 거기까지 갈 비용 때문일까? 그것도 저것도 아니면 하느님도 크고 힘센 것은 눈감아주는 사대주의자이신가? 작고 초라하고 만만한 것만 없애라고 하시는 걸까?

우리는 88올림픽을 치른 자랑스런 나라라고 한다. 올림픽은 옛 그리스인들이 제우스신에게 제사의식으로 치렀던 벌거숭이 남자들의 힘겨루기다. 지금도 4년마다 열리는 올림픽 성화는 그리스의 신전에서 채화되어 옮겨온다. 장소와 시간은 다르지만 옛 그리스 올림피아제를 그대로 이어 전세계인들의 축제가 된 것이다.

프랑스의 어느 여배우가 한국 대통령 앞으로 개를 잡아먹지 않게 하라는 편지를 보냈단다. 그 여배우의 개 사랑에 대한 마음씨만은 고맙게 생각하지만, 그 여배우는 자신이 입고 있는 털외투와 털목도리, 신고 있는 가죽구두는 무엇으로 만든 것인지 알고 있는 걸까? 매끼 식사 때면 무엇을 먹고 있는 걸까?

독신을 고집하는 어느 여자분이 "먹지 않고는 못 살지만 성행위는 안 해도 죽지 않는다"고 했다. 정말 그렇다. 이 세상엔 참고 견디면 괜찮은 것이 있지만 먹을 것만은 절대 참는다고 되지 않는다. 먹는 것이란 물과 공기만 빼놓고는 모두가 살아있는 목숨을 잡아먹어야 한다. 더러는 살생을 않으려고 채식만 하는 스님들도 있지만 식물도 목숨이 있는 한 살생을 면치 못한다.

개만 잡아먹지 않는다고 우리가 완전할 수 있다면 그보다 더 쉬운 일이 어디 있겠는가? 송아지 노래를 부르고, 삐약삐약 병아리를 예쁘게 노래부르는 아이들 뱃속에 쇠고기 소시지가 들어있고 닭고기 튀김이 들어있다면, 그 예쁜 노래의 의미는 어떻게 해석해야 할까? 우리 인간은 모두가 이렇게 뻔뻔스런 동물인 것이다. 누가 누구를 보고 먹는 것에 대해 비판할 수 있겠는가. 알맞게 먹고 먹은 만큼 내 것도 남에게 내어주는 공생의 도리만 안다면 더이상 어쩌겠는가. 그 여배우는 한국사람들의 개고기보다 더 야만스런 살인전쟁 쪽으로 관심을 두는 게 좋지 않을까?

지금 세계는 크고 작은 전쟁으로 억울한 사람들이 얼마나 많이 죽어가고 있는가. 크게는 영토전쟁에서 민족전쟁, 종교전쟁, 경제전쟁에서 마약전쟁까지, 작게는 집안싸움으로 권력싸움에서 쓰레기싸움까지 온통 싸움뿐이다.

가장 어처구니가 없는 것은 민족간의 전쟁과 종교전쟁이다. 이라크와 터키 사이에서 오도 가도 못하는 쿠르드족의 항쟁을 보면 나라 없는 서러운 민족에 대한 동정심이 간다. 그들은 어쩌다가 자기네가 살 수 있을 만큼의 땅을 확보하지 못했는지 안타깝기 때문이다. 왜 인간들은 국가라는 것을 만들어 땅덩어리에다 금을 긋고 국경을 만들었을까?

아프리카 소말리아, 르완다의 내전은 아무래도 강대국들의 세력다툼에 휘말려든 대리전쟁으로 보인다. 약자는 약자들끼리 화합하며 살아야 할 텐데, 강대국들은 왜 그렇게 도와주지 못하고 있는 걸까?

아시아의 여기저기서 일어나고 있는 종교전쟁은 나름대로 역사적 지리

적으로 골깊은 이유가 있지만, 유럽 최고의 문화도시 사라예보의 전쟁은 아무래도 이해가 안 간다. 그들에게도 역사적 상처와 앙금은 있을 테지만 왜 극복할 수 없었을까? 인간들의 감정은 높은 지식으로도, 문화예술로도, 종교로도 해결할 수 없으면 결국 이 모든 것이 왜 필요한 걸까?

아름다운 도시가 불에 타 잿더미가 되고, 수천년간 축적해온 문화유산인 도서관도 불에 타버렸다. 평화의 상징인 올림픽경기장은 전쟁으로 목숨을 잃은 젊은이들의 무덤으로 가득 차 버렸다. 사이좋던 이웃이 원수가 되고 같은 학교에서 공부하던 친구끼리 총을 겨누며 죽이고 죽었다. 사라예보의 참상은 문명의 허구성이 그대로 발가벗겨진 것에 지나지 않은 것일까? 인간이란 동물은 아무리 모양을 내고 고상한 척 몸부림쳐도 결국 본성이 드러나면 이런 악마로 둔갑하는 걸까?

얼마 전 서울에서도 최고의 지성인이라 인정받고 있는 대학교수가 아버지의 목에 칼을 꽂아 죽인 사건이 있었다. 이유는 돈 때문이라고 했는데 아버지를 죽이고 얻은 돈으로 무엇을 하려고 한 것일까? 그는 기독교인이었고 불교를 믿던 아버지와 종교적 갈등이 있었다고도 한다. 어떤 내용의 갈등인지는 모르지만 죽이고 싶도록 미워지는 종교적 갈등이면 그런 종교는 믿을 이유가 없지 않을까? 종교의 가르침이 불교이든 기독교이든 서로 죽이기까지 미워하라고 가르치진 않았을 것이지 않는가?

세르비아의 기독교인도 보스니아 회교도들을 아예 전멸시켜 버린다고 벼른다. 세르비아 기독교의 하느님은 총칼로 다른 종교인들을 죽여 없애 버리라고 가르친단 말인가. 과연 그렇다면 그런 기독교는 종교가 아니며 그런 하느님은 옳은 하느님이 아닐 것이다.

우리나라엔 오래 전부터 전해오는 아름다운 나무꾼 형제 이야기가 있다. 형제는 하루하루 산에서 나무를 해다 팔아 가난하게 살았는데 어느날 길에서 금덩어리 두 개를 줍는다. 형제는 사이좋게 하나씩 나누어 가졌는데, 나룻배를 타고 강을 건너다가 갑자기 동생이 금덩이를 강물에 던져버린다. 놀란 형이 왜 버리느냐고 황급히 묻자 동생은 이렇게 대답한다. "형님, 여태까지는 아무 욕심 없이 마음 편하게 살았는데 갑자기 금덩어리를 가지게 되자 마음이 이상해졌어요. 형님이 가진 금덩어리까지 욕심이 생겨 괴로워 그만 강물에 던져버렸어요. 버리고 나니 제 마음이 다시 평안해졌어요."

동생의 말을 들은 형도 역시 "그래, 안 그래도 나도 똑같이 마음이 이상해졌단다. 네가 없었으면 저 금덩어리를 내가 다 차지할 텐데 하는 욕심이 생겨 괴로웠다."

그러면서 가지고 있던 금덩이를 강물에 던져버렸다. 두 형제는 다시 이전처럼 가난한 나무꾼으로 돌아가 사이좋게 살았다는 이야기다. 참으로 아름다운 이야기다. 세상에 수만 가지 이야기가 있지만 이 이야기보다 아름다운 이야기가 어디 있을까? 부처님의 말씀인 팔만대장경도 그렇고, 하느님의 말씀인 성경책 66권도 결국은 가난한 나무꾼 형제처럼 살라는 가르침이 담겨있는 것이 아닌가?

세상에 내 것 남의 것이 어떤 것인가? 왜 내 것에만 만족하지 못하고 남의 것을 탐내는 것일까? 나라란 무엇이고 민족은 무엇이고 종교란 무엇인가? 나하고 다른 것은 왜 없어져야 한다고 생각할까?

진정한 행복이란 무엇일까? 많이 차지하고 편리하게 사는 것이 행복일까? 남을 죽이기까지 하면서 나만이 편하고 많이 먹고 입고 사는 것이 정말 행복일까?

일본은 왜 한국의 왕벚꽃을 자기네 꽃이라 부르며 고약한 생각까지 불어넣어 제국을 꿈꾸는 것일까?

어느 분이 쓴 책 이름에 "일본은 없다"라고 했는데, 일본사람은 자기네 것이 너무 없어서 남의 나라 꽃마저 자기네 것이라 나라꽃을 삼고 좋아하는 걸까? 그렇게 하면서 부끄러운 생각이 안 드는 걸까? 왜 일본인들은 함께 살자는 생각은 안 하는 것일까?

원자병으로 10년간 앓으면서 천 마리의 학을 접으며 살아나려고 애를 쓰다 죽은 사다코란 소녀에 대한 불쌍한 마음은 왜 안 가질까? 결국 따지고 보면 사다코를 죽인 건 누구일까?

나라를 사랑한다는 건 과연 어떤 것일까? 군대는 왜 있어야 하는 걸까?

부끄럽게도 우리 대한민국엔 남북의 군사가 이백만이 넘는다고 한다. 그것도 같은 동족끼리 땅을 가르고 서로 총구멍을 맞대고 50년간을 적이 되어 살아왔다. 우리의 처지가 이러니 남의 잘못 같은 걸 어떻게 나무라고 욕할 수 있겠는가? 결국 우리는 우리 집안문제부터 해결해야 하지 않을까?

미국의 어느 대통령이 했다는 말을 우리 대통령이 되풀이해서 들려준 적이 있었다. "국가가 그대를 위해 무엇을 해주기 전에 그대가 국가를 위해 무엇을 해야 할까 생각하라."

참으로 좋은 말이다. 어느 나라 백성이든 이 말을 새겨 살면 그 나라는 영원히 망하지 않을 것이다. 그런 나라에 살고 있는 국민도 결코 불행하지 않을 것이다.

그런데 국가라는 것이 과연 개개인의 백성이 원하는 대로 한다고 그냥 들어주었던가? 일본의 백성들이 모두가 원해서 태평양전쟁을 일으켰는가?

우리의 분단 50년사도 마찬가지다. 6·25 전쟁도 우리 국민 개개인이 나라를 위해 일으킨 건 절대 아니지 않은가? 정말 국가(정부)가 국민이 국가를 위해 일하려 하는 것을 그냥 들어줬다면 남북통일은 벌써 전에 이뤘을 것이다. 우리 국민 한 사람 한 사람이, 우리 남북의 젊은이들이 진정 국가를 위해 일할 수 있고, 그 일을 하도록 국가가 허락한다면, 지금 당장이라도 이백만이 넘는 남북의 병사들은 총을 집어던지고 모두가 탈영병이 되는 것이다. 과연 남북의 국가가 이것을 그냥 보고만 있어 줄까? 정말 국민이 국가를 위해 하고 싶은 일을 하도록 허락하는 국가가 있기나 하는 걸까?

모든 종교인들도 마찬가지다. 부처님이든, 알라이든, 예수님이든 칼을 들게 하는 종교는 종교가 아니다.

나는 한국의 젊은이들과 일본의 젊은이, 그리고 세계의 젊은이들에게

두 손 모아 빌고 싶다. 인류를 사랑하고 자연을 사랑하고 국가를 사랑하는 것에 대해 잠시만 돌이켜 생각해보았으면 한다. 우리가 지금 진정한 나라사랑을 하고 진정한 종교인으로 살자면 어찌해야 할까? 하루살이는 걸러내면서 낙타는 통째로 집어삼키는 그런 무지한 젊은이로 살고 있지나 않는 걸까?

꽃을 꽃으로만 보지 않고 불순한 사상을 멋대로 붙여놓고 이기적인 종교관 국가관을 가지고 살고 있지는 않는 걸까?

베를린 장벽은 사람의 손으로 쌓았다가 다시 사람의 손으로 헐었다. 이처럼 자신이 가진 종교가 장벽이 되고, 자신이 생각하는 국가관과 모든 사상이 장벽이 되어 인간을 해치고 있다면 지체하지 말고 과감히 헐어버릴 수밖에 없지 않는가?

꽃을 꽃으로만 볼 수 있는 순수의 눈을 가질 때, 이 세상의 모든 장벽은 허물어져 사라질 것이다.

# 서태지와 아이들

　'서태지와 아이들'의 〈컴백 홈〉을 듣고 가출했던 청소년들이 집으로 돌아오고 있다는 신문기사를 봤다. 부모님들과 선생님들이 그토록 타이르고 설득해도 듣지 않던 아이들이 '서태지와 아이들'의 노래에 쉽게 집으로 돌아올 수 있었던 건 어째서일까. 이것도 일종의 기성세대에 대한 반항심리일지도 모른다.

　청소년들뿐만 아니라 인간은 누구나 자기와 다른 부류의 사람을 싫어한다. 더욱이 자신보다 높은 위치에서 고압적인 자세로 가르치고 설득하려는 윗사람의 말을 고분고분 들어주고 싶은 사람은 아무도 없다. 살기 위해 어쩔 수 없이 직장 상사나 고위직에 있는 분께 머리를 숙이지만 어디까지나 하나의 관례 때문이다.

　'서태지와 아이들'은 이 시대 청소년들에게 구세주다. 서태지는 울타리를 헐어버렸다. 사슬에 매였던 강아지와 코뚜레에 꿰였던 송아지가 그 굴레를 벗어던지고 뛰쳐나온 것이다.

　〈시대유감〉에서 불뚝 하는 소리가 "그 되게 시끄럽게 구네 / 그렇게 거만하기만 한 주제에 / 거짓된 너의 가식 때문에 / 너의 얼굴 가죽 꿈틀거리고 나이든 유식한 어른들은 …." 이렇게 반항하고 있다. 서태지가 흡사

장돌뱅이 차림으로 무대 위에서 광대춤을 추며 이런 노래를 부르면 청소년들은 온통 팔을 내저으며 소리지른다. 함께 반항의 대열에 동참하는 것이다. 어떻게 보면 애처롭기까지 한 그들의 모습에 한숨이 나온다.

이 시대 청소년들의 구조적 삶은 한계에 도달했는지 모른다. 빈틈이 없다는 말은 숨쉴 만한 공간도 남아있지 않다는 뜻이다. '서태지와 아이들'은 입에 마스크를 하기도 하는데 그렇게 숨막히도록 입을 막고 코를 막고 살아가는 자신들의 처절한 삶을 온몸으로 절규하는지도 모른다. 그들은 무대 위에서, 관중석에서 하나가 된다. 청소년들이 하고 싶었던 말을 대신 해주고 대신 몸부림쳐주는 서태지는 청소년들의 분신이다.

건전한 사회는 아래 위와 힘이 대등해야 한다. 물은 위에서 아래로 흐르지만 어딘가 끝이 있고 그 끝에서는 다시 위로 올라가기 때문에 물의 생명이 지속되는 것이다. 아이들은 자라면 어른이 되고 그 어른이 늙어 사라지고 또 새로운 아이가 태어난다. 개인의 삶은 일회성으로 끝나지만 인류는 물처럼 지속·순환의 과정을 거치면서 성장해간다. 위 아래가 그대로 고정된 채 움직이지 않는다면 양쪽이 모두 썩어버린다. 순환은 자연의 섭리다.

이 땅에서 영구집권이나 독재를 했던 사람치고 자기 명대로 산 사람이 없다. 5·6공의 권좌에 앉았던 사람들이 모두 법의 심판을 받게 되었다. 그들은 순리를 어겼기 때문이다.

우리 사회는 오랜 탄압정치로 뒤틀릴 대로 뒤틀려버렸다. 정직한 삶보다 요령과 수단이 훨씬 유리한 조건이 된다.

〈1996, 그들이 지구를 지배했을 때〉. 서태지는 한술 더 떠서 아예 도전적이다.

"그는 모든 범죄와 살인을 만들었어 / 그리고 지금 이 순간에도 사람을 죽이고 있어 / 전쟁 마약 살인 테러 그 모든 것을 기획했어 / 여기저기 찔러넣은 까맣게 썩어버린 돈들 / 돈으로 명예를 사고 친구를 샀던 썩어버린 인간들 / 정복당해 버린 지구에서 / 쓰러져 가버리는 우리의 마음 …."

대중 노랫말치고는 충격적이다. 이런 노랫말이 순서도 질서도 없이 나열된 것은 작사자가 서툴러서인지 일부러 비틀리게 만든 건지 알 수 없다. 마구 나오는 대로 총알처럼 쏘아대는 말들이다.

어른들에 대해, 사회에 대해 공격하고 비웃고 혜집는다. 올 데까지 와버린 세상에 대해 욕을 해대는 것을 어쩌겠는가. 이렇게라도 그들의 마음이 풀리고 위로받는다면 다행일 수밖에 없다.

그러나 비판만 한다고 다 되는 게 아니다. '서태지와 아이들'도 그런 어른이 금방 되기 때문이다. 서태지가 어른이 된 다음의 세상은 그럼 어떻게 되어야 하는가. 10년 뒤면 '서태지 세대'도 이렇게 욕을 얻어먹을지 누가 알겠는가.

그래도 청소년들은 꿈이 있어야 한다.

욕했던 사람이 다시 욕을 얻어먹는 그런 악순환은 그만 끝내야 하는데 그럼 어떤 대안이 있을까. 서태지의 다음 노래가 똑같이 욕만 해댄다면 서태지의 노래는 설 자리를 잃을 것이다.

# 쥐주둥이 찧는 날

올해 병자년 첫 쥐날(上子日)은 정월 초사흘이다.

옛날 이곳 안동지방 농촌에서는 해마다 이 날이 되면 아침 일찍 여인들이 빈 디딜방아를 가볍게 찧으면서

쥐주둥이 찧자
쥐주둥이 찧자 …

하고 노래부르듯이 외운다.

이렇게 하고 나면 그 해 일년 동안은 쥐들이 주둥이가 아파 아무데나 아무것이나 함부로 갉아대지 않는다고 한다.

그게 사실인지는 모르지만 그렇게 믿고 편안한 마음으로 한 해를 살아가는 건 참으로 지혜로운 발상이다.

농촌에서 쥐는 그야말로 큰 골칫거리이다. 그것들은 인정사정없이 닥치는 대로 곡식이 담긴 것이면 뒤주문이건 봉태기건 바가지건 구멍을 뚫어놓는다.

그런데도 쥐에 대해서 그다지 미운 감정을 가지지 않는 것은 무엇 때문

일까? 미워해 봤댔자 그 많은 쥐들을 모조리 잡아없애지 못할 테니 아예 체념을 해버렸는지도 모른다. 그래서 그 말썽꾸러기 쥐지만 할 수 없이 사람과 더불어 함께 살아가는 식구처럼 생각하게 된 모양이다.

병아리를 채가는 소리개나 까마귀를 쫓기 위해서는 해마다 깊이 감춰 뒀던 삐쩍 마른 죽은 새를 꺼내어 장대끝에 걸어놓는다. 참새떼를 쫓기 위해서는 나락논에 허수아비를 세운다. 이렇듯 쥐를 몰아내는 방법으로 는 빈 디딜방아지만 꽝꽝 찧으면서 으름장을 놓는 수밖에 없지 않는가? 그것도 몸뚱이 전부를 찧는 게 아니라 겨우 주둥이만 아프게 해놓으면 된 다. 굳이 죽일 것까지는 없는 것이다.

비록 소중한 곡식을 축내고 살림그릇을 갉아 못쓰게 만들어도 이런 사 소한 피해는 더불어 살아가는 자연의 섭리에 비하면 아무것도 아니다.

농촌에 전해 내려오는 옛날이야기에도 쥐를 미워하기보다 쥐를 사랑하 고 보호하자는 생각이 담긴 것이 대부분이다.

옛날 어느 부잣집 곳간에 쥐가 들끓어 하인들이 곡식만 대강 꺼내고 불 을 질러버리자고 했다. 그러자 주인 대감님이 말하기를 "아니다. 그것들 도 새끼를 낳고 식구들을 거느리고 살아가는데 어떻게 불을 질러 죽여 없 애겠느냐? 곡식이 좀 축이 나더라도 그냥 두어라" 하는 것이었다.

이래서 쥐들은 계속 그 부잣집 곳간에서 살게 되었는데, 어느 날 달이 휘영청 밝은 밤에 곳간 쥐들이 모두 주인집 마당에 나와 한 줄로 줄을 서 서 대감님 방 쪽을 향해 자꾸 절을 하는 것이었다. 이상하게 생각한 대감 님은 집 밖으로 나와 이만치 걸어오는데 갑자기 지진이 일어나 집이 무너 져내렸다.

쥐들은 이렇게 자신들을 살려준 대감님께 은혜를 갚은 것이다.

요즘 과학자들은 쥐나 돼지 같은 짐승들이 기상변화에 민감하게 반응 하는 것에 관심을 두는데, 옛이야기에도 이런 것이 전해지고 있으니 우리 도 주변에 살고 있는 생명에 대해 피해만 준다는 생각을 버렸으면 한다.

만일 누구 말대로 "뭇 생명 가운데 사람만이 가장 귀하다"고 해서 다른 목숨을 함부로 취급한다면 그보다 어리석은 짓은 없을 것이다. 이 땅 위의 생명들은 수십억년을 거치면서 새로 태어나기도 하고 멸종해 사라지기도 하면서 현재와 같이 균형잡힌 모듬살이를 이루게 되었다. 어느 하나가 피해만 끼치고 어느 하나가 이롭게만 하는 것이 아니라 서로가 조금씩 희생을 하면서 함께 살게끔 되어 있다.

그런데 언제부터인지 이런 균형잡힌 모듬살이를 인간이 깨뜨리기 시작한 것이다.

쥐를 잡기 위해 쥐약을 놓고 보니 쥐만 죽는 게 아니라 능구렁이와 족제비도 따라 죽었다. 잡초를 없앤다고 제초제를 쓰고, 벌레를 잡기 위해 살충제를 뿌리고 나니 땅속 미생물까지 죽고 강물이 오염되어 물고기마저 사라졌다.

잘 쌓아올린 아름다운 탑에서 받침돌 하나만 빼버려도 균형을 잃고 전체가 무너져내린다. 이 세상 목숨은 그 어떤 것도 소중한 제자리를 지키고 있을 때 사람도 살아갈 수 있는 것이다.

과학은 인간에게 편리를 가져다주고 무지에서 눈뜨게 했다. 하지만 과학의 남용은 인류를 파멸로 몰아갈 것이다.

빈 디딜방아를 찧으면서 쥐주둥이에 상처를 준다고 믿는 것은 절대 미신도 아니고 무지도 아니다. 오히려 정신적 삶의 풍요를 가져다주는 가장 과학적인 생활방식일지 모른다. 함께 살아가는 데는 조금씩 속아주는 지혜도 필요한 것이다. 굳이 디딜방아가 아니더라도 작은 절구공이나마 쥐주둥이 찧기는 이어졌으면 싶다.

# 새소리가 들리던 시골 오솔길의 아이들

아침에 일어나 방문을 열고 나가면 온갖 냄새가 난다. 외양간에서는 쇠똥 냄새가 나고 두엄 냄새와 뒷간 냄새, 닭장에서는 닭똥 냄새가 난다.

쇠죽 솥에서는 구수한 쇠죽 냄새, 정지에서는 어머니가 짓고 있는 밥 냄새, 국 냄새, 이렇게 시골집 아침은 갖가지 냄새로 우리들의 코를 자극하고 그것들이 온몸에 배어버린다.

봄날, 학교길엔 푸릇푸릇 돋아나는 새싹들 냄새, 꽃 냄새, 강물에 서려 퍼지는 비릿하고 상큼한 물 냄새, 버들꽃과 보리밭, 밀밭에 불어오는 바람 냄새, 거기다 지저귀는 종달새 소리, 산비둘기 소리, 멀리 지나가는 기차 소리, 땡땡땡 울리는 학교 종소리, 어느 것 하나 따뜻하고 정겹지 않은 것이 없다.

맨발에 고무신을 신은 발은 아직은 시리지만 이슬이 깔린 골목길을 빠져나가 논둑길 밭둑길, 시냇물 돌다리를 건너고 하얀 자갈밭길을 걸으면서 발바닥의 촉감이 달라진다. 걸어 걸어 가다 보면 두꺼비도 만나고 보리밭 고랑에 숨어있던 고슴도치도 만나고, 갓 깨어난 산새 새끼새도 만난다. 맑은 시냇물에 헤엄치는 온갖 물고기들은 또 얼마나 정다운가.

좁은 논둑길에 한 줄로 걷고 넓은 강변길은 흩어져 서로 다투며 달려가고, 봇도랑은 훌쩍 뛰어 건너고 돌다리는 곤들곤들 위태롭게 건너간다.

측백나무 울타리와 수양버들이 싱그러운 학교 운동장, 조그만 목조건물의 교실과 지붕 위의 참새들, 치마저고리를 입은 예쁜 여선생님과 무릎이 튀어나온 바지를 입은 남자 선생님, 가끔씩 어느 교실에서 흘러나오는 풍금 치는 소리, 이른 아침 학교는 언제나 깨끗했다.

옛날 국민학교 6년을 시골학교에 다녔던 사람들은 거의가 이런 경험들을 가지고 있을 것이다. 30대 후반 이상 되는 분들은 고향을 잊지 못하고 가슴에 따뜻한 심성이 남아있는 것은 그나마 어린 시절 시골의 정서가 배어있었기 때문이다.

국민소득 1인당 1만 달러를 넘겼다고 으스대는 사람들이 좀더 정신을 차리고 뒤돌아보면 과연 우리는 경제성장의 뒤편으로 잃어버린 소중한 것이 몇갑절이나 더 많다는 것을 깨달을 것이다. 돈이면 다 된다는 세상에 결코 돈으로는 살 수 없는 소중한 것이 있다는 것도 알아야 한다.

라디오나 텔레비전 방송에서 교육프로그램이 나오는 것을 보면 어떨 땐 오히려 비교육적인 것이 많았다. 초등학교 어린이가 1년 동안 책을 수백권을 읽었다고 칭찬하는 내용이라든가 어느 열린 학교에서는 교실바닥을 모노륨으로 깔고 교실마다 수세식 화장실이 있어 냄새가 안 나고 편리하다는 것들이다.

책을 많이 읽는 것은 좋은 일이지만 초등학교 어린이가 1년에 4백권, 5백권씩이나 읽은 것은 결코 올바른 독서교육이 아닐 것이다. 끼니마다 먹는 밥도 알맞게 먹어야지 너무 많이 먹으면 배탈이 나듯이 책읽는 것도 적당해야만 한다. 내 생각 같아서는 열흘에 한 권 정도, 1년에 30권만 읽어도 충분하지 않을까 싶다.

도시아이들은 아파트에서 살고 자동차를 타고 학교에 다닌다. 집에 있으나 길에 나가나 학교에 가나 똑같은 모양과 똑같은 냄새 속에 산다. 콘크리트와 아스팔트와 자동차에다 잠시도 한눈을 팔다가는 어떻게 될지 모를 위험한 환경에서 살고 있다. 이런 환경에서 아무리 편리하고 냄새

안 나는 화장실이 있다고 해서 진정한 교육이 이루어질지 궁금하지 않을 수 없다. 아무리 수준 높은 시설이나 교육방법을 동원해도 그건 열린 교육이 될 수 없고 참된 인간교육도 불가능하기 때문이다.

아이들은 성장과정에서 필요한 감각기능을 충족시켜야 하는데 지금의 도시 환경은 모든 것을 끊어버리고 차단시켜 버렸다. 들판에 불어오는 바람 냄새, 풀향기 꽃향기, 거기다 결코 더럽다고 외면해서만은 안되는 풋풋한 거름 냄새도 맡아가며 자라야 한다. 눈으로 보는 온갖 자연의 빛깔과 살아있는 것들의 움직임, 그것들이 뿜어내는 정겨운 소리는 인간이 꾸며낸 어떤 고등교육으로도 될 수 없는 것들이다.

동물원 우리 안에 가두어놓고 키우는 짐승과 들판에서 마음껏 뛰놀며 자라는 짐승과 어느 쪽이 더 건강하고 아름답게 자라겠는가? 아이들이 자연에서 자라야 한다는 건 당연한 것이다.

# 아이들이 알몸으로 멱감던 시절

10년쯤 전 일이다. 그 해 여름, 장마가 그치고 오랜만에 날씨가 활짝 개었다. 우리집 옆으로 나있는 작은 개울엔 넘치게 불어난 물 속에서 마을 아이들이 물놀이를 하고 있었다. 크고 작은 아이들이 한데 어울려 웃고 떠들며 한껏 신나 있었다.

나는 방 안에서 아이들이 놀고 있는 소리만 듣고 있자니까, 어느 때쯤 인지 바로 우리집 마당에서 누가 큰 소리로 가위바위보를 하고 있었다. 궁금해서 창문으로 슬쩍 내다봤더니 마당 앞에 놓인 고인돌이라고 하는 커다란 바위 위에, 연탄가겟집 혜진이와 구판장 앞집 윤수가 팬티만 입은 채 마주앉아 열심히 가위바위보를 하고 있었다.

계속 호기심이 생겨 보고 있으려니 가위바위보는 머슴애 쪽인 윤수가 져버렸다.

"꺄앗!" 혜진이는 환호소리인지 비명소리인지를 질렀다.

"어서 벗어! 어서 벗어!"

알고 보니 둘은 가위바위보를 해서 지는 쪽이 팬티를 벗어 보이는 이상하고 얄궂은 놀이를 한 것이었다. 둘은 동갑내기에다 같은 4학년이다.

나는 어처구니가 없어 "저것들이 철이 있는 건지 없는 건지 …" 그렇게 생각하면서 계속 내다보자니까 팬티 앞쪽을 움켜쥐고 쩔쩔매던 윤수가 느닷없이, "한번 진 것으로 어디 보여준댔니? 삼세판 해서 두번 이겨야지. 한번 더 해! 한번 더 해!" 하면서 우겨대었다.

혜진이는 절대 안된다고 몸을 흔들어대며 맞섰지만 할 수 없었다. 결국 윤수 말대로 가위바위보는 다시 시작되었다. 윤수는 조금 기가 죽은 듯이 자신 없어 보이는데 반대로 혜진이는 악착같았다. 이번에도 윤수가 져버렸다. 다급해진 윤수는 벌떡 일어나 달아나려 하는데 혜진이는 재빨리 윤수의 팬티 꽁무니 쪽을 붙잡고 늘어졌다. 얼굴이 빨개진 윤수는 간신히 혜진이의 잡고 늘어진 손을 뿌리치고 달아났다.

"이 머슴애야!"

혜진이는 악을 쓰며 뒤쫓아갔지만 둘은 아이들이 떠들며 놀고 있는 물속에 들어가자 여태 있었던 일은 금방 잊어버렸다. 다른 애들과 뒤섞여 웃고 떠들며 물장구치며 즐겁게 논다.

나는 그런 모습을 보면서 아이들의 노는 모양도 많이 변했구나 싶었다. 30년 전 아이들은 꿈에도 생각할 수 없는 놀이였기 때문이다.

그런데 10년이 지난 지금 아이들은 또 어떻게 변했을까? 지금 아이들도 혜진이나 윤수처럼 여자아이 남자아이 마주앉아 누가 보든 말든 가위바위보를 해서 팬티 벗어 보이기를 할 수 있을까? 요새는 모두 철저하게 감추고 사는 세상이다. 겉으로는 모든 게 다 열린 세상 같지만 오히려 닫아버리고 감추는 것이 얼마나 많아졌는가.

5, 60년대까지만 해도 산골 머슴애들은 팬티라는 게 없었다. 바지만 벗으면 그냥 알몸이었다. 그런 알몸으로 냇물에 멱감고 모래장난을 했다. 만약 요즘도 그렇게 한다면 풍기문란죄로 잡혀갈지도 모른다. 인위적인 개방과 자연적인 개방은 이렇게 큰 차이가 난다.

10년 전, 혜진이와 윤수는 그래도 때묻지 않은 농촌에서 자란 세대이다. 그 애들은 3킬로미터나 되는 학교길을 걸어다녔고, 봄이면 언니들을 따라 나물 캐러 가고 밭에 나가 김매는 일도 거들었다. 냇물에 빨래를 했고 아스팔트길이 아닌 흙을 밟고 살았다.

지금 혜진이와 윤수는 다 자라 혜진이는 대학에 다니고 윤수는 직장에 나가는 성실한 청년들이 되었다. 아마도 이 아이들은 농촌에서 자란 마지막 세대일지 모른다. 그 사이 10년 동안 농촌은 도시나 다름없이 변했기 때문이다.

우리 마을엔 명석이와 용성이가 초등학교 4학년에 다니고 그 아래로는 내리 3년째 초등학교 입학생이 없는 상태다. 농촌아이들도 이제 버스로 통학을 하고 과외공부를 하러 학원을 다닌다. 말로만 시골이지 생활 자체는 도시아이들과 똑같다. 명석이와 용성이는 10년 전 혜진이네 아이들처럼 그런 놀이는 절대 못할 것이다. 중국 무술영화 비디오를 직접 빌려다 보고 가까운 시장 모퉁이 전자오락실에서 게임놀이를 한다.

냇물은 오염이 되어 멱감을 곳도 없고 밭에 나가 농사일을 거들지도 않는다. 소풀도 뜯지 않고 모내기도 모른다. 여름에는 양말을 신고 운동화를 신는다. 흙을 만지는 것은 못 배운 아버지 세대에서 끝내야지, 절대 자식들에겐 농사꾼의 설움을 대물림하지 않겠다는 어른들의 결심은 더욱 농촌아이들을 자연에서 격리시키고 있다.

윤구병 선생님의 《실험학교 이야기》를 보면 이런 대목이 있다.

"시골아이들은 젖먹이 때를 빼면 부모가 따로 크게 돌보지 않아도 저절로 자란다. 부모가 일터에 나가 땀 흘려 일하는 동안에 자연이 품에 안아 기르는 것이다. 여름에는 매미가 자장가를 불러주고 가을철에는 엄마가 밭에서 돌아올 때를 귀뚜라미가 알려준다. 엄마를 대신해서 삽사리가 볼을 핥아주고 고샅길을 아장걸음으로 나서면 거위가 꽥꽥거리면서 길라잡이 노릇을 자청한다. 아이의 살갗에 닿는 것, 코와 입, 귀와 눈에 닿는 것 가운데 아이들을 해칠 만한 것이 거의 없다. 풀잎에 종아리를 베거나 가시가 손바닥에 박히는 정도가 고작이다."

하지만 윤 선생님이 쓴 이런 농촌은 30년 전까지는 가능했지만 지금은 절대 아니다. 고샅길에 거위가 꽥꽥거리며 다니지도 않고 아이를 핥아주는 삽사리(토종개)도 없다. 개는 모두 외국종 송아지만한 도사견 같은 큰 것이 아니면 발바리라고 부르는 작고 앙칼진 개뿐이다. 그것도 모두 목을 매달아놓고 키운다. 고샅길엔 경운기가 다니고 승용차와 트럭도 다닌다. 깨진 유리병조각과 깡통과 플라스틱 비닐조각이 널려있다. 한가로이 우는 매미소리 귀뚜라미소리도 사라졌다.

몇년 전, 우리 마을 앞으로 아스팔트가 깔리고 그 해 여름, 밤새 비가 내린 뒤 나가봤더니 길바닥에 온통 개구리들의 시체가 깔려 있었다. 길을 건너다가 자동차 바퀴에 깔려 죽은 시체들이었다. 보기에도 끔찍했지만 온통 숨막히게 나는 비린내는 농촌의 종말을 그대로 말하고 있었다.

과수원과 고추밭에 뿌리는 농약은 그대로 썻겨내려가 시냇물을 온통 농약으로 흐려놓아 물고기들이 떼죽음을 당한다. 메뚜기와 잠자리들이 퍼득거리며 죽는 모습을 보면 농촌이 삭막하다 못해 살벌해지기까지 한다. 이젠 농촌은, 삶의 터전으로서 농촌은 없다. 그냥 먹을 것을 생산해내는 식품생산단지로 변한 것이다.

2백년 전 프랑스 청년 루소는 모든 사람들은 자연으로 돌아가라고 외쳤다. 그리고 그보다 더 먼 옛날 2천년 전에 예수는 사람들이 거듭나 들의 나리꽃처럼, 하늘을 나는 새처럼 살라고 가르쳤다. 그리고 또 그 이전에 중국의 노자와 장자도, 인도의 석가모니도 인간의 문명에서 벗어나 자유인이 되라고 했다. 하지만 인간들은 한사코 그 소리에 귀기울이지 않았다.

이젠 절집에서도 교회에서도 하늘나라 이야기는 하지 않는다. 어떻게 하든 더 많이 가져야 하고 더 앞서가야 하고 싸워 이겨야 산다고 가르친다. 그래서 올림픽에 나가 1등 하도록 빌고 입시에 합격하도록 빌고 취직과 득남과 국회의원에 당선되기를 비는 장소가 되어버렸다.

어떻게 보면 사람이 하고 있는 이런 종교나 교육도 자연에 위배되는 반칙행위인지도 모른다. 교육은 점점 사람을 왜소하고 옹졸하게 만든다.

어느 미술대학 학생이 농촌 산에서 자라는 꽃과 나무를 그리자니 어떻게 생겼는지조차 몰라 쩔쩔매고 있었다. 미술대학 학생뿐만 아니라 어떤 전공분야를 공부해도 현장에서 살아가면서 터득한 우리 농민들만큼 자연을 알지 못할 것이다.

평생 나룻배를 젓는 뱃사공이 어느 날 점잖은 신부님을 배에 태웠다. 신부님은 열심히 사공에게 천국에 가는 길을 설교하였다. 배가 강 한가운데쯤 왔을 때, 사공이 신부님을 떼밀어 물에 빠뜨려버렸다. 그러고는 혼자서 유유히 배를 저어가는데 물에 빠진 신부님이 허우적거리며 살려달라고 애원을 했다. 뱃사공은 배를 돌려 허우적거리는 신부님을 건져올려 다시 배에 태워 강을 건너드렸다. 그러고는 신부님께 말했다.

"이까짓 강물 하나도 헤엄쳐 못 건너면서 그 먼 천국 가는 길을 어떻게 가르칠 수 있습니까?"

지금 학교에서 가르치는 선생님들은 모두 20년, 30년 전 농촌에서 살아온 세대일 것이다. 선생님들이 그때 경험했던 생활정서에 비하면 요즘 아이들의 메마른 가슴을 어떤 방법으로 순화시켜줄지 막막할 것이다.

21세기 경제대국을 위해서는 인간교육을 포기해 버려도 되는 것일까?

# 사라져가는 것들에 대한 슬픔마저도

꿩터레기 뽑자
닭터레기 뽑자

이건 꿩을 잡거나 닭을 잡는 노래가 아니다. 송기(소나무 껍질)를 벗겨
먹을 때 부르는 노래다.

정이월이 지나고 삼월이면 농촌에는 보릿고개가 시작된다. 이때가 되
면 아이들은 산으로 들로 나간다. 얼었던 시냇물이 녹아내리고 산에는 맨
먼저 참꽃이 핀다.

배고픈 아이들이 처음 먹는 것이 참꽃이다. 벌거숭이 야산에 참꽃은 지
천으로 핀다. 한줌씩 꽃을 따서 한입에 넣고 씹으면 달짝한 맛이 아무리
먹어도 물리지 않는다. 실컷 따 먹고는 가지째 꺾어 꽃다발을 가득 안고
집으로 온다.

참꽃이 지고 나면 빼기뿌리가 있다. 떡쑥의 한 가지인 빼기뿌리는 겨울
동안 통통하게 살이 쪄 있다. 갓난애기 손가락 굵기의 작은 뿌리지만 껍
질을 벗기면 하얀 살이 참 깨끗하다. 입에 넣고 씹으면 상큼하게 달다. 열
뿌리쯤만 캐 먹으면 점심요기는 된다.

빼기뿌리에 싹이 돋아나 노랑꽃이 피어버리면 뿌리는 살이 모두 없어지고 꼬장꼬장 질긴 심지만 남는다. 그때쯤 되면 들판에는 다른 먹을 것들이 더 많아진다.

겨우내 얼음으로 덮였던 무논에 올미싹이 돋는다. 올미뿌리는 줄기가 하도 여려서 호미로도 캘 수 없다. 올미싹이 돋을 때쯤이면 아시논을 간다. 동네 아이들은 어떻게 알고 논갈이를 하는 무논으로 몰려간다. 논갈이를 하는 주인은 아이들이 쟁기 뒤를 따라다니며 희끗희끗 물 위로 떠오르는 올미를 줍느라 법석을 떨어도 절대 성가시게 보지 않는다.

콩알만한 하얀 올미뿌리를 한움큼씩 건진 아이들은 가까운 개울물에 가서 깨끗이 씻어 하나씩 씹어먹는다. 올미뿌리는 물기가 많은 알밤맛이다.

이때쯤 시냇가에서는 버들강아지가 핀다. 떡버들강아지는 질기지만 쌀버들강아지는 연하고 달다.

송기를 꺾어 먹을 때는 찔레순이 돋고 삐삐도 뽑아 먹는다. 모래강변엔 띠뿌리가 있고 풀무꽃줄기나 고수대풀이 난다. 모두가 날것으로 먹는 풀이다.

이 중에도 가장 많이 먹고 보릿고개에 없어서는 안되는 것이 송기다. 큰 소나무 둥치의 껍질은 낫으로 벗겨와서 가마솥에 삶아야만 떫은 맛도 빠지고 껍질이 연해진다. 아이들이 날것으로 먹는 송기는 어린 소나무의 가는 막대기와 아직 솔잎이 달린 볼펜자루보다 가는 이년생쯤 되는 곁가지다. 죽죽 곧은 막대기 소나무는 한창 자라나는 웃순이어서 어른들이 절대 못 꺾게 말린다. 그래서 가늘고 보드라운 곁가지 송기를 먹는 방법을 가르쳐줬다.

볼펜자루보다 약간 더 가는 곁가지는 어른 손으로 한뼘 길이밖에 안된다. 그걸 버들피리 만들 때 껍질을 틀어 뽑듯이 뽑으면 솔잎이 주렁주렁 달린 채 통째 뽑힌다. 그걸 위쪽 한 끝을 잡고 무릎에 대고 가볍게 몇번 두들기면 솔껍질은 더욱 후줄근해진다. 그렇게 무릎에다 두들기면서 부르는 노래가 바로 송기 회쳐먹기 노래이다.

　　꿩터레기 뽑자
　　닭터레기 뽑자


　후줄근해진 솔껍질을 한쪽 손에 들고 한쪽 손으로 솔잎을 하나하나 아랫쪽으로 훑어내리듯이 뽑으면 하얗게 뱀허물처럼 흐늘흐늘한 속껍질만 남는다. 그걸 한입에 넣고 잘근잘근 씹으면 솔향내가 향기롭고 달다.
　먹을 것이 부실했던 그 시절, 아이들이 영양실조에 걸리지 않고 산과 들을 뛰고 달릴 수 있었던 힘은 바로 이렇게 자연 속에 가공하거나 오염되지 않은 먹을 것이 있었기 때문이다.
　요즘 아이들은 너무 먹어서 그런지 덩치는 크면서도 백 미터 달리기도 힘겨워한다. 체력검사에서 8백 미터를 다 못 달리고 죽는 아이들도 있다니 한심한 일이다.
　요새 오십대 이상 되는 노인들은 옛날 어려웠던 시절, 참으로 어떻게 살았을까 생각만 해도 끔찍하다고 한다. 그러면서 하는 말이 "그때는 그래도 사람답게 살았지" 한다.
　살강댁 할매는 요새는 먹을 게 이렇게 많아도 왜 맛이 없느냐고 푸념이시다. 꽁보리밥에 풋고추를 된장에 찍어 먹어도 꿀맛 같았고 삶은 호박에 볶은 콩가루를 더북더북 묻혀 먹으면 얼마나 맛이 있었던가? 초가을 풋수수를 잘라다 꾹꾹 찧어 어레미에 내려 풋콩을 까 넣고 쑨 수수풀떼기는 최고의 건강식품이었다.
　마시고 싶을 때는 어느 때나 두레박으로 시원한 물을 길어다 먹고 맑은 개울물에 마음껏 빨래하고 미역감던 시절이 자꾸 그리워진다고 한다.
　"그놈의 공출과 전쟁만 없었더라면, 그리고 6·25 전쟁만 없었더라면…"
　지지난해 세상을 뜨신 담뱃집 할아버지는 이야기를 시작하면 끝도 없다. 일제시대 징용에 갔다온 일부터 8·15 해방에서 6·25 전쟁까지 몇 고개나 어려운 고비를 넘기며 살아온 이야기니까 끝이 없을 수밖에 없다. 몇번이고 죽을 고비를 넘기면서 그래도 여태 살아있다는 것을 고마워했다. 정지골 논 두 마지기를 손수 괭이로 일구었고, 그 논을 물려줄 아들자식이 태어났을 때 가장 행복했다고 하셨다. 큐슈탄광에서 일하던 때와 6·25 전쟁 때 인민군에게 부역을 했다가 죽도록 얻어맞았던 일이 제일 고통스러웠다.

"내 이야구 다 해줄 테니 책으로 한번 써봐라" 하시던 할아버지는 마지막 3년을 백내장으로 앞을 못 보시다가 돌아가셨다.

이 할아버지가 원하셨던 것은 결코 고래등 같은 기와집에서 하인을 거느리고 호의호식하며 살아가는 사치스런 것이 아니었다. 초가삼간에다 처자식 거느리고 들에 나가 흙을 만지며 일하는 소박한 삶이었다.

이곳 마을 노인들을 보면 대체로 평생 농사일을 부지런히 했던 이들이 훨씬 건강하시다. 반대로 형편이 좀 나았던 노인들은 그만큼 노동을 안한 편이고 그래서 건강하지가 못하다.

우리 속담에 "일해서 죽은 무덤은 없다"는 말이 있다. 흙과 더불어 일을 하는 것은 최상의 건강비결이다. 거기다 약간씩 부족하게 사니 모든 일에 지나치지 않는다. 부자가 될수록 더욱 욕심이 생기고 과식을 하면 오히려 건강을 해치기 때문이다.

행계댁 할머니는 평생 동안 고기를 잡수시지 않았는데도 팔십을 바라보는 나이에 지금도 지게를 지고 산을 오르신다. 할머니가 잡수시는 끼니를 보면 옛날 어려운 시절에 먹던 음식과 조금도 다르지 않다. 다른 것은 깡조밥 대신 쌀밥을 먹고 있다는 것뿐이다. 그것도 아주 양이 적고 반찬은 시래기국이나 된장찌개다. 멸치 대가리 하나 없다.

사람의 행복은 편리한 것, 풍요로운 것이 다가 아니라, 조금씩 불편하고 조금씩 부족한 것이 훨씬 행복할 수 있다. 거기다 농촌 사람들은 죄를 짓지 않는다. 죄를 지을 아무런 여지가 없기 때문이다. 식구끼리 이웃끼리 사소한 다툼은 있지만 사람 살아가는 데 그 정도는 오히려 생활의 활력소가 된다. 아이들은 싸우면서 자란다고 하지 않는가.

지난 추석날은 이곳 마을 노인들에겐 아주 침통한 명절이었다. 윤기네 집 골목 막다른 집 석이네 할머니가 음독자살을 했기 때문이다. 그것도 추석을 사흘 앞두고 일어난 끔찍한 일이었다.

농약을 타서 마신 그릇은 수돗가에 놓여 있었고 할머니는 방 안에 쓰러져 숨져 있었다. 그러니까 할머니는 수돗가에서 약을 타 마시고 방으로 들어가 그대로 숨진 것으로 모두 추측하고 있었다.

아들딸 8남매를 둔 할머니를 모두 복받은 할머니라 했지만, 그런 석이네 할머니도 자식들을 모두 타관으로 보내고 3년 동안 혼자 살아왔다.

"세상이 다 그런 거 할 수 없지." 노인들은 자식에 대한 원망보다 모두 세상 탓으로 말한다. 그 세상은 끝도 없이 맹목이 되어 경제성장 일변도로 치달으며 가장 소중한 인간의 보금자리인 가정이란 둥지마저 파괴해버렸다. 노인들뿐만 아니라 사람 쉴 곳이 없는 세상이 된 것이다.

나는 그동안 이 좁은 산골 마을에서 수없이 많은 사람의 죽음을 겪었다. 늙고 병들어 죽는 것은 어쩔 수 없지만 스스로 생을 마감하는 자살이라는 극단적인 죽음을 볼 때마다 정말 왜 살아야 하는가 싶은 분노 같은 것이 치민다.

오계골댁 할머니가 방앗간 서까래에 목매 죽어 장례식을 치른 뒤, 할아버지는 양잿물을 마시고 세상을 떴다. 아랫마을 동촌댁 할머니가 소주에다 수면제를 타서 마신 뒤 숨지자, 1년 동안 할아버지는 나날이 수척해지더니 할머니와 똑같이 수면제를 마시고 숨을 거두었다.

금실댁은 거꾸로 할아버지가 먼저 농약을 마시고 숨지자 나머지 농약을 따라 마시고 돌아가셨다.

이 세 쌍의 노인들은 모두 겉보기엔 자식들과 화목한 듯 살고 있었다. 죽음에도 무슨 예의가 있겠는가마는 이 세 쌍의 노인들의 자살에 대해 의견이 각각 달랐다. 오죽했으면 약을 마시고 죽었겠느냐는 동정심을 가지기도 했지만, 왜 남은 자식들 가슴에 못을 박고 불효자를 만드느냐는 지탄도 했다. 죽은 노인들인들 그렇게 죽기까지 얼마나 많이 괴로워했겠는가? 우리가 그분들의 죽음에 대해 이러쿵저러쿵 무슨 판단을 할 수 있을까?

어쨌든 노인들은 자식과 함께 살든 떨어져 살든 평생 동안 그분들이 지켜왔던 자리를 다 빼앗긴 것이다. 노인들이 할 일이란 아무것도 없다. 하기 좋아 노인정에 모여 놀면 그것이 최상의 즐거움이라 할지 모르지만 할 일이 없고 갈 데가 없으니 어쩔 수 없이 모여서 십원짜리 화투놀이로 시간을 보낸다. 그것마저 싫은 노인들은 하릴없이 길거리에 우두커니 앉아 있다.

"일이 없으니 사는 게 사는 것 같지도 않아."

정식이네 할머니는 그렇게 멍하니 길거리에 앉아있다.

치매노인이 늘어나는 이유도 바로 노인들에게 할 일이 없어졌기 때문이다. 순태네 할머니 경우는 이렇다.

할머니는 아주 자존심이 강하고 그만큼 매사에 철저하고 야무졌다. 길쌈을 하고 손수 바느질을 하던 시절만 해도 할머니는 특별하게 인정받는 그런 위치에 있었다. 디딜방아가 없어지고 바느질과 길쌈이 없어지면서 할머니는 점점 구석으로 밀려났다. 호미를 들고 밭에 나가 김을 매려 해도 제초제가 모든 걸 해결해 버린다.

할머니는 방황하기 시작했다. 우리집에 가끔 찾아오시면 갓 시집온 새댁 시절부터 이야기를 늘어놓는다. 열일곱살까지 키운 아들 하나가 윤감(장티푸스)을 앓다가 죽어버려 할머니도 따라 죽으려고 지붕 위에서 뛰어내렸다는 이야기까지 오면 눈물 콧물이 뒤범벅이 되신다.

"그때 왜 죽지 않고 살았는지? 왜 살아가주고 이 고생이이꺼?"

한국의 노인들치고 누구 하나 기구하지 않은 인생이 없겠지만 할머니의 평생은 더욱 기구했다. 할머니는 빠르게 늙어갔다.

노신의 소설 〈축복〉에 나오는 산림수 아주머니 같은 외로운 인생이 되어갔고 점점 실성해지면서 자리에 누웠다. 똥오줌을 가리지 못하는 것을 스스로 알게 되었을 때, 할머니는 먹는 것을 거부했다. 할머니는 그렇게 쉽게 돌아가셨다.

인생의 끝은 스스로 할 일이 없어졌을 때, 그래서 뒷구석으로 밀려났을 때다. 그렇게 되면 굳이 뇌사상태까지 안 가도 죽은 것이나 마찬가지이다. 일이 없어 우두커니 앉아있는 노인들의 고통은 차라리 죽어버리기만 못할지도 모른다. 그러나 평생을 일하면서 산 사람이야말로 가장 행복한 인생을 살았다고 보여진다.

문명이란 것이 농촌으로 밀려들기 전에는 열살쯤만 되면 일을 하기 시작했다. 아이들은 먼저 스스로의 놀잇감을 자기 손으로 만든다. 팽이를 깎아 만들고 연을 만들고 썰매도 만든다. 보리짚으로 여치집도 만들고 댕댕이를 걸어 종다래끼도 만든다.

좀더 자라면 일감이 개인적인 데서 가족을 위한 것으로 옮겨간다. 꼴을 베고 소를 뜯긴다. 지게를 지고 나무를 해오고 밭을 매고, 좀더 크면 논갈이 밭갈이까지 한다. 솜씨가 점점 늘어나면서 온갖 농기구를 스스로 만든다. 멍석을 만들고 왕골을 심어 자리를 치고, 방앗공이를 다듬고 베틀 연장도 다듬는다. 돌담을 쌓고 초가삼간짜리 집도 손수 짓는다.

남자들이 그런 힘든 일을 배워갈 동안 여자들은 좀더 섬세하고 잔손질이 가는 일을 한다. 소꿉살림을 모으는 일부터 시작하면 안방살림살이는 모두 여자들이 책임진다.

여자애들이 산과 들로 나가서 나물을 캐면서 평생 동안 익히는 식물에 대한 식견은 어떤 전문가보다 훨씬 깊다. 보통 식물학을 전공한 사람도 시골 할머니들만큼 한 포기 풀에 대해 다양한 지식을 갖추기란 어렵다.

한 가지 예를 들면 달래나물은 어떤 곳에서 어느 때 캐면 가장 맛이 있는지를 책상머리에서 공부한 사람은 절대 모른다.

지금은 목화밭이 없어졌지만 달래나물은 목화밭에 자라는 것이 가장 알이 잘 영글고 깨끗하다. 그것도 이른 봄 달래싹이 바늘처럼 보일 듯 말 듯 돋을 때 캐면 한 구덩이에서 새알 같은 달래뿌리가 한움큼씩 나온다.

요사이 시장에서 팔고 있는 달래는 시퍼런 달래잎이 20센티가 넘고 알뿌리가 작다. 원래 달래는 이름 그대로 잎을 먹는 것이 아니라 알뿌리를 먹는 나물이다. 달래의 원래 이름은 바늘 같은 줄기 끝에 새알 같은 하얀 뿌리가 달랑달랑 달려 있어 달랑이라 했던 것이 달랭이, 달래로 바뀐 것이다. 지금도 경상도 농촌에서는 달랭이라 부른다. 본래 말을 만드는 사람은 전문 국어학자가 아니라 농촌이나 어촌에서 일하던 사람들이 많은 말을 만들었다. 달랭이는 모양을 보고 이름을 지었고 씀바귀는 맛을 보고 지은 이름이다. 꽃다지 나물은 원래 코딱지라 했다. 허허롭게 빈 밭에 코딱지처럼 다닥다닥 돋아나는 것을 보고 그렇게 지은 것이다.

동이처럼 생긴 감을 동이감, 그보다 더 길쭉하게 생긴 것은 상투감, 또 아리처럼 납작한 것은 또아리감, 익을수록 시커멓게 되는 것은 먹감이라 부른다. 질경이풀을 농촌에서는 한 가지로 부르지 않는다. 뺍자구와 질경우, 두 가지로 부른다. 질경우는 줄기가 길고 잎은 숟가락처럼 생겼고 뺍자구는 뿌리 머리에서 잎이 시작되어 질경우와는 다르다. 가뭄이 들면 뺍자구 쪽이 더 납작하게 잎이 땅바닥에 붙어버린다. 일본말에 납작한 것을 '빼짱꼬'라고 하는데 이 뺍자구가 건너가서 그렇게 불리게 된 건지도 모른다.

이렇게 농촌 할머니들은 두 가지의 질경이를 분명히 구분지을 줄 안다. 이른 봄부터 나물을 캐면서 식물의 모양, 빛깔, 그리고 쓴맛 단맛을 익히고 언제 어느 때 꽃이 피고 열매를 맺는 것까지 안다.

창포로만 머리 감는 것이 아니라 차조밥풀이라고도 하는 두꺼비찰밥풀도 머리 감는 데 쓴다. 다 자란 두꺼비찰밥풀을 한줌 베다가 솥에 넣고 물을 가득 부어 끓이면 물이 미끌미끌 비눗기가 생긴다. 그 물에 머리를 감으면 기름처럼 윤이 나면서 머리칼이 부드러워진다.

아픈 사람이 생기면 그에 따라 약도 가지가지다. 애기고뿔엔 겨울보리 뿌리를 달여 먹이고 쇠버짐에는 싸리나무 기름을 바르고, 물버짐엔 겨릅대를 태워 가루를 내고 참기름에 개어 바른다. 어디 부딪혀 피멍이 들면

치자물에 밀가루를 개어 붙이고 식중독엔 강냉이뿌리가 약이다. 배가 아프면 쑥을 달여 먹고 아궁이 흙도 약이 된다.

농촌 사람들은 60살만 넘기면 그 머릿속은 거의 백과사전 같아진다.

인류 역사엔 수많은 천재들이 있었다. 위대한 사상가도 많았고 정치가에다 전쟁영웅에다 과학자, 예술가, 훌륭한 의사에다 교육자까지 이루 셀 수 없이 많다. 역사는 그들을 통해 흥하기도 하고 망하기도 했다.

히틀러는 6백만을 죽였고 일본천황은 2천만을 죽였다고 한다. 그리고 살아남은 사람은 그보다 열 갑절이 넘게 아직까지 고통에서 헤어나지 못하고 있다.

중국인이 화약을 만들고 노벨은 다이너마이트를 만들었다. 만약 천재 물리학자 아인슈타인이 없었더라면 히로시마와 나가사키의 원폭은 없었을지 모른다. 에디슨의 전기 발명으로 인간들은 달빛과 반딧불과 아늑한 등잔불을 잃어버렸다. 총알기차라고 부르는 일본의 신칸센을 타고 가면 모두 벙어리가 된다고 한다. 거기 실려가는 인간들도 함께 총알이 되기 때문이다. 말을 나눌 틈도 없고 그럴 감정도 없어진다.

가끔 시내버스를 타보면 거기 앉아있는 사람들 모두가 화난 사람처럼 보인다. 장날이면 이고, 지고, 싣고, 왁자지껄 떠들며 걸어가던 사람들은 과연 불행했을까. 호롱불을 켜놓고도 베를 짜고 바느질을 하고 글을 읽던 사람들이 이젠 전깃불 밑에서도 아무것도 못한다.

인간은 정말 만물의 영장이며 가장 진화된 동물일까.

고작 사막 위에 거대한 피라미드를 만들었고 콜로세움과 만리장성과 진시황의 지하무덤을 만들었으니 허세를 부려도 된다는 걸까. 그래서 지금도 당당하게 아우슈비츠를 향해, 야스쿠니 신사를 향해, 벌거벗은 임금님처럼 행진해가는 걸까. 잘 살아보세! 노래 부르면서 ….

# 효선리 농부의 참된 농촌이야기

요즘 농촌을 걱정하고 환경을 살리자는 목소리가 높아지고 있다. 그런데도 정작 가장 중요한 것은 제대로 하지 못하고 있다. 쌀 수입개방이 그것이다. 농민들과 학생, 종교인까지 각계각층 사람들이 반대 시위를 했고 심지어 돼지나 소까지 동원되고 삭발 단식, 끝내는 자살까지 하면서 대항했지만 모든 게 수포로 돌아갔다. 악마가 다스리는 세상이 바로 이런 것인가 싶다. 5천년이 훨씬 넘는 긴 세월 지켜온 우리 농촌 역사가 송두리째 뒤엎어지는 사태까지 온 것이다. 지금 우리 농촌 인구가 한국 인구의 10퍼센트가 조금 넘는다는데 그것도 노인들뿐이다. 어떻게 보면 쌀이 들어오기 전에 농촌은 벌써 거덜이 났다고 봐야 할 것이다. 쌀 수입개방 이전에 우리 스스로가 농촌과 쌀을 포기한 것이나 다름없다.

김영원 장로님은 입버릇처럼 말씀하시기를 우리 농촌 인구가 70퍼센트가 되어야 한다고 주장하신다. 사람 몸에 수분이 70퍼센트가 되어야 목숨을 유지해가듯이 농촌 인구도 그 수준만큼 균형 잡힌 국가만이 가장 튼튼한 나라가 될 수 있다는 것이다.

김 장로님은 경상도에서도 가장 산골인 의성군 춘산면 효선리 조그만 마을 교회당 장로님이다. 외조부님부터 물려받은 기독교 가정으로 지금 세살짜리 손녀딸 진아가 5대째 신자가 되는 셈이다. 장로님의 글을 읽어 보면 알겠지만 한국 기독교는 일제치하에서 민족의식의 불씨를 일으키는 풀무 역할을 했다. 당시에 가장 많이 읽혔던 성서는 구약 출애굽기와 예레미야서였다.

1906년에 창립된 효선리 교회는 한국 기독교 역사만큼 나이가 들었다. 이 조그만 산골 교회에서 김영원이라는 토박이 농사꾼은 기독교적 성실성과 우리 농촌의 전형적인 부지런하고 따뜻한 품성으로 흙과 함께 평생을 살아왔다.

효선리는 소나무가 아름답다. 죽죽 뻗은 키 큰 소나무는 없지만 아담하고 소담스런 소나무를 도시에서 간 사람들이 보면 누구나 탐낼 것이다. 정원수로 한 그루쯤 옮겨다 심고 싶어질 만큼 탐스럽다. 그런 소나무가 있는 산이 사방으로 둘러쳐져 효선리는 해가 늦게 뜨고 빨리 진다. 비탈길과 작은 다락논들이 실개울 옆으로 비집고 앉아 이곳 마을사람들의 삶의 터전이 되었다.

이른 봄에 노란 산수유꽃이 솜사탕처럼 은은하게 피어나고 여름엔 푸른 잎사귀로 덮였다가 가을이면 빨간 열매가 크리스마스 꽃등보다 더 아름답게 치장된다.

하지만 효선리도 많이 달라졌다. 땅이 병들고 물이 더러워져 그 깊은 산골에도 50미터 깊이의 지하수로만 마실 수 있다. 여느 농촌이나 다름없이 젊은이는 도회지로 떠나고 일꾼이 없어 논밭이 버려지고 있다. 거기다가 그 조그만 효선리엔 교회가 두 개나 된다. 해방 후 좌우익의 대결로 동족상잔의 전쟁을 치른 것처럼 교회도 파벌싸움이 그 외딴 마을까지 번져 아픈 상처로 그렇게 남게 된 것이다. 기독교 백년사는 이런 명암이 엇갈리며 초대 교회의 순수성이 퇴색되어 이젠 물질만능이 어느 곳에나 퍼져 있다.

어떻게 보면 교회는 오늘날 농촌이 이 지경이 되도록 한몫을 했다고 볼 수 있다. 지금도 끝도 없이 빌고 있는 축복기도는 좀처럼 물질이란 마법의 잠에서 깨어날 줄 모른다.

5천년 역사를 이어온 우리 겨레는 자연과 더불어 함께 사는 신앙을 갖고 있다. 물을 사랑하고 나무를 사랑하고 쌀을 사랑하는 겨레는 영원히 망하지 않는다. 금수강산은 저절로 보전되는 것이 아니라 그만큼 가꾸고 지켜나가야만 가능하다.

정화수와 마을 당산나무와 성주단지의 쌀은 이런 사상과 의식을 완벽하게 보증하고 있다. 정월대보름 새벽이면 아낙네들은 한밤중부터 두레박을 우물 안에 담궈놓고 첫닭 울기를 기다린다. 누구보다 먼저 깨끗한 물을 길어다 칠성님께 떠놓고 그 물로 오곡밥을 지어 성주님께 드리고 식구들이 함께 먹는다. 깨끗한 물로 지은 오곡밥이야말로 식구들의 건강을 지켜주는 최고의 보약이다. 마을 밖 당산나무는 우리 겨레만의 자랑스런 신앙 정신이다. 한 그루 나무를 이토록 신격 존재에까지 승화시킨다는 것은 더할 수 없는 성스러운 발상이다. 그것은 하루아침에 누가 지어내어 퍼뜨린 것이 아니라 오랜 세월 살아오면서 터득해낸 해탈과 같은 정신이다. 나무와 바위한테 절을 할 수 있는 사람이면 하느님의 자식되기에 부족함이 없다.

예수는 제자들에게 이런 말을 했다.

"… 나는 포도나무요 너희는 가지니 저가 내 안에 내가 저 안에 있으면 이 사람은 과실을 많이 맺나니 나를 떠나서는 너희가 아무것도 할 수 없음이라. 사람이 내 안에 거하지 아니하면 가지처럼 밖에 버리워 말라지나니 …"

과연 우리는 따로따로 떨어져서는 살 수 없다. 객체는 있어도 독자는 없다. 만물은 싫든지 좋든지 어울려 살아야 한다. 은하계의 별 하나도 제멋대로 이탈했다가는 끝장이 나버린다. 마구 뒤엉켜 살아도 엄연히 우리는 하나의 고리에 이어진 한 목숨이다. 나무나 풀이나 바위도 물도 모두 남이 아니라 하나이다. 나무를 모시는 것은 인간 자신을 모시고 하느님을 모시는 원칙이다. 그래서 신(하느님)도 인간도 우주도 하나로 파악했을 때

내 이웃이 내 몸이 될 수 있는 것이다.

성주단지나 용단지의 쌀도 이 우주질서를 지켜나가는 한 방편이다. 용단지엔 쌀을 보관하고 성주단지엔 나락껍질을 벗기지 않은 채 보관한다. 용단지는 작고 성주단지는 크다. 이 두 개의 쌀단지는 이듬해 햇곡식이 날 때까지 절대 비우지 않는다. 용단지와 성주단지를 비우는 것은 목숨을 포기하는 거나 다름없다. 그러니 성주단지의 쌀은 구체적인 하느님인 것이다. 당산나무와 성주단지, 깨끗한 정화수를 모두 미신이나 우상 섬기는 이단행위라 매도하는 건 말이 안된다. 이것들은 모두가 포도나무이며 인간은 거기 붙어 살아가는 가지들인 것이다.

김영원 장로님의 글에는 기독교적 사상이라기보다 성서적 사상이 바탕을 이룬다. 기독교와 성서를 구분짓는 건 모순이 되겠지만, 현재 기독교는 성서와 상반되는 것들이 많아 어쩔 수 없이 기독교적인 것에 대한 비판이 가해질 수밖에 없다. 시편 107편 34절에 "그 거민의 악을 인하여 옥토로 염밭이 되게 하시며…" 이런 성서 구절을 찾아내는 열린 눈은 결코 신학자가 아닌 농사꾼이 가질 수 있는 특권인지도 모른다. 예레미야 17장에는 "… 무릇 사람을 믿으며 혈육으로 그 권력을 삼고 마음이 여호와에게서 떠난 그 사람은 저주를 받을 것이라. 그는 사막의 떨기나무 같아서 좋은 일이 오는 것을 보지 못하고 광야 간조한 곳, 건건한 땅, 사람이 거하지 않는 땅에 거하리라."

소련에서 농업정책으로 씨랄리아 강과 아무다리 강의 물길을 돌렸다가 아랄해가 소금사막으로 황폐해 버린 것은 누구나 아는 일이다. 요즘 와서 한국 논밭이 이런 소금밭으로 변해가는 것을 보고 충격을 받았다. 전세계가 첨단 산업사회로 치닫고 있는 현실을 볼 때 성서에 나타나는 이런 경고문을 우리는 어떻게 받아들여야 할까?

일찍부터 한국에도 가나안 농군학교나 두레마을 같은 농촌살리기 운동을 하고 있었지만 좀처럼 퍼져나가지 않고 있다. 가나안 농군학교는 처음부터 농민지도자를 길러내는 교육사명을 가지고 시작했지만 일회적으로 끝나버린 것이 안타깝다.

이스라엘엔 키부츠나 모샤브가 있고 일본엔 야마기시 공동체가 활발하게 확산되고 미국에선 오래 전부터 애미쉬 마을이 곳곳에 터를 잡아 살고 있다. 키부츠는 농업공동체에서 이제는 공장까지 운영하는 혼합 사회주의적 공동체로 바뀌어졌다. 일본의 야마기시는 농업공동체를 지키고 있지만 현대적 과학기술 영농으로 풍요로운 생활을 지향하고 있어 앞으로 어떻게 될지 걱정스럽다. 이 중에서 미국의 애미쉬만은 현대 과학문명을 과감하게 거부하고 몸으로 일하며 살아가는 순수한 농촌마을이다. 애미쉬엔 자동차도 없고 전기도 없어 텔레비전이나 라디오도 없다고 한다. 쟁기로 밭을 갈고 장작으로 불을 지핀다. 교회가 없으면서 그들은 성서를 그들의 생활로 정착시켰다. 말씀대로 살아가는 삶이야말로 진정한 하느님에 대한 예배이다.

물론 김영원 장로님의 글은 단편적이고 체계적이지 못한 점이 있어 어떤 뚜렷한 방향 제시는 없다. 그러나 순전히 체험에서 얻어낸 문제 제기나 구체적인 삶의 논리는 우리 농촌이 앞으로 어떻게 바뀌어야 할지를 분명히 말하고 있다. 때로는 부드럽게 때로는 칼날처럼 날카롭게 논밭과 들판에서 일어나는 슬픈 현실을 차라리 통곡하듯이 적어놓았다. 《새가정》 1993년 12월호에 발표했던 〈까치밥〉의 한 부분을 보면 이렇다.

… 올해 내가 겪은 '까치밥' 사건은 현실적으로 까치밥은 하나의 낭만일 뿐인가 하는 갈등을 일으켰다. 산비탈 사과밭에 8월 중순에 수확하는 왜성 대목 아오리 사과가 달렸다. 무농약 재배이니까 하나하나 종이봉지를 씌워 한 나무에 30개의 봉지를 씌웠다. 이럴 수가 있을까? 사과가 맛이 들 8월 초순 무렵이 되니 산까치들이 몰려와서 한 개도 남기지 않고 모조리 쪼아 상처를 내고 말았다. 나는 평소 입버릇처럼 '콩 세 알의 교훈' ─ 콩 세 알의 교훈이란 밭에 콩 세 알을 심으면 하나는 벌레가 먹고 하나는 새가 먹고 하나는 싹이 돋아 자라나서 인간

이 거둬들인다는 이야기다 — 을 말하면서 자연과 공존(서로 나눠 먹는)을 강조해왔는데 참혹한 광경 앞에 할 말을 잃었다. "드디어 인간이 이렇게 보복을 당해야 하는 지경까지 왔구나!" 하는 탄식이 절로 나온다. 지구상에서 하루에 백수십 종의 생물들이 사라져간다는데 이것은 곧 먹이사슬의 단절이 아닌가. 이 원인은 인간들이 자행하는 무차별한 살생과 약탈의 죄악 때문이다.

　… 논과 밭에 무차별하게 뿌리는 살충제, 살초제, 살균제로 곤충, 미생물, 원생동물이 멸절하고 먹이사슬이 끊어지니 결국 인간의 몫을 앗아가는 결과가 온 것이 아닌가! 이렇게 되고 보니 자연을 대상화한 인간은 더욱 간악한 방법으로 자연계의 동물, 조류, 곤충을 가해자로 단정하고 살해하는 것을 정당화한다. 그래서 여러가지 방법을 동원하여 담비를 공기총으로 쏴 죽이거나 좋아하는 먹이에 독약을 섞어 독살한다. 산까치는 냄새가 안 나는 '다이메구론'이라는 농약에 옥수수를 절여 나무에 매달아 유인하여 먹도록 해서 죽인다. 이렇게 상대를 죽이고 서로 빼앗는 자연의 악순환 속에서 공생의 질서는 무너져가고 있는 것이다 …

김영원 장로님도 처음부터 이런 범죄적 살인농법에 대한 양심의 가책을 느꼈던 건 아니다. 그도 처음엔 다른 농사꾼처럼 농약을 뿌리며 먹이사슬을 파괴하는 주범이었다. 과수원에 살충제를 뿌리다가 드디어 그 자신이 농약에 쓰러졌을 때야 비로소 눈을 뜬 것이다. 그것도 사모님 최언자 집사님의 간절한 충고 덕분이었다.

"보이소, 먹고 살라고 농사짓는데 이러다간 지레 죽을시더. 까짓거 좀 덜 먹고 농약치지 말고 되는 대로 사시더."

이래서 농약이 사라지고 차츰 보는 눈이 넓어지고 생각하는 농사꾼이 된 것이다.

지금 우리가 백년 전, 짚신을 신고 길쌈을 하고 똥장군을 지며 살았던 농사꾼으로 돌아갈 수는 없다. 하지만 농촌의 황폐화는 이대로 보고만 있어서는 안된다. 식구들이 함께 힘을 모아 일하는 농촌으로, 아이들이 거기서 살고 동식물이 함께 사는 농촌마을을 지켜야 한다.

서구인들의 물질문명과 함께 들어온 기독교에 대한 잘못을 반성하고, 땅을 정복하는 것이 아니라 땅을 가꾸고 살리는 바른 눈으로 성서를 다시 봐야 한다. 하느님 나라는 하느님과 인간들이 함께 노력하여 이뤄내는 것이지 갑자기 또다른 창세기로 돌아가는 것은 아니다. "서로 사랑하라"는 인간과 인간, 그리고 우리 모든 이웃이 되는 동식물들이 서로 아끼며 공생하는 것으로 이루어진다.

그때 이리가 어린 양과 함께 거하며 표범이 어린 염소와 함께 누우며
송아지와 어린 사자와 살진 짐승이 함께 있어 어린아이에게 끌리며…
나의 거룩한 산 모든 곳에서 해됨도 없고 상함도 없을 것이니 이는 물이
바다를 덮음같이 여호와를 아는 지식이 세상에 충만할 것임이니라…

농업은 업이 아니라 우리 인간들의 삶의 근본이며 전부이다. 쌀을 경제적 이득이나 전쟁무기로 이용하는 것은 하느님을 악마로 둔갑시키는 거나 마찬가지다.

농촌의 황폐화는 자연을 파괴하고 다시 인간의 정신을 파괴시킬 것이다. 인간이 인간다워지기 위해서는 자연을 그대로 자연다워지게 가꾸는 길밖에 없다.

# '비참한 사람들'의 삶

사람들은 누구나 살아가면서 나 외의 다른 사람에게 관심을 갖는다. 단순한 호기심을 넘어 좀더 깊이 그들이 살아가는 모습을 바라보며 자신의 삶을 비추어본다. 그렇게 타인의 삶을 거울삼아 더 많이 배우고 깨닫는다. 본능은 배우지 않아도 되지만 이 세상을 살기 위해서는 끝도 없이 배우고 익혀야 한다. 소설을 읽는 것은 그래서 가장 소중한 인생공부가 된다.

《레미제라블》은 중국의 《삼국지》처럼 여러 인물들의 삶이 담겨있어 많은 것을 배우고 체험할 수 있다. 특히 자라는 청소년기엔 한번씩은 읽어야 할 필독서가 아닌가 싶다. 주인공 장 발장의 주변에는 많은 사람들이 등장하지만 아무도 쉽게 살아가는 인생이란 없다.

'비참한 사람들'이란 말 그대로 《레미제라블》은 모두가 그렇게 비참한 삶을 살고 있다. 경찰, 신부, 수녀, 퇴역장교, 대학교수, 거지, 깡패, 창녀, 도둑, 고아, 사기꾼 등 온갖 사람들이 지금부터 1백50년 전 프랑스 파리의 구석구석에서 서로 사랑하며 미워하며 속이고 속으며 거대한 드라마를 만들고 있다.

혁명이 일어나고 왕정이 무너지면서 프랑스는 걷잡을 수 없는 혼란에 빠진다. 수많은 사람이 처형당하고 감옥에 갇히고 그러면서 군중들의 시위는 그치지 않고 부정과 맞서 싸운다. 이렇게 어려운 시대에 장 발장이라는 한 청년이 굶주리는 조카들을 위해 빵 한 조각을 훔치다가 19년이란 긴 감옥생활을 한다. 오랜 감옥생활에서 풀려났을 땐 조카들은 어딘지 흩어져 없고 장 발장은 흉악범이란 전과자로 다시 차가운 거리에 버려졌고 인간과 사회에 대한 증오심으로 불탄다. 그런데 단 한 사람, 미리엘 신부님의 크나큰 사랑으로 장 발장은 새로운 인간으로 태어난다.

그는 장 발장에서 마들렌으로 이름을 바꾸고 인공보석 공장을 시작하여 크게 성공해 그 시의 시장이 된다. 그러나 장 발장에겐 언제나 의심의 눈초리로 감시하고 있는 자벨 경감이 있었다. 신부님 집에서 은쟁반을 훔친 것을 알고 있는 자벨은 마들렌 시장이 틀림없는 전과자 장 발장이라고 의심하고 있었다. 포슐방이 진흙구덩이에 빠진 마차바퀴에 치여 죽어가는 것을 구해내는 자리에서 자벨은 마들렌 시장이 틀림없는 장 발장이라 확신하지만 증거를 못 찾는다. 그때, 공교롭게도 가짜 장 발장이 체포되어 종신형을 선고받는 순간에 마들렌 시장이 나타나 자신이 진짜 장 발장임을 밝힌다. 그는 다시 그 지긋지긋한 감옥으로 가서 종신죄수복인 붉은 옷을 입고 발목에 쇠고랑을 달고 부두에서 일을 한다.

그러나 어느 날 돛대 꼭대기에서 일을 하던 한 죄수가 떨어져 간신히 거꾸로 매달린 것을 장 발장이 구해내고 자신은 바닷속을 헤엄쳐 탈출한다. 장 발장은 전에 일하던 공장 여직공인 판틴이란 여인이 낳은 고아 코제트를 찾아 비록 쫓기는 몸이지만 행복한 나날을 보낸다.

장 발장이 코제트를 데리고 이리저리 쫓겨다니는 과정에서 우리는 1백 50년 전 파리의 구석구석을 구경할 수 있게 된다. 도둑의 소굴, 빈민가, 수도원, 하수도, 몰락하는 귀족들, 거리엔 총소리가 끊이지 않고 시위대와 정부군의 싸움이 계속된다. 대학교수도, 학생도, 어린아이도 총탄에 맞아 피를 흘리며 죽어간다.

그렇게 총탄이 날아다니는 어지러운 거리에서 청년 마리우스와 처녀

코제트의 사랑이 피어나고, 한평생을 외롭게 살아온 장 발장은 모든 것을 뒤에 두고 숨을 거둔다.

《레미제라블》은 대중소설으로는 가장 뛰어난 작품이라고 생각한다. 비록 장 발장이 전과자에서 보석가공 공장 사장이 되고, 시장이 되는 과정이 부자연스럽고, 그가 초능력을 지닌 인간처럼 묘사된 부분도 있지만, 위기에 처한 인간에겐 그럴 수 있는 힘이 나올 수 있음을 부정할 수만은 없지 않는가.

방학 동안 중고등학교 학생들과 선생님이 함께 읽으며 1백50년 전 파리 시민들과 오늘 우리들의 삶을 비교해보면 더욱 역사와 인간에 대한 폭넓은 안목을 갖게 될 것이다. 어디서나 언제나 인간은 아무도 고통 없이 살지 않았다는 것을 ….

# 세상살이의 고통과 자유

선생님, 〈깎아내려 죽이기와 추켜올려 죽이기〉란 노신의 글을 선생님
도 읽으셨지요? 인도의 시인 타고르가 중국에 왔을 때 청년들이 그의 강
연을 들으러 갔다가 되돌아가버린 이야기 말입니다. 마치 타고르를 신선
처럼 연단에 세워놓고 그의 앞에 거문고를 놓고 향을 피우는가 하면, 양
쪽에 옹위하듯이 시인 서지마와 정객인 임장민이 인도 모자를 쓰고 앉아
있는 모습이 역겨웠던 거지요. 결국 지나친 떠받들기가 타고르의 진실을
죽이고 만 것입니다.

무엇을 평한다는 것은 바로 이렇게 떠받들거나 깎아내리는 것 둘 중 하
나여야 하는데 이런 낭패가 어디 있습니까. 선생님의 《호박이 어디 공짜
로 굴러옵디까》를 평해달라고 하셨는데 저는 추켜올리기도 싫고 깎아내
리기도 싫으니 그냥 제 멋대로 몇자 쓰겠습니다.

초판본을 읽고 교정을 다시 봤다는 재판본을 또 읽느라 두번이나 본 것
을 느낀 대로 쓰겠습니다.

먼저 추사 선생님의 〈세한도〉를 쓰신 대목을 읽으면서 모리 오우가이
의 거룻배[高瀬舟]를 생각했습니다.

도쿠가와 시대에 어느 고아 형제가 있었는데 동생이 오랫동안 병으로

앓아누워 있고 형이 하루하루 날품을 팔아 살았지요. 어느 날 동생이 형한테 너무 고생시키는 것이 부담스러워 혼자서 칼로 목을 찔러 자살을 하려 했지만 목이 제대로 찔리지 않아 피만 흘리며 괴로워하고 있었지요. 저녁 때 형이 돌아와보니 동생이 그 지경을 하고 신음하고 있었습니다. 동생은 형에게 애원했지요. "형, 어서 이 칼로 내 목을 찔러 빨리 죽게 해줘." 형은 동생의 고통을 차마 볼 수 없어 칼로 목을 깊숙이 찔러 숨지게 하는데, 그때 이웃에 사는 노파가 찾아왔다가 그 광경을 보게 되지요. 노파는 놀라 얼른 관에다 알렸고 형은 동생을 죽인 살인범으로 거룻배를 타고 먼 바다 외딴섬으로 종신징역살이를 떠난다는 줄거리입니다. 추사 선생님의 〈세한도〉는 이 형의 슬픔에 비하면 좀 사치스럽다는 생각을 했습니다.

선생님, 나무 한 그루도 돌멩이 하나도 경우에 따라서 다르게 보이고 또 다르게 보는 것이 정상입니다. 모든 것을 똑같이 보고 똑같이 느낀다면 목숨이란 것이 있을 이유가 없겠지요. 비슷하게 보고 느끼는 건 괜찮지만 획일화를 요구하는 건 차라리 죽으라는 말과 똑같다고 생각합니다.

〈아름다운 무늬로 바뀌는 상처〉도 그렇네요. 누군가 아름다운 것은 곧 슬픈 것이라 했는데 잘 모르겠군요.

제가 살고 있는 마을 중, 특히 윗마을 사람들의 앞앞을 보면 너무도 깊은 상처를 지니고 살고 있습니다.

사람들의 상처라는 것은, 특히 이 나라 사람들의 상처는 역사의 비극에서 비롯되어 더 깊이 아프게 남아있지요.

나무의 무늬처럼 역시 사람들도 그런 상처들을 지혜롭게 아물려 참으로 아름답게 남기고 있습니다. 혹은 이야기로, 혹은 노래와 춤과 아이들의 놀이에까지 전승되고 있습니다. 서양사람한테는 거의 찾아볼 수 없는 춤 가운데 우리는 곱사춤, 문둥이춤, 앉은뱅이춤 같은 신체장애인들의 노골적인 몸짓도 거리끼지 않고 춤으로 남겨놓았습니다. 한국의 춤을 보면 다른 외국인들의 춤과 달리 그냥 눈으로만 즐기는 춤이 아니라 뼛속까지

저려오는 아픔을 느끼게 하는데 역시 말 못하는 백성들의 몸짓이 그렇게 춤이 되어 남았기 때문이지요.

진도 씻김굿의 소리는 과연 우주를 휘감듯이 영혼의 소리로 울려나옵니다. 대체 씻김굿을 처음 부른 이는 누구였을까요? 수많은 아리랑 가운데서도 저는 밀양 아리랑을 가장 좋아합니다. 얼핏 들으면 그냥 가벼운 가락인데, 거듭 들으면 절대 가벼운 노래가 아닙니다. 같은 삼박자의 춤곡이지만 요한 슈트라우스의 왈츠곡보다 더 경쾌합니다. 아랑이란 처녀의 슬픈 한이 담긴 노래인데 그 한을 어떻게 극복했기에 이토록 흥겨울까요.

요사이 민요나 판소리를 부르는 것을 들어보면 혼을 다해 부르는 이가 없어요. 영화 〈서편제〉를 보니 거기 나오는 당산나무와 산과 들은 아름다운데 제작진이 만든 세트나 소품, 입고 나온 옷 한 가지도 정성 들이지 못했어요. 〈서편제〉는 그런 면에서는 국민학교 학예회 수준밖에 안되었지요. 참으로 안타까웠습니다. 우리 조상들이 수많은 고통을 견디면서 이토록 아름다운 춤과 노래를 남겨줬는데 절대 소홀히 해서는 안되겠지요.

선생님이 말씀한 자유인에 대한 것은 잠깐 미뤄두고 사마천이 궁형을 당한 뒤 어떻게 살았나 궁금해집니다. '남자'의 그것을 잃어버린 다음의 인생은 당해보지 못한 사람은 짐작도 못하겠지요.

제가 방광수술을 한 뒤, 한번은 버스정류소 변소에서 고무신짝만한 소변주머니를 꺼내놓고 오줌을 뽑고 있자니 옆에 누가 와서 들여다보고 뒤로 넘어질 듯이 깜짝 놀라더군요. 그 양반은 내 그것이 저만큼 큰 것인가 하고 오해를 한 것 같아요. 제가 고무주머니를 보이며 웃으니까 그때서야 신기한 듯이 따라 웃더군요. 그 뒤부터는 아예 똥누는 변소간에 들어가 숨어서 소변을 뽑아왔습니다.

또 한번은 버스를 타고 오는데 소변주머니의 마개가 빠져 담겨진 오줌이 주루루 흘러 바짓가랑이를 타고 내렸습니다. 갑자기 당한 일이라 당황했지만 그냥 눈을 꼭 감고 모른 척 끝까지 서 있다가 내렸지요. 이럴 땐 주위 사람 눈치를 아예 무시해 버리는 게 상책이지요. 집에 와서 속옷과 바지를 벗어 빨면서 그때서야 처량해질 수 있었지요.

사마천은 오줌 누는 그것까지 잘렸으니 아예 여자처럼 쭈구리고 앉아 오줌을 눠야 했을 테고, 그러자면 자연 남의 눈을 피해 숨어서 볼일을 봐야 했겠지요.

선생님, 자유인이란 가능할까요? 선택의 자유는 있을지 모르지만 사람은 절대 자유인이 될 수 없기 때문입니다.

성경 이야기를 해서 죄송하지만, 에덴동산에서 아담과 하와는 그야말로 행복했습니다. 춥지도 않고 덥지도 않고, 땀 흘려 일하지 않아도 온갖 먹을 것이 풍성하고, 그들을 해치는 폭군도 적도 없고 참으로 평화로웠습니다. 그들은 벌거벗고 있어도 부끄러워하지도 않고 천사처럼 깨끗한 어린이 같았습니다.

그런데, 그 에덴동산엔 딱 한 가지 자유라는 게 없었습니다. 자유가 없는 곳엔 변화가 없습니다. 변화가 없으면 성장이 없고 성장이 없으면 바보 천치가 됩니다. 일종의 꼭두각시로 사는 거지요.

결국 에덴동산을 탈출하기로 마음먹은 것은 겁이 많은 남자 아담이 아니고 여자인 하와였습니다. 인류역사는 이렇게 여자로 인해 시작된 것입니다. 하느님이 절대 먹으면 안되고 죽는다고 했던 선악과를 하와가 제 손으로 따서 자신이 먼저 먹고 아담에게도 먹였습니다.

그들의 눈앞엔 에덴동산이 순식간에 사라져버리고 자신들의 몸뚱이는 어린아이가 아닌 다 큰 남자와 여자로 되어 있었습니다. 하느님은 노발대발했습니다. 아담과 하와에게 이르기를 아담에게는 종신토록 수고하여 처자식을 먹여 살려야 하고 하와에겐 잉태하여 아이를 낳는 고통이 있을 것이라 했습니다.

그렇습니다. 자유에는 이렇게 엄청난 고통이 따르는 것입니다.

노라가 집을 나간 뒤 어찌 되었습니까? '인형의 집'에서는 벗어났지만 살기 위해서는 또 '돈'이란 올가미에 구속당해야 한다고 노신이 썼지요.

대나무 조각에다 오십만자가 넘는 글자를 쓰면서 사마천은 자신이 진정한 자유인이라고 생각했을까요?

어느 스님이 저한테 무엇에나 집착하지 말라 하시더군요. 집착(執着)하지 말라는 것은 붙잡고 있지 말고 붙어 있지 말라는 뜻이니 결국 자유로워지라는 말이네요. 그래서 제가 스님께 여쭈었지요. "스님은 왜 속세를 버리고 떠나서는 산속에 숨어서 수행에 집착하십니까? 일단 떠나갔으면 그것으로 해탈을 한 것이 아닙니까?"

스님은 그냥 웃더군요. 제 질문이 억지였을까요?

태양계의 별들은 모두 각자 위치에서 한치도 어긋남이 없이 제 길을 따라 돌아야만 살아갈 수 있답니다. 만약에 태양을 중심으로 돌아가는 행성 가운데 어느 것이든 자기 궤도를 이탈했다간 그대로 끝장나버린다지 않습니까.

알든지 모르든지 이 우주의 모든 사물은 무엇엔가 붙잡혀 있어야 살 수 있다는 것입니다. 그러고 보니 자유니 해방이니 하는 말 함부로 못 쓰겠네요.

맑스는 가장 큰 불행이 '복종'이라 했고, 엥겔스는 '치과에 가는 일'이라고 했습니다. 어느 쪽이든 얽매여 있기는 마찬가지군요.

예수는 "진리가 너희를 자유케 한다" 했거든요. 그래서 그는 진리대로 살다 보니 스스로 십자가를 지는 고통을 감수해야만 했고요.

그러니까 사마천 역시 진리라는 걸 지키기 위해 예수처럼 고난의 십자가를 진 것이지요.

자유라는 게 이렇게도 무서운 것이네요.

선생님이 저희 집에 찾아오신 것이 1976년이었지요. 이오덕 선생님과 함께 오셨을 때 너무 닮아 쌍둥이는 아니더라도 사촌쯤은 되는가 싶었습니다.

그로부터 벌써 스무해가 되었습니다. 그동안 귀찮은 일도 있었고 오지게 바람맞은 적도 있었지만 이렇게 질기게도 붙어 있군요.

저는 어릴 때 동무 하나가 있었는데 일찍 죽어버렸지요. 그 아이네 집은 살기가 괜찮아 학교에서 점심시간이 되면 도시락밥을 금을 그은 듯이 꼭 절반만 먹고 나눠주던 애였습니다. 그 집 부모님들도 다른 아이들보다 저하고 동무하는 것을 좋게 보시고 다른 집에는 절대 놀러 못 가게 해도 우리집에 놀러오는 것은 허락해 주셨습니다. 그 애는 저녁마다 와서 숙제 공부를 얼른 해치우고는 밤늦도록 윷놀이를 했지요.

한번은 그 애가 멀쩡한 바지에다 넙적한 헝겊으로 무릎을 기워입고 학교에 왔어요. 뒤에 알고 보니 자기 엄마한테 기운 바지를 달라고 조르더래요. 그 애는 제 기운 바지를 보고 항시 미안했던 모양입니다.

학교를 졸업하고 그 애는 일류중학교인 사범병설중학교에 들어가고 저는 객지로 각자 헤어졌지요. 그랬는데 그 애가 통학기차에 치여 죽었다는 소식을 들었습니다.

죽은 뒤에도 그 애는 십년이 넘도록 밤마다 꿈에 나타나 살았을 때처럼 산에도 가고 개울에서 멱도 감으며 놀았지요. 죽어서도 동무를 못 잊어 밤마다 꿈속에 찾아왔던 것이라 생각됩니다.

요즘은 잊었는지 좀처럼 꿈에도 안 나타납니다.

친구라는 것도 인연이 있고 남녀의 궁합처럼 그렇게 합이 맞아야 되는 것이지 억지로는 안되는 것 같습니다. 어떤 사람들은 성격도 다르고 생각도 다르면서도 가깝게 사귀는 사람들이 있더군요. 만나면 금방 원수 될 것처럼 싸우면서도 헤어지면 또 만나고 싶어진다고 합니다.

〈이능을 읽은 느낌〉에서 〈하늘은 보고 있다〉는 제목을 붙이셨는데, 그 하늘의 실체는 역시 인간의 눈이고 역사의 눈이겠지요. 이능을 쓴 나카지마 아츠시도 그런 뜻에서 '하늘'이란 말을 썼을 것입니다.

가끔씩 저는 누워서 이런 생각을 합니다. '나'라는 존재가 어떻게 해서 의식을 지니고 이 광활한 우주 한 귀퉁이에 떠있는 지구라는 땅덩어리에 생겨났을까? 우연인지 필연인지, 아니면 기적인지, 행인지 불행인지, 어쨌든 내가 있다는 것에 오싹한 두려움을 느끼곤 합니다. 이러다가 조금 안정이 되면 그래도 의식을 지닌 인간으로 태어나 웃고 울고, 고민하고 생각하면서 잠깐이라도 '삶'이란 걸 맛본 것에 고마운 생각도 듭니다.

우주의 역사는 150억년이라고 하는데 그럼 그 이전에는 역사도 없고 어떤 형체도 존재하지 않았는지요? 존재하지 않는다는 게 가능할까요? 인간은 어쩔 수 없이 이 무한한 우주의 신비에 대해서 무지할 수밖에 없습니다. 서글프고 원통하지만 어쩌겠습니까! 몇몇 과학자들은 우주의 역사를 150억년이라고 하지만 그 150억년 이전의 역사는 상상조차 못하고 있지 않습니까?

어느 집 며느리가 시어머니한테 하도 구박을 받다 보니 한다는 말이 "니 늙고 내 젊을 적에 보자" 했지요. 그런데, 시어머니가 늙어 죽자 며느리도 어느새 늙어 있었지요. 인생이란 것이 바로 이런 것이겠지요.

정영상 선생님의 시 〈목욕탕에 가면〉을 두 군데나 쓰셨는데, 이 대목이 가장 정겹게 읽힙니다. 역시 사람은 사람의 체온이 제일 따스한가 봅니다.

정영상 선생님은 주변에 함께 있던 분이어서 더욱 정이 가는가 봅니다. 살았을 때 두 내외분이 우리집에 왔다가 떨구어놓고 간 피카소의 그림이 찍힌 손수건은 끝내 돌려드리지 못하고 말았습니다.

죽으면 누구나 다 떨구어놓고 갈 것인데, 살아남은 사람들의 몫은 또 이렇게 마음 아파하는 것인가 봅니다.

고흐의 그림책을 받고 잠시 좋았는데 《호박이 어디 공짜로 굴러옵디까》 서평을 써달라는 쪽지를 보고는 아이구! 속았구나 싶어 실망했습니다. 과연 세상엔 어느 것 하나 공짜가 없음이 눈으로 확인되었으니까요.

어쨌든 이래저래 공짜 없는 세상이니 이제부터는 정신 똑바로 차리고 살겠습니다. 그리고 조금 쉬셨다가 내년쯤 이런 책 한 권만 더 쓰시길 빌겠습니다.

# 죽을 먹어도 함께 살자

그 해, 온 들판이 황모가 들어 보리가 벌겋게 말라죽어 버렸다. 보릿고 개를 넘기고 있던 사람들은 망연자실 넋을 잃고 말았다. 기다리던 보리가 이삭이 패기도 전에 말라죽어 버렸으니 그 정황이 어떠했겠는가?

보리 한톨 거두지 못했던 그 해, 이곳 안동지방에서만도 굶어죽는 사람 이 줄을 이었다. 먹을 것이 있었던 집도 도무지 먹을 기회가 없었다. 밤낮 으로 거지가 몰려드니 밥을 지을 수도, 지은 밥도 마음놓고 앉아 먹을 수 도 없었다.

어떻게 한밤중에라도 밥을 지어 문을 닫아 잠가 놓고 숨어서 먹고 있으 면, 어느새 느닷없이 나타난 거지가 문을 부수고 들어와 밥그릇째 빼앗아 달아났다. 심지어는 입 안에 든 음식도 따귀를 내리치고는 튀어나오면 뺏 어먹을 만큼 절박했다. 돌아가신 박실 어르신네가 들려준 보리흉년 때의 이야기는 듣기만 해도 무서웠다.

"… 그 해 뒷산 애총(애기무덤)엔 발디딜 틈도 없이 애기들이 죽어갔제."

어르신네는 마지막 그렇게 이야기를 끝맺었다.

아랫마을 진수네 할머니가 들려준 또다른 기근이 든 해의 이야기는 더 끔찍했다. 진수네 할머니가 열여섯살에 시집와서 이듬해쯤이니 지금부터

70년 전이다. 이곳 중앙고속도로 남안동 톨게이트로 이어지는 진입로 중간쯤 수재개골이란 골짜기 건너편이다. 널찍한 봇도랑 건너 구릉지 밭은 햇볕이 잘 드는 양지쪽이어서 다른 어느 밭보다 보리가 빨리 익었다. 이제 보리알이 누릇누릇 알이 들 무렵, 어디선지 수많은 거지떼가 몰려왔다. 굶주린 사람들은 허겁지겁 보리이삭을 따서는 걸신들린 것처럼 비벼 먹었다.

그러나 빈속에 날보리를, 그것도 껍질째 먹은 사람들은 배를 움켜쥐고 하나 둘씩 나뒹굴었다. 누가 어떻게 손을 볼 사이도 없이 겉보리에 체한 사람들은 그냥 쓰러져 몸부림치다가 죽어버렸다. 할머니 말씀엔 "수백밍이 넘었으끼구망" 하셨다. 순식간에 보리밭엔 사람들이 죽은 시체가 쌓였다. 근처 마을사람들이 가서 시체를 끌어다 여기저기 산비탈에 묻었지만 대부분 시체는 그냥 그 자리에서 썩어갔다고 했다.

"및해 동안 거게 농사도 못 지었제."

병자년 물난리가 나던 해는 처녀들이 일본으로 만주로 팔려갔다고 했다.

대호네 할머니가 세살 때, 다섯살 된 오빠와 남매를 남겨놓고 어머니가 돌아가시자 아버지는 서간도로 떠나갔다. 남매는 외갓집에 더부살이를 하다가 다섯살 때 술도가집에서 술지개미를 함께 훔쳐먹던 오빠는 누군가가 데리고 갔다. 할머니는 재작년에야, "글쎄 내 성(姓)이 권가가 아니고 김가란다" 하셨다. 칠십 평생을 외갓집 성을 따라 권가로만 알고 살았는데, 먼 친척되는 고모님이 이제서야 가르쳐준 것이다. 할머니는 새삼 서러워 우신다. 어릴 적 어쩐 일인지 영문도 모르고 외사촌 형제들 틈새에서 항상 밀려나 구석쪽에 외롭게 지내던 기억을 떠올리면서 설움이 북받치신다. 서간도로 간 아버지는 끝내 돌아오지 않았고 부산인가 어딘가로 양자로 간 오빠 소식도 모른다.

"지끔이라도 신문에 내보마 오라배라도 찾을 수 없으까?"

그러나 이제는 모든 게 다 부질없는 일이다.

구판장 뒷집 상동댁 할머니는 더욱 애절하다. 해방되던 이듬해 스무세

살 꽃다운 나이로, 징용에 끌려간 남편을 찾아 부산까지는 갔지만 더이상 어쩔 수 없었다. 할머니는 하루하루 부두에 나가 들어오는 연락선을 바라보며 기다렸지만 남편은 오지 않았다. 감천동 산비탈에 움막을 짓고 할머니는 먼먼 바다를 바라보며 24년을 기다렸다. 1970년, 할머니는 더이상 기다릴 힘이 없어졌다. 할머니는 한쪽 다리마저 다쳐 절룩거리며 고향에 돌아왔다.

지팡이를 짚고서도 할머니는 걷기가 힘이 든다. 특히 버스를 오르내릴 때는 부들부들 떨며 시간을 끈다. 할머니의 사정 같은 것 알 리 없는 운전기사가 신경질적으로 고함을 치면 할머니는 더욱 사는 게 서러워진다. 한번은 윗골쪽에서 지팡이를 짚은 할머니가 걸어오시기에 어디 갔다오시는가 물었더니, "빠스에서 더디 내린다고 저어쫌 실고 가서 내리놓잖애…" 하신다. 마을에서 1킬로나 먼 곳까지 끌고 가서 내려놓은 것이다.

재작년부터 북한에서 가뭄과 물난리로 동포들이 살아가기 어렵다는 소문을 들어왔다. 하지만 그건 맨날 들어온 그 소리가 그 소리로만 여겼다. 6·25 전쟁 이후 우리는 귀가 따갑도록 북한동포들의 참상을 들어왔기 때문이다. 아오지 탄광으로 끌려가 강제노동에 시달리고, 해마다 농사지은 건 당에서 다 빼앗아 가고, 한 식구끼리도 서로 감시하며 감옥 아닌 감옥살이를 한다고, 교과서에서, 동화책에서, 라디오의 김삿갓 북한방랑기에서, 유치원에서, 중학교 고등학교 웅변대회에서 "때려잡자, 김○○!" 이렇게 자나깨나 들어온 소리다. 그래서 우리는 양치기 소년의 거짓말처럼 어떤 소리도 북한소식은 믿을 수 없게 되어버렸다.

그런데 정작, 요즘 들려오는 소식은 거짓말이 아니었다.

배고픈 아이들이 떠돌아 다니다가 어느 기차역에서 50명이 얼어죽었고, 두만강가에다 거적에 싸서 버린 아이들의 시체가 줄을 잇고, 처녀들이 백만원에 중국사람에게 팔려가고, 사람을 죽이고 불을 질러 곡식을 훔쳐가고, 심지어 사람고기까지 먹는 끔찍한 일도 일어난단다. 올 여름까지

6백만에서 8백만이 굶어죽을 위기에까지 왔다고 한다. 8백만이면 북한주민 3분의 1이 죽는다는 말이다.

어쩌다가 이렇게까지 된 것일까? 어버이 수령님의 보살핌으로 세상에서 부러움 없이 살아가는 나라라고 큰소리치던 것이 모두 거짓말이었던가? 정말 기가 막힐 일이지 않는가.

너무도 오랜 세월 우리는 남의 나라 침략에 시달리고, 가뭄과 홍수에 시달리며 고통스럽게 살아왔다. 하지만 지나간 시절의 고생은 돌이킬 수도 없지 않는가. 그러나 지금은, 말도 안되는 소리다. 분단과 6·25 전쟁까지는 그래도 외세에 의한 고통이라 말할 수 있지만 지금은 절대 아니다.

온 세상 지구 반대쪽까지 비행기를 타고 갈 수 있고, 팩스가 통하고, 전화통화를 할 수 있는 세상에, 한 땅덩어리 안에서 굶어죽어가는 것조차 모르고 있었던 건 부끄러움을 넘어 죄악이다. 천만 이산가족은 바로 부모형제인 직계가족들이다. 차를 타면 몇십 분 몇 시간이면 갈 수 있는 곳에 우리는 50년이 넘도록 서로의 소식도 모르고 살아왔다. 사람이 떼죽음을 당하고 있어도 그게 참말인지 거짓말인지 의심하게 된 이상한 나라로 살았다.

대체 어떻게 해야만 될까?

아직도 장벽은 두껍게 막혀있고 전화도 안 통하고 편지도 못한다. 제발 당장 통일은 못하더라도 서신연락이라도 주고받게 해주기 바란다. 그리고 얼마간 휴전선 한 귀퉁이라도 뚫어 굶어죽는 동포에게 밀가루라도 강냉이라도 보낼 수 있게 해야 한다.

우리가 가진 것으로 조금씩만 나눠 보내면 올 여름 햇강냉이가 나면 굶어죽지는 않을 것 아닌가. 하루 한끼씩 죽을 쑤어 먹더라도 한줌씩의 쌀을 모아 앞으로 몇개월만 함께 고생을 하자. 비록 얼굴은 마주 보지 못해도 함께 나눠 준 쌀과 밀가루로 우리는 한 겨레 한 동포라는 걸 확인하면서 살자. 그래서 이 땅에 다시는 한스러운 역사를 남기지 말자. (1997년)

# 분단 50년의 양심

"소온님, 들어오세요."
"고맙슴니다."
"돌 가 보."
"돌 가 보."
"지인 사람 나가주세요."
평양 보통강 빈터에서 아이들이 줄넘기를 하고 있었다. 남쪽 아이들이
일상으로 하고 있는 그 줄넘기를 그쪽 아이들도 하고 있는 것이다. 까만
단발머리를 나풀거리며 열심히 줄을 돌리고 뛰고 또 뛴다.

지난해 6월, 남북정상회담이 있은 뒤부터 텔레비전에서는 북쪽 여기저
기 산과 들과 도시와 그곳 사람들 모습을 보여줬다. 단정한 옷차림을 한
김일성종합대학 학생들, 거리에서 교통정리를 하는 여자 교통순경, 애기
를 업은 아주머니들, 재잘대며 책가방을 들고 가는 인민학교 아이들, 노
동자 아저씨들…

영화 〈홍길동〉이도 〈춘향전〉도 〈임꺽정〉도 우리처럼 즐기며 사랑하며
살아가는 사람들을 왜 우리는 여태까지 적이라고 부르며 막아놓고 살았
을까?

"남과 북은 서로 다르다, 사상도 다르고 제도도 다르고 인간성 자체부터 다르다, 북은 소련 공산주의 빨갱이 집단이고 남은 미제국주의 앞잡이 괴뢰집단이고, 그래서 적이 되고 원수일 수밖에 없다…"

50년간 우리는 이렇게 서로가 적을 만드는 구실을 내세워 반목하고 증오하게 만들었다.

사람 다른 것이야 한 집안 식구끼리도 형제간에도 다르다. 쌍둥이도 똑같지가 않다. 어디가 달라도 다르다. 겉모양만 다른 게 아니라 생각도 다르다. 다르기 때문에 사람인 것이다. 똑같으면 사람이 아니라 기계다. 만들어놓은 인형이다.


1945년 겨울, 내 나이 아홉살 때였다. 도쿄 공습으로 우리는 후지오카라는 시골로 피난가서 살고 있었다. 뽕나무밭이 넓게 펼쳐진 들판 한가운데 판잣집 다섯채가 있었고 한국 노무자 아저씨들이 모여 살았다.

일본이 전쟁에서 지고 난 뒤, 일거리가 없어진 노무자 아저씨들은 어렵게 하루하루를 살다가 결국 뿔뿔이 흩어졌다. 판잣집이 모두 헐리고 우리집도 근처 농가 누에치는 잠실을 빌려 이사를 했다. 그 집에 새로운 아저씨들이 찾아왔다. 도쿄에 유학을 왔던 한국유학생들이었다. 아저씨들은 함경도, 평안도, 경상도, 전라도 각지에서 온 십여명 가까운 젊은이들이었다.

그들은 비좁은 방 안에 모여 밤샘을 하면서 무엇인가 의논을 했고, 조선부인회니 조선청년동맹이니 단체를 만들고 자주 모임을 가졌다. 조선 치마저고리를 입은 아주머니들이 모이고 태극기도 만들었다. 무언가 굉장한 일을 하는 듯이 보였다.

이듬해 4월에 우리는 그 아저씨들과 헤어져 고국인 한국으로 돌아왔고 그뒤, 그들은 두번 다시 보지 못했다.

그것뿐이었다. 거기서는 그냥 환희와 희망에 넘쳐 열심히 무언가 하고 있었고 모두가 하나였다.

그 다음, 1947년 4월이었을 게다. 경상도 청송지방 장터가 있는 작은 시골 초등학교에서 엄청난 일을 목격했다. 백명도 넘는 남녀 청년들이 태극기와 함께 붉은 기를 휘날리며 모여든 것이다. 함께 고루고루 평등하게 사는 나라를 만들자는 연설을 했고 만세를 부르고 노래도 했다.

붉은 깃발을 높이 들고서
우리들은 ○○을 지킨다 …

뒤늦게 진압에 나선 경찰들과 맞서 혼란이 일어났다. 젊은이들 몇은 포승줄에 묶여 끌려갔고 대부분 많은 청년들은 어디론가 흩어져 숨었다. 갑자기 조그만 시골장터 마을은 공포 속에 떨었고 집 나간 젊은이들은 돌아오지 않았다.

그 뒤 가끔, 주재소는 습격을 당했고 습격을 한 그들은 빨갱이, 혹은 공비라고 불렀다. 주재소는 이층집보다 더 높이 담장을 쌓고 밤낮없이 보초를 섰다.

그러고 나서 3년 뒤에 6·25 전쟁이 일어났다. 백만명이 넘는 목숨을 잃었고 집과 재산을 잃었다. 천만 이산가족이 생기고 남북은 돌이킬 수 없는 적이 되었다. 온 나라가 쑥밭이 된 것이다.

무찌르자 오랑캐 몇천만이냐 …

조그만 여자아이들이 줄넘기를 하면서도 반공노래를 불렀다. 온 세계의 반공을 이 조그만 남한땅이 다 짊어진 것처럼 용감했다.

"소련에 속지 마라. 미국을 믿지 마라. 일본이 일어난다."

이런 구호도 사라지고 우리의 적은 오직 같은 핏줄인 북조선 하나뿐이었다. 자나깨나 반공, 먹고나도 반공, 일터에서도 학교에서도 흡사 우리는 반공을 위해 살아가는 백성이 되었다.

"나는 공산당이 싫어요!" 하면서 그 공산당에게 총을 맞고 죽었다는 이승복 군은 소년영웅으로 추켜세워졌다. 열살짜리 아이를 반공영웅으로 만든 나라는 대한민국뿐일 것이다. 국회에서도 학교에서도 심지어 교회에서도 모든 아이들을 이승복이 되라고 가르쳤다.

지난 겨울, 한 노시인이 세상을 떠났다. 그분을 '국민시인'이라고 했고 정부에서는 훈장을 내렸다.

그런데 그분은 일제가 우리 국민을 가장 참혹하게 박해하고 있을 때, 그들의 편이 되어 그들이 바라는 글을 썼다. 수십만의 종군위안부가 끌려갔고, 그보다 더 많은 우리 젊은이들이 징병으로 징용으로 끌려갔다. 개를 잡아가고 곡식을 뺏어가고 문화재를, 지하자원을, 우리말 우리글을 말살하려 한 그들에게 붙어서 선동을 했다.

시인이란 어떤 사람인가?

구약성서에 보면 소돔과 고모라가 망한 것은 의인 열 사람이 없었기 때문이라고 하였다. 그럼, 우리가 고난을 당하고 있을 때, 이 땅에는 의인이 없었던 걸까?

박이엽 선생이 쓴 《한국교회사》 안중근편을 보니, 북간도 독립군으로 싸웠던 안중근이 일본군 포로를 죽이지 않고 살려 보낸 대목이 나온다.

동지 하나가 안중근에게 따지고 든다.

"잡은 놈을 놓아줄 바엔 무엇 때문에 목숨을 내놓고 싸웁니까?"

안중근이 대답한다.

"우리는 포로를 상대로 싸우는 것이 아닙니다. 우리의 적은 침략자들이요, 힘없는 자와 선량한 사람은 비록 일본인이라 하더라도 죽여서는 안 됩니다."

그 뒤 안중근은 죄없는 일본군을 상대하기보다 제국주의 앞잡이인 이등방문 하나를 죽이는 쪽이 국권을 회복하는 빠른 길이라고 다짐하게 된다. 그는 착실한 천주교 신자였지만 많은 사람을 살리기 위해 한 사람의 희생은 어쩔 수 없다는 생각을 한다.

결국 하얼삔역에서 이등방문을 죽였고 그도 다섯달 뒤 교수대에서 이슬처럼 죽었다. 그는 죽기 전 여러편의 시와 글을 남겼다.

장부는 비록 죽을지라도 마음이 쇠와 같고
의사는 위태로움에 임할지라도 기운이 구름 같도다.
눈보라친 연후에야 송백이 시들지 않음을 아느니라.
이로움을 보거든 정의를 생각하고
위태로움을 보거든 목숨을 주어라.

서른두살의 안중근은 진정한 의인이요 이 땅의 시인이었다. 온 세상이 모두 "하일 히틀러!"를 외쳐대도 "절대 아니오!" 할 수 있는 사람이 시인이 아니던가.

요즘은 오히려 일본인들이 가장 좋아하고 마음으로 흠모하는 한국인은 안중근과 윤동주라고 한다. 푸른 소나무처럼 살다간 그분들은 일본을 상대로 싸웠지만 진정한 이유는 목숨에 대한 사랑과 불의에 대한 미움이었다.

안중근이 독립군이 되기 전, 어느 프랑스 신부에게 도움을 요청한 일이 있었다. 그 신부는 단호하게 거절을 했다. 그리고 그는 그 누구도 한국의 참상을 도와주지 않을 것이니 한국인 스스로의 힘으로 나라를 구해야 한다고 가르친다.

"… 하늘은 스스로 돕는 자를 도울 뿐이오."

그 신부는 보불전쟁의 예를 든다.

"우리 프랑스가 프러시아 제국의 침략을 받아 위기에 처했을 때, 그 어느 나라도 우리 프랑스를 도와주려 하지 않았소. 나라간의 관계는 그런 것이오. 내 힘이 없으면 아무도 도와주지를 않소. 내 힘, 오직 내 힘만이 진정한 힘이오."

1945년 일본이 망하면서 우리는 해방을 맞이했다. 그러나 미국과 소련은 삼팔선을 긋고 나라를 반으로 갈라놓았다. 결국 해방은 또다른 모양으로 두 강대국에 의해 속박당한 것이다.

1948년 김구 선생이 삼팔선을 넘어 남북협상을 실현해보려 했지만 실패했다. 혼자의 힘으로는 될 수가 없다. 의인 열 사람이, 그 열 사람의 김구만 있었더라면 삼팔선은 걷어치울 수도 있었고 분단은 극복되었을 것이다.

이로움을 보거든 정의를 생각하고
위태로움을 보거든 목숨을 주어라.

안중근의 시 한 구절은 그 당시, 각자 개인의 잇속을 챙기기에 눈멀었던 사람에겐 아무 소용이 없었다. 일제의 앞잡이들이 다시 미국의 앞잡이가 되었기 때문이다.

분단 50년을 우리는 어떻게 살았던가? 모두가 꼭두각시 인형처럼 살지 않았는가?

과연 몇 사람의 양심있는 시인이 있었던가?

물론 몇 사람은 있었다.

하지만 더 많은 시인이, 소설가가, 교육자가, 정치가가, 종교인이, 지식인이 제 잇속을 위해 살았다.

그래서 우리는 통일을 못 이룬 것이다. 이유는 그것뿐이다. (2001년)

# 새야 새야

지난 겨울은 참 추웠다. 추위만큼 눈도 엄청 내려 온 세상이 새하얀 눈으로 덮였다.

마당가 앵두나무 앙상한 가지에서 참새 한 마리가 오롱오롱 떨고 있었다. 언뜻 생각해보니 저놈이 먹을 게 없어서 저렇게 떨고 있구나 싶었다.

마침 작년의 묵은쌀이 있기에 한 바가지 떠서 마당 구석으로 뿌려놓았다. 하룻동안은 몰라서 그랬던지 조용하더니 이틀이 지나자 백 마리도 넘는 새들이 몰려왔다. 참새랑 까치랑 산비둘기랑 굴뚝새, 양진이, 오목눈이 … 갖가지 새들이 내려와 재재거리며 쌀을 쪼아먹는다.

쌀을 먹는 데에는 작은 새들이 훨씬 유리한 모양이다. 커다란 까치는 많이 굼뜨다. 부지런히 쪼아먹느라 모두 바로 곁에 누가 있는지도 모른다.

어떻게 이토록 갖가지 종류의 새들이 몰려와서 함께 모이를 먹을까? 조금 신기했다. 도대체 누가 제일 먼저 쌀이 있는 것을 알았을까? 참새일까, 산비둘기일까?

어느 것이든 먼저 알아차린 놈이 누군가 데려왔을 게다. 누구한테 어떻게 전해줬을까? 자기들끼리한테만 알린 것이 다른 새들한테까지 들켜버려 이렇게 여러가지 새들이 함께 몰려온 걸까? 아니면 아예 처음부터 모든 새들한테 소문을 퍼뜨린 걸까?

새들은 어떻게 말을 할까? 내가 듣기엔 그냥 지지지, 찍찍, 깍깍, 이런 토막소리밖에 안 들린다. 참으로 사람이란 무식하고 무지하다. 새들의 말소리도 알아듣지 못하니 말이다.

저희들끼리는 그렇게 토막토막 내고 있는 소리로도 서로 대화가 되는 모양이다. 가끔 가다가 뭐라 뭐라 지지거리면서 서로 흘끔흘끔 쳐다보는 걸 보니 그저 신기할 따름이다.

"아이구, 맛있다!"

"어떻게 이런 데 쌀이 있을까?"

"그래 말이지."

"눈이 내릴 때 하늘에서 쌀이 내려온 걸까?"

"그건 아니야. 하늘에서 쌀이 내려온 건 한번도 없었으니까."

"그럼 어디서 뿌려진 거지?"

"아마 마음 착한 사람이 뿌려준 걸 거야."

새들이 조잘대는 것을 내 멋대로 해석해보았다. 그런데 이런 소리도 들린다.

"이것 묵은쌀이지? 어쩐지 맛이 없잖니."

"그래, 벌레 먹은 것도 있고 ….'

"내 생각엔 아마도 누가 못 먹을 성싶으니까 이렇게 인심 쓰는 척 뿌려준 걸 거야."

옛날에는 원래 사람도 짐승도 나무도 다같이 이야기하면서 살았다고 한다. 노루실 할머니가 그런 말을 했던 게 생각난다. 봄에 산으로 나물을 뜯으러 가면 새들이 와서 이렇게 가르쳐줬다고 한다.

"저쪽 골짜기에 가면 산나물이 많단다."

한낮이 되어 목이 마를 땐 또 다람쥐가 나타나 이야기한단다.

"저기 아래쪽 찔레덩굴 옆에 샘물이 있단다."

그래서 모두모두 사이좋게 살았다는 얘기다.

그러던 것이 사람들이 지나치게 욕심을 부려 짐승들과 나무한테 거짓말을 했다는 것이다. 일껏 머루 다래가 많다고 가르쳐주면 조금만 가져가야 할 것을, 혼자서 죄다 따가지고 사라져버린다는 거다.

"에그, 다른 사람 몫도 남겨둬야지" 하면 "그래, 다음엔 그렇게" 해놓고서는 또 혼자서 다 가져가버리곤 했다. 그래서 새들도 다람쥐들도, 노루나 오소리들도 사람하고는 말을 하지 않았다고 한다. 어딘가에 무엇이 있어도 절대 안 가르쳐주고 저희들끼리만 알아듣는 말로 바꿔버렸다는 이야기이다.

그래서 요새는 아무리 귀담아들으려 해도 짐승이나 나무들 말을 못 알아듣는다고 했다. 그럴듯한 이야기다.

만약 앞으로 우리 사람들이 자연 속의 동식물들과 대화가 가능하다면 어떻게 될까? 지저귀는 새소리를 알아듣고, 사슴 노루 같은 들짐승들의 말을 이해한다면 그들에게 많은 것을 배울 수 있을 것이다. 자연의 변화에 민감한 그들에게 많은 정보를 얻을 수 있을 테고 정서적으로도 매우 유익해질 것이다.

쥐, 돼지, 개미 같은 동물들은 지진이 일어나는 것을 미리 감지해내는 특별한 감각기능을 가졌다고 하지 않는가. 옛날얘기에도 나오는 일화처럼, 어떤 마음 좋은 부자 노인이 쥐가 지진이 일어날 것을 미리 알려줘서 집이 무너지기 전에 화를 면했다는 이야기만 봐도 그렇다. 개미가 높은 언덕에 집을 지으면 그 해는 장마가 진다든가, 까치집이 높이 쌓였나 얕게 쌓였나, 그것을 보고 흉년 혹은 풍년의 여부를 알았다고 한다.

사람이 풀과 나무, 새들과 물고기나 뛰어다니는 짐승들과 서로 이야기할 수 있다면 어떻게 될까? '돌아다니는 라디오'라 불리는 임실댁 아주머니는 하루종일 떠들어대며 다닐 테고, 욕심쟁이 고약한 사람은 뭔가 노다

220

지라도 얻고 싶어 수작을 부릴 테고, 거기 따르는 부작용도 엄청 많을 것이다.

사람이란 동물은 어쩔 수 없는 악마일지도 모른다. 악마니 마귀니 악귀니 떠들고 있지만, 알고 보면 그런 못된 것들이 모두 사람들일 것이다. 왜냐하면 사람만 빼고는 다른 자연 속의 동물들은 자연을 파괴하거나 더럽히지 않지 않는가. 온갖 나쁜 짓은 사람들이 다 저지르고 있기 때문이다.

노루실 할머니 말씀이 맞는 말이다. 짐승들과 나무나 풀들이 사람들과 말을 안하게 된 것이 차라리 다행이라면 다행일까.

그러면 어찌해야 될까?

지금도 산골에서 조용히 살아가는 사람들은 자연의 소리를 듣고 있을지 모른다. 절집 스님들 중엔 새들이나 작은 다람쥐하고도 이야기를 나누는 분이 있다 하지 않는가.

가난한 마음으로 사는 것 ….

새야 새야, 정말 너희들이 부럽구나. (2001년)

# 제발 그만 죽이십시오

〈위대한 백인의 승리〉란 영화를 주말 명화극장 시간에 본 기억이 납니다. 흑인 권투선수 챔피언을 백인들이 온갖 치사한 방법을 동원해서 아예 세상에서 매장시켜 버리는 '치사한 백인의 승리'를 그린 영화였습니다.

지금 그런 치사한 백인의 승리가 만들어지고 있습니다. 오사마 빈 라덴이란 마흔살짜리 사나이를 잡기 위해 정의의 기치를 앞세워 미국은 아프가니스탄을 마구잡이로 폭격하고 있습니다.

얄궂게도 이런 때 유엔과 코피아난 사무총장님의 노벨평화상 수상소식이 들려왔습니다. 나는 순진해서 그런지 노벨평화상 받는 사람은 절대 전쟁을 안할 거라 생각했는데, 노벨평화상 수상자이신 우리 대통령 각하가 아프가니스탄 공격을 적극 지지하고 나섰습니다. 노벨평화상금이 어마어마하게 큰돈이라는데 주최측에서 그 상금을 돌려달라고 하지는 않을까요?

하기야 노벨상금이란 것 자체가 무시무시한 폭발물을 만들어 장사해서 번 돈이니 그다지 도덕적이지도 않고 평화적이지도 않습니다.

8·15 해방 직후에 모든 사람이 자유를 찾느라 복잡한 시대를 지냈습니

다. 어느 참봉댁 머슴이 보따리를 싸들고 그 집을 나섰습니다. 이유는 참봉 어르신네가 다 큰 머슴을 보고 "이놈! 저놈!" 하는 것이 심사가 비틀린 거지요. 보따리를 둘러메고 머슴이 대문을 나서자 다급해진 참봉님이 버선발로 뛰어나와 머슴의 뒷덜미를 붙잡았습니다. 그러면서 하는 소리가 "이놈아! 다시는 이놈 소리 안할 테니 가지 마라, 이놈아!"

습관이란 건 몸에 배어버리면 어쩔 수 없나 봅니다. 더욱이 권력을 누리고 있던 인간이야 제 버릇 어떻게 버리겠습니까.

영국과 미국은 자기네들이 세계의 영원한 제국인 줄 알고 있나 봅니다. 화가 루오의 그림 속에 나오는 어느 임금님처럼, 돈 많은 아줌마처럼 하느님께 특별허가증이라도 받아놓은 것같이 자신만만한 모양입니다. 미국 국민의 90퍼센트의 지지를 받고, 이슬람 근본주의자인 극단 테러리스트만 빼놓고 전세계가 이 전쟁에 동참하고 있는 것처럼 대대적으로 선전을 하는 것도 어처구니가 없습니다. 테러집단 응징에 동참하지 않으면 모두 적으로 본다니까 약소 국가들은 어쩔 수 없이 초등학교 1학년생처럼 "예! 예!" 손을 드는 거지요.

그런데 일본이란 나라는 한술 더 뜨고 나서는 게 가관입니다. 세계서 둘째가는 경제대국이 훈도시까지 다 벗은 꼴이어서 민망스럽습니다. 권력이라는 것이, 돈이라는 것이, 저런 것이구나 생각하니 삼국지 백번 읽는 것보다 세상이 명백해집니다.

아이들의 영원한 친구 피터팬과 앨리스의 동화가 있는 나라, 셰익스피어와 스쿠루지의 찰스 디킨즈가 있고 정직했던 대법관 토마스 모어가 있는 나라, 이런 영국이 삽시간에 악마가 되어버렸습니다.

대영박물관 역사유물들이 모두 전쟁으로 약탈해다 놓은 것처럼 영국은 문화예술도, 동심도, 정의도, 그렇게 약탈해다 전시만 해놓는 나라인가요?

선진국이란 그런 것입니다. 그들에게 언제 평화가 있었습니까. 혹시 그들만의 평화는 있었을지 모르지요. 수많은 약소국을 식민지로 만들어 노

동과 자원을 착취하고 정신까지 뺏아간 그들은 안락의자에 앉아서 평화
를 선전하면서 한번도 반성도 참회도 안했습니다.

인디언들과 그곳 수많은 동물을 학살하고 자연을 파괴하고 먼 곳 아프
리카인들까지 끌고 가 노예를 삼아 거대한 부자가 된 미국도 마찬가지입
니다. 그들은 하느님마저도 독점을 했고 다른 나라 종교는 모두 이단이라
미신이라 왜곡시켰습니다. 그렇게 학살과 파괴와 능멸 위에 세워진 거대
한 모든 것을 선진이라 했고, 평화라 했고, 정의라 했고, 도덕이라 했고,
예술이라 했습니다.

작년인가요? 세계에서 가장 행복한 나라가 어딘가 조사를 했다는데 뜻
밖에도 가장 가난한 나라 방글라데시였다지요. 반대로 가장 자살자가 많
은 나라는 최대 복지국가인 선진국이었다니 어째서 그들은 죽고 싶을 만
큼 불행했을까요.

흔히 폭력적인 인간은 미개하고 가난한 나라 국민이라고 생각하지만
절대 그렇지 않습니다. 온몸으로 밭을 갈고 김을 매고 등짐을 지고 사는
사람들은 폭력을 일삼을 기운이 남아있지 않습니다.

바보 이반은 임금이 되고도 노동을 하면서 살았습니다. 몸으로 일하며
살아가는 사람이 어떻게 무시무시한 핵무기를 만들며 세균으로 무기를
만들겠습니까.

이 세상에 태어난 사람은 언젠가는 모두 죽습니다. 그냥 제 명대로 살
다 죽는 것도 죽을 때는 서러운데, 왜 비참하게 전쟁으로 산 목숨을 죽이
는지 그것만은 절대 지지해서는 안됩니다.

노벨평화상을 1년에 한명씩 뽑아 준다고 세상이 평화로 지켜지는 것은
절대 아닙니다. 노벨상 재단이 가지고 있는 많은 돈을 차라리 한맺힌 사
람들, 강대국에 의해 학살당하고 빼앗기고 쫓겨난 가난한 사람들에게 그
냥 나눠주는 게 좋겠습니다.

그리고 지난날 전쟁으로 약탈해다 부자가 된 나라는 모든 걸 되돌려줘
야 할 것입니다. 전쟁으로 죽은 사람까지 살려내지는 못하지만 뺏아간 건

돌려줄 수 있지 않겠습니까.

제단에 제물을 바치기 전에 먼저 원한을 산 이웃과 화해하라고 성경책은 가르치고 있습니다. 기독교와 이슬람의 문화충돌이란 말도 안됩니다.

미국은 뼛속까지 아프게 반성해야 합니다. 인디언들에게 저지른 만행에서 아프리카에서 행한 노예사냥, 그리고 아시아에서 일으켰던 모든 전쟁과 최근 코소보 전쟁까지, 미국은 수백년간 전쟁으로 시작된 전쟁의 역사였지 평화와 정의는 그 어디에도 없습니다. 헐리우드 영화의 폭력은 그런 역사가 만들어낸 미국만의 폭력문화입니다. 서부활극에서 마피아 영화까지 미국은 온 세계에 이런 폭력을 퍼뜨리고 있는 것입니다.

따지고 보면 무역센터 비행기 폭파사건도 미국이 저지른 폭력이 부메랑처럼 되돌아간 것이지 다른 누가 일방적으로 저지른 건 절대 아닙니다. 지금 탄저균 살포로 두려움에 떨고 있는 미국인들을 보고 있자니 한심스럽습니다.

제2차 세계대전 때 만주에 있던 일본군 731부대에서 인간생체실험용으로 만들었던 화학무기가 패전 후 고스란히 미국으로 옮겨진 것으로 압니다. 그중 일부는 한국전쟁시 휴전선 근처에 뿌려졌고, 80년대 이란 이라크 전쟁시엔 화학무기로 사용되었지 않습니까. 미국이 이라크에 제공했던 세균무기로 걸프전 때 미군 다수가 피해를 입었고, 이번엔 결국 미국 본토까지 탄저균 소동이 일어난 것입니다.

과학문명은 인류에게 좀더 나은 삶을 위해 많은 과학자들이 일궈낸 성과물임엔 틀림없습니다. 그러나 과학은 우리 인류의 바람과는 다른 악마의 모습으로 불행을 가져왔습니다. 히로시마, 나가사키의 원폭피해는 과학의 이중성을 똑똑히 보여주었습니다.

뉴욕 맨해튼의 비행기 테러는 슬픈 일입니다. 1백십층짜리 건물만 무너진 게 아니라 사람이 죽었기 때문입니다. 함께 살고 있던 가족들이, 아들딸이 죽고, 아버지가 죽고, 형제가 죽고, 친구가 죽었는데 왜 가슴이 아프지 않겠습니까.

하지만 미국은 알아야 합니다. 오사마 빈 라덴이란 테러리스트를 만든 건 미국이 저지른 여태까지의 잔인하고 더 큰 테러입니다. 빈 라덴을 잡기 전에 미국이 쌓아놓고 있는 어마어마한 전쟁무기를 폐기처분할 생각은 없을까요. 그러지 않고는 빈 라덴이 잡혀 죽은 뒤에도 똑같은 오사마 빈 라덴은 계속 생겨날 것입니다.

무기를 만드는 그 엄청난 비용을 평화를 위해 사용하면 누가 미국을 미워하겠습니까. 만약 그리 하고도 못된 테러리스트가 있다면 그때는 정말 온 세계가 나서서 응징할 것입니다. 지금 세계가 아이 어른 할 것 없이 미국의 행동을 하나하나 지켜보고 있습니다.

우리 모두 자연을 봅시다. 자연은 말이 필요없습니다. 땅 위로 하늘과 물 속에서 뭇 생명은 자연스레 자신의 삶의 터전 그 자리에서 너무도 잘 살아가고 있습니다. 어느 하나가 자신만을 위해 자신의 동족만의 제국을 만들지 않습니다. 커다란 코끼리에서 조그만 개미까지 서로 조금씩 희생하면서 함께 살고 있습니다.

백인들이 미개인이라 불렀던 인디언들은 대지는 모든 목숨들의 것이라 생각하여, 사지도 팔지도 소유하지도 않았습니다. 그렇게 사는 것이 이슬람이나 기독교의 하느님 뜻대로 살아가는 길이기도 합니다. 자연대로 태어나 자연대로 살다가 자연대로 죽는 것이 진정한 종교입니다. 그 이상도 그 이하도 욕심내어서는 안됩니다. 조금씩은 배고프고 춥고 불편하게 사는 게 평화로운 삶이 됩니다.

뉴욕 맨해튼 테러로 희생된 사람들과 그들의 가족들이 이번에 겪은 참상이 가슴아픈 일인지 알았다면, 지난날 미국인과 영국인이 저질러온 수백년간의 폭력으로 지상의 수많은 사람들이 얼마나 참혹하게 죽어갔고 살아남은 사람들은 얼마나 또 슬프게 고통스럽게 살아왔는지 깨달아야 합니다. 그래야만 모두가 또다른 테러의 공포에서 벗어날 수 있습니다. 하느님의 말씀대로 살아있는 것에 대한 사랑을 행동으로 옮겨 살아야 합니다. 그러지 않으면 미국은 스스로 자멸하고 말 것입니다.

제발 좀 그만 죽이십시오.

2001년 10월 25일
1866년 미국의 셔먼호 침략 이래
백년이 넘도록 시달리고 있는 한국에서

# 백성들의 평화

김종철 선생님.

지난 2월 8일 진눈깨비가 내리는데 고속도로 남안동을 지나시다 잠깐 들르겠다고 한 걸 그냥 가라고 했댔지요.

꼭 1년 전 겨울, 밤 12시가 가까워오는데 전화벨이 울려 받아보니 지식 산업사 김 사장님이었습니다. 안동역에서 전화하는데 우리집에 묵어가고 싶다는 것입니다.

너무 늦어 안되니 그냥 서울로 가시라고 했더니 그냥 갔습니다. 그런데 나중에 만나서 하는 말이 "꼭 실연당한 느낌이 듭디다" 하는 겁니다. 그 때 미안했던 마음이 아직 잊혀지지 않는데 김종철 선생님은 그날 어떤 생각이 들었을까요? 실연당한 만큼 섭섭하지는 않았지만 몹시 괘씸하다는 생각은 안했을까 싶습니다.

요즘 누가 오겠다 하면 무조건 오지 말라고만 합니다. 이유도 없이 "오지 마십시오" 하니까 모두 화가 날 것입니다. 사람이 이렇게 불친절하고 게을러집니다. 왜 이리 되었는지 몇마디로는 설명이 안됩니다.

빌뱅이라는 이 집에 이사온 지 올해로 꼭 20년입니다. 처음 올 때는 3 년만이라도 살아준다면 집 지은 값은 하겠다는 생각이었는데 3년의 7곱절이나 되었습니다. 하루하루 견디다 보니 이렇게 되었습니다.

바그다드가 함락되는 모습을 텔레비전을 통해 보았습니다. 아이들이 연합군 병사들을 향해 브이자를 그려보이며 환호하고 트럭 뒤를 쫓아가면서 "워터! 워터!" 소리치고 있었습니다. 마실 물이 없어서 얼마나 힘들었겠습니까. 생수병을 던져주니 받아들고 싱글벙글하는 아이들, 53년 전 우리 어린 시절과 너무나 같았습니다. 그때 우리 아이들도 미국병사들을 따라다니며 "헤이 헤이, 기브미 초콜렛!" 그렇게 외쳐대면 과자부스러기가 한줌 던져지고 아이들은 그걸 줍느라 서로 밀치고 자빠지고 했습니다.

사담 후세인의 동상이 넘어지고 그걸 쳐다보고 환호하고, 어디든 빈집에 들어가 훔치는 짓도 6·25 전쟁 때와 같았습니다. 그땐 사과밭이 작살나고 콩밭 메밀밭이 태풍이 지나간 뒤처럼 아무것도 남지 않았습니다. 피난민들이 모두 먹어치운 것입니다.

6·25를 겪지 못한 세대들은 바그다드를 보면서 혀를 차며 웃었을지 모르지만 우리는 더한층 비겁했습니다. 인공기가 들어오면 인공기를 향해 만세를 불렀고, 태극기가 들어오면 태극기를 향해 만세를 불렀습니다. 그래야 살아남기 때문입니다. 애국이니 충성이니 모두 헛것입니다.

1945년 일본이 패망했을 때 사이판 군도나 오키나와에 살던 사람들은 일본천황을 위해 용감히 죽어갔지만 그것 또한 천황에게 속아서 그리 한 것입니다.

"미국은 주민들을 보면 모두 쏘아 죽일 테니 그러기 전에 부끄럽지 않게 먼저 너희들 스스로가 죽으라."

얼마나 용의주도하게 주입시켰기에 불쌍한 백성들은 그대로 따라 스스로 죽어간 것입니다. 어머니는 어린 자식을 목졸라 죽이고, 가족끼리 독약을 마시고 집단자살을 하고, 칼로 목을 찔러 죽이고, 낭떠러지에서 뛰어내려 죽고, 그들은 천황을 위해 마지막 충성을 죽음으로 바친 것입니다. 어느 천황이 자기 백성을 그렇게 죽도록 강요한단 말입니까. 백성을 개처럼 마음대로 부려먹는 것이 일본 제국주의였습니다. 앞으로 이라크는 어떻게 될지, 거기 사는 백성들은 누구 밑에서 기만당하며 살아갈지 한숨밖에 안 나옵니다.

그러면서 나는 우리 현실이 걱정입니다. 또다시 열화우라늄탄이 이 땅에 비오듯이 떨어지면 그때 우리는 어떤 모습으로 목숨을 부지하려 애쓸까요?

6·25 전쟁 당시엔 2차대전 때 전세계에 뿌려졌던 네이팜탄의 다섯갑절이나 이 조그만 한반도에 퍼부어졌다고 했지요. 그 당시 미국 어느 심리학자가 한국에 와서 폭격으로 폐허가 된 이 땅 곳곳을 다니며 사람들의 정신상태가 어떤지 조사를 했답니다. 그분은 어떤 결과를 보고 갔는지 모르겠지만 과연 한국인의 고통을 얼마나 이해했을까요? 이라크 전쟁이 시작되자 이곳 저곳에서 반전시위가 일어났습니다. 노무현 대통령은 너무도 쉽게 미국의 이라크 침공을 지지하고 나선 것도 큰 충격이었습니다. 옛날 군사정권 시대로 되돌아간 느낌이었습니다.

그런데 이번 반전, 반미시위를 보면서 내가 딱하다는 생각이 든 것은 남북의 젊은이가 백만명이 넘게 무장을 하고 군사분계선에서 총구멍을 마주하고 있다는 현실이었습니다. 이 작은 남한땅에 미군기지가 백 개 가까이나 되게 자리잡고, 장갑차가 달리고, 사격연습을 하고, 폭격훈련에 끊임없이 시달리며 죽기도 하고 다치기도 하는데도 우리는 평화 속에서 살고 있다는 건 큰 잘못이지 않습니까.

왜 우리 젊은이들이 군대에 당연히 가야 하는지, 휴전선에서 총을 맞대고 있는 병사들이 과연 애국 때문인지, 대치하고 있는 상대방이 정말 적인지, 왜 그래야만 하는지 생각해보지도 않고 따지지도 않고 무조건 나라를 위해 충성한다는 게 맞는 것인지요.

요즘 어느 방송국에서 'TV 내무반 신고합니다'가 인기 프로그램으로 방영되고 있는데, 나는 한두번 보다가 정말 어처구니가 없었습니다. 사람 죽이는 군대훈련이 뭣이 좋다고 웃고 감동하는지, 나 같은 별종인간은 도무지 이해가 가지 않습니다.

같은 분단을 겪은 독일은 저렇게까지는 안했잖습니까. 우리는 영원히 후진국 티를 내느라 군사문화를 찬양하는 게 싫습니다. 남북 이산가족이 만나 울고불고 하는 것도 화가 납니다. 양쪽 정부 ─ 정부인지 사기꾼들인지 ─ 가 선심이라도 쓰는 척 이따금, 그것도 했다가 말았다가 왜 자기네들 멋대로 혈육끼리 만나는 것을 가지고 장난치는 것입니까.

7·4 남북 공동성명에서는 외세를 배격하고 민족자주통일을 위해 노력한다고 큰소리쳐 놓고 그것도 결국 실현시키지 않았습니다.

6·15 남북 정상회담에서는 '연합제(낮은 단계의 연방제)' 안을 서로 수용하기로 합의까지 했지만 그것도 물거품이 되어버렸습니다. 연합제(낮은 단계의 연방제)가 어떤 것인지 잘 모르지만 한다고 했으면 해야 되지 않습니까.

남북 모두가 민주공화국이며 인민(국민)이 주인이라고 하면서, 국민은 언제나 이용만 당해왔습니다.

노무현 대통령이 참여정부라고 뜻있는 말을 했습니다. 국민이 정부에게 의견도 낼 수 있고, 간섭도 할 수 있는 국민주권을 인정한 것입니다.

그래서 나도 한마디 하려고 합니다.

나는 미군철수를 원합니다. 그들이 가지고 온 총 한 자루, 탄알 한 개까지 깨끗이 가지고 떠나가기를 바랍니다. 그리하여 휴전선에 배치된 우리 군인들도 모두 무장해제시켜 고향으로 보내기를 바랍니다.

고향으로 돌아가 각자 하고 싶은 공부도 하고, 마음에 드는 직업을 가지고 열심히 일하게 해주십시오. 한반도엔 남쪽이나 북쪽이나 군대는 필요없습니다.

이제는 국가라는 테두리 안에서만 갇혀있지 말고 젊은이들 스스로 인생을 보람있게 살아야 합니다. 짧은 인생, 좋은 일만 하다 죽는 것도 모자라는데, 무엇 때문에 전쟁 같은 것을 해야 합니까.

함께 서로 도우며 누구한테나 어디서나 재난이나 사고가 생기면 모두 119 구조원이 되어 이웃나라, 먼곳 아프리카까지 사랑으로 봉사하는 진정한 삶을 살도록 도와줘야 합니다. 그 어떤 전쟁도 젊은이들은 단호히 거부하고 나서야 합니다.

이웃나라끼리 국경도 열어놓고 생김새나 피부색이 달라도 모두 한 식구가 되어야 합니다. 정부는 그렇게 하도록 적극 도와야 합니다. 더이상 남북 정부는 백성 위에 군림하지 말고 국민 스스로 평화롭게 살도록 해야 합니다. 어떤 이념도 사람을 위해 있는 것이지, 사람이 이념의 노예가 되어서는 안됩니다.

사람을 위한 사상과 종교, 그리고 교육, 예술이 바로 자리잡힐 때 우리는 이 지구 안에 있는 모든 생명과 더불어 살아갈 수 있는 것입니다. 한반도의 백성들이 특별히 무슨 큰 죄를 지은 것도 아닌데, 왜 이토록 고통스러운 세월을 살아가야 합니까.

나라 안이나 바깥 정세를 면밀히 살피고 대처해나가는 것도 약소국에겐 아무 의미가 없습니다. 강대국은 오십보 백보 앞서가면서 교묘하게 여기저기 덫을 놓아 헤어나지 못하게 하니까요.

어쩔 수 없이 우리는 정세를 거꾸로 뒤집어엎을 수밖에 없습니다. 남북은 깨어나야 합니다. 목덜미를 묶인 채 노예처럼 질질 끌려다니며 사느니 죽더라도 사슬을 잘라 던지고 뛰쳐나갈 수밖에 없습니다.

김종철 선생님, 2월 8일 우리집에 못 오게 한 것 거듭 죄송합니다.

기운이 없어 그만 쓰겠습니다.

2003년 4월 15일

# 골프장 건설 반대 깃발이 내려지던 날

지난 4월 19일 이곳 조탑리 마을 스피커에서 이전과 다른 이상한 소리가 울려 퍼졌다.

"동민 여러분, 말씀드리겠습니다. 골프장 건설 반대가 적힌 노랑 깃발을 모두 내려주십시오. 다시 말씀드립니다. 집집마다 달아놓은 골프장 반대 깃발을 이제는 내려주십시오."

가슴이 철렁 내려앉는 듯한 기분이었다. 며칠 전까지만 해도 스피커에서는 정반대되는 소리가 저렁저렁 울려나왔기 때문이다.

"동민 여러분, 속히 나오십시오! 늦어도 여섯시 반에는 출발해야 합니다. 경운기가 있는 집에는 경운기를 끌고 나오고 자동차가 있는 집에는 자동차를 몰고 나오십시오! 노인들까지 한 사람도 빠지지 말고 현장으로 나오십시오. 골프장 건설을 끝까지 막아야 됩니다."

마을 이장님의 목소리는 처절하리만큼 간곡하였다. 마을 주민들은 여든살 노인까지 머리에 빨간 띠를 질끈 매고 골프장 건설현장까지 몰려갔다. 가서는 불도저를 끌어내고 포크레인을 막아서고 나무를 베는 전기톱을 뺏았다.

작년 2003년 12월에 골프장 건설허가가 정식으로 나면서 본격적으로 현장작업이 시작되었다. 그러자 주민들은 총동원이 되어 몸으로 막았던 것이다. 그런데 갑자기 반대시위를 중단하게 되었으니 얼마나 허탈했겠는가.

골프장 반대 대책위원장님 말을 들어보니 더욱 가슴이 아팠다.

"어쩔 도리가 없었습니다. 하루 이틀도 아니고 매일 주민들을 동원하는 것도 무리라는 걸 깨달았습니다. 그래서 포기하기로 했습니다."

과연 그럴 수밖에 없었구나. 장장 16년간이나 시달려왔으니 주민들 모두가 지칠 대로 지친 것이다.

이곳 중앙고속도로 남안동 나들목 맞은편 지작골이란 산에 골프장이 건설된다는 말은 1988년부터 나왔다.

그 해 어느 날 마을 청년들 십여명이 업체측의 초대를 받고 풍성한 대접을 받고 왔다. 향응이란 것이 바로 이런 것이구나 하고 나도 처음 알았다.

청년들은 풍성한 접대만 받은 것이 아니라 마을에도 큰 선물을 가득히 안고 왔다. 골프장이 건설되면 마을이 금방 부자 마을이 된다고 했다. 젊은이들은 젊은이대로, 노인들은 노인대로 모두가 골프장에 취직이 되고, 근방에서 생산되는 농산물은 골프장에 찾아오는 손님들한테 높은 값으로 팔 수 있게 직판장을 만들어주고, 한마디로 대박이 터진 것이다.

마을사람들은 너도나도 골프장 건설에 찬성하는 데 도장을 찍었다. 며칠 만에 90퍼센트가 넘는 찬성표가 나온 것이다. 그러나 일이 그리 쉽게 되지는 않았다. 골프장 건설에 따르는 엄청난 피해가 입과 입을 통해 퍼져가기 시작한 것이다. 거기다 업체측에서 약속한 무지개 같은 꿈이 거짓이라는 게 조금씩 드러났기 때문이다. 제일 먼저 반대하기 시작한 건 향응에 초대받지 못한 나머지 청년들이었다.

갑자기 마을 인심이 험악해졌다. 앞뒷집 이웃끼리, 친척간에도 찬반으로 나뉘어져 서로 어울려 싸움까지 일어난 것이다. 가장 가슴 아팠던 것이 바로 이 대목이다. 누구네 아버지가 두들겨맞아 눈알이 빠진 것을 세숫대야에 물을 담아 씻어가지고 병원에 가서 끼워넣었다는 험악한 소문이 들렸다. 누구네 아버지는 귀가 떨어져 역시 병원에 가서 꿰매 붙였다고도 했다.

알고 봤더니 눈알이 빠지진 않았고 빠질 뻔했을 만큼 맞아서 퉁퉁 부어 있었다. 누구네 아버지의 귀도 약간 찢겨져 치료를 받은 게 사실이었다. 이렇게 살벌한 가운데 찬반 양쪽이 나뉘어져 서로 대립하게 되었다.

자본주의 경제의 실체가 어떻다는 것을 이곳 조탑리 골프장 건설과정에서 똑똑히 볼 수 있었다. '경제성장'은 중동전쟁이나 이 조그만 마을에서 일어나는 모양이 크고 작은 차이뿐이지, 폭력이 동원되는 것은 똑같았다. 인간성이 파괴되고 인명의 살상과 자연파괴는 필수적인 것이다.

중앙고속도로 남안동 나들목이 들어서는 과정에서도 보았지만 풍요와 편리를 얻기 위해 안동은 선비도 양반도 다 팽개쳐버렸던 것이다.

옛날에는 이곳이 남안동이 아니라 정지골이란 평지에 논밭이 펼쳐져 있었고 군데군데 커다란 옛 무덤이 수십기가 있었다. 그걸 모두 밀어버리고 고속도로 나들목을 만들었으니 기가 막힐 수밖에 없었다. 조탑리 일대는 지금도 수백 개의 고분이 산과 골짜기에 널려 있다.

신일용과 원미경이 나왔던 사극영화 〈물레야 물레야〉(제목이 맞는지 모르겠음)에서 원미경이 도망치다가 숨었던 커다란 동산이 있었다. 지금도 그 동산은 커다란 느티나무와 홰나무가 서 있는 당산이 되어 있지만, 사실은 그게 산이 아니라 커다란 옛 무덤인 것이다.

6·25 전쟁 때는 북쪽으로 나 있는 돌문을 허물고 무덤 안을 방공호로 쓰기도 했다. 그러느라 그 속에 들어있던 옛 토기 같은 부장품이 모두 훼손되어 버려 여태 그대로 방치되어 있는 것이다. 보물로 정해져서 보호받고 있는 5층 전탑 외에도 이곳엔 정교하게 깎아 만든 돌탑도 있었다. 지금은 흔적도 없이 사라졌지만, 깨진 탑신 조각들이 냇물 돌다리로도 쓰이고 방천둑을 쌓는 데 쓰이기도 했다. 심지어는 수채구멍 덮개로도 쓰이고 어느 집 문앞 디딤돌로도 사용되었다.

앞산 너머 뒷골이란 곳도 옛날 절터였고 그곳에서 금동부처님이 발굴되기도 했다. 현재 골프장이 건설되고 있는 지작골 넓은 퍼덕도 사실은 절집터였다. 얼마 전까지도 많은 기와조각과 스님들이 쓰던 맷돌짝도 묻혀 있었던 곳이다. 조탑리 근처에는 여기저기 절터는 많은데 절은 하나도 남지 않고 모두 사라졌다. 안동은 유교문화의 고장이라고 자랑하지만, 그 유교문화는 수많은 불교문화를 파괴했던 것이다.

이제는 유교문화도 한낱 관광상품으로 전락해 버리고 그 문화 속에 들어있던 정신은 찾아볼 수 없게 되었다. 관광객들은 조탑리 5층 전탑을 보고 곧바로 고속도로를 지나 하회마을에 갔다가 봉정사 절집을 거쳐 도산서원으로 구경을 간다. 그런데 안동에서 유일하게 살아남은 봉정사 절집은 어떻게 남게 되었는지 정말 기적이다. 봉정사보다 더 큰 화려한 절집이 수없이 부서졌는데 봉정사는 하도 작아서 눈에 띄지 않았는지도 모른다.

나는 조탑리에 살아오면서 그동안 일어난 여러 일들을 보고 과연 문명은 발전인지 퇴보인지 알 수가 없었다. 과연 인간은 영혼을 지닌 고귀한 동물인지, 아니면 영특한 악마인지.

2004년 4월 19일은 이곳 송리동, 조탑동 사람들이 30만평 지작골 산을 지키기 위해 16년간이나 애쓴 보람도 없이 또다른 탑 하나가 무너져버린 날이다.

안동시내 여러 분들 중에, 좀 여유있게 살아가시며 안동의 문화를 이끌어가는 여러 분들, 그분들이 골프장건설 추진위원회를 만들어 적극 도와준 덕분에 위대한 골프장이 드디어 완성되게 되었으니 축하할 일이다. 앞으로 안동의 문화재와 자연유산이 또 어떻게 변해갈지 누군가가 또 지켜볼 것이다.

나는 가끔 우리집에 승용차를 타고 오시는 손님에게 물어본다. "고속도로를 달려올 때 어떤 기분이 드십니까?" 그러면 대부분의 사람들이 빨리 올 수 있어서 좋다는 말을 한다. 그분들은 고속도로가 뚫리는 과정을 잘 몰라서 그렇게 대답하는 것일 게다. 산이 잘려나가고 논밭이 쓸려나가고, 심지어 옛 무덤들이 파헤쳐지고 조상님들의 혼이 불도저에, 포크레인에 무자비하게 짓이겨진 것을 모르기 때문이다.

나는 고속도로로 씽씽 달리는 자동차들이 바그다드를 향해 폭격을 하는 전투기와 하나도 다르지 않다고 생각한다. 내가 지나치게 민감하다고 할지 모르지만, 수많은 생명이 죽었고 또 죽어가는 게 현실이기 때문이다.

하기야 우리 모두 끼니마다 밥상에 시체를 잔뜩 차려놓고 즐기며 먹는 드라큐라들이 아닌가. 시체를 먹고 시체로 된 옷을 입고, 시체로 만든 이불 속에 누워자고, 시체 위를 걸어다녀야만 살아갈 수 있는 목숨이니, 그 누구도 큰소리칠 수는 없다. 하지만 그래도 가슴 한녘에 미안한 생각을 지니고 있으면 엄청난 파괴는 막을 수 있지 않을까 싶다.

16년간 줄기차게 골프장 건설 반대에 애써온 이곳 주민들이 그동안 겪었던 가슴 아픈 일들을 좀더 자세히 쓰고 싶었지만, 새삼 들춰내어 다시 한번 상처 입는 일이 될까 봐 그만 쓰기로 한다.

끝으로, 수달보호협회 회장이신 박원수 선생님이 많은 노력을 하셨지만, 결국 조탑리 냇물에 여태 살아온 수달은 이제 사라지고 말 것이다.

안동 시민들, 도대체 돈이 뭣이길래… 여러분들은 참 못할 짓을 하고 있다는 것을 알아야 한다. (2004년)

# 승용차를 버려야 파병도 안할 수 있다

승용차를 버려야 한다. 그리고 아파트에서 달아나야 한다. 30평짜리 아파트에서 달아나 이전에 우리가 버려두고 떠나왔던 시골로 다시 돌아가서 15평짜리 작은 집을 짓고 살아야 한다. 가까운 데는 걸어다니고 먼 곳에는 기차를 타거나 버스를 타고 다니며 살아야 한다. 그렇게 하면 한 달에 백만원 들던 생활비는 50만원으로 줄어들 것이다.

텃밭을 가꾸고 묵혀 둔 논에 쌀농사 지어 자기 먹을 것은 자기 손으로 농사 짓고, 그리고 남는 시간 그림도 그리고 글도 쓰고, 뜨개질, 바느질 예쁘게 하면서 살면 된다. 그러면 실업자도 없어지고 거지도 없어진다. 한국사람 절반만이라도 이렇게 살면 자연환경은 더이상 파괴되지 않고 쓰레기도 사라진다. 가장 중요한 것은 김선일 같은 착한 젊은이가 억울하게 죽지 않아도 된다. 구태여 이라크에 파병을 해가면서 석유를 더 많이 얻어올 필요가 없기 때문이다.

패권주의 미국한테 발목 잡혀 계속 끌려가다 보면 통일도 점점 멀어지고 우리들 자유민주주의도 위태로워진다. 전쟁의 불안은 계속될 것이고, 미국한테 엎드려 빌면서까지 미국 군대를 우리 땅에 붙잡아 둬야 할 것이다. 비싼 돈을 주고 무시무시한 전쟁 무기도 계속 사들여야 하고. 얼마나 어리석은 짓인가.

작은 집에서도 네 식구 다섯 식구는 얼마든지 살 수 있다. 승용차를 버리면 기름 걱정 안해도 되고 일부러 걷기운동 안해도 자연히 걸어다니게 되고 살찔 걱정도 없다. 고기 안 먹어도 싱싱한 나물을 손수 가꾸어 먹으면 더 건강해진다. 아이들은 시냇물이 흐르고 솔숲이 우거진 작은 시골학교에서 공부하면 된다. 거기서 중학교까지 공부하고 더 공부하고 싶은 학생은 마을마다 작은 도서관을 만들어 스스로 공부하면 된다. 꼭 필요한 사람만이 대학에 가서 공부하되 출세를 하기 위한 공부가 아닌 사람과 자연을 위한 인간교육이어야 한다. 과학도 철학도 정치도 모든 게 생명을 위해 봉사하는 교육을 할 때 훌륭한 대학교육이 될 것이다. 시골 마당에 둘러앉아 밤마다 별을 보며 이야기를 나누면 즐겁다. 가벼운 우스갯말도 하고 심각한 철학 이야기도 하고. 구태여 대학에 가서 고급 강의를 듣지 않아도 훌륭한 지식을 얻을 수 있다.

지난 6월, 김선일 씨가 피살당한 소식을 듣고 온 국민이 슬픔에 잠겼다. 이라크 파병 찬성이 늘고 복수를 해야 한다고 분노하는 사람도 많아졌다. 파병 때문에 김선일 씨가 죽었으니 파병을 반대하는 목소리도 여전히 그치지 않고 있다. 정부에서는 더욱 강하게 파병 의지를 다짐하고 있다.

김선일 씨의 죽음을 이라크 무장집단이 저질렀고 그것을 미리 막지 못한 한국정부 탓도 있다. 하지만 근본 원인은 따지고 보면 우리 인간들의 풍요에 대한 끝없는 욕망이 죄 없는 김씨를 죽이게 한 것이다. 지금 내가 타고 가는 승용차 기름이 아프가니스탄이나 이라크 사람들의 목숨과 연결되어 있을 수 있다고 느낀다면 평화의 길은 멀지 않을 것이다. 풍요롭게 살면서 우리는 우리 주권도 못 가진, 강대국에 예속된 허울뿐인 삶을 살고 있다는 자각이 들면 통일도 가까워지게 될 것이다.

이라크 테러집단의 학살 방법은 너무나 잔인했다. 하지만 우리도 옛날을 돌이켜 보자. 칠팔십년 전 고통받던 시절, 우리에게도 일본 침략자에 맞서서 싸운 테러리스트들이 있었다. 김구 선생이 아직 김창수라는 이름으로 살던 열아홉살 나이 때, 이 청년은 명성황후 시해 소식을 듣고 원수인 일본 군인 쓰치다 중위를 죽이고 사형선고까지 받았으나 용케 사면되어 기적같이 살아났다. 김창수가 김구가 된 뒤에도 중국에 가서 한국독립당을 만들어 윤봉길, 이봉창 같은 애국 청년을 길러내어 테러를 감행했다.

그밖에도 안중근 의사는 권총으로 이토 히로부미를 쏘아 죽이고, 흑도회의 박열은 천황 암살을 노리다가 들키고, 시인 이육사는 의열단으로 활동하다가 체포되어 감옥에서 죽었다. 이 시대 수많은 독립투사들이 목숨을 내어놓고 무장투쟁을 했다. 그 시대에선 이분들이 오늘의 알 카에다만큼이나 두려운 존재였고, 한국인과 다른 약소국 민중에겐 존경의 대상이었다.

침략에 대한 저항은 어쩔 수 없는 것이다. 이라크 무장단체가 죄 없는 민간인을 죽이는 것은 문제가 되지만 그이들로서는 다른 방법이 없기 때문이다. 강대국 미국처럼 핵무기를 가진 것도 아니고, 뉴욕이나 워싱턴을 공격할 수 있는 전투기를 가진 것도 아니다. 그이들은 말 그대로 맨주먹으로 미국과 맞서서 목숨을 내걸고 싸우고 있는 것이다.

김선일 씨의 죽음은 백번 말해도 가슴아픈 일이지만 우리는 김선일 씨를 죽인 이라크 무장단체에게 분노할 수만은 없다. 그이들은 우리 군대를 보내지 말아달라고 미리 경고를 했다. 침략국인 미국을 도와 보내는 군대는 미국과 똑같이 그 사람들의 적이었기 때문이다. 김선일 씨는 죽기 직전에 "노무현 대통령은 큰 실수를 하고 있다"고 절규했는데, 정말 우리 모두 큰 실수를 했던 것이다.

미국이 한국정부에 대고 어떤 협박을 했는지 우리는 모른다. 다만 노무현 대통령은 미국이 한반도에 핵 공격을 할 수도 있다는 말을 내비쳤다. 만약 우리가 이라크 파병을 거부하고 미국의 심사를 불쾌하게 해서 핵폭탄을 한방 맞는다면 어찌 될까? 생각만 해도 끔찍한 일이다. 만약 그렇게 되면 한반도는 잿더미가 되고 그 속에서 얼마만큼 살아남아 나라를 지속 유지해갈 수 있을지 아무도 장담하지 못한다. 전멸할지 아니면 반은 살아남아 고통 속에서나마 계속 나라를 지켜나갈지 상상조차 못한다. 옛날 히로시마나 나가사키에 떨어진 원자탄과는 비교도 안되기 때문이다. 미국은 과연 무서운 나라다.

최민식이 주연을 맡았던 영화 〈파이란〉에서 이강재는 뒤늦게 찾아낸 파이란과의 가슴아픈 사랑을 깨닫고 본연의 인간으로 돌아온다. 이강재는 오랫동안 복종하며 기대 살았던 깡패 소굴에서 벗어나려 하지만 끝내 죽임을 당한다. 너무 늦게 깨달은 탓이다.

미국 역시 우리 한국을 꼼짝 못하게 목을 조르고 있다. 지난 시절 미국은 태평양 전쟁에서 승리함으로써 한반도의 반쪽을 전리품으로 얻었다. 우리는 일본의 식민지에서 미국의 식민지가 된 것이다. 미국과 한국이 평등한 동맹국이라면 절대 이럴 수는 없다. 약소국의 슬픔은 이런 것이다. 그런데도 지금 많은 한국사람들은 미국과 이런 기막힌 관계를 모르고 있다.


몇해 전에 죽은 이곳 마을 박씨 노인은 한국전쟁 때 인민군에 입대해 싸우다가 포로로 잡혀 남쪽에 남게 되었다. 박씨 노인이 스무살 때, 거제도 포로수용소에서 공산군 포로들이 일으킨 집단 항의 사건으로 포로들은 다른 곳으로 분산 수용하게 되었다. 미군 감시단은 포로들을 한 줄로 세워 놓고 한 사람 한 사람한테 전향할 것인지 공산군으로 남을 것인지를 물었다. 스무살짜리였던 박씨는 순간 앞이 캄캄해졌다. 전쟁터에서 포로가 될 때도 생사의 갈림길에서 선택한 것이 살기 위해 두 손을 번쩍 드는 것이었다. 지금 이 자리는 또다른 생사의 갈림길이었기 때문이었다. 공산군으로 남는가, 아니면 미군 쪽으로 전향을 하는가. 도대체 어떻게 하면 죽지 않을 수 있는지 그걸 선택해야 한다는 것이 가슴을 옥죄었던 것이다. 박씨는 그때, 어쩐지 우람하게 생긴 미군 장교를 쳐다보자 살아남을 길이 훨씬 높아 보여 결국 미군 쪽으로 자리를 옮겼다고 했다. 그때 선택이 박씨 노인을 영원히 북으로 돌아가지 못하게 한 실수였던 것이다.

우리는 지금 무엇을 선택할 것인가. 가난한 고학생 이수일을 버리고 부자 청년 김중배를 선택할 것인가. 지금보다 더 가난해지더라도 패권주의 미국에서 벗어나야 한다. 자유를 얻는 길은 어머니가 아기를 낳는 것보다 더 큰 고통이 따를지 모른다. 그러나 언젠가 한번은 치러야 할 과정이다. 통일만이 미국의 속박에서 벗어날 수 있다. 통일이 되고 난 다음에라야 우리는 온전한 하나의 국가로서 미국과 동등한 동맹을 맺을 수 있기 때문이다. 그러기 위해 가난한 삶을 우리 스스로 선택해야 한다. 승용차를 버리고 30평 아파트를 반으로 줄이는 길뿐이다. 그래야만 석유전쟁에 파병을 안해도 떳떳할 수 있다. (2004년)

# 아홉살 해방의 기억들

1946년 3월, 시모노세키 항구엔 해방을 맞아 고국으로 돌아가려는 조선사람들로 북적거렸다. 오가는 연락선은 한정되어 있고 모여드는 사람은 많아 우리 식구들도 며칠 기다려야 했다.

창고 같은 허름한 임시수용소에 사람들은 가지고 온 짐을 바닥에 내려놓고 앉아있기도 하고 쪼그리고 잠이 들기도 했다.

그러던 어느 날 해질녘이었다. 커다란 군함 한척이 항구에 도착했다. 사람들이 몰려가 철조망을 사이에 두고 구경을 하는데 금방 도착한 배에서 일본 패잔병들이 트랩을 줄줄이 내려오고 있었다.

그런데 줄지어 내리는 군인들 양쪽에 덩치가 큰 미군병사 둘이서 커다란 야구방망이 같은 몽둥이를 들고 일본병사들을 닦달하고 있었다. 쫓기듯이 허겁지겁 내리는데도 미군병사는 뭐라고 고함을 치며 사정없이 일본병사의 엉덩이를 몽둥이로 후려갈겼다.

얻어맞은 일본병사들은 비틀거리며 달려갔고 더러는 앞으로 고꾸라지기도 했다. 그러면 다시 한번 내리쳤고 엎어졌던 병사는 벌떡 일어나 뛰어갔다. 철조망 안에서 구경하던 조선인들은 통쾌하다는 듯이 웃었고, 더러는 손뼉까지 치면서 좋아했다.

일본 패잔병은 계속 얻어맞고 조선사람들은 웃고 그렇게 한참을 지나서였다. 철조망 안에서 차츰 웃음소리가 사라지고 있었다. 구경하던 조선인들이 언제부터인가 겁을 먹기 시작한 것이다. 하나 둘, 그 자리를 떠나더니 얼마 지나지 않아 구경꾼은 한 사람도 남지 않았다.

내가 아홉살 때 해방이란 것을 맞이했고 그때 보았던 잊혀지지 않는 장면이다. 미군은 승리자였기 때문에 일본 패잔병을 몽둥이로 때리는 게 당연했을지 모른다. 맞으면서 쩔쩔매는 일본병사 역시 전쟁에서 졌기 때문에 당연히 굴욕적인 고통을 감당해야 했을 게다.

이라크의 아부 그라이브 수용소 포로들에게, 쿠바의 관타나모 수용소 포로들에게 미군들이 못된 짓을 한 것처럼 1946년 3월에 벌써 일본 패잔병에게도 했던 것이다.

그런데 처음엔 웃으면서 구경하던 조선인들이 나중엔 왜 겁이 나서 자리를 뜬 것일까? 일본인들에게 35년간이나 당한 고통이 결코 끝난 것이 아니라는 예측을 했는지 모른다. 조선은 패전국 일본을 도와 징용으로, 노무자로, 정신대 위안부로 끌려가 만신창이가 되도록 도왔다. 비록 식민지 백성으로서 강요된 봉사였지만 결국 일본의 편이었던 것이다.

그러니 미군병사의 몽둥이가 무섭지 않았겠는가.


1년이 지나서 1947년 5월이었다. 우리는 그때 경상도 청송지방 어느 시골마을에 살고 있었다. 작은 초등학교가 있는 마을엔 장날이면 이곳저곳에서 장꾼들이 모여들어 제법 흥청거리기도 한 마을이다.

몇달 동안 우리는 종이쪽지에 노래가사를 베껴 열심히 연습을 했다.


높이 들어라 붉은 깃발을
그 밑에서 전사하리라
비겁한 자여 갈 테면 가라
우리들은 붉은 깃발 지킨다

5월 초순 구름이 조금 낀 날로 기억된다. 초등학교 운동장에 깨끗하게 차려입은 청년들이 모여들었고 우리 아이들도 구경 삼아 함께 모였다.

붉은 깃발을 휘날리며 누가 씩씩하게 연설을 하기 시작했다. 잘 알아듣지는 못했지만 농민과 노동자들 모두 나서라고 했다. 그러고는 그동안 연습했던 노래를 불렀다.

그런데 언제 와서 기다렸는지 갑자기 경찰들이 청년들을 잡아 포승줄에 묶고 있었다. 순식간에 살벌해지면서 몇몇 청년들은 끌려가고 나머지는 여기저기로 흩어져 달아났다.

그러고 나서 며칠 뒤였다. 한밤중에 우리집에 누가 찾아왔다. 그때 운동장에 모였던 청년 가운데 한 사람이었다. 전에도 가끔 보아왔기 때문에 캄캄한 어둠 속에서도 나는 알 수 있었다.

그 당시 우리집은 함께 살 수 있는 집이 없어 식구들이 이곳저곳 나뉘어 흩어져 살던 때였다. 그날 밤에는 나와 동생과 큰누나, 이렇게 셋이서 자고 있었다. 거기에 청년이 찾아온 것이다.

누나는 순순히 청년을 방 안으로 들여주고는 불은 켜지 않고 어둠 속에 마주앉아 길게 이야기를 나누고 있었다. 나는 누운 채 두 사람의 대화를 들을 수 있었다. 두 사람은 일본어로 이야기를 했다. 청년은 거의 울먹이는 목소리로 누나한테 애원하는 것이었다.

"○○씨, 제발 저의 이 간절한 사랑을 받아주십시오. 저는 이제 시간이 없습니다. 오늘 밤이 지나면 저는 이곳을 떠납니다. 제발 사랑한다고 말씀해 주십시오. 그러면 어디를 가든지 ○○씨를 가슴에 품고 살아갈 것입니다. 때가 되면 돌아와서 행복한 가정을 이루겠습니다. 우리는 꼭 승리할 것입니다."

그러나 누나는 청년의 이 애끓는 사랑고백을 받아주지 못했다.

"××씨, 전에도 말씀드렸지만 저에겐 벌써 결혼을 약속한 분이 있습니다. 그러니 제발 저를 잊고 좋은 분을 만나시기 바랍니다."

그 말이 맞았다. 누나는 일본에 약혼한 남자가 있었다. 그러나 청년은 누나의 말을 믿으려 하지 않았다.

"○○씨, 제가 어떻게 그 말을 믿을 수 있겠습니까. 저는 부족한 사람이지만 ○○씨를 평생 행복하게 해드리겠습니다. 제발 저의 사랑을 뿌리치지 말아주십시오."

하지만 청년은 끝내 누나를 설득시키지 못하고 눈물을 머금고 떠났다. 그러고는 그 청년의 소식은 그 뒤 모른다. 청년의 형과 함께 그날로 어디론가 사라졌기 때문이다.

그런데 그 뒤 누나가 흘린 눈물은 어디서 잘못된 것인지, 얄궂게도 일본에 두고 온 약혼자도, 애절하게 사랑을 고백했던 그 젊은이도 둘 다 맺어지지 못했다.

평생 혼자 살겠다고 고집을 부리던 누나는 나중에야 평범한 철도원 아저씨와 결혼을 했다. 사람들의 운명은 그렇게 뒤죽박죽이 된 것이다.

누나는 평생을 살면서 아마 모르긴 해도 이루지 못한 두 남자를 때때로 생각하면서 가슴아파 했을 것이다. 다행인지 누나는 빨갱이였던 애인 둘은 잃었지만 다른 많은 여인들처럼 생과부 신세는 면했기에 자식들을 낳고 그런 대로 평생을 살았다.

이듬해 1948년 우리는 흩어졌던 식구 일부가 모여 안동지방으로 왔다. 소작농을 할 수 있는 여건이 되었기 때문이다.

그 해 2월, 몹시 추운 아침이었다. 이른 아침 앞뒷산이 저렁저렁 울릴 만큼 총소리가 요란하게 울렸다. 가까운 데서 총격전이 생긴 게 틀림없었다. 학교길 아이들은 줄을 지어 봇도랑 둑길을 걸어가고 있었다. 깊숙한 봇도랑은 농사철이 아니어서 물은 흐르지 않고 흡사 전쟁터 참호처럼 길게 구덩이만 파여있었다.

그런데 그 구덩이에 거적때기로 덮인 시체 두 구가 피에 물든 채 누워있었다. 아이들은 두근거리는 가슴을 꾹꾹 누르며 발걸음을 빠르게 그 곳을 지났다. 이른 아침 울리던 총소리의 원인이 바로 그것이었다.

저녁때 건너편 산 아래에 아무렇게나 묻힌 두 개의 무덤이 생겼다. 어디 사는 누군지도 모르는 무덤이었다. 무덤은 해가 바뀌어도 아무도 찾는 이가 없었다.

쌍구묘라고 했던 그 무덤은 5년 전쯤 고속도로 진입로를 내면서 사라졌다. 무덤은 깎이고 그 위로 아스팔트가 덮이고 자동차들이 분주히 지나다니고 있다.

그렇게 한반도에 불어친 바람은 제주도로 여수, 순천, 온 나라 곳곳으로 엄청난 태풍이 되어 전국토를 쑥대밭으로 만들었다. 그것이 6·25 전쟁이다.

우리 모두 너무나도 많은 것을 잃었다. 가족을 잃고 재산을 잃고 고향을 잃고 소중한 인간성마저 파괴되어 버린 채 살고 있다. 일제침략에서 시작된 고통의 세월이 백년을 넘었으니 어떻겠는가. 지금도 온전한 정신으로 살고 있는 사람이 몇이나 될까.

지금도 가혹한 군사정치의 유산은 그대로 남아있고 어느 것이 참인지 아닌지 구분조차 안된다.

동족상잔의 끔찍한 대학살은 두번 다시 있어서는 안된다고 저주하면서도, 우리의 적은 다름 아닌 동족이다. 그래서 스무살 아까운 젊은이들을 동족의 가슴에 총대를 겨누도록 전쟁터로 내보내고 있다.

어느 누구의 국가를 지키기 위한 보안법인지 국회의원조차 하느님 모시듯 그 국가보안법을 붙잡고 놓지 않는다. 왜 그러는 걸까. 제정신이 아니기 때문인지, 아니면 국회의원이란 자리를 잃을까 봐서 그런지, 그것도 아니면 내가 아홉살 때 시모노세키 항구에서 봤던 덩치 큰 미군병사가 휘두르던 몽둥이가 무서운 걸까.

정말 서글프다. (2005년)

# 애국자가 없는 세상

이 세상 그 어느 나라에도
애국 애족자가 없다면
세상은 평화로울 것이다

젊은이들은 나라를 위해
동족을 위해
총을 메고 전쟁터로 가지 않을 테고
대포도 안 만들 테고
탱크도 안 만들 테고
핵무기도 안 만들 테고

국방의 의무란 것도
군대훈련소 같은 데도 없을 테고
그래서
어머니들은 자식을 전쟁으로
잃지 않아도 될 테고

젊은이들은
꽃을 사랑하고
연인을 사랑하고
자연을 사랑하고
무지개를 사랑하고

이 세상 모든 젊은이들이
결코 애국자가 안 되면
더 많은 것을 아끼고
사랑하며 살 것이고

세상은 아름답고
따사로워질 것이다

(2000년)

# 용구 삼촌

그날, 용구 삼촌이 소를 먹이러 갔는데 해질녘이 되어도 돌아오지 않았습니다.

"얘가 왜 아직도 오지 않을까?"

할머니가 옥수수가 너울대는 텃밭 둔덕에 지팡이를 짚고 올라서서 담 너머로 바라보았습니다.

"이제 곧 오겠지요, 뭐."

아버지는 들마루에 걸터앉아 별 걱정 없이 담배를 피웠습니다. 어머니는 저녁상을 차리기 위해 부엌에서 바쁘게 움직이고 있었습니다.

중학교 3학년인 경회 누나가 돌아오고 용뿔 골짜기로 올라가는 막버스도 지나간 지 오래였습니다. 샛들 산봉우리로 해가 넘어가고 이내 어두워지기 시작했습니다.

저녁상을 차리던 어머니도 용구 삼촌이 오지 않아 좀더 기다리느라 서성대었습니다.

"애비야, 못골 안으로 갔나 본데, 좀 내다보아라."

할머니가 그래도 걱정이 되어 아버지께 참다 못해 들먹거렸습니다.

그때였습니다.

암소 누렁이의 워낭소리가 어둑어둑한 골목길에서 들려왔습니다.

"삼촌 온다!"

경희 누나와 내가 먼저 사립문 밖으로 달려나갔습니다. 그런데, 누렁이는 길게 고삐를 땅바닥에 끌면서 혼자만 걸어오는 것이 아닙니까.

"삼초온!"

내가 큰 소리로 불렀습니다.

" ......"

삼촌은 대답도 없고 저쪽 못골 개울 언덕길은 까맣게 어둡기만 했습니다.

"삼초온!"

경희 누나가 좀더 크게 길게 불렀습니다.

아버지가 누렁이 암소를 마당 귀퉁이 말뚝에 매어놓고 손전등을 들고 나왔습니다. 못골 개울 둑길로 아버지와 경희 누나와 내가 함께 삼촌을 찾아 나섰습니다.

서른살이 넘었는데도 용구 삼촌은 이렇게 모든 게 서툴렀습니다. 언제나 집안 사람들은 삼촌 때문에 마음을 놓지 못하는 것입니다.

건넛집 다섯살배기 영미보다도 용구 삼촌은 더 어린애 같은 바보였습니다. 한 가지 비교를 하면 영미는 마을 들머리 구멍가게에 백원짜리 동전으로 얼음과자도 사 먹을 줄 아는데, 용구 삼촌은 그렇게도 못하니까요. 겨우 밥을 먹고 뒷간에 가서 똥누고 고양이처럼 입언저리밖에 씻을 줄 모르는 용구 삼촌은, 언제나 야단만 맞으며 자라서인지 벙어리에 가깝게 말이 없었습니다.

그런 삼촌이 언제부터인지 누렁이를 데리고 못골 산으로 풀을 뜯기러 다니게 된 것입니다. 삼촌이 소를 데리고 간다기보다 누렁이가 삼촌을 데리고 간다고 해야 맞을 것입니다. 삼촌이 누렁이의 고삐를 잡고 있으면 누렁이가 앞장 서서 가고 삼촌은 그 뒤를 따라가기만 하면 되니까요.

올 여름을 누렁이는 그렇게 탈 없이 삼촌을 데리고 산에 갔다가 탈 없이 데리고 왔던 것입니다.

"용구도 이제 소를 다 뜯길 줄 알고, 색시감만 있으면 장가도 가겠구나."

감나무집 할아버지가 우스개 말을 하고 껄껄 웃으며 삼촌을 칭찬까지 했는데, 오늘 이렇게 삼촌은 기어코 바보로 돌아간 것입니다.

못골 골짜기는 캄캄해지고 낙엽송 솔숲은 조용하기만 했습니다.

"삼초온!"

"용구 삼초온!"

"용구야아!"

아버지와 누나와 나는 이렇게 삼촌을 부르며 두 길이나 높은 못둑으로 올라갔습니다. 캄캄한 골짜기 못물이 희끗희끗 움직이며 싸늘하게 바람을 일으켰습니다. 왠지 오싹하게 무서워졌습니다.

아버지가 손전등으로 못물 위로 불을 비추었습니다. 불빛을 따라 물결이 좌르르 움직이는 듯했습니다.

"용구야아! 용구야아 …!"

"삼초온 …!"

용구 삼촌은 바로 앞에 두고 불러도 절대 대답을 할 줄 몰랐으니, 우리가 아무리 큰 소리로 불러도 역시 대답할 리는 없을 것입니다. 그러나 우리는 거듭거듭 불렀습니다. 못둑을 한바퀴 돌아도 삼촌은 보이지 않았습니다. 아버지가 무언가 불안스러웠는지,

"얘들아, 그만 내려가자. 가서 이웃사람한테 도와 달래야겠다" 하면서, 나와 누나를 앞장 세워 골짜기를 내려왔습니다. 아버지는 이웃집을 다니며 동네 아저씨들을 불러모았습니다.

"용구가, 용구가 왜 어디서 뭘 하느라 안 오는 거야?"

할머니는 벌써 울먹거리기 시작했습니다. 마당 안을 서성대며 안절부절못하는 것입니다.

"어머님, 걱정마세요. 삼촌이 아마 길을 잠깐 잘못 들었나 봐요. 곧 돌아올 거예요."

어머니가 할머니의 손을 잡고 그렇게 말은 했지만 역시 어머니도 밀려드는 불안을 어쩔 수 없었습니다.

"삼초온?"

경희 누나가 찔끔찔끔 울기 시작했습니다. 내 눈에도 갑자기 눈물방울이 맺혀 떨어지며 콧등이 찡해졌습니다.

바보 삼촌은 그래도 우리집에 없어서는 안되는 너무도 따뜻한 식구인 것입니다. 바보여서 그랬는지 삼촌은 새처럼 깨끗하고 착한 마음씨를 가졌기 때문입니다.

특별한 먹을 것이 있으면 우리들 조카들에게 나눠주고 언제나 삼촌은 나머지만 먹었습니다. 그것이 버릇처럼 되어 으레 삼촌은 찌꺼기만 먹는 것으로 길들여졌는지도 모릅니다.

새 옷 한벌 입지 못한 삼촌은 항상 헐렁하고 기워진 바지만 입고 머리가 덥수룩했습니다. 까만 고무신만 신고 삼촌은 그래도 언제나 웃었습니다.

이웃 아저씨들이 손전등 하나씩을 들고 모여들었습니다. 열 명이 넘었습니다. 웅성거리며 아저씨들은 아버지와 함께 못골 개울둑길로 몰려갔습니다.

경희 누나가 따라나서자, 어머니가 붙잡았습니다. 나는 재빨리 사립문을 빠져나가 아저씨들의 뒤를 쫓아갔습니다.

"경식아! 안된다. 가지마!"

어머니가 한사코 불렀지만 나는 못 들은 척 그대로 따라갔습니다.

손전등 불빛이 이리저리 엇갈리며 비춰질 때면 숲속이 하양에 가까운 초록빛으로 섬뜩섬뜩 느껴졌습니다.

"용구야!"

"용구야!"

큰 소리로 부르는 아저씨들의 목소리가 골짜기에 울리고 메아리가 되어 되돌아 왔습니다. 못물 위로 여러 개의 불빛이 물속까지 휘젓듯이 비춰질 때는 가슴이 몹시 방망이질했습니다.

설마 삼촌이 저 물 속에 빠지지야 않았겠지 하면서도, 역시 두렵고 떨려오는 가슴을 어쩌지 못했습니다.

'삼촌 삼촌, 제발 어서 나타나 줘. 살아있어 줘.'

입속으로 자꾸 되뇌이며 나는 또 눈물을 흘리고 있었습니다.

아저씨들은 세 무더기로 나뉘었습니다. 한 무더기는 양지산 비탈로 올라가고, 한편은 응달산으로, 한편은 골짜기 안으로 들어갔습니다.

나는 아버지가 들어있는 골짜기 안쪽 무더기를 따랐습니다. 평퍼짐한 구릉지를 지나니까 오르막이었습니다. 가시덩굴과 칡덩굴이 얽혀 있어 헤집고 나가기가 힘들었습니다.

한 시간이 지나도록 아무도 어느 곳에서도 삼촌의 소식은 알려오지 않았습니다. 이따금 삼촌을 부르는 소리가 골짜기를 울릴 뿐 산속은 고요했습니다. 이제는 더이상 찾을 수 없을 만큼 샅샅이 뒤졌는데도 역시 삼촌은 나타나지 않았습니다. 나는 멀리 새까맣게 출렁이는 못물을 바라보았습니다.

'삼촌은 역시 저 속에 빠져버린 걸까?'

꾸역꾸역 목구멍에서 덩어리가 치밀어올랐습니다.

그때였습니다.

"여깄다!"

양지쪽 산비탈에서 들려온 소리였습니다.

"용구, 여기 있다!"

두번 거듭 그 소리가 들리자 우리는 일제히 돌아서서 그쪽으로 허덕허덕 달려갔습니다. 참나무 숲이 우거진 조금 위쪽 산비탈에 전등 불빛이 한자리에 모여있는 걸 보니 삼촌은 거기 있는 모양입니다.

그런데, 삼촌은 거기서 무얼 하길래 여태 산을 내려오지 않았는지, 갑자기 또다시 불길해지는 것이었습니다. 삼촌은 분명히 찾았지만 대체 어찌 되었는지는 알려주지 않는 것입니다.

이쪽에서도 삼촌의 지금 사정을 물어볼 수 없을 만큼 애가 탔습니다.

웅달쪽 사람들도 모두가 양지쪽 참나무 숲 쪽으로 모여들었습니다. 숨이 차는 것도 잊은 채 아버지와 함께 나는 죽을 힘을 다해 달려갔습니다.

억새풀이 우거지고 작은 소나무가 있는 조금 우묵한 곳에, 사람들은 모여앉아 있기도 하고 서 있기도 했습니다. 여러 개의 손전등이 쪼그리고 누워있는 삼촌을 비추고 있었습니다.

아아! 삼촌은 죽지 않았습니다. 다복솔 나무 밑에 웅크리고 고이 잠든 용구 삼촌 가슴에 회갈색 산토끼 한 마리가 삼촌처럼 쪼그리고 함께 잠들어 있었습니다.

귀머거리에 가깝도록 가는 귀가 먼 삼촌이 큰 소리로 불렀는데도 깊은 잠에서 깨어나지 않는 건 이상하지도 않았습니다.

사람들은 그동안의 걱정과 피로도 다 잊고 용구 삼촌의 잠든 모습을 하염없이 내려다보고 있는 것입니다.

가엾은 삼촌, 그러나 누구보다 착하고 고운 삼촌은 이렇게 우리들이 애쓰는 줄도 모르고 천연덕스럽게 잠을 자다니 원망스럽기도 했습니다. 그러나, 역시 삼촌은 이렇게 사랑스럽게 우리들 눈앞에 평화를 즐기고 있는 것입니다.

"용구 삼촌!"

나는 더 참을 수 없어 삼촌을 흔들어 깨웠습니다.

그러자, 그때까지 곤히 잠들었던 멍청한 회갈색의 산토끼가 놀라 눈을 뜨더니, 축구공처럼 굴러가듯 달아나는 것이었습니다.

"삼촌! 일어나 집에 가."

그러면서 나는 삼촌의 얼굴에 뺨을 비비며 흐득흐득 흐느껴 울고 말았습니다.

# 오두막 할머니

할머니는 예쁘고 맛있는 떡 스물한 개를 다 만들었습니다. 팥고물을 묻힌 큼직큼직한 경단떡입니다.

내일은 추수감사절이어서 해마다 그랬던 것처럼 떡을 만든 것입니다.

할머니네 교회는 마을 언덕에 서 있고 교인들은 모두 전도사님네 식구까지 합쳐 스물한 사람입니다. 그래서 떡을 한 사람에 한 개씩 스물한 개를 만든 것이지요.

할머니는 손을 씻고, 이번에는 그동안 아껴아껴 모아둔 헌금 8천원을 한장한장 깨끗하게 펴서 봉투에 넣었습니다.

"아이구, 허리야. 이젠 다 끝났으니 이불을 펴고 자야겠구나."

오두막집 할머니는 산밭 외딴집에서 혼자 삽니다. 할아버지는 돌아가셨고, 아들은 도회지로 나갔으며 딸은 시집을 갔으니까요.

그러나 할머니는 하느님을 모시고, 먹이고 있는 검둥이와 옥토끼 두 마리와 함께 착하게 살고 있답니다.

할머니는 이불을 펴고 잠자리에 들었습니다. 불을 끄고 눈을 감았습니다.

그런데 막 잠이 들려는데, 밖에서 누가 부르는 것이었습니다.

"할머니, 할머니! 밤길 가는 길손인데 먹을 것이 있으면 좀 주세요. 배가 고파 더 걸을 수가 없군요."

할머니는 일어나 불을 켜고는 문을 열고 내다봤습니다.

밖에는 덥수룩한 남자가 구부정 서 있었습니다.

"아이구, 손님. 들어오시구려."

"아닙니다. 갈 길이 바쁘니까 먹을 것만 주십시오."

할머니는 걱정이 되었습니다. 이 밤에 갑자기 먹을 것이란 내일 예배당에 가져갈 경단 스물한 개밖에 없기 때문이지요.

"어떡하나?"

할머니는 망설이다가 얼른 떡 세 개를 종이에 쌌습니다.

"손님, 밥은 없고 이것 떡인데 잡수시구려."

젊은이는 두 손으로 떡을 받아들고는

"고맙습니다. 할머니!"

하면서 절을 하고는 어두운 산길로 내려갔습니다.

할머니는, "어쩔 수 없지. 내일 나하고 종구네랑 미숙이네는 떡을 먹지 말자고 해야지" 하면서, 다시 이불 속으로 들어가 누웠습니다.

그런데, 잠이 막 들려는데 또 누군가가 밖에서 불렀습니다.

"할머니, 먼 곳에 가는 사람인데, 배도 고프고 여비도 떨어졌습니다. 저를 좀 도와주십시오."

할머니는 이번에도 걱정이 되었습니다.

돈이랑 떡은 모두 감사절 예배에 바칠 것인데, 길손에게 줘버리면 어떻게 되겠어요. 그러나 할머니는 그냥 있을 수가 없었습니다. 밖에 서 있는 늙은 길손이 너무 불쌍해 보였기 때문입니다.

할머니는 헌금봉투 속에 든 돈을 꺼내어 5천원을 길손에게 주었습니다. 그리고 열여덟 개 남은 떡 중에서 세 개를 꺼내어 함께 주었습니다.

"할머니, 고맙습니다. 이제 가서 기차를 타고 고향으로 가겠습니다."

늙은 길손은 몇번이고 절을 하고는 어둠 속으로 걸어갔습니다.

할머니는 한숨을 푹 쉬고는 다시 이불 속으로 들어갔습니다.

가을 달빛이 종이문을 비추고 부엉이가 울었습니다. 할머니는 이불을 여미며 눈을 감았습니다.

그때, 문 밖에서 누군가가 또 불렀습니다.

"할머니, 할머니!"

"또 누구시오?"

할머니는 일어나 문을 열었습니다. 밖에는 조그만 아이 하나가 오들오들 떨고 있었습니다.

"할머니, 고개 너머 외갓집에 가는 길인데 밤이 되어 더 못 가겠어요."

할머니는 얼른 나가서 아이의 손을 잡았습니다.

"밤길을 너 같은 꼬마가 어찌 갈 수 있겠니? 어서 들어가자."

할머니는 아이를 데리고 방으로 들어갔습니다. 아이는 눈을 말똥거리며 사방을 둘러보았습니다.

"할머니, 나 배가 고파요."

"그, 그러냐."

할머니는 열다섯 개 남은 떡 함지박에서 두 개를 꺼내어 주었습니다.

"옛다, 이 떡과 물을 먹고 마셔라."

아이는 떡을 맛있게 먹었습니다. 그러고는 좀 모자라는 듯 시렁 위에 얹힌 함지박을 쳐다보는 것이었어요.

할머니는 또 걱정이 되었지만 세 개를 더 꺼내어 아이에게 주었습니다. 이제 떡은 열 개밖에 남지 않았습니다.

할머니는 아이를 할머니 곁에 눕혔습니다. 따뜻하게 이불을 여며주었습니다.

"이젠 불 끄고 자자."

아이는 이내 새근새근 잠이 들었습니다.

다음날 아침에 눈을 떠보니, 곁에 재워주었던 아이가 벌써 일어나 가고 없었습니다. 할머니는 밖으로 나가, 뒷간에 갔나 하고 찾아봤지만 벌써 떠나고 없었습니다.

할머니는 조금 섭섭했지만,

"갈 길이 바빠서 일찍 떠난 모양이구나" 하고 생각했습니다.

할머니는 아침을 먹고 깨끗한 옷으로 갈아입었습니다. 예배당에 갈 시간이 되었으니까요.

성경책이 든 조그만 가방을 들고 할머니는 주일마다 다니는 길로 마을 언덕 위의 교회로 갔습니다.

걸어가면서 할머니는 오른손에 든 떡상자가 너무 가벼워 섭섭하기도 하고 미안하기도 했습니다. 품속에 넣고 가는 헌금봉투 속의 돈도 겨우 3천원밖에 안되어 발걸음이 조금은 무거웠습니다.

감사절 예배가 모두 끝나고 나서 스물한 사람의 교인들이 둘러앉았습니다.

모두가 하느님께 드렸던 떡과 과일을 나누어 먹기 위해서이지요.

할머니의 열 개의 떡은 그런대로 반쪽씩 잘라가지고 나누어 먹었습니다.

'내년에는 떡을 좀더 넉넉하게 만들어야지.'

할머니는 섭섭한 마음에서 그렇게 생각했습니다.

모두들 즐겁게 감사절을 지내고 집으로 돌아갔습니다.

이날 밤, 할머니의 꿈속에는 어젯밤 떡을 나눠줬던 세 사람이 나타났습니다. 할머니는 무척 반가웠습니다.

"여러분들, 어떻게 또 찾아왔습니까?"

할머니는 반갑게 인사를 하며 물었습니다.

세 사람이 벙글벙글 웃으며 할머니 곁에 둘러앉았습니다.

"할머니께서 어제 저희에게 참 고맙게 베풀어주셔서 다시 찾아왔습니다."

가장 나이 많아 보이는 남자가 말했습니다.

"저도 할머니께 고마운 인사를 드리려고 다시 왔습니다."

젊은 청년이 말했습니다.

"할머니, 저는 아침 일찍 할머니 몰래 떠나가서 죄송했어요. 용서해 주세요."

꼬마 아이가 또랑또랑한 목소리로 말했습니다.

"아이, 떡 몇 개 나눠준 걸 갖고 일부러 다시 찾아올 것까진 없잖우. 오히려 늙은이가 부끄러워지는구려."

할머니는 정말 얼굴이 붉게 달아올랐습니다.

그런데, 셋이었던 손님이 어느새 한 사람이 되어 할머니의 손을 꼭 붙잡는 것이었습니다.

할머니는 이상해서 두루두루 살펴보았습니다. 그러나 어디로 갔는지 둘은 보이지 않고 얼굴 가득히 인자한 모습을 띤 젊은이만 마냥 웃음을 머금고 있었습니다.

"할머니, 저를 자세히 보세요. 제가 누구인지 알아보시겠어요?"

할머니는 눈을 크게 뜨고 그 젊은이를 뚫어지게 바라보았습니다. 그러고는 소스라치게 놀라는 것이었습니다.

"예, 예, 예수님!"

할머니는 더듬으며 불렀습니다.

"할머니, 어제 저녁엔 정말 귀한 대접을 받았습니다."

아침에 일어났을 때, 할머니의 손에는 아직도 간밤에 꼭 잡아주시던 예수님의 따뜻한 손길이 남아있었습니다.

# 할매하고 손잡고

할매는 달을 쳐다봅니다.

그러고는 용이 손을 잡고 걸어갑니다. 어둡고 캄캄한 밤길에 달빛이 하얗게 비춰주고 있습니다.

민들레꽃이 오솔길 가장자리로 모닥모닥 피어있습니다. 그 오솔길을 지나면 진달래가 온통 붉게 붉게 피어있는 산길입니다. 할매는 진달래 꽃 송이를 하나 따서 용이 입에 넣어주고 할매도 하나 따서 입에 넣고 잘근 잘근 씹어봅니다.

"용이 할배, 나, 용이하고 영감 찾아가거든 두 팔 벌려 얼싸안아 주시구려."

할매는 달을 쳐다봅니다.

진달래가 피어있는 산길을 지나면 하얀 외줄기 신작로가 나옵니다. 미루나무가 가지런히 서 있는 신작로입니다.

할매는 강을 건넙니다. 그러고는 버드나무가 우거지고 보리밭이 푸른 들길을 걷습니다.

"달아 달아, 왜 이다지도 살아가는 게 굽이굽이 힘들지?"

달이 내려다보고 대답합니다.

"사람이란 여지껏 그랬지. 제 손으로 눈을 찌르고 스스로 구덩이를 파서 빠져죽는 게 아니냐? 언제 철이 들고 정신차리게 될런지, 쯧쯧…"

달도 웃고 할매도 쓸쓸히 웃었습니다. 웃는 할매 두 뺨으로 두 줄기 눈물이 흐릅니다.

"정말 나도 이렇게 지지리도 못났구나. 미련하고 겁 많고."

할매는 손등으로 눈물을 훔쳐냈습니다.

"하지만 달아, 나는 찾아갈 테다. 우리 용이 데리고 할배 찾아가서 설움도 씻고 원한도 씻고 다시는 헤어지지 말자 그래야. 그래서 우리 목이, 불쌍한 목이 넋이라도 달래주어야지. 목이 외할아버지, 외할머니 제사도 드리고 무덤에 꽃도 심어야지…"

할매는 용이 손을 잡고 걸어갑니다.

그 해 전쟁이 일어나던 여름이었습니다. 할매 나이는 꽃다운 열아홉 처녀였습니다. 이름은 놈이였습니다.

놈이는 어머니와 살고 있었습니다. 아버지는 일제의 징용에 끌려가 돌아오지 않았습니다.

놈이 어머니는 그때까지 아버지를 기다리며 외동딸 놈이하고 밭을 갈고 씨뿌리고 김매고 거둬들이며 일했습니다.

전쟁이 일어나던 여름에도 놈이네 모녀는 콩밭에서 김을 매고 있었습니다. 전쟁이 나도 싸움터에 끌려가도 집에 남아있는 사람들은 먹을 것을 위해 일을 해야 하니까요.

"놈이 어머니, 놈이는 언제 시집보낼 건가요?"

마을사람들이 물으면,

"저희 아버지 돌아오면 보내야지요."

그렇게 대답하면서 어머니는 아버지를 기다렸습니다.

그러나 세상은 그렇지 않았습니다. 슬픈 일이 일어난 것입니다. 똑같은 이 땅의 젊은이들이 모양이 다른 군복을 입고 다른 계급장을 달고 서로 적이 되어 싸우는 바람에, 죄 없는 백성들은 오늘은 이쪽편이 되기도 하고 내일은 저쪽편이 되었습니다. 산 너머 사람이 적이 되기도 하고 강 건너 사람이 적이 되기도 하고, 그러다가는 또 산 너머 사람들과 한편이 되기도 하고 강 건너 사람들과 한편이 되기도 했습니다.

인민군 망이가 놈이네 마을에 나타난 것이 바로 조밭 애벌솎음 때였습니다. 고맙게도 군인들은 피를 흘리며 싸우다가도 조용해지면 농민들의 일을 거들어주었습니다. 인민군인 망이도 마찬가지였습니다.

놈이네 어머니가 망이를 처음 보았을 때, 왠지 얼굴이 징용에 끌려갈 때의 놈이 아버지를 닮았다는 생각이 들었습니다. 인민군 망이는 그렇게 슬픈 운명을 안고 놈이네 조밭에 나타났던 것입니다.

"나도 고향집에서 농사일을 했거든요."

망이는 그래서인지 배게 자라는 조포기를 잰 손으로 솎아나갔습니다.

"군인 아재는 총각인가?"

놈이 어머니는 아무런 뜻도 없이 그렇게 물었습니다.

"그러믄요, 이제 나이 스물한살입니다."

호미 끝으로 마른 흙을 꼭꼭 다지면서 인민군 망이는 조금 얼굴을 붉혔습니다.

그날 점심은 놈이네 초가집 봉당에 짚방석을 깔고 찬 보리밥을 물에 말아 풋고추를 된장에 찍어서 먹었습니다. 망이는 연방 이마에 흘러내리는 땀을 훔치며 보리밥 한 그릇을 맛있게 먹어주었습니다.

저녁때, 제비들이 추녀밑 둥지로 돌아갈 때 조밭매기는 끝났습니다. 인민군 망이가 부지런히 거들어주었기 때문입니다.

그러나 망이는 그날 밤으로 다시 싸움터로 갔습니다. 놈이 어머니는 놈이 아버지와 헤어질 때처럼 서운했습니다. 놈이도 어머니만큼 인민군 망이가 하룻동안 곁에 있었던 것이 가슴 안까지 따사로웠습니다.

그런데 그 망이가 열흘 뒤에 마을에 또 나타났습니다. 같은 부대가 함께 옮겨왔기 때문입니다.

인민군 망이는 놈이네 집에 제일 먼저 달려왔습니다. 망이는 크게 크게 소리쳐 말했습니다.

"어머니, 이제 남조선 모두가 해방이 되었어요!"

놈이 어머니는 너무도 반가웠습니다.

"망이 총각, 그럼 이제 삼팔선도 없어지고 모두 하나가 됐단 말이지?"

"그러믄요, 우리 조선인민군이 당당히 싸워 승리한 것입니다."

그로부터 한달 동안, 망이네 인민군 부대는 놈이네 마을에 머물렀습니다. 후방에 싸움터로 보낼 물자를 모으고 나누는 일을 맡았기 때문입니다.

망이는 놈이 어머니와 아주 가까워졌습니다. 놈이 어머니는 남편같이 자식같이 망이한테 정이 들었습니다. 그래서 놈이 어머니는 놈이와 망이의 혼인을 허락하게 되었고, 이 다음 평화가 오면 마을사람들의 축복 속에 혼례를 치르기로 하겠다고 별렀습니다.

뻐꾸기가 우는 여름밤, 아무도 아무도 모르게 망이와 놈이는 뒷산 상수리나무 밑에서 행복한 얘기를 나누며 앞날의 무지개꿈을 한없이 만들어 갔습니다.

한가윗날이 다가오는 어느 날, 망이네 부대는 갑자기 마을을 떠나 북으로 후퇴를 했습니다.

"망이, 언제 돌아오니?"

놈이가 물었습니다.

"금방 돌아올 거야. 이건 잠깐 동안 작전상 후퇴하는 거야. 어머니 모시고 부디 잘 있어."

망이는 너무 태평스럽게 웃었습니다. 그래서 놈이도 놈이 어머니도 같이 웃으며 손을 흔들어 망이를 떠나보냈습니다. 금방 다시 만날 수 있을 것이니까요.

오동잎이 지고 굴뚝새들이 얕은 찔레덩굴 숲으로 내려왔습니다. 하늘의 달은 휘어청 더욱 아름답게 비추었습니다.

놈이는 그 뒤, 망이의 소식을 듣지 못했습니다.

마을은 기막히게 슬픈 일이 거듭 일어났습니다. 토벌대들이 설치고 다니며 인민군 부역에 나갔던 사람들을 잡아죽이고 있었습니다.

놈이 어머니도 공동묘지 산 너머 옛날 고려장 무덤 속에 숨었다가 들켜 카빈총탄에 쓰러져 죽었습니다. 정말 목숨은 하늘에 있었던지, 놈이는 신기하게 살아났습니다.

열달 뒤에 태어난 아들 목이는 빨갱이의 자식으로 한을 덩어리째 품고 자랐습니다. 골목길에서도 학교에서도 장터에서도 목이는 어디를 가나 외톨이였습니다.

목이는 점점 난폭해졌습니다. 이웃집 닭을 잡아죽이고, 개를 때리고 아이들을 때려서 피투성이로 만들었습니다.

"목아, 그러면 안된다. 그건 사람이 할 짓이 아니다. 넌 무어라 해도 사람의 자식이다."

놈이는 북녘 하늘을 바라보며 한숨과 눈물과 기다림으로 세월을 보냈습니다.

"목이 아버지, 언제, 언제 통일이 되는 거예요. 당신 아들이 이렇게 버림받으며 괴롭게 살고 있어요."

목이가 집을 나간 것은 열다섯살 때였습니다. 소매치기로 깡패로 온갖 못된 짓을 하다가 감옥에 들어갔다 나오고 나왔다가는 다시 들어가고, 그러다가는 마지막 사람을 죽이고는 영영 그 어두운 감옥에서 나오지 못했습니다.

놈이는 사흘을 굶고 지냈습니다. 이대로 죽어야지 죽어야지 하면서 구석방에 쪼그리고 누워있었습니다. 그러나 모진 것이 목숨이었습니다. 놈이를 다시 살려준 것은 서울에서 왔다는 만삭의 새댁이었습니다.

목이가 집을 나간 지 꼭 스무해가 되었을 때였습니다. 새댁은 소매치기, 깡패, 그리고 사람까지 죽인 사형수 목이를 사랑했다고 했습니다.

놈이는 그 새댁을 붙잡고 울었습니다. 망이와 헤어져 뱃속에 아기를 가지고 부끄럽게 외롭게 살아온 지난날이 생각났습니다.

"어머니, 제 뱃속의 아기는 그이의 아기예요. 그이가 어머니를 찾아가 모시라고 해서 왔어요. 어머니 기운을 차리시고 함께 살아요."

새댁이 낳은 아기는 아들이었습니다.

목이를 닮았고, 망이를 닮았고, 그리고 징용으로 가서 돌아오지 않는 놈이 아버지를 닮은 아기였습니다.

놈이는 이제 할머니가 된 것입니다.

이때부터 놈이는 자주 달을 쳐다보았습니다. 빨갱이의 손자, 소매치기 깡패 살인강도의 자식을 안고 놈이는 북쪽 망이를 생각했습니다.

"어머니, 아기 이름을 무어라 부를까요?"

며느리는 시어머니를 지극히 섬겼습니다. 불효자식에게 효부며느리가 생기다니 놈이는 달에게 물었습니다.

"달아 달아, 며늘아기가 가엾구나. 그러니까 제발 이 아기만은 탈 없이 착하고 건강하게 자라게 해다오. 이름을 무어라고 지을까?"

둥근 보름달이 할매에게 고개를 끄덕였습니다.

"용이라고 불러라. 용이는 할배하고 만나서 억울하지 않게 떳떳이 자라야지. 그건 할매가 해줘야 한다."

용이가 백일이 지난 어느 날, 감옥에 있는 목이한테서 편지가 왔습니다.


어머니께 올립니다.

어머니, 용서해 주십시오. 불효자 목이는 이제 며칠 후에 죽습니다. 죽는 것은 슬프지만 오히려 괴로운 세상 끝내게 되어 기쁘기도 합니다.

저 때문에 마음 아파하시는 어머니가 걱정이지만 제 힘으로는 어쩔 수 없습니다. 만약에 죽어서 저 세상이 있으면 그때는 어머니와 함께 행복하게 살도록 잘 모시겠습니다.

저희 아내가 아들을 낳았다니 가엾으면서도 다행입니다. 용이라고 이름을 지으셨다니 고맙습니다.

어머니, 그 아이 용이만은 제발 북쪽 할아버지를 찾아뵙게 해주시고 건강하고 씩씩하게 자라도록 해주십시오.

　저는 어쩌다가 이렇게 못나게 살다가 죽지만 조금도 미련이 없습니다. 너무도 살기가 힘이 들었습니다.

　어머니, 거듭 용서해 주십시오.

불효자 목이 올림


　목이의 감방 안은 달빛조차 스며들 틈바구니가 없었습니다. 그러나 목이는 고향의 달을 떠올리고, 어머니 얼굴을 떠올리며 지나간 어린 날을 그려보았습니다.

　목이는 아버지가 이북에 살아있다는 걸 늦게야 알았습니다.

　아홉살 삼학년 때였습니다. 한 마을 재석이가 가르쳐준 것입니다.

　"목아, 네 아버지가 지금 어디 계신지 아니?"

　"울 아버진 돌아가셨잖어?"

　목이는 재석이 말이 놀리는 것 같기도 해서 퉁명스럽게 되물었습니다.

　"아니야, 이북에 있대. 인민군이야. 빨갱이."

　"아버진 죽었는데 어째서 이북에 있다는 거냐?"

　"우리 아버지도 그러시고 엄마도 그랬어. 너희 아버진 육이오 때 인민군으로 내려온 이북 사람이란다."

　그날 밤, 목이는 어머니께 재석이가 가르쳐준 것을 얘기했습니다. 어머니는 그렇다고 자세히 들려주었습니다.

　"목아, 나하고 너하고 이렇게 될 운명인 걸 어쩌니? 그땐 통일이 곧 되는 줄 알고 아버지와 혼인하기로 약속을 했단다. 너희 할머니가 너희 아버지 모습이, 징용으로 가서 돌아오지 않는 할아버지 모습과 많이 닮아서 사윗감으로 약속을 했단다. 이렇게 될 줄은 꿈에도 몰랐단다. 그러니까 지금이라도 통일이 되면 아버지 만날 수 있으니까 다행이잖니?"

　그러나 목이는 눈앞이 아득하고 캄캄해졌습니다.

　모두가 원수로 알고 욕하고 미워하는 공산당 빨갱이가 아버지라니, 그

건 물귀신이나 늑대가 자기 아버지라 하는 것과 같은 것이기 때문입니다. 차라리 죽고 없는 편이 훨씬 좋았을 텐데 말이지요.

목이는 김 목이라는 이름이 어째서 아버지의 성인 최씨와 다른가를 겨우 알았습니다. 먼 친척뻘이 되는 김씨네 성을 빌려 호적에 올려져 있었기 때문입니다.

목이가 제일 처음 나쁜 짓을 한 것은 주막집 개를 때린 데서 시작되었습니다.

그날, 목이가 주막집 앞을 지나가는데 마을 어른 몇이 술을 마시며 지나가는 목이를 흘깃 보고는

"저놈 자식은 제 애비가 누군지도 모르는 모양이야."

하고, 감나무집 아저씨가 그러자

"차라리 모르는 것이 낫지, 아직 어리잖아."

안골 아저씨가 말하자 주막집 아주머니가 나서서,

"에미가 망할년이지. 하필이면 그런 빨갱이하고 붙어서 새끼를 내지르다니 … "

목이는 거기까지 들으면서 머리에서 피가 아래로 쏟아지는 듯했습니다. 얼른 달아나듯 걸어가는데 주막집 개가 쫓아오며 목이를 물어제낄 것처럼 털을 곤두세우며 짖었습니다.

목이는 불쑥 목구멍에서 불덩어리가 치밀었습니다. 마침 길바닥에 있는 돌멩이를 집어 개의 잔등을 죽어라고 때렸습니다. 개는 자지러지게 울부짖었습니다.

"이 못된 놈의 자식, 개를 패죽일 셈이냐?"

주막집 아주머니가 달려나와 목이에게 욕설을 퍼대었습니다. 목이는 뒤로 돌아서서 아주머니가 쏟아놓는 욕설을 끝까지 들었습니다.

그 뒤, 목이는 누가 보지 않는 곳에서 주막집 아주머니에게 앙갚음을 했습니다. 채소밭을 짓밟아놓고 달아나기도 하고 쇠똥을 한 뭉치 부엌에다 던져버리기도 했습니다.

어떤 일이 있어도 누가 보는 앞에서는 화를 내지 않고 참았다가 보이지 않으면 감쪽같이 복수를 했던 것입니다.

"요 못된 빨갱이놈의 자식!"

목이는 귀가 아프도록 들어도 너무 태연해서 사람들이 오히려 목이를 무서워했습니다. 목이는 정말 빠르게 나쁜 아이가 되어갔습니다. 누구네 밭이나 가리지 않고 참외밭, 고구마밭, 땅콩밭, 복숭아밭을 망쳐놓고는 혼자서 즐기는 것이었습니다.

장날이면 장터에서 돈을 훔치고 물건을 훔쳤습니다. 어머니가 울면서 목이를 달래기도 하고 꾸짖으면 오히려 목이는 그것이 재미있고 즐거웠습니다.

학교에서도 마찬가지였습니다. 일부러 공부시간에 옆아이를 집적거려 공부를 방해하고, 시험을 치면 아는 문제도 억지로 틀리게 써넣었습니다. 결국 중학교 이학년을 중간에서 그만두고 집을 뛰쳐나갔습니다.

목이는 어머니께 가슴아픈 말 한마디를 쪽지에 남겨놓고 떠났습니다.

"빨갱이 아내, 도둑놈 어머니, 안녕히 계십시오."


목이는 감방 구석에 쪼그리고 앉아 고향의 하늘을 그려보았습니다. 아직 철들지 않았던 시절 밤하늘의 둥근 달을 보고 아름다웠던 기억을 떠올리는 것입니다.

마을 오솔길에 봄이면 민들레꽃이 노오랗게 피고, 그 노란꽃이 지면 다시 하얀 솜꽃으로 피어나던 민들레는 바람이 불면 솜꽃송이 하나하나가 흩어져 날아갔습니다.

"엄마, 운명이란 게 뭐야?"

목이가 어머니인 놈이에게 물으면

"사람은 각자가 타고난 운명이 있단다. 여자로 태어나기도 하고 남자로 태어나기도 하고, 부잣집 아이로 태어나고 가난한 집 아이로도 태어나고 …"

그렇게 대답해 주었습니다.

목이는 그것이 맞는 것 같기도 하고 그렇지 않은 것 같기도 했습니다.

그리고 지금, 목이는 감방 안에서 눈물을 흘리고 있습니다.

"어머니, 어머니가 인민군 아버지를 만나 헤어지고 나를 낳아 이렇게 죄 많은 인간으로 살게 된 것이 우리의 운명이라면, 남북이 갈라진 이 나라의 운명은 모두 우리 식구들 때문이고, 육이오의 전쟁도 나 때문에 일어난 것인지요?"

목이는 며칠 뒤엔 그 운명 때문에 서른다섯살의 나이로 이 세상을 떠나야 하는 것입니다. 목이의 불행한 운명 때문에 어머니가 괴로워하고, 아버지는 목이가 태어난 것도 까맣게 모른 채 북쪽의 어디선가 안타깝게 살아가고 있는 것입니다.

그동안 목이는 많은 사람들을 괴롭혀왔습니다. 소매치기로, 강도로, 돈을 빼앗긴 사람들도 모두가 불행하게 태어난 목이 운명 때문에 억울하게 피해를 받은 것입니다. 목이는 미안한 생각이 들었습니다. 소매치기를 당한 아주머니 가운데는 가난한 살림을 알뜰히 꾸려나가며 한푼두푼 은행에 모았다가 좀더 나은 전셋방이라도 얻으려고 돈을 찾아가다가 졸지에 뺏긴 아주머니도 있었겠지요.

병원에 입원한 남편의 치료비를 몽땅 빼앗아갈 때도 있었을 테고, 대학에 합격한 자식의 등록금을 훔치기도 했을 테니까요.

그리고 목이는 생각만 해도 소름끼치는 살인죄수인 것입니다.

목이는 고향마을 주막집 개를 때린 것부터 시작해서, 참새를 잡아죽이고, 닭을 잡아죽이고, 아무 생각없이 수많은 벌레를 잡아죽였습니다.

목이가 세상을 미워한 대신, 세상은 목이를 향해 엄청난 힘으로 목을 비틀고 날카로운 이빨로 물어뜯으려 했습니다. 목이는 어쩔 수 없이 막다른 구석에 몰려 그렇게 사람을 죽이기까지 하게 된 것입니다.

놈이 할매는 이제 다섯살이 된 손자 용이와 둘이서 살고 있습니다. 며느리는 감옥의 목이가 죽던 다음해 어디론가 떠나버린 것입니다. 첫돌이 지난 용이를 할매한테 남겨두고 아마도 새로운 운명을 찾아간 것이겠지요.

용이는 아직도 사람의 운명에 대해서 아무것도 모릅니다. 할머니의 아버지가 일제의 징용에 끌려가 죽은 것도 모르고, 할아버지가 이북에 있는 것도, 아버지가 감옥에서 죽은 것도 모릅니다. 어머니가 저를 버리고 왜 떠나갔는지도 모릅니다.

골목길에 민들레꽃이 피고, 산에는 진달래가 피었습니다.

놈이 할매는 손자 용이를 데리고 밤마다 이북에 있는 남편 망이 할배를 찾아갑니다. 민들레꽃이 피는 오솔길로 진달래 피는 산비탈길로 조심조심 용이 손을 잡고 갑니다.

"여보, 당신 손자가 이만큼 자랐어요. 당신 아들은 불쌍하게 죽었지만 이 손자만큼은 그렇게 불행하게 살아가게 해서는 안되잖아요. 여보, 목이 아버지 …"

놈이 할매는 망이 할배를 찾아가서 그렇게 말을 하고 용이를 위해 어떻게 해야 할지 의논을 하고 싶은 것입니다.

달빛이 깔린 하얀 신작로를 북으로 북으로 할매는 걸었습니다.

"용아, 어서어서 가서 할배 만나자."

내를 건너고 또다시 버들잎이 푸른 들판길로 걸어갑니다.

"여보, 목이 아버지, 목이 아버지 …"

그러나 할매는 북녘길을 중간까지 가다가 그만 잠에서 깨어납니다. 밤마다 그랬습니다. 저어기 휴전선 너머 푸른 소나무가 보일 듯 말 듯하는 데서 꿈은 언제나 깨어버리는 것이었습니다.

"용아, 네가 더 크기 전에 할배한테 가야 한다. 너의 아부지처럼 용이도 그렇게 나쁘게 되기 전에 할배 만나서 할배는 절대 나쁜 사람이 아니라는 걸 세상 사람들에게 보여주어야 한다."

놈이 할매는 애가 탔습니다. 그래서 다음날 밤은 일찍 서둘러 집을 떠났습니다. 진달래꽃길을 가다가 하얀 신작로를 걸어가다가 강을 건너고 버드나무가 있는 들길을 또 갑니다.

"용아, 오늘은 어떤 일이 있어도 저 철조망을 넘어가야 한다."

할매는 용이 손을 꼭 잡고 헐떡거리며 숨차게 걸어갑니다. 용이도 할매 손을 꼭 붙들고 종종걸음으로 따라갑니다.

하늘 높이 떠있는 달이 함께 할매 뒤를 따라갑니다. 별들이 초롱초롱 내려다보고 있습니다.

그러나 할매는 휴전선 앞에서 멈추어야 했습니다. 총을 멘 군인이 지키고 있었습니다.

"이봐요 젊은이, 이 애 할애비가 저쪽에 있다오. 제발 우리 둘을 보내주오."

"큰일납니다. 할머니, 어서 무슨 일이 일어나기 전에 돌아가십시오."

젊은 군인이 할매를 달랬습니다.

"아니오, 군인양반, 제발 보내주시구려. 이 애 용이 할애비가 저쪽에서 살고 있다오."

그러나, 결국 꿈은 또 깨어지고 말았습니다.

"용아, 어쩌면 좋지, 거기까지 가서 이렇게 다시 되돌아왔으니 영영 할배한테 가지 못할지도 모르겠구나."

할매는 다음날은 좀더 일찍 길을 떠났습니다.

"용아, 어서어서 가자."

여전히 밝은 달밤이었습니다.

민들레가 핀 오솔길도 하얗고, 진달래가 핀 산길도 하얗고, 미루나무가 서 있는 신작로도 하얀 길이었습니다. 푸른 버드나무 들길도 하얗고, 할매는 오늘이야말로 망이 할배한테 기어코 가리라 굳게굳게 마음먹습니다. 용이 손을 꼭꼭 틀어잡고 고무신 신고 숨가쁘게 걸었습니다.

"젊은이, 제발 오늘은 날 좀 보내주구려."

철조망 앞에는 또 어제의 군인이 서서 지키고 있었습니다.

"할머니, 왜 또 오셨습니까? 아무리 그러셔도 더이상 북으로는 못 가십니다."

"아니야, 젊은이는 저쪽이 어딘지 알고나 하는 말이오?"

"저쪽은 우리와는 다릅니다."

"뭐가 다르다는 거요? 젊은이는 다를지 모르지만 내게는 같은 곳이오. 젊은이는 몰라서 그렇지 다시 한번 생각해보구려. 우리나라 지도가 어떻게 생겼는가 학교에서 배우지 않았소?"

"할머니, 하지만 지금은 다릅니다."

"아니오. 지금이나 옛날이나 그리고 앞으로도 영원히 저쪽이나 이쪽이나 같은 곳이오."

"할머니 …"

갑자기 젊은 군인이 흐드득 흐느껴 울기 시작했습니다.

"… 할머니 말씀이 맞습니다. 제가 잘못했습니다."

군인은 메고 있던 총을 버리고 길을 비켜주었습니다.

"젊은이 고맙소. 용아, 어서어서 가자."

할매는 용이 손을 잡고 가시철망 사잇길을 걸었습니다.

그때였습니다.

"탕! 탕! 탕 …!"

총소리가 났습니다. 갑자기 나타난 미군이 할매를 향해 총을 쏜 것입니다. 할매는 피를 흘리며 가시철망을 다 넘지 못하고 쓰러졌습니다.

"용아, 어서 뛰어가거라. 너 혼자만이라도 할배한테 가거라. 망이 할배가 기다릴 테니 …"

그러다가 할매는

"아니, 여보! 용이 할배요! 왜 거기서 그렇게 꼼짝 않고 있소? 이렇게 우리는 밤마다 밤마다 영감 찾아왔는데, 영감은 왜 오지 않는 거요? 왜 오지 않는 거요?"

할매는 슬픔과 분노로 울먹거리며 울부짖고 용이는 엉거주춤 가시철망 가운데 서 있었습니다.

"탕! 탕! …"

총소리가 또 났습니다. 용이가 피를 흘리고 주저앉으며 옆으로 쓰러졌습니다.

"할매애!"

용이가 소리지르는 바람에 할매는 꿈을 깼습니다.

할매는 식은땀을 흘리고 있었습니다.


할매는 밤마다 달만 쳐다봅니다.

"용아, 어쩌면 좋지?"

"할매하고 손잡고 할배 찾아가면 되잖어."

용이는 똥그란 눈을 굴리며 할매를 쳐다보았습니다.

"그래, 너하고 둘이 할배 찾아가자."

할매는 또다시 밤이면 용이 손잡고 북을 향해 걸어갑니다. 달빛이 깔린 하얀 길입니다. 민들레꽃이 피어있는 오솔길을 가다가, 진달래가 핀 산길을 가다가 하얀 신작로로 걸어갑니다. 강을 건너고 버드나무 들길을 걸어갑니다.

"여보, 용이 할배요. 나 오늘도 용이 데리고 간다오. 그러니 영감도 내려오시구려. 영감은 알고 있는지 모르고 있는지 답답하오. 영감 때문에 우리 어머니 총살당했소. 우리 아들 목이는 감옥에서 서른다섯살 나이에 죽었소. 며느리는 어디론가 가버리고 손자녀석 용이가 이렇게 할배 찾아간다고 나하고 손잡고 밤마다 길을 걷는다오. 여보 영감, 용이 할배요, 제발 내려오시구려. 나 혼자 그 먼길, 가시밭길 가기가 힘들다오. 거기까지만 내려와주구려. 휴전선 가시철망 있는 데까지만 내려오시구려. 거기서 우리 용이하고 손잡고 얼싸안고 눈물 흘리면 지난날 설움도 원한도 다 씻길 거요. 영감 제발 우리 거기서 만나도록 합시다. 용이 할배요 …"

할매는 오늘 밤은 절대 되돌아오지 않으리라고 벼르며 갑니다.

"그 젊은 군인은 길을 비켜주겠지. 하지만 그것들이 또 총을 쏘면 어쩌

274

지. 그래, 총을 쏘면 쓰러지고 쓰러져 죽으면 넋이 되어 가야지. 용이만
살리면 되니까, 용이만은 살려주어야지."

할매는 용이 손을 꼭 붙잡고 오늘 밤도 북녘 할배를 만나러 걸어갑니다.

노란 민들레꽃이 피는 오솔길을 가다가 다시 진달래꽃이 핀 산길을 갑
니다.

그러고는 하얀 신작로를 따라 부지런히 부지런히 걸어갑니다.

할배를 만나러 갑니다. 꼭 만나러 갑니다.

# 빌뱅이언덕 밑 오두막에 살면서

## 권정생 선생 행장

김용락

## 가난과 병고 속에서

권정생 선생이 작고했다. 2007년 5월 17일 오후 2시 17분 대구가톨릭병원 응급실 12호 침상에서였다. 선생은 동화작가로 명성이 높은 분이다. 그러나 말년에 오면 단순히 동화작가라는 영역을 뛰어넘어 일종의 문명비평가, 평화주의적 사상가로서의 면모까지 보여주었다. "이원수 이래 한국 최대의 사실주의 동화작가"(이오덕), "해방 후 한국 최고의 동화작가"(권오삼) 등과 같은 평가가 선생의 문학적 명성을 말해 준다. 게다가 말년에는 '베스트셀러' 작가로도 유명하다. 한국의 어머니들은 '권정생'이라는 '브랜드'가 붙으면 무조건 책을 사 줄 정도로 어린이들뿐 아니라 성인들에게도 사랑을 받은 작가였다. 작고하기 이태 전부터는 90여권의 작품집에서 들어오는 인세가 연 1억원에 육박할 정도로 '상업적'으로도 성공한 작가였다.

그러나 선생의 삶은 이런 '문학적 성공'과는 별 상관없어 보인다. 자발

김용락 ─ 시인. 경북외국어대 교수.《사람의 문학》발행·편집인. 시집으로《푸른별》,《기차소리를 듣고 싶다》,《시간의 흰길》등이 있다.

적 가난을 넘어 '자발적 극빈'이라고 불릴 정도로 지독하게 가난하고 외로운 삶을 살았다. 가난에다가 질병까지 겹쳐 말 그대로 지독한 가난과 질병 속에서 평생을 보냈다. 연보에 따르면 선생은 1937년 일본 도쿄 혼마치 빈민가에서 태어났다. 사실 이 연배의 조선사람치고 행복했던 이보다는 불행하게 살았던 이가 훨씬더 많을 것이다. 일제식민지, 해방, 분단, 6·25 전쟁, 군사독재, 권위주의적 산업화 등으로 이어지는 한국의 근현대사에서, 배운 것 없고 가진 것 없는 이 땅의 백성들이 겪어야 했을 간난과 고통은 미루어 짐작할 수 있는 일이다. 이런 고통이 '권정생'에게만 특별히 비껴갔을 리 없다.

산문집《우리들의 하느님》에 실린 〈유랑걸식 끝에 교회 문간방으로〉라는 자전적인 글에 보면, 선생은 1937년 9월에 헌옷장수집 뒷방에서 7남매 중 여섯째로 태어났다. 아버지는 청소부이고 어머니는 삯바느질꾼이었다. 1946년, 해방 이듬해 당시 많은 귀국동포들처럼 선생의 가족도 고향인 경북 안동으로 귀국한다. 그러나 가족이 함께 살기에는 너무 가난하여 선생의 어머니와 동생 그리고 선생은 외가가 있는 청송으로 가고, 아버지는 누나들과 안동으로 간다. 이산가족이 된 것이다. 그러다가 1947년 12월에 가족들이 함께 모여 살게 되는데, 그곳이 선생이 작고할 때까지 살았던 경북 안동시 일직면 조탑리이다.

조탑리는 마을 앞에 신라시대 때 쌓은 5층 전탑이 있다고 해서 동네 이름이 그렇게 붙었다. 이곳은 100여 가구가 살고 있는 전형적인 농촌인데 마을 뒤편에는 본관을 일직으로 삼는 '일직 손씨' 시조 사당이 있고, 고려 말 홍건적의 난 때 공을 세운 손홍량 장군의 유허비도 바로 옆 동네에 있다. 그리고 아주 오래전에 쌓은 산성이 마을 주위를 에워싸고 있는 곳이다. 그리고 안동에서 상주의 낙동강을 거쳐 대구로 나아가는 길목이기도 하다. 그러니까 경북 안동과 의성의 경계에 끼어있는 이 동네는 예전에는 제법 유서깊은 동네였던 듯하다.

선생 선친의 고향은 조탑리에서 20리 정도 떨어진 '돌움바우골'이다.

안동과 의성의 경계에 있는 이 동네는 가파른 바위산과 절벽으로 이루어진 동네이다. 그 바위 절벽을 휘돌아 낙동강의 지류인 미천(眉川)이 흘러간다. 물이 휘돌아간다고 돌움바우골인 것이다. 경치로만 치면 아름다운 곳이다. 그러나 논밭이 없는 궁벽한 곳이다. 동네 중간을 가로질러 중앙선 철로가 놓여 있다. 얘기가 조금 빗나가지만, 나는 중학교 때 이 앞을 지나다니는 중앙선 기차를 타고 3년간 통학했다. 예전에 돌움바우골과 잇대어 있는 아주 아름다운 방풍림이 있었다. 이곳 사람들은 그 숲을 '광연숲'이라고 불렀는데, 초등학교들이 단골로 소풍을 가던 곳이었다. 이 숲을 제재로 하여 〈단촌숲〉이라는 시를 쓸 정도로, 내게도 추억이 깃든 곳이다.

권정생 선생의 선친은 바로 이곳에서 태어나고 자랐으며 1920~30년대 여느 유이민처럼 일본에 돈 벌러 갔다가 귀국해서는 이곳으로 돌아가지 않고, 좀더 대처에 가까운 조탑리에 터를 잡게 된 것이다.

말년에 권정생 선생이 발표한 소설 《한티재 하늘》은 선생의 자전적인 요소가 짙은 작품인데, 이 작품도 바로 돌움바우골에서 시작하고 있다. 첫 문장이 "삼밭골은 열두 골이라는데 어디서 어디까진지 어림잡을 수도 없다"로 시작하는데, 돌움바우골도 바로 삼밭골 열두 골 가운데 하나이다. 열두 골 가운데 하나인 '짓골'은 내가 어릴 때 소 먹이러 다니던 곳이다. 선생과 나는 스무살 차이가 나는 사이지만, 태어나고 성장한 공간은 이렇게 서로 공유하고 있다.

《한티재 하늘》에 보면 "삼밭골에는 양반이 없다. 그래서 고래등 같은 기와집은커녕 우뚝한 초가집도 한 채 없이 나직나직 돌담집들이 산자락 비탈에 조갑지처럼 붙어있다"고 묘사한 것처럼, 좁은 경작지는 대부분 가까운 '하회 류씨'들의 소작지이거나 의성 고운사의 사전(寺田)이었다. 살기가 팍팍하고 가난한 경상북도 북부지역의 여느 곳과 하등 다를 바가 없는 곳이다. 이곳에서 선생의 양친은 겨우 남의 논밭 다섯 마지기 소작을 부치고 있었다. 이런 환경 때문인지는 몰라도 선생은 평소 안동 출신 시인인 이육사를 높게 평가했다. 육사가 이 지역에서는 대단한 양반으로 치는 퇴계 후손 '진성 이씨' 출신이지만, 양반의 한계를 극복하고 양반티를 안 냈다는 것이다. 이렇게 권정생 선생이 이육사에 대해 아주 후한 점수를 주는 것을 나는 여러 차례 들은 적이 있다.

이런 생각은 작품에도 그대로 반영되는데, 선생의 거의 유일한 문학평론인 〈우리의 농촌을 우리 문학은 어떻게 수용할 것인가〉(《오물덩이처럼 뒹굴면서》 중)에서 이렇게 말한 적이 있다.

조선 새는 모두가 운다. 웃거나 노래하는 새는 한 마리도 없다. 까치가 운다. 까마귀가 울고, 꾀꼬리도 울고, 참새도 운다. 이것이 반만년을 살아온 우리나라 농민들의 정직한 감정인 것이다. 그들은 삶이 고달팠고 한스럽고 애통했다. 빼앗기며 쫓기며 학살당하며 살아온 사람들이 새가 노래한다고 느낄 수는 없었다. 그래서 한국의 모든 새들은 울고 있는 것이다. (중략)

우리는 역시 농촌(농민)문학을 잊어서도 안되고 버려서도 안되는 것이다. 농촌은 인간이 살아가는 데 없어서는 안되는 생명의 원천이며 정신적인 고향이기 때문이다. 농촌 없이, 농민 없이 우리는 하루도 살아갈 수 없다. 인생의 시작도 농촌이고 돌아갈 수 있는 마지막 안식처도 농촌인 것이다. 오히려 우리는 농촌의 부흥과 성장에 더 많은 관심을 가지고 삶의 진실을 일깨우는 데 온 힘을 기울여야 할 것이다. 한톨의 씨알은 물론 참을 갈구하는 농민들의 소리에 귀를 기울이고, 그들의 움직임을 따라 함께 움직이며, 그들의 삶의 애환에 접근해야 한다.

그러니까 선생이 평생 이 농촌 마을을 떠나지 않고, 이 땅에서 잡초처럼 짓밟히면서도 끈질기게 살아온 농사꾼과 민초들의 슬픔과 생명력을 동화작품에 담은 것도, 따지고 보면 이런 삶의 태생적인 조건과 관계가 있는 것인지도 모른다. 이 글에서 모두 밝히기는 적절하지 않지만, 선생 가족의 삶 역시 짓밟히고 수탈당하면서 살아온 굴곡 많은 이 땅의 전형적인 민중들의 삶이었다는 사실도 선생의 작품을 이해하는 데 하나의 척도가 될 수 있을 것이다.

## 풀뿌리의 슬픔과 생명력

권정생 선생은 초등학교를 네 군데나 다녔다. 도쿄 혼마치에서 8개월, 군마켄에서 8개월, 조선에 돌아와 청송 화목에서 5개월, 그리고 나머지는 안동 일직국민학교에서 다니다가 졸업했다. 그것도 잇따라 다닌 것이 아니라 몇달씩, 몇년씩 쉬었다가 다니는 바람에 1953년 3월에야 겨우 졸업했다. 아버지의 소작농사만으로는 월사금을 못 내어 어머니가 행상을 했다. 어머니가 한달에 여섯번을 나가시는데, 장날 갔다가 다음 장날 돌아올 때까지 선생이 밥 짓고 설거지를 했다. 이 당시의 경험을 그린 작품이 소년소설 〈쌀도둑〉이다.

나중에 선생이 직접 밝힌 바에 따르면, 청송 화목 장터에 살면서 화목 국민학교를 다녔는데, 그 당시 이오덕 선생이 그 학교 교사였다고 한다. 물론 당시에 두 사람이 서로 이런 사실을 안 것은 아니었다. 나중에 연도를 맞춰보니 우연히 일치했다고 한다. 이 당시 화목은 경상도 골짜기였기 때문에 빨치산이 출몰했고, 붙잡힌 빨치산이 장터 여기저기로 끌려 다니면서 돌 맞는 것을 목격하기도 했는데 그 장면이 너무 무섭더라고 회상하는 것을 들은 적이 있다.

초등학교를 졸업하고 나무장수, 고구마장수, 담배장수, 점원을 전전하였고, 열아홉살 때부터 결핵을 앓았다. 객지에서 두 해를 더 버티다가 안돼 1957년 고향으로 돌아왔다. 1964년 어머니가 세상을 뜨자, 동생 결혼을 시키기 위해 집에서 나가 있으라는 아버지의 말을 듣고 1965년 4월에 가출하였다가 8월에 돌아왔다. 이때 선생은 대구, 김천, 상주, 점촌, 문경, 예천으로 3개월간 돌아다니며 걸인생활을 하였다.

작고하시기 얼마 전 선생은 자신도 "공부를 조금만 더 했더라면 지금처럼은 살지 않았을 텐데" 하고 회한 섞인 소리를 나에게 한 적이 있다.

이 말은 마침 백낙청 교수와 리영희 선생 등 우리 시대 지식인들의 사회적 업적을 평가하던 끝에 나온 말이어서, 선생의 마음 깊은 곳에 있는 심사의 일단을 엿볼 수 있게 했다.

사실 선생의 젊은 시기는 너무도 가난했다. 3개월간의 걸인행각에 대한 글은 남기지 않고 있다. 대신 시를 몇편 남기고 있는데 한편을 보자.

새빨간 딸기 밭이 / 보였습니다 / 고꾸라지듯 달려 가보니 / 딸기밭은 벌써 / 거둠이 끝난 다음이었습니다 / 알맹이보다 더 샛빨간 / 딸기 꼭지들이 / 나를 비웃고 있었습니다 / 불효자에게 / 보아스가 룻을 위해 남겨줬던 / 그런 이삭조차 없었습니다 / 건너 산 / 바위 벼랑 위로 / 흘러가는 구름이 / 자꾸 눈을 어지럽힙니다 / 어머니 / 배가 고픕니다

— 시 〈딸기밭〉 전문

'불효자' 운운하는 이 시를 보면 알 수 있듯이, 선생은 효자였다. 선생이 결핵에 걸리자 어머니께서 다래끼를 둘러메고 온갖 풀뿌리를 캐어 선생에게 다려 먹였다고 한다. 그리고 벌레 한 마리 못 죽이시던 그 어머니께서 개구리를 수도 없이 직접 잡아다가 껍질을 벗기고 선생에게 먹이기도 했다고 한다. 이런 어머니의 사랑에 대해 선생은 〈어머니 사시는 그 나라에는〉이라는 시를 쓰기도 했다. 그리고 선생은 마지막 순간, '어매'를 여러번 외치다가 돌아가셨다. 선생의 장질녀인 권명옥 씨(63세, 의성)도, 선생의 어머니께서는 결핵 걸린 아들을 위해 하지 않은 일이 없을 정도로 희생을 했다고 증언했다.


### 권정생 선생의 사상과 기독교

거지로 떠돌 때 상주의 어떤 노부부가 선생에게 다정하게 대했는데, 이를 못 잊어, 이 노부부를 모델로 한 동화 〈복사꽃 외딴집〉을 쓰기도 했다. 걸인으로 떠돌던 이 시기에 선생은 기독교에 깊이 빠져 있었던 것으로 보

인다. 자신의 처지를 '나사로'에 비유하기도 했다. 삶이 힘들고 병고가 깊으니까 어떤 기적을 바랐는지도 모를 일이다. 기독교에 깊이 빠져들었던 시절에 대해서는 이웃 동네에 살고 있는 이태희 씨(57세, 농부)도 증언한 바 있다. 그러던 선생이 말년에 들면서 기독교의 물량주의와 보수적인 기독교 근본주의자들의 제국주의에 대해서는 매우 비판적인 입장을 취했다.

성령을 받거나 은사를 받으면 말투가 그렇게 되는 것인지, 참으로 불손하기 그지없다. 시장에서 가짜약을 파는 약장수도 그렇게까지는 안한다. 사도 바울은 사랑은 오만하지 않고 자랑하지도 않는다고 했잖은가? 예수님은, 기도는 골방에 숨어서 하고, 더욱이 금식할 때는 머리를 빗고 절대로 남에게 티를 내지 말라고 했다. 오른손이 하는 것 왼손이 모르게 하고 시장거리에서 떠들지 말라고 했다.

지금 교회는 어떤가? 선교를 한답시고 온 세계에 떠들고 다니며 하느님을 욕되게 하고 있지 않은가? 온갖 공해에 시달리는 현대인들에게 교회도 하나의 공해물로 인식된다면 빛과 소금은커녕 쓰레기만 배출해내는 꼴이 되지 않겠는가? 그런데도 한번 반성할 틈도 없이 그냥 발가벗은 임금님처럼 앞으로 앞으로 가고만 있다.

기독교 2천년 역사 가운데서 예수님은 많이도 시달려 왔다. 한때는 십자군 군대의 앞장에 서서 전쟁과 학살에 이용당하기도 하고, 천국 가는 입장료를 어마어마하게 받아내는 그야말로 뚜쟁이 노릇도 했고, 대한민국 기독교 백년사에서는 반공 이데올로기의 선봉장이 되어 무찌르자 오랑캐를 외쳤고, 더러는 땅투기꾼에게 더러는 출세주의자에게, 얼마나 이용당하며 시달려 왔던가.

— 〈우리들의 하느님〉 중에서

또 "종교는 기독교라는 종교가 다 망친다. 큰일이다. 전쟁의 주동자가 기독교이고 부시이다"라거나, "내(권정생)가 믿는 하느님과 목사님이 말하는 하느님이 달라서 이따금이 아니라 자주 낭패시더. 예수님도 성경에서 말씀하셨잖니껴? 줄 만큼 주신다고요. 그런데 요즘 사람이나 교회는 너무 많이 갖고 있는 게 탈이지요"라고 하면서 기독교의 세속적인 면을 비판했다.

## 빌뱅이언덕 밑 오두막

선생은 고향에 돌아와 조탑리 옆 동네인 송리동에 있는 일직교회 헛간에 세들어 산다. 그러다가 1983년, 모아놓은 인세 60만원과 동네청년들의 도움을 받아 지은 집이 말년에 기거하다가 돌아가신 빌뱅이언덕 밑 댓평짜리 오두막인 것이다. 부모님이 살아계실 때도 가족들은 남의 농막에서 살았고, 선생이 혼자되어서도 교회 헛간방에 살았으니, 선생께는 이 오두막이 처음이자 마지막인 당신 소유의 집이었다. 그만큼 선생은 가난하게 살았다.

물질적으로는 가난하게 살았을지 모르지만, 선생의 영혼은 어느 누구보다도 부자로 살았다. 자신이 살았던 동네 이웃 할머니들에게 딱한 사정이 생기면, 적게는 10만원씩을 준 것에서부터, 이름을 밝히지 않고 서울 청량리 창녀와 앵벌이 같은 불우한 어린이들의 쉼터를 위해 수천만 원씩을 내놓기도 했다. 마지막에는 10억원이 넘는 거액의 인세를 굶주리는 북녘 어린이들을 위해 써달라는 유언을 남기기도 했다. 부자들의 눈으로 보면 그 돈의 액수는 그렇게 큰 게 아닐지도 모른다. 그러나 선생의 삶에 비추어보면 이 돈은 참으로 큰 의미를 지니는 것이다.

10대 후반 결핵에 걸려 고구마장수, 나무장수를 거쳐 유랑걸식을 한 끝에 교회 헛간에서 종지기로 연명하며, 혹독한 가난 속에서 한겨울을 나기 위해 자신의 후원자이던 이오덕 선생께 "어쩌다 보니 겨울 동안 많은 낭비를 한 것 같습니다. 무연탄도 전보다 갑절을 소비했고, 신문대금도 밀려 있습니다. 5천원을 급히 보내주셨으면 합니다"라는 급신을 띄우기도 했고(1974년 2월 16일), 《몽실언니》 초판본 인세를 75만원 받게 되자 "인세가 어마어마하게 많아 쑥스럽다"(1984년 5월 11일. 이오덕 권정생 편지집 《살구꽃 봉오리를 보니 눈물이 납니다》 중에서)고 할 정도로 평생을 가난 속에 살았다.

하지만 마음은 늘 이웃에 나눠주는 풍요로운 삶을 살았다. 이오덕 선생에게 5천원을 꿔달라고 편지를 보냈지만, 몇년 뒤 전우익 선생에게는 어떤 잡지에 동화 20매를 보냈더니, 원고료가 1매당 천원씩 해서 돈 2만원을 보내왔다면서, 원고료를 이만큼 받아본 것은 처음이다, 소액환 한 장 보내니 책이라도 사 보라고 쓴 편지도 있다. (1981년 6월 15일. 《오물덩이처럼 뒹굴면서》 중에서)

## 이오덕, 전우익 선생과의 교분

이야기가 약간 달라지지만, 2003년에 출판된 '이오덕과 권정생이 주고받은 아름다운 편지'라는 부제가 붙은 《살구꽃 봉오리를 보니 눈물이 납니다》(한길사)라는 책 때문에 한바탕 소동이 났다. 이 책은 이오덕 선생이 원고를 생전에 출판사에 넘기고 돌아가셨다. 그런데 이 책 출간에 대해 권정생 선생은 동의하지 않았던 모양이다. 그런데도 어떻게 된 일인지 책이 나와 시중에 깔리자, 선생은 매우 화를 내었다. 그렇게 화를 내는 것을 처음 보았다. 내가 판단하기로는, 돈 꿔달라는 편지처럼 별로 밝히고 싶지 않은 사적인 내용도 들어있기 때문에, 그리고 무엇보다 이런 책은 내더라도 당사자들이 죽고 난 뒤에 내는 게 바람직하다고 생각했기 때문에 그랬던 것이 아닌가 싶다.

이 일과 관련하여 선생은 "이오덕 선생님 살아계실 때 편지집 내는 것에 나는 반대했다. 일본의 다꾸보꾸는 사적인 편지를 공개해, 그 내용 가운데 '돼지 같은 년 귀찮다'는 내용 때문에 다꾸보꾸의 열성팬인 젊은 여성이 자살한 사건을 예로 들어가면서까지 내가 반대했다. 사적인 내용이 많으니까 죽은 후에 공개하면 좋겠다, 하는 의사를 밝혔는데도 책이 나왔다"고 말한 바 있다. (결국 이 책은 곧바로 출판사에 의해 초판 전량이 회수됐다.) 그러면서 "이오덕 선생님은 사모님께 너무 매정하게 대해. 어떤 때 사모님이 대구에서 울면서 다섯 시간을 전화로 하소연한 적이 있어. 너무 힘들어 전화 받다가 잠들었던 적도 있다. 《교육일기》도 보면 동료 교사 비판한 것도 있는데 당사자가 봤다면 어떻게 되었겠노? 그래서 편지집 출간 절대 반대했다. 그래서 원고가 한길사에 가 있는데 못 내고 있다. 나는 그 편지 다 잃어버리고 없는데, 선생님은 하나도 안 잃어버리고 다 보관하고 있다. 당신이 보낸 것은 두벌씩 써 두었다가 책으로 낸다고 한다. 지독한 분이다" 하고 약간 짜증 섞인 불평(?)을 하기도 했다. 또 이오덕 선생의 시비(詩碑)와 관련해서는 "선생님은 자신의 시비에 새길 시를 죽기 전에 정했다고 하는데, 그건 이해 못할 일이다. 게다가 내 시까지 손수 골라 비(碑)를 만든 것은 아무래도 이해 못하겠다. 시비를 왜 세우려고 하나. 돌아가시면 그만인데 선생님답지 않아. 연세 높아지면서 좀 변하셨나? 내 무덤도 자기 옆에 쓰라고 했다니, 내가 선생님 마누라가 와 카노. 지금도 방 안에만 있는 것 몸서리나는데 … 내 죽으면 화장해서 뿌려라. 죽어서라도 훨훨 좀 다녀보자" 하고 말씀하시기도 했다. (이상은 2003년 9월 11일 추석날 들은 이야기)

선생께서는 전우익 선생이 말년에 낸 산문집이 특정 방송사가 선정하는 '느낌표'에 채택된 것을 받아들인 것에 대해, 그리고 이오덕 선생이 퇴직하면서 정부로부터 포상을 받은 것에 대해 "뜻밖이다, 실망했다"는 반응을 보이기도 했다. 그렇지만, 이런 이견(異見)들과는 별개로, 권정생 선생은 이 두분께 스승으로 예를 다해 항상 깍듯이 대했다. 이 세분은 '관포지교'를 넘어서는 우정을 쌓았고, 어떤 때는 친구로 어떤 때는 사제지간으로 서로를 공경하면서 지냈다. 그래서 주위에서 지켜보는 후배들에게 부러움을 샀다. 또 그분들의 삶과 우정은 후학들에게 많은 가르침을 주기도 했다. 세분이 다 돌아가시자 소설가 김영현은 '영남 3현(賢)'이라 칭하면서 세분을 추모하기도 했다.

## 권정생 선생의 문학세계

선생은 1969년 월간 《기독교 교육》에 발표한 〈강아지 똥〉으로 아동문
학상을 받고, 1971년 대구 〈매일신문〉 신춘문예에 〈아기양의 그림자 딸
랑이〉가 입선을, 1973년 〈조선일보〉 신춘문예에 〈무명저고리와 엄마〉가
당선되면서 본격적인 활동을 시작했다. 선생께서 작고한 뒤 동네 할머니
들은 선생이 '천재'처럼 머리가 비상한 분이었다고 평했지만 문학활동에
서는 초기부터 이오덕 선생의 가르침이 많은 영향을 미친 것 같다. 그리
고 분단문제, 통일문제 등에 대해서는 전우익 선생과 깊은 교감을 했던
것 같다.

선생이 아홉살 무렵 일본에서 귀국할 때, 두 형은 일본에 남겨두고 다
른 가족들만 귀국했다. 당시 '조선인연맹'에 가입해서 귀국하지 못했던
두분 가운데 큰형은 작고했고, 작은형 한분은 살아있지만 투병중이라고
한다. 가족들이 귀국한 이후 이분들은 '조총련'에서 활동한 것 같다. 1982
년으로 기억하는데, 한번은 조탑리 교회 문간방으로 찾아갔더니, 일본에
계신 큰형님이 왔는데 조총련이라고 해서 형사들이 똥 누는 데까지 따라
다녀 얘기 한마디도 못 나눴다는 이야기를 들은 적이 있다. 이런 영향 때
문에 선생의 동화가 특히 분단문제, 통일문제에 깊은 관심을 가졌던 게
아닐까 생각해 본다. 통일에 대한 선생의 문제의식의 씨앗이 이런 불행한
가족사에서 출발한 게 아닐까 하는 것이다.

선생은 왜 문학을 시작하게 되었을까? 한 인터뷰에서 선생께, 왜 동화를
쓰게 되었는지 물은 적이 있다. 선생은 그 질문에 대해 이렇게 답변했다.

문학을 하게 된 특별한 동기 같은 것은 뚜렷이 생각나지 않습니다.
다만 제가 살았던 시부야 혼마치라는 동네는 가난한 사람이 많았고,

막노동자, 거지, 주정뱅이, 정신병자들로 가득했지요. 아이들은 어른들의 욕지거리를 배워 흉내내곤 했는데, 그런 환경에서 다행스럽게도 동화를 읽었습니다. 그때 거리의 청소부였던 아버지가 쓰레기더미에서 헌책을 가려내어 와서 뒷간 구석에 차곡차곡 쌓아두었다가 가끔씩 찾아오는 고물장수에게 얼마의 돈을 받고 팔곤 했는데, 저는 그 쓰레기더미 속에서 그림책이나 동화책을 찾아 읽곤 했습니다. 아마 그때가 제 나이 6, 7세 때였을 겁니다. 초등학교에는 입학하기 전이었고 누가 뚜렷이 글을 가르쳐 준 것도 아닌데 혼자서 글을 익혀, 그 곰팡내 나고 반쪽이 찢겨 나가고 더러는 불에 타다 남은 그런 그림책이나 동화책을 읽으면서 세상과 삶을 익혔습니다. 지금도 뚜렷이 기억에 남는 것은 《이솝이야기》, 오스카 와일드의 《행복한 왕자》, 오가와 미메이의 《빨간 양초와 인어》, 미야자와 겐지의 《달밤의 전봇대》 등인데, 모두 너무나 감동적이었습니다. 그런 책들을 읽은 날 밤에는 이불 속에 누워 천장을 보고 있으면 판자쪽 줄무늬가 어느새 찬비로 변하고 그 찬비를 맞으며 왕자와 제비가 떨고 있고, 또 꿈속에선 빨간 양초와 인어가 상인에게 팔려가는 구슬픈 모습이 나타나곤 했습니다. 따라서 문학을 하게 된 특별한 동기 같은 것은 없는 것 같고, 결국 저의 주위 환경이 저로 하여금 글을 쓰게 만든 것 같습니다.

— 〈계명대신문〉 1987년 3월 10일

선생의 문단 등단시기의 모습은 〈나의 동화 이야기〉(《오물덩이처럼 뒹굴면서》)에 자세히 나와 있다. 〈강아지 똥〉 상금 1만원에서 5천원을 떼어 염소 한 쌍을 사, 요즘 말로 '재테크'한 이야기며, 〈매일신문〉 시상식에 가기 위해 무릎 기운 바지를 입고 나섰더니 아랫마을 집사님이 조금 나은 바지를 빌려 주어서 그 위에 껴입어 거북했던 이야기, 〈무명저고리와 엄마〉는 3년에 걸쳐 썼으며, 이 작품이 당선됨으로써 동화창작에 한발 더 다가섰다는 이야기 등은 선생의 문학세계를 이해하는 데 중요한 참고가 될 것 같다. 선생은 이 글에서 일종의 자신의 문학관이라 할 수 있는 생각을 드러내고 있다.

흔히 동화에다 무리한 설교조의 교훈을 담고 있는 것이 있는데, 과연 그런 동화가 우리 인간에게 얼마만큼 유익한지 알 수 없다. 인간이 인간다워질 수 있는 것은 훈시나 설교가 아니다. 고도로 발달된 과학문명 속의 인간보다 잘 보존된 자연 속의 인간이 훨씬 인간답다. 설교를 듣는 것보다, 한권의 도덕교과서를 보는 것보다, 푸른 하늘과 별과 그리고 나무와 숲과 들꽃을 바라보는 것이 훨씬 유익하다. 고통을 겪는 것은 우리 인간만이 아니다. 한 포기의 나무와 꽃과 풀도 끊임없이 시달리며 살고 있다. 그러면서 그들은 억척같이 뿌리를 내리고 꽃을 피운다. 그 누구도 흉내낼 수 없는 자기만의 빛깔로 세상을 밝혀주고 있다. 공존은 성스럽다. 이웃사랑은 남의 것을 빼앗지만 않으면 된다. 되로 주고 말로 빼앗는 '자선사업'은 가장 미워해야 할 폭력행위이다.

— 〈나의 동화 이야기〉 중에서

## 세상 모든 약자들의 친구이자 이웃이었던 존재

이야기가 제법 길어졌다. 작고하시기 전 선생의 생각이나 모습을 접할 수 있는 대화 내용 하나를 소개한다.

여느 날처럼 "선생님 계시니껴?" 하는 강한 안동지역 사투리를 써가면서 문 앞에서 서성거리고 있으니 선생께서 어두운 방 안에서 몸을 밖으로 내밀며 "왔나. 들어와라"고 하신다. 두평도 채 못 되는 방 안에 들어가니 대낮인데도 깜깜한 동굴 같다. 전등불을 켜더니 누워 덮고 있던 홑이불을 밀치며 앉으라고 했다. 방 안이 비좁은 데다가 벽에다가 책을 쌓아두어 조그만 창문마저 가려 방 안이 한밤중 같았다. 군데군데 거미줄이 끼어있는 모습도 여전했다.

"어때요. 많이 편찮으시껴? 건강이 여전하십니까, 아니면 특히 요즘 더 많이 아프세요?"

"……"

"오늘은 날씨가 좀 덜 덥지요?"

"열이 나서 누워있는 참이다. 추워서 이불을 덮고 있다."

몸이 많이 편찮으시니까 여름인데도 오한에 시달리고 있는 것이다.

"니가 내 대신에 좀 아프다고."

"그럴 수만 있다면, 많이는 몰라도 조금은 제가 대신 아파드릴 수도 있는데…. 그런데 자세히 보니 선생님도 이제 머리가 많이 쉬었(세었)네요. 머리(카락)가 전부 흰 머리뿐이네요."

"나도 이제 70이 다 되었다. 사람은 50살만 살면 좋겠다."

"그렇게 일찍 죽는 게 좋다는 뜻이에요? 50은 너무 짧지 않아요?"

"50에 죽으라는 게 아니고 50살 수준에 멈춰서 한 20년 더 살다 죽으면 좋겠다. 40년을 쎄(혀) 빠지게 일하고 늙어 힘없이 살다 죽는 게 원통하잖아."

"선생님은 50살 때쯤이 최고로 좋았던가 보네요. 50살만 살면 좋다는 걸 보니."

"내가 좋았던 때가 어디 있노? 스무살 전부터 맨날(매일) 이렇게 아픈데." (중략)

"대구에서 그래도 《녹색평론》 같은 잡지가 나온 게 그나마 다행이다. 대구에서 김종철 같은 사람이 나온 게 기적이다."

"그렇지요. 김 선생님이 대단한 일을 했지요. 그런데 김 선생도 대구 출신이었다면 아마 못했을지도 몰라요. 대구 경북고 나와서 서울대 나와 주류사회에 편입됐다면 《녹색평론》 만들었겠어요? 김 선생은 마산 출신으로 마산고 나와 서울대 나오고 지방대 교수로만 도니까 그런 잡지 만들 수 있었는지도 모르지요. 그런 측면이 있지요."

"김 선생이 대구 사람 아이가?" 하면서 저으기 놀란 표정이다.

"예. 마산 출신이에요. 대구 사람들이 보수적이고 무식한 것은 지난 30년 군사독재 정권을 만들었다는 왜곡된 자부심도 문제지만 배운 바가 없어서 그래요. 뭐가 옳은지 그른지를 몰라요. 누가 가르쳐줘야 말이지요. 선생님 같은 분이 대구에 계셔서 건강이 좋아 이런저런 좋은 말씀도 하곤 하면 좀 달라질 텐데."

"나는 사람 취급도 하지 마래이. 그냥 동화 몇권 쓴 것뿐인데 …."

"요즘 노 대통령이 하는 것은 어때요?"

"리영희나 강만길 같은 재야인사가 나서서 노 대통령에게 이야기하면 좀 나아지지 않을까? 그러면 노 대통령 자신도 짐을 좀 덜고. 노 대통령이 뭘 잘 모르는 것 같더라. 상고 나와 고시하고 독학으로 변호사하다가 운동권 조금 하고 의원이 됐으니 부족한 부분도 있을 거다. 공부를 좀 해야 되는데…. 북한 김정일은 학자들과 협의하고 토론해서 결정하는가 보더라. 미국에서 그렇게 조져도 북한이 붕괴 안되고 있잖아. 그것 보면 신기해. 주체사상을 다시 연구해봐야 할 것 같애. 니도 주체사상 공부 좀 해봐라. 자기중심이 있어야 돼. 세계정세도 그렇고, 남한에서도 그렇게 난리인데도 북한은 체제를 유지하고 있잖아."

"그러지요. 주체사상도 공부하고…. 노무현 정부가 생각보다 못한 것 같아요. 개혁도 주춤하는 것 같고. 원로들 이야기를 좀 참고해서 잘 해 줬으면 좋겠어요. 지난번 노 대통령이 방미했을 때 리영희 선생이, 노 대통령이 미국을 모른다고 무식하다고 이야기한 적도 있지요."

"박노자라는 사람은 원래 우리나라 사람도 아닌데 어떻게 그렇게 공부를 많이 했노? 우린 챙피하다 챙피해. 우리는 미국 가서 공부하고도 미국도 모르고 한국도 모르고…. 참, 리영희 선생님은 정말 대단하더라. 역사를 꿰뚫어보고 있는 것 같더라. 김지하는 단편적으로 목소리를 높이긴 했지만 역사를 보는 눈이 부족했잖아. 처음에는 리영희 선생이 혼자 좀 교만한 게 아닌가 생각했는데, 자세히 보니 그게 아니라 정말 대단하더라."

— 계간 《시작》 2003년 가을호

마지막으로 영결식 날, 문학평론가 염무웅 선생이 읽은 조사(弔辭) 한 구절을 소개하는 것으로 이 글을 마친다. 이 글을 마무리짓는 오늘(2007년

7월 3일)은 선생의 49재로, 오두막에 차려놓았던 빈소를 철상하는 날이다. 다시 한번 그리운 선생의 명복을 빈다.

그는 생전에 동화와 소설, 시와 수필 등 적지 않은 분량의 글을 써서 발표하였습니다. 지금까지 그를 존경해왔고 앞으로 그를 그리워하게 될 사람들에게 그의 이러한 문필업적들은 오래도록 위로와 용기를, 또 가르침과 깨달음을 줄 것입니다. 그러나 그의 글은, 어느 것이나 절실한 울림을 뿜어내고 있음에도 불구하고, 그의 저 비할 바 없는 삶, 거의 성자(聖者)의 후광에 둘러싸인 듯한 그의 흉내낼 수 없는 삶에 비하면 빙산(氷山)의 드러난 부분에 불과한 것처럼 느껴집니다.

이제 그가 이 세속의 삶을 마감하였고, 오늘 우리는 그를 보내기 위하여 여기 모였습니다. 그의 이름 권정생, 이제 그 이름은 가난하고 외로운 사람들에게, 슬픔과 두려움을 간직한 사람들에게, 지상의 평화와 통일을 간구하는 사람들에게, 강자들의 폭력과 파괴에 고통받는 사람들에게, 아니 사람들뿐 아니라 벌레와 새와 쥐와 개구리, 세상의 모든 약자들에게 진실한 친구이자 이웃이었던 존재를 가리키는 영원한 기호로 되었습니다.

# 이 땅 '마지막 한 사람'이었던 분

이계삼

행복이라는 환상을 떨쳐버리지 않는 한 인간은 불행에서 헤어나지 못할 것입니다. 행복하다는 사람, 잘산다는 인간들, 선진국, 경제대국, 이런 것 모두 야만족의 집단이지 어디 사람다운 사람 있습니까. 어쨌든 저는 앞으로는 슬픈 동화만 쓰겠습니다. 눈물이 없다면 이 세상 살아갈 아무런 가치도 없습니다.

ー 권정생

권정생 선생이 돌아가셨다는 지인의 전화를 받았을 때, 나는 수업을 끝내고 교무실 내 자리에서 녹차를 마시던 중이었다. 가슴 속으로 뭔가 따끔한 것이 스치고 지나갔다. 찻잔을 들고 복도와 현관을 왔다갔다 하면서 마음으로 선생의 명복을 빌었다. 선생이 그간 겪어오신 육신의 고통을 생각하고, 잠깐 눈시울이 뜨거워지기도 했다. 그러나, 마음 한구석에 일말의 안도가 밀려오기도 했다. 그것은 선생이 이제 일생을 짊어지고 오시던 아픈 육신을 내려놓고, 훨훨 자유로운 영혼으로 날아가게 되었으니 얼마

───────────────

이계삼 ─ 경남 밀양 밀성고 교사.

나 평안하실까, 하는 마음이었다. 그리고 그 마지막 순간은 얼마나 편안하셨을까, 혼자 멋대로 상상하면서 내 마음까지 가벼워지는 것이었다. 그래서 슬프지 않았고, 적막하지도 않았다.

선생을 떠올리는 것은 늘 어떤 불편함과 죄책감을 동반하곤 했다. 언제나 평균 이상의 양심을 가진 사람인 양 처신하곤 했던 나는 그러나 선생 앞에서만큼은 늘 무언가를 들키는 듯한 기분이 되지 않을 수 없었다. 그래서 때때로 여러 지면을 통해 접하게 되는 선생의 준열한 가르침 앞에서 고개 조아리지 않을 도리가 없었고, 그 말씀을 좌표처럼 깊이 새기기도 했던 것이다.

나는 생전에 선생을 딱 한번 직접 만나 뵌 적이 있다. 교육대학원 석사 논문 주제를 '권정생 문학 연구'로 정하고 선생의 저작과 자료를 모아놓고 밑줄 쳐 가며 읽고 정리하던 무렵이었다. 나는 선생을 텔레비전 드라마 〈몽실언니〉의 원작자로만 알고 있다가, 어른이 되어 《녹색평론》 등을 통해 선생의 산문을 읽고 받았던 감동으로 다시 선생의 작품들로 되짚어 간 경우였다.

대구 김용락 선생의 안내로 김 선생의 지도학생 한분과 함께 안동시 일직면 조탑리의 선생 댁을 방문했던 때가 생각난다. 예상처럼 낯선 손님을 그리 반겨주지는 않는 기색이었고, 선생의 문학세계를 소재로 한 논문을 구상한다 했더니 "뭐 할라꼬 그런 거 하니껴. 다른 사람 하소"라며 여러 차례 말리시기도 했다.

선생을 뵙고서 내가 놀랐고, 마음 깊이 남았던 건 선생의 얼굴이었다. 맑갛고, 깨끗한 얼굴. 지금껏 살면서 이런 얼굴을 본 적이 없었다. 한 인간의 삶의 내력과 성정이 그대로 서려 있는 듯한, 그래서 죄로 깊이 번민하는 자가 있다면 저도 모르게 풀썩 무릎을 꿇을지도 모를, 참으로 깨끗하고 맑은 얼굴이었다.

선생은 그날도 거동이 불편하셨는지 조약돌 같은 걸로 발바닥을 문지르고 있었다. "아파서, 주일인데 교회엔 못 가고, 돌 삶아서 문지르니깐 좀 괜찮니더" 한다. 나는 주로 선생과 김용락 선생의 대화를 듣고 있었는데, 뜻밖에 이런 이야기를 한 것이 생각난다. 앞뒤 맥락은 기억나지 않지만 뜬금없이 "용락아, 이 세상엔 혁명이 필요한 거 아니가. 내는 혁명이 일어나야 된다고 본다"고 이야기하는 거였다. 세상 문제에 관한 한 단호하고 급진적인 분이라 느껴왔지만, 그래도 의외였다.

선생은 짐작했던 대로 짧은 대화도 힘겨운 게 분명했고, 당시 내가 다니던 '민들레교회'의 담임 목사이자 선생의 오랜 벗이기도 했던 최완택 목사가 여러 차례 이야기한 것처럼 "애면글면 찾아가서 수다스럽게 말 붙이고 힘들게 하지 않는 것이 선생을 돕는 길"이라는 말씀 때문에 다시 선생을 찾아갈 생각을 한 적은 없다. 그러나 논문을 끝마친 뒤에도 종종 선생의 글을 찾아 읽으며 선생을 떠올리곤 했다. 나는 권정생 선생에 대해 이렇게 생각하고 있었다. 선생은 주로 어린이를 대상으로 한 글을 써오셨지만, 지난 100여년간의 우리 삶의 밑바닥에서 일어난 가슴 아픈 변화와 그 훼절을 가장 근본적으로, 아프게 그리는 대작가이자, 그분의 존재 자체가 이 땅의 일그러진 삶에 대한 가장 강력한 저항이 되는 분이라고. 이라크전 발발 당시에, 그리고 우리 사회가 겪었던 여러 혼란스러운 사건들의 길목에서 이러저러한 경로를 통해 세상에 알려지게 된 선생의 메시지는 한치의 오차도 없는 정확한 지적이었다. 한때 화제가 되기도 했던 일부 생명평화운동에 대한 신랄한 비판 또한 실은 우리 사회 운동 전체가 아프게 받아들여야 할 지적이라고 나는 생각했다. 답답하고, 헷갈릴 때 나는 종종 "권정생 선생이라면 어떻게 생각하실까" 하는 물음을 스스로 던지곤 했었다.


## 선생의 부재를 실감하다

2007년 5월 20일 토요일, 수업을 마치자마자 나는 문상길에 올랐다. 버스와 기차를 몇번 갈아타는 번거로운 여정이었다. 안동병원 장례식장에는 누가 봐도 권정생 선생을 조문하러 온 분임을 한눈에 알아볼 수 있을 외모와 차림새를 한 사람으로 넘쳐났다. 방송국 취재 차량도 와 있었고, 널찍한 영안실 둘레를 수많은 화환들이 옹위하고 있었다. 나는 이 모든 풍경이 선생의 바람 같아 보이진 않았다. 모르긴 해도 선생은 분명 이웃들이 주관하는 소박한 예식으로 그치고 싶어 했을 것 같았다. "머 할라꼬 그 먼데서들 오니껴. 안동까지 올라믄 기름 태워서 승용차 타야 되는 거 아이니껴. 수선들 떨지 마소. 나는 편안하니더." 선생은 문상객들에게 꼭 이렇게 말씀하실 것 같았다. 이런 생각 때문에 나 또한 문상을 망설였던 차였다. 그러나 망자의 바람과는 달리, 남은 자들은 또 그들대로 당신께 바칠 존경과 추념의 예라는 게 있는 것이다. 이렇게 여러 지역에서 수많은 사람이 걸음을 하는 것도 권정생 선생이기 때문에 가능한 일이 아니겠는가.

거기서 만난 서울의 지인 몇분과 함께 조탑에 있는 선생의 유택을 보러 가기로 했다. 아니나 다를까, 그곳에도 방송국 취재 차량과 적지 않은 사람들의 발길이 이어지고 있었다. 마당에 우북하게 솟아있는 풀과 꽃들은 선생이 병원에 계시느라 오랫동안 집을 비워서가 아니라 선생이 거기 계실 때에도 그랬을 것 같았다. 마당 한 곳에 신문지 두장 정도 펼쳐 놓은 크기로 쪼아놓은 자리에 부추가 자라고 있었다. 처마 밑에 이리저리 널린 가재도구도 그대로였다. 커다란 건빵과자 한 봉지, 농약사 마크가 찍힌 모자, 한겨레신문, 재일동포 작가 유미리의 소설집, 여기저기에서 보낸 우편물들과 그릇들, 양념종지들이 흩어져 있었다. 시멘트 블록으로 쌓아올린 재래식 화장실의 들큰한 냄새까지 그대로인데 오직 이 집을 지키던 칠순의 노인만이 이 생을 완전히 떠나간 것이다. 그때서야 선생의 부재가 실감으로 육박해왔다. 선생의 이 가난한 유택과 선생의 부재가 뿜어내는 기운에 모두들 마음을 여미고 있는 것이 분명했다.

새삼스레 내 눈에 들어온 것은 선생의 유택 맞은편 쪽의 시야를 길게 금 그어 놓은 중앙고속도로 남안동 나들목 진입로였다. 밤이 깊어지고 사위가 적막해지면 자동차 소음만이 할퀴듯이 질주하고 또 질주할 것이다. 고가도로 곁에서 2년간 하숙생활을 했던 나는 깊은 밤 질주하는 자동차 소음이 몰고오는 신경증이 얼마나 견디기 힘든 것인지를 조금은 안다. 선생이 더러 신열과 두통과 고동치는 맥박으로 눕지도 앉아 있지도 못하고 괴롭게 뒤척일 때, 그때 선생을 그나마 달래 줄 풀벌레 소리, 산새 울음소리마저 핥아 먹고 질주하는 자동차들의 소음은 선생을 얼마나 힘들게 했을까를 생각했다. 그래서일까, 선생은 자동차 문제에 특별히 더 예민한 데가 있었던 것 같다. 이라크 파병 당시 "파병을 멈추려면 승용차를 버려야 한다"고 했고, "고속도로를 질주하는 승용차가 이라크 폭격을 위해 날아가는 전투기와 하나도 다르지 않다"고도 하였다. 그리고 선생이 사는 곳까지 찾아와 드리는 기독인들의 예배 자리에서는 "하느님이 왜 여기에 자신을 불렀을까"를 묵상한 소감을 나누는 대목에서 "승용차를 타고 오라는 것도 하느님의 뜻입니까?"라고 단도직입적으로 되묻기도 했다. 자동차는 선생이 가장 가까운 곳에서 실감한 폭력적인 문명의 상징이자 또한 가장 구체적인 실체였던 것이다. 그러나, 이 자리에 와 있는 이들 중에 자동차를 타고 오지 않은 사람은 아무도 없어 보였다. 이제 자동차 없는 삶을 상상하는 것 자체가 불가능할 지경인데, 그러므로 우리들의 삶은 얼마나 모순덩어리인가. 이 질문 앞에서 우리도 어느 순간에는 존재를 건 답변을 해야 하리라, 유택에서 일행들을 태우고 온 승합차가 있는 곳까지 걸어 나오면서 나는 그런 생각을 했다.

일행들과 헤어져 대구로 돌아오는 버스 안에서 나는 문득 깊은 외로움을 느꼈다. 출발 당시엔 전혀 예상하지 못한 감정이었다. 권정생 선생이 돌아가셨다는 것, 그리고 이제 이 땅에 '마지막 한 사람'이었던 바로 그 권정생 선생이 계시지 않는다는 것에 대해, 당신이 감당했던 고통과 그 속에서 길어올린 사랑을 남은 자들은 어떻게 나누어가져야 할 것인지에 대해 솟아오르는 여러 상념들을 시간이 흘러 퇴색하기 전에 되새기고 싶었다.

얼마 뒤 나는 대구로 가서 《녹색평론》 편집실 식구들과 함께 김용락 선생을 만났다. 시인이자 대학교수이기도 한 김용락 선생은 의성군 단촌 출신으로 문학청년 시절부터 선생의 댁에 출입하기 시작해 지난 30년 가까운 시간 동안 선생과 만나 온 지인 중의 한분이고, 2007년 5월 17일 선생의 마지막 순간을 지켰던 분이다. 깊은 밤까지 이어진 그 자리에서 나는 선생이 돌아가시기까지 한달 가량의 시간을 비교적 소상하게 들었고, 거기서 또 새로운 슬픔을 느껴야 했다. 선생의 마지막 순간은 내가 혼자 상상했던 것과 전연 다른 것이었다.

선생이 혼수상태로 들어가실 무렵의 상황, 그리고 돌아가기 얼마 전 정호경 신부에게 썼다는 글에 대해 들었다. 그 글은 몹시 떨려 있었다고 한다. 이제 협의를 통해 공개하기로 결정된 선생의 마지막 글을 여기에 옮겨 본다.

정호경 신부님.

마지막 글입니다. 제가 숨이 지거든 각각 적어놓은 대로 부탁드립니다. … 3월 12일부터 갑자기 콩팥에서 피가 쏟아져 나왔습니다. 뭉툭한 송곳으로 찌르는 듯한 통증이 계속되었습니다. 지난날에도 가끔 피고름이 쏟아지고 늘 고통스러웠지만 이번에는 아주 다릅니다. 1초도 참기 힘들어 끝이 났으면 싶은데 그것도 마음대로 안됩니다.

하느님께 기도해 주세요. 제발 이 세상, 너무도 아름다운 세상에 사람이 사람을 죽이는 일은 없게 해 달라고요. 제 예금통장 다 정리되면 나머지는 북측 굶주리는 아이들에게 보내 주세요. 제발 그만 싸우고, 그만 미워하고 따뜻하게 통일이 되어 함께 살도록 해 주십시오. 중동, 아프리카, 그리고 티벳 아이들은 앞으로 어떻게 하지요. 기도 많이 해 주세요.

안녕히 계십시오.

권정생

선생은 돌아가는 마지막 순간까지도 그렇게 고통스러워야 했다. 그리

298

고 그 속에서도 온 힘을 다해 정신을 추슬러 세상을 걱정하고, 굶주리고 아픈 아이들을 걱정하며 떠나신 것이다.

### 최완택 목사와의 만남

지난 6월 9일, 나는 최완택 목사를 뵙기 위해 서울 구로동에 있는 '민들레교회'로 찾아갔다. 최완택 목사는 지난 30여년간 선생과 사귀어온 벗이자 후배이면서, 돌아가기 2년 전 작성한 유언장을 집행할 책임자의 한 분이기도 하다. 나는 최완택 목사의 '수요성서' 모임에 출석하면서 성경을 배웠고, 그 속에서 때때로 권정생 선생에 대해 듣고 배우기도 했던 것이다. 선생은 최완택 목사가 지난 20여년간 손수 써서 날려 보내는 주보 〈민들레교회이야기〉에 〈한티재 하늘〉과 〈도토리 예배당 종지기 아저씨〉, 〈권정생의 구전동요〉 등을 연재하기도 했다. 나는 최완택 목사로부터 선생과의 인연과 선생이 돌아간 뒤의 회한에 대해 듣고 싶었다.

최완택 목사는 선생 사후에 여러 언론 매체들이 달려들어 선생을 조명하는 수선스런 열기에 기분이 편치 않아 보였다. "그 나그네가 말이야, 그 에이는 고통과 싸우면서 어떻게 그런 글을 쓸 수 있었는지, 남긴 글을 읽고 마음으로 느껴야 되는데, 읽어야 할 건 안 읽고, 듣고 싶은 얘기만 들으려고 하니 …. 그이를 생각한다면서도 제 삶의 양식은 하나도 손 안 대려 하고 …."

최완택 목사는 〈한티재 하늘〉에 대해 많이 이야기한다. 1994년 3월 11일자 〈민들레교회이야기〉에 연재를 시작할 당시 선생이 쓴 글을 보여준다.

담배집 금호 어르신네가 그저께 세상 뜨셨습니다. 열여덟 때 북해도까지 징용살이 갔다가 살아 돌아오신 어르신네입니다. 안동-대구간 신작로는 소화 10년(1935년), 중앙선 철도는 소화 14년(1939년) 완성되었다고 정확히 가르쳐주신 어르신네입니다. 아픔실 할매가 세상 뜨신 지도 1년이 지났습니다. 못골 입구에서 마음 좋은 택시 기사가 태워주는 차를 얼떨결에 고무신을 벗어놓고 탔다가 마을 앞에서 내려 줄 똥싸게 벗어놓은 고무신을 찾으러 되돌아 달려갔다 온 뒤 가근방에 유명해졌던 할머니입니다. 아틈실 할머니는 13살에 시집와서 24살에 과부가 되어 80세가 훨씬 넘도록 혼자 살아왔습니다. 너무도 한스런 이야기를 남겨 놓고 가셨지만 아직도 살아계셨으면 더 많은 이야기를 들을 텐데 하는 생각입니다. 〈한티재 하늘〉은 이런 노인들이 들려준 이야기를 적어갈 뿐입니다. 여러분들의 할아버지 할머니, 어머니 아버지들의 살아오신 이야기라 여기시고 읽어주시기 바랍니다. 미안하지만 이 일만은 꼭 해놓고 죽고 싶습니다.

이로부터 만 2년 동안 선생이 매회 60~70매 원고를 보내면 최완택 목사는 다시 이를 '한 땀 한 땀 수를 놓듯' 주보에 옮겨 적었다. 1994년, 1995년 발행된 〈민들레교회이야기〉 중간 중간에는 선생의 건강이 좋지 않아 이번호에는 연재를 쉬니 같이 기도해달라는 안내문도 있고, "앞으로 노력해서 씌어지는 대로 보내겠으나 요즘 같아서는 쉬 될 것 같지 않으니 죄송합니다"는 선생의 편지글도 있다.

최완택 목사는 당신과 선생의 인연을 이야기한다. 맨 처음 일직교회 문간방으로 선생을 찾아갔을 때 그 불편한 몸으로 부추 솎아 오고, 밀가루 사오고, 그럴 듯한 부추전 해 줘서 배불리 먹여줬더니 그 뒤로는 맨 부추전만 부쳐주더라는 이야기, 목사님이 신혼여행길에 들렀을 때 선생이 사모님더러 "사모님요, 목사랑 결혼하실라믄 조용기 겉은 사람하고 하시지 와 저런 목사하고 하니껴" 해서 삐쳤다가 한바탕 웃다가 했다는 이야기도 들었다. 최완택 목사는 이내 쓸쓸한 낯빛이 되어 이렇게 선생을 추억한다.

내가 지금 60대 중턱인데, 한 나그네를 30년 넘게 한 해도 거르지 않고 순례하듯 찾아다녔네, 그래. 길도 멀고 불편한데, 그냥 그 '인간'이 좋아서, 만나고 오면 내가 정화되는 것도 같고, 그래서 어떤 때는 한

해에 몇번씩 찾아가기도 했었지 …. 정생 형이 참 많이도 아팠어. 소변 줄 갈아끼울 때, 에이는 듯이 아파서, 그거 하고 나면 며칠 동안 기운이 하나도 없고 ….

내가 민들레교회를 다니던 시절, 선생이 보낸 안부 편지를 읽은 목사님이 한동안 허공을 바라보며 나직히 노래를 읊조리던 모습을 엿보았던 때가 생각난다. 선생이 오래도록 사귀었던 종교인들, 최완택 목사, 이현주 목사, 김영동 목사, 정호경 신부와의 교분은 우정의 훈훈함으로 가득 찬 한폭의 풍경화였을 것 같다. 선생은 이분들께 더러 익살스럽게 농을 걸기도 했던 것 같고, 2002년 3월 3일자 〈민들레교회이야기〉에 보낸 선생의 시는 지금 읽어도 싱긋이 웃음이 난다.

임오년의 기도

눈오는 날 / 김영동이 걸어가다가 / 꽈당 하고 뒤로 자빠졌으면 / 속이 시원하겠다.
오월달에 / 최완택이 산에 올라갔다가 / 미끄러져 가랑이 찢어졌으면 / 되게 고소하겠다.
칠월칠석날 / 이현주 대가리에 불이 붙어 / 머리카락 다 탈 때까지 / 소방차가 불 안 꺼주면 / 돈 만원 내놓겠다
올해 '목'자가 든 직업 가진 몇 사람 / 헌병대 잡혀 가서 / 꼰장 백대 맞는다면 / 두 시간 반 동안 춤추겠다
이 모든 것이 이루어져 / 모두 정신차려 거듭나기를 / 예수 그리스도의 이름으로 / 기도하옵니다 / 아멘.

이현주 목사는 이 시에 대해 기다렸다는 듯이 다음해 계미년 벽두에 '벼르던 동화'라며 제목을 〈목씨네 삼형제 이야기〉로 붙이고 '권정생의 주제에 의한 변주곡'이라는 부제를 달아 선생을 '빌뱅이 마귀할멈'으로

묘사한 포복절도할 동화 한편을 보냈고 ….

## 조영옥 선생과의 만남

이튿날 상주로 가서 조영옥 선생을 만났다. 조영옥 선생은 해직교사 출신의 전교조 1세대로서, 경북지역 전교조 운동의 산 증인이기도 하다. 지금은 작은학교 살리기 운동에 관여하면서 스스로 전교생이 스무명도 되지 않는 시골 중학교에 근무한다. 그리고, 몇년 전부터 안동 인근에 사는 권정생 선생 지인들이 자발적으로 결성한 '권정생과 함께 하는 모임'에 참여한 인연으로 지금은 선생의 유품을 정리하는 일을 함께 하고 있다. 조영옥 선생은 말년의 선생이 심적으로 외로운 일도 겪었고, 또 세상에 대해 어두운 말씀을 많이 하셨다는 이야기를 전한다.

평생을 그렇게 세상 걱정하고, 아이들 염려하고, 힘들게 글만 쓰셨는데, 갈수록 희망이 더 안 보이니깐, 그래서 날이 서 있는 말씀을 많이 하셨고, 실제로 또 많이 어두우셨어요. 환경운동 하는 사람들이 자가용 타고 다니는 걸 두고 몇번이나 뭐라 하시는 것을 들었어요. 그러면 제가 "그 사람들 하는 일이 얼마나 많은데요, 선생님. 일하고 사람들 만날라카믄 자가용 타야죠, 어떡합니까"라고 그러면, "자기부터 걸어다녀야 환경운동이 되는 거 아니가"라면서 안타까워하셨어요.

조영옥 선생은 권정생 선생과의 인연을 감사해 한다. 이분 또한 세상을 바꾸기 위해 많은 고난을 겪으며 살아온 분이다. 그리고 오십줄을 훌쩍 넘어선 지금 "내가 먼저 변해야 한다"는 믿음을 가지게 된 것도 선생이 주신 자극이었다고 말한다.

아마, 이 세상에는 권 선생님말고도 어느 구석에는 그런 분이 계실지도 몰라요. 그래도 내가 만나 알고, 작품으로 만나 아는 분이니깐,

저는 그분께 배우는 거예요. 저도 힘든 일 많이 겪었지만, 상상도 안되는 일을 수없이 겪으시고서도 끝까지 지키는 어른이 계신다는 게 너무나 고맙고…. 사는 게 힘들고, 세상 사람들이 나 같지 않아서 힘들 때, 선생님 같은 분도 계셨는데, 이렇게 생각해요. 그래서 세상에 아까울 것도 없고, 쉽게 남도 안아줄 수 있을 것 같고, 까다롭게 굴지 않을 것 같고, 내가 지금 붙들고 사는 게 얼마나 부질없는지 생각도 들고…. 전 현실 기독교를 좋아하진 않지만, 선생님은 기독교인이라는 점을 빼놓고는 이야기하기가 어려울 것 같아요. 선생님은 어릴 때 가지셨던 종교에 대한 생각을 돌아가시는 순간까지 잠시도 놓지 않으셨고, 그 삶이 너무나 성경적이고, 그래서 참 기독교인이라고 생각해요.

이런 점은 나 또한 이 글을 쓰기 위해 선생이 남긴 작품들과 서신들을 다시 읽으며 새삼스럽게 느낀 바다. 선생은 일생토록 성경을 되풀이해서 읽었고, 또한 일생토록 예수의 삶을 생각한 철저한 구도자이기도 했다.
선생의 초기 동화 중에 〈나사렛 아이〉라는 작품이 있다. 성서에 기록돼 있지 않은 예수의 어린 시절을 선생 나름의 상상력으로 그린 작품이다. 이 동화는 권정생 선생을 이해하는 데, 여러모로 의미 있고 또한 중요한 작품이라고 생각한다. 사생아로 태어나, 제 운명에 대해, 세상에 넘쳐나는 고통과 슬픔의 근원에 대해 깊이 사색하는 조숙한 소년 예수의 모습이 그려진다. 아이는 회당에서 이사야서를 읽으며 메시아를 생각한다. 그리고 랍비에게 "임금님 같은 메시아는 싫다"고 단호하게 말한다. "하느님의 가장 떳떳한 아이가 되자면 가장 불쌍하게 살아야만 되나 봐요"라면서. 소년 예수를 지배하는 원초적 기억은 태어나던 순간 자기에게 다가온 감각들이다. 양들의 울음소리와 똥오줌 냄새, 그리고 작은 별빛들….

아이는 눈물을 담은 가슴으로 예루살렘으로 가고 있었다. 그 언젠가는 모른다. 가엾은 소들의 멍에를 지고, 저 별의 눈물처럼 불타 사라지고 싶은 것이다. 쓸쓸하게 날아가던 한 마리 비둘기처럼 고향 아버지에게 가고 싶은 것이다. 아버지가 없는, 그 에스더를 낳은 어머니 고멜을 데리고 가고 싶은 것이다. 금관을 쓴 왕의 모습이 아닌, 발가벗은 알몸으로 무겁게 멍에를 메고 가고 싶은 것이다.

이 아름다운 구절은 또한 선생이 일생토록 그리워했던 것의 실체가 무엇인지를 어렴풋하게나마 짐작하게 한다. 선생은 소년 예수처럼 오직 따뜻한 '사람'의 손을 붙잡고 싶었던 것이다. 선생은 제 육신을 쉴새없이 짓누르는 고통의 멍에를 지고, 이 세상 가엾고, 불쌍하고, 쓸쓸한 것들의 손을 잡고, 울고 웃으며, 이 세상의 바다를 건너 영혼의 고향으로 가고 싶었던 것이다. 선생의 글에는 인간이라는 존재에 대한 독한 염증을 토로하는 내용이 수도 없이 나온다. 그러나 그것은 또한 인간을 사랑하고픈 선생의 가없는 외로움의 표현이었을 것이다. 선생의 소망은 당신의 생에서 이루어지긴 했던 것일까. 나는 이 질문에 함부로 답할 순 없다. 그러나, 조영옥 선생이 나와의 대화 말미에 토로한 이 고백은 선생을 존경한다고 자부한 사람들이 같이 생각해 봄직하다.

마지막 순간에 정호경 신부님께 쓰신 그 떨리는 글은 저희들로서도 충격이에요. 그래도 우리들은 선생님 곁에 살면서 조금은 안다고 생각했는데, 우리도 어쩔 수 없이 남이구나 하는 생각이 들었어요. 지금까지 제 삶에서 부끄러움이란 광주사태였거든요. 바로 얼마 떨어진 곳에서 그렇게 사람이 죽었는데 나는 희희낙락 즐기고 있었다는 게 말할 수 없이 부끄러웠어요. 그래서 한동안은 광주 사람만 보면 죄스럽고, 전라도 사람 앞에만 가면 기가 죽고, 그랬는데…. 이번에 선생님 마지막 남긴 글 보면서도 우리가 그동안 곶감 빼먹듯이 선생님 만나 위로받고 우리한테 득 될 말씀만 듣고, 우리 떠나보내고 선생님은 늘 혼자 아프시고, 그래서 초상집에서 며칠간 일하면서도 그것 생각만 하면 눈물이 나서, 얼마나 아프셨을까 생각하니, 자꾸 눈물이 나고, 하느님이 너무 가혹하단 생각도 들고….

조영옥 선생은 이 말끝에 눈물을 훔친다. 선생이 돌아가신 뒤, 선생에 관한 글을 쓰기 위해 여러 사람을 만나러 다니면서, 말하는 이도 듣는 나도 이렇게 무던히 눈물을 흘린다. 그리고 그 눈물바람 끝에 생각해본다. 우리는 잘 살고 있는 것일까. 우리는 나 아닌 다른 존재에게 과연 무엇이었을까. 이렇게 눈물을 흘리는 것은 자기연민인가, 자기도취인가, 아니면 사랑인가. 선생은 어느 글에서 이렇게 말씀하셨지. "눈물이 없다면, 이 세상 살아갈 아무런 가치가 없다"고. 이 말씀에 기대어 나는 생각한다. 피와 고통을 통하여 인간이 구제받을 수 없는 시대이다. 누구도 우리를 구원해 주지 못할 것이다. 오직 우리는 스스로의 삶에 대한 책임감으로, 나 아닌 것들에 대한 희생으로, 가난하고 외롭고 쓸쓸한 것들과의 우정으로, 그리고 눈물로써 구원에 다가갈 수 있을 뿐이다.

조영옥 선생과 헤어져 다시 버스를 타고 안동으로 오는 길에 차창 바깥을 바라보니 들판이 빛으로 환하다. 상주, 점촌, 문경, 예천, 안동. 젊은 날 선생이 몇달간 구걸과 노숙으로 떠돌았던 곳을 스치듯 지나간다. 선생은 지금 어디에 계실까. 그 맑갛고 깨끗한 얼굴을 보고 싶다.

안동터미널에 도착했다. 안동역에서 어슬렁거리다 약속시간이 되어 동화작가 박기범 씨를 만나 권태찬 씨가 운영하는 안동시내 한 꽃집으로 간다. 박기범 씨는 내 또래다. 우리 학교 아이들도 즐겨 읽는 《문제아》라는 작품으로 동화계에 입문했고, 이라크 파병 당시 45일간 단식을 하면서 반전평화운동에 온 힘을 다했고, 지금은 강원도 삼척에서 목수학교를 다니며 집짓기를 배우는 청년이다. 말년에 선생은 후배 작가인 박기범 씨를 많이 아꼈던 것 같고, 박기범 씨는 그런 선생 곁에서 많이 듣고 배운 것 같았다. 권태찬 씨는 선생이 젊은 시절 마을에서 함께 결핵을 앓다 먼저 떠나보낸 친구의 아들이다. 그래서 선생이 어릴 때부터 각별하게 돌봐 주었다고 한다. 나는 '선생'이라 부르는데, 권태찬 씨는 '집사님'이라고 부르고, 박기범 씨는 '할아버지'라고 부른다. MP3녹음기를 들이대긴 했지만, 인터뷰라는 형식이 서로 낯설고, 선생과 집사님과 할아버지로 부르는 호칭이 다르듯 인터뷰 모양이 잘 나질 않는다. 술이 몇 순배 돌면서 이틀 간 여기저기를 다니며 곤두서 있던 긴장이 슬며시 풀어지고, 그래서 나도 인터뷰는 그냥 포기하고 같이 술을 마신다. 중간 중간에 선생에 대한 이 야기를 듣기도 한다.

선생이 주일학교에서 동화 읽어주던 이야기, 동네 아이들 데리고 안동 시내로 가서 베네딕트 수도원 신부님이 가져 온 영화를 보던 이야기, 군 사정권 시절 반정부 인물로 찍혀 감시당하던 이야기도 들었다. 권태찬 씨가 고등학교 졸업하고 몇년 놀고 있을 때 선생이 음악을 전공하라고 대학에 갈 것을 권유해서 대학에 입학한 건 맞는데, 주변에서는 선생이 손수 등록금까지 대 주셨다고 하는데, 그건 기억이 잘 안 난다는 대목에 서 많이 웃었다. 선생이 더 젊은 시절에는 후레쉬 같은 것을 들고 다니며 아무도 시키지 않은 동네 순찰을 했는데, 어느 집에서 울음소리가 들리 면 그 집으로 들어가 무슨 사연인지 다 들어주고 그랬다는 이야기도 들 었다.

박기범 씨는 느릿느릿 또박또박한 발음이 참 인상적이다. 동화작가로 살아가려는 이 진중하고 살가운 청년에게 권정생 선생은 일생 엄중한 스승이 될 것이다. 그가 말년의 선생 곁에서 나누었던 이야기를 듣던 중 에 인상적인 대목은 이런 것이다. 미얀마 지역 카렌족 아이들을 돕는 일 로 선생께 상의하려고 주섬주섬 그쪽 사정을 들려드렸더니, 선생은 카렌 족의 역사와 지금 처지에 대해 줄줄 이야기를 해서 깜짝 놀랐다는 이야 기다.

그뿐 아니라, 선생은 아프리카와 아시아 지역에서 어렵게 살고 있는 민 족들의 사연을, 이 땅에서는 알려주는 사람도 없고, 알려 하는 사람도 없 는 그 이야기들을 아주 소상하게 잘 알고 있었다는 거였다. 아닌게 아니 라 선생의 오두막에는 예전 학교 교실에 붙어 있던 것 같은 커다란 세계 지도가 있고, 선생은 일일이 지도로 찾아 짚어가며, 책을 보며 메모하면 서 공부를 했다는 거였다.

시간은 어느덧 새벽 한시가 넘었다. 대구로 나가는 고속버스 막차가 끊어졌는데, 권태찬 씨가 금세 친구가 하는 콜택시를 불러주고는 같이 동대구역까지 배웅을 해준다. 이틀간 고된 일정이었지만, 선생을 더욱 가깝게 만나고 또 좋은 분들 여럿을 만난 참 은혜로운 시간이었다.

## 조탑 마을 어른들을 만나다

6월 17일 일요일 아침 일찍 나는 다시 안동으로 떠났다. 선생 가까이 살았던 조탑 마을 어른들을 만나기 위해서다. 그냥 대책 없이 동네 골목길에서 어슬렁거리다 아무나 마주치는 분이 있으면 말을 붙여 볼 심산이었다. 그런데, 마을 어느 고샅길을 다녀도 사람은 없고, 적막하기만 하다. 다들 들판에 일하러 나간 모양이다. 그리고 막상 누가 나타난다 하더라도 말을 붙일 자신이 생기질 않는다. 낭패감에 젖어 하릴없이 어슬렁거리는데, 예배를 알리는 일직교회의 차임벨 소리가 들린다. 아하, 교회엘 가면 되겠구나, 싶어서 일직교회로 슬그머니 들어선다. 때마침 교회 창립 55주년 기념일이고, 그래서 나도 조금 헌금을 했다. 맨 뒤에 앉아 바라보니 자그만 예배당 안에 서른명 남짓한 분들이 모여 예배를 본다. 거개가 연로하신 어른들이고, 청년은 성가대에 앉은 몇 사람말고는 보이질 않는다. 목사님이 시작 기도를 하는데, "55년 전, 사단의 위(位)가 있는 이곳에 일직교회를 세워 주시고, 수없는 영적(靈的) 전쟁을 치르고 오늘까지 …" 하는 부분에서 흠칫 놀랐다. '사단의 위(位)'라면 마을 한가운데에 있는 5층 전탑을 말하는 것일 텐데, 거기다 '영적 전쟁'이라니, 순간 움츠러드는 기분이 되었다. 그러고 보니, 이런 말들은 내가 고등학교 때까지 다니던 교회에서 흔히 들었던 표현이었다. 선생이 일생토록 겪었을 현실 기독교와의 갈등의 한 단면을 엿본 것 같기도 했다. 그렇지만, 목사님이 기도중에 특별히 "얼마 전 하늘나라로 가신 우리 권 집사님"을 이야기하면서 선생의 명복을 빌어주는 대목에서는 또 마음이 풀리기도 했다. 내가 속이 좁

왔구나, 싶은 생각도 들었고 ….

　예배를 마치고, 교회 옆 모임방에서 같이 식사를 한다. 거기가 선생이 종지기 노릇을 할 당시 살던 교회 문간방 자리라 한다. 이창식 목사가 "밀양서 안동까지 권 집사님 관한 글 쓰기 위해 취재차 왔다"고 나를 소개해 주니, "아이고, 그러니꺄" 하면서 다들 반겨주신다. 예배당이지만, 꼭 시골 마을회관 같은 분위기다. 볼이 홀쭉한 노인들이 식사를 참 맛있게들 하신다.

　식사를 마치고, 여집사님들이 우당탕탕 설거지를 하는 한켠에서 젊은 시절부터 선생과 한데 살기도 했다는 김택수 장로님과 먼저 이야기를 나눈다. 장로님도 몸이 불편하신 분이다.

　　권 집사님 사시던 문간방은 사랑방 한가지였어. 예배 끝나도 집에 안 돌아가고, 맨 집사님 방에 모여서 윷 놀고. 바로 옆에 교역자 사택이 있었는데도 교인들이 일 있으면, 교역자한테 안하고 권 집사님한테 털어 놓고 … 그런 적이 많았어요. 워낙에 다른 사람 이야기를 잘 들어주시니깐 …. 원래 병원에서 5년인가밖에 못 산다 그랬는데, 그래서 우리들이 각오를 했어요. 그런데, 사십년이나 더 사셨지.

　그리고 앞서 권태찬 씨에게 들었던 이야기지만, 선생은 군사정권 시절에는 만만찮은 고초를 겪기도 했던 모양이다.

　　군정 때 사상 담당하는 사람들이 집사님을 사상범처럼 여겨가지고, 동네에 사회안전요원 같은 사람들이 집사님을 감시도 하고, 신고도 하고 그랬던 모양이야. 애들한테 동화 읽어주는데, 내용이 이상하다, 해서 지서에도 불려 다니시고, 애들 데리고 어디 나가시면 다른 데 보고가 올라가기도 하고 ….

　대화 중간중간에 느낀 거지만, 선생이 교회에서는 좀 불편한 존재로 여

308

겨지기도 한 모양이다. 이런저런 일들이 많았을 것 같다.

 권 집사님은 교역자들이 말만 하고 실천은 안한다, 이런 생각을 갖
고 계셨어. 그래서 교역자들하고 자꾸 등이 져. 권 집사님은 혼자 살았
기 때문에 가족을 이루고 사는 우리하고도 달라요. 예수를 믿어도 제
대로 말씀대로 못 사는 게 그런 거야. 실천이 잘 안돼. 그런데 워낙 아
시는 게 많아서, 나는 아는 게 없으니 뭐라고 말씀드리기도 어렵고.
(웃음) 들여다보시는 게 맨 책밖에 없으니, 책을 추럭으로 실어도 몇
추럭을 실어 날랐을 거야.

 장로님은 사람 좋게 웃는다. 지나간 일이지만 당시로는 심각했을 것이
다. 어떤 분위기였을지 대략 짐작이 간다. 내가 분위기도 좀 바꿀 겸, 집
사님 가시고 나니 어떠세요, 하고 물으니, 곧장 답이 돌아온다. "아이고,
섭섭하지요, 뭐"라는.

 생각하시는 거하고 사시는 거하고 정말 일치를 해요. 세상 사람들이
권 집사님처럼만 살면 이 땅이 벌써 천국이 됐을 거요. 맨날 껌덩 고무
신에다가 작업복 차림으로, 마음만 있으면 몸 하나는 치장할 수 있잖
아. 그걸 포기하고 끝까지 그렇게 안하시더라고. 고통이 참 심하셨어
요. 잠을 못 주무시고, 열이 40도 50도까지 올라가고, 젊을 때 치료를
하셨으면 좋았을 텐데…. 그래도 오래 사셨지 뭐. 저 분들(할머니들)이
권 집사님을 참 많이 좋아했었어.

이제 대화는 자연스럽게 할머니들 쪽으로 옮겨간다. 사실, 진작부터 할
머니들이 살짝살짝 우리 쪽을 바라보는 기척을 느끼기도 했다. 둥그렇게
둘러앉아 한분 한분 얼굴들을 바라본다. 선생이 편찮을 때는 죽 끓여서
냄비째 갖다 드리고, 때로는 너무 아파 어쩔 줄 모르는 선생을 붙잡고 기
도해 주고 그랬던 분들이다. 어느 할머니는 선생이 병원에 계실 때, "그

래도 우리 교인들 오니 제일 반갑니더" 했다는 이야기를 하면서 눈물을 훔치기도 한다. 선생은 확실히 할아버지들, 할머니들하고 각별했던 것 같다. 이야기는 줄줄이 이어진다.

옛날에요, 교회에서 연극할 때 집사님하고 내하고 내외간이었니더. 그래서 내 보고 맨날 권사님요, 바람피지 마이소, 카시던 때가 엊그제 같은데…. 하늘 갈 때는 전화 할끼니께 같이 가자 카시더마는 혼자 가셨네.

마을 분들은 선생을 '경수 집사님'이라 부른다. '경수'라는 이름은 동네에서 부르던 이름이라 한다.

내가요, 좀 어리해서 길 가다가 잘 자빠져요. 근데 언 날은 모르고 경수 집사님 붙잡고 자빠짓비맀어요. 그래서 그 뒤로 내가 경수 집사님 애인이 된 거라.

정생 집사님이요(이렇게 부르는 분도 있었다), 웃음이 참말 많았니더. 자기는 맨날 그렇게 아파도 누굴 보면 웃겨야 돼. 내가 딸 치운다고 청첩을 하니깐 "권사님요, 이거 잘못 됐니더. 나(나이) 많은 총각 먼저 보내야지, 잘못 됐니더" 하시고. 부녀회에서 집사님 집 고쳐준다고 사람들하고 찾아가믄, "올개(올해) 내가 장개(장가) 가거든 고쳐 주소", 그러시고. 결혼 하자마자 애 낳은 새댁한테는 1 더하기 1은 2가 안되고 와 3이 됐니껴, 해서 한참 웃고.

집사님이 재주가 또 얼마나 많았는지 몰라요. 그때 교회 학생이 디게 많았어요. 교회 구락부라 캤는데, 머리가 디게 좋은 사람이니깐, 그 애들 다 가르쳤어요. 교회에서 인형극을 하는데요, 신문 종이를 두드려가꼬 인형을 만들어서요, 이쁘게 색칠도 하고요, 인형 옷도 재봉질

해서 손수 다 만들었어요. 그래서 양손에 인형 집어넣고 요롱게 요롱
게 좋게 움직이면서 목소리 바꿔 가면서, 그 연극이 을매나 재밌었는
지 몰라요.

글만 그리 재주가 있는 게 아니라 한복을 잘 하셨어요. 부산서 재봉
기 상회에서 재단하고 있다가 병이 왔거든. 이발소 아재 가운도 만들
어 주시고, 옥남이네 시집갈 때 옷 해 입히시고. 없는 집이라 사정이
뻔하니깐, 돈 들이지 말고 내가 해 줄게요 해서, 옷을 다 해 입혀서 시
집 보내줬어요. 누구 두루막도 해 주시고. 여자들도 못하는 거를.

할머니들은 선생 자랑에 침이 마를 지경이다. 초등학교밖에 안했는데,
일본책을 줄줄 봤다는 이야기며, 일직학교 교가도 지었다는 이야기며,
"천재라, 천재" 하는 소리도 여기저기서 나온다.

《새농민》 뒤에 (퀴즈) 문제가 나와서 내가 풀다가 모르는 거 나오면
집사님한테 전화 해요. 집사님요 뭐이껴 하면 대반에 갈차 줘. 그러고
는 권사님요, 상품 주전자 나오면 반씩 농갈라요(나눠가져요), 해. 시찰
연합예배 가믄 퀴즈 하잖아요. 그러면 1, 2, 3등 중에 하나는 꼭 타 와
요. 똑똑하기로 말도 몬해요. 천재래요, 천재.

글을 통해서만 선생을 만나다 보니 선생을 늘 아프고 슬픈 존재로만 생
각했는데, 이런 이야기들을 들으니, 마음이 어찌나 훈훈해지는지 …. 선
생은 아프시지만 않았으면 얼마나 즐겁고 행복하게 사셨을까, 하는 생각
이 들었다. 어느새 이야기자리는 시골 할머니들의 수다 마당이 돼 버렸
다. 선생이 마을에서 어떻게 사셨을지가 다 느껴진다. 어느새 이야기는
선생의 '자선'으로 옮겨 가 있다.

납북된 최 선생, 그러니까 저기 저 권사님이 가족 상봉하러 갈 때 십

만원 주셨어요. 내가 한 날은 약 먹어야 하는데 돈이 없다고 걱정을 하니깐 대뜸 약 사 잡수라고 십만원 주시고, 안 받을라 카는데 기어코 주시는 거에요. 저분이 돈이 없으면서도 그리 절약을 하시니깐 그 돈으로 한다고 저는 그리 생각했어요.

잡숫는 거하고, 뭐하고는 참 가엾게 살아요. 스봉에 옷도 험하고, 돈 그마이 벌어놓고 한푼 쓰시지도 않고. 동네 어려운 사람들 아무도 모르게 참 많이 도와주셨어. 내보고 적으라 캐도 한참 적을 수 있을 만치. 절대로 입을 안 띠고 남 도와주셨어.

옛날 장날에는 걸어다녔는데, 누가 뺑아리 사오다 한 마리를 널짜뿐기라. 그걸 경수 집사님이 한 마리 주어가지고 이불 밑에 파 묻어 놓은기라. 내가 교회 가니깐, 집사님, 우리집에 손님 왔어요. 이카는 기라. 어디요? 하니깐, 이불 밑에 자요, 이캐. 이불 들차 보니 병아리가 삐약삐약 기나오는 기라. 그걸 또 키우시고. 뺑딕이하고 두디기하고, 그 믹이던 개 있잖아요, 개장수가 동네 돌아댕기믄 정생 집사님이 뒤에 숨어서 개장수 떠날 때까지 안고 있어요.

할머니들은 처음에는 선생을 두고 "어찌 불쌍하고, 아깝고, 원통하고 …" 하시더니, 이제는 좀처럼 아팠던 이야기, 힘들었던 이야기는 하지 않는다. 어쩌면 이게 진실일지도 모른다는 생각이 문득 든다. 선생의 삶이 그토록 끔찍한 고통과 아픔으로만 점철되지 않았다는 것을, 이 밝고 유쾌한 할머니들과 장난치고 웃고 즐기기도 했을 거 생각하니 마음까지 가뿐해진다. 이야기 끝에 내가 "선생님은 하늘나라에서 할머니들 제일 보고 싶어하실 것 같다" 하니깐, 동시에 "그람은요" 하며 웃는다. 내가 마침 생각이 나서 산문집 《우리들의 하느님》을 꺼내 거기 나오는 한 구절을 읽어드린다.

"장가는 못 가봤는가요?" "예, 못 가봤습니다." "그럼, 연애도 못 해

봤나요?" "연애는 수없이 했지요. 할아버지, 할머니하고도 아이들하고
도 강아지하고도 생쥐하고도 개구리하고도 개똥하고도 …."

이 구절을 읽어 드리니 할머니들의 만면에 불그레한 화색이 돈다. 그러
고는 내 책을 보자 하시더니 당신들끼리 돌려보시며, "책이 와 이리 가벼
우꼬", "근데 정생 집사님이 책 제목을 와 '하나님'이라 안 카고 '하느님'
이라 지었으까" 하시며 웅성웅성거린다. 바라보는데 자꾸 빙긋이 웃음이
나온다. 할머니들에게 인사하고, 교회를 나온다. 들판 가득한 햇빛이 상
주 다녀올 때처럼 참 맑고 밝다.

> 여행을 떠나듯
> 우리들은 인생을 떠난다
> 이미 끝난 것은
> 아무렇지도 않다
> 지금,
> 이 시간의 물결 위
> 잠 못 들어
> 뒤채이고 있는
> 병 앓고 있는 사람들이
> 그 아픔만이
> 절대한 거
>
> — 신동엽 〈금강〉 제7장 중에서

권정생 선생은 이렇게 세상을 떠났다. 선생은 이렇게 이 땅 '마지막 한
사람'이었던 분이다.

부디, 선생이 일생토록 견뎌왔던 그 고통의 빛으로, 그리고 거기서 당
신이 길어올린 사랑의 빛으로 지금 이 땅의 아픔에 참예하려는 영혼의
일렁임이 일어날 수 있기를. '슬픈 동화의 샘처럼 맑디맑은 그 눈동자'

로 우리들 영혼의 샘을 감쌀 수 있기를. 갈수록 화탕지옥이 되어가는 이 가망 없는 세계에서 무언가를 위해 희생할 용기를 갖게 될 수 있기를. 그리하여 가난하고, 불쌍하고, 쓸쓸한 것들의 손을 잡고 함께 걸어 갈 수 있기를….

# 권정생 연보

1937년   일본 도쿄 혼마치에서 출생.

1946년   귀국. 생활고로 가족들이 뿔뿔이 흩어짐. 모친, 동생과 함께 청송
        에 있는 외가에서 지냄.

1947년   안동에 가족이 다시 모임.

1950년   6·25 전쟁으로 가족이 몇해 동안 흩어져 지냄.

1951년   이 해부터 몇년간 부산에서 재봉기 상회, 서점 등의 점원 생활을 함.

1955년   결핵을 앓기 시작함. 이후 평생 병고를 겪게 됨.

1957년   결핵으로 피폐해진 몸으로 다시 고향으로 돌아옴.

1965년   집을 나와 대구, 김천, 상주, 문경, 점촌, 예천 등을 걸인으로 떠
        돌다 석달 뒤에 귀가함.

1967년   안동군 일직면 조탑동에 정착해 이 마을 교회의 문간방에서 지내
        며 교회 종지기 일을 함.

1969년   동화 〈강아지 똥〉으로 월간 《기독교 교육》의 제1회 아동문학상
        수상.

1971년   동화 〈아기양의 그림자 딸랑이〉로 〈매일신문〉 신춘문예에 입선.

1973년   동화 〈무명저고리와 엄마〉로 〈조선일보〉 신춘문예에 당선.

1975년   동화집 《강아지 똥》(세종문화사)을 펴냄. 제1회 한국아동문학상 수상.

1979년 동화집 《사과나무밭 달님》(창작과비평사)을 펴냄.

1982년 조탑동 교회 뒤 언덕 밑에 작은 흙집을 지어 거처를 옮김.

1984년 동화집 《하느님의 눈물》(도서출판 산하)과 소년소설 《몽실언니》(창작
과비평사)를 펴냄.

1985년 소년소설 《초가집이 있던 마을》(분도출판사)과 동화집 《도토리예배
당 종지기 아저씨》(분도출판사), 《달맞이산 너머로 날아간 고등어》
(햇빛출판사)를 펴냄.

1986년 산문집 《오물덩이처럼 뒹굴면서》(종로서적)를 펴냄.

1988년 시집 《어머니 사시는 그 나라에는》(지식산업사)과 동화집 《바닷가
아이들》(창작과비평사)을 펴냄.

1990년 소년소설 《점득이네》(창작과비평사)를 펴냄.

1991년 장편동화 《하느님이 우리 옆집에 살고 있네요》(도서출판 산하)를 펴냄.

1992년 동화집 《짱구네 고추밭 소동》(웅진출판)을 펴냄.

1996년 이원수 선생의 전기 《내가 살던 고향은》(웅진출판)과 산문집 《우리
들의 하느님》(녹색평론사), 그림책 《강아지똥》(길벗어린이)을 펴냄.

1997년 그림책 《오소리네 집 꽃밭》(길벗어린이)을 펴냄.

1998년 동화집 《깜둥바가지 아줌마》(우리교육), 소설 《한티재 하늘》(전 2권,
지식산업사)을 펴냄.

1999년 동화집 《먹구렁이 기차》(우리교육), 장편동화 《밥데기 죽데기》(바오
로딸)를 펴냄.

2000년 동화집 《또야 너구리가 기운바지를 입었어요》(우리교육), 《아기 소
나무와 권정생 동화나라》(웅진출판)를 펴냄.

2001년  그림책 《황소아저씨》(길벗어린이), 동화집 《비나리 달이네 집》(낮은산)
       을 펴냄.

2002년  동화집 《또야 너구리의 심부름》(창비)을 펴냄.

2003년  전래동화집 《훨훨 간다》(국민서관), 동화집 《또야와 세발자전거》(효리
       원), 《두번 다시 만날 수 없는 동무들》(햇빛출판사)을 펴냄.

2005년  동화집 《팥죽 할머니》(우리교육), 《길아저씨 손아저씨》(국민서관), 《세
       상에서 가장 아름다운 이름 엄마》(계림)을 펴냄.

2007년  장편동화 《슬픈 나막신》(우리교육)을 펴냄.

2007년  5월 17일 영면.

우리들의 하느님

초판 제1쇄 발행  1996년 12월 20일
개정증보판 제1쇄 발행  2008년 5월 1일
개정증보판 제24쇄 발행  2024년 7월 1일

저자  권정생
발행처  녹색평론사

주소   서울시 종로구 돈화문로 94 동원빌딩 501호
전화   02-738-0663, 0666
팩스   02-737-6168
웹사이트  www.greenreview.co.kr
이메일   editor@greenreview.co.kr
출판등록  1991년 9월 17일 제6-36호

ISBN  978-89-90274-42-7  03810

값 18,000원